내 총이 빠르다

내 총이 빠르다

마이크 해머 시리즈 2
미키 스필레인 박선주 옮김

My Gun is Quick

MY GUN IS QUICK
by Mickey Spillane

Copyright © E.P. Dutton & Co., Inc., 1950.

Copyright © renewed Mickey Spillane, 1978

All rights reserved.

Korean translation edition is published by arrangement with

Jane Spillane c/o Dominick Abel Literary Agency Inc. through KCC.

Korean Translation Copyright © Minumin 2024

이 책의 한국어판 저작권은 KCC를 통해

Jane Spillane c/o Dominick Abel Literary Agency Inc.와 독점 계약한 ㈜민음인에 있습니다.
저작권법에 의해 한국 내에서 보호를 받는 저작물이므로 무단 전재와 무단 복제를 금합니다.

차례

1장 -9

2장 -33

3장 -60

4장 -78

5장 -107

6장 -130

7장 -149

8장 -172

9장 -196

10장 -209

11장 -230

12장 -261

13장 -279

14장 -303

15장 -321

★ 이 책에 쓰인 본문 종이 e-Light는 국내 기술로 개발된 최신 종이로, 기존에 쓰이던 모조지나 서적지보다 더욱 가볍고 안전하며 눈의 피로를 덜게끔 한 단계 품질을 높인 고급지입니다.

과거, 현재, 그리고 미래의
내 모든 친구들에게.

1장

 난로 옆 의자에 편안히 앉아 밖에서 무슨 일이 일어나고 있는지 생각해 본 적이 있는가? 아마도 없을 것이다. 당신은 책을 읽으며 일어나지 않은 사건들과 실재하지 않는 사람들에게서 대리 만족을 얻는다. 당신이 지금 하고 있는 것도 바로 그런 일이다. 지금부터 당신의 평범한 일상을 다른 누군가의 상세한 경험담으로 채울 것이다. 재미있지 않을까? 당신은 바깥세상의 삶을 읽고 그러한 일들이 자신에게 일어나면 어떨까, 아니면 최소한 그러한 일들이 벌어지는 것을 목격하면 어떨까 하고 생각한다. 오래전에 로마인들도 그랬다. 콜로세움에 앉아 짐승들이 한 무더기의 인간들을 갈기갈기 찢어 놓는 것을 관람하고 피와 공포로 얼룩진 광경에 환호하며 삶을 즐겼다. 짐승들의 살인적 발톱이 살아 있는 노예들의 살점을 뚫고 들어갈 때 그들은 열광하며 서로 토닥거렸고 노예들이 끝내 죽음을 당했을 때는 환호성을 질렀다. 하긴 엄청난 볼거리이긴 하다. 바로 열쇠 구멍으로 들여다보는 인생이다. 그러나 하루하루가 가면서 그런 일이 전혀 일어나지 않으면 그것은 책 속에서나 가능한 일일 뿐이라고 생각한다. 그래도 독서란 좋은 것이다. 내일 밤 당신은 지난번에 마지막으로 읽었던 책은 잊어버리고 새로운 책을 찾아 조금 더 깊이 상상의 세계 속으로 빠질 것이다. 그러나 이것만은 기억해 두어야 한다. 저 바깥에서는 로마인들의 휴일을 마치 학교 소풍 수준으로 만드는 여러 가지 일들이 실제로 매일 일어나고 있다. 물론 그런 사건들은 당신이 조금만 주의 깊게 둘러보면 쉽게 발견할 수 있다. 그러나 내가 당신이라면 일부러 찾지는 않을 것이다. 발견한 결과를 좋아하지 않을 것이 뻔하니까. 하지만 난 다른 인간인 데다가 그런 일을 찾아다니는 것이 내 직업이다. 그것들은 사람들의 속성을 그대로 보여 주기 때문에 그다지 좋은 볼거리는 못 된다. 콜로세움은 더 이상 존재하지 않지만 도시는 그보다 더 큰 야외 경기장이며 더 많은 인원을 수용한다. 면도날처럼 날카로운 발톱은 야수가 아닌 인간의 것이지만 그것들은 그만큼 날카롭고 또 두 배로 잔인하다. 먹잇감이 되지 않기 위해서는 빨라야 하며 뛰어나야 한다. 또한 누구든, 어떻게든, 먼저 죽이고 살아남을 수 있다면 난로 옆의 안락한 의자로 되돌아 올 수 있다. 그러나 그러기 위해서는 빨라야 한다. 그리고 뛰어나야 한다. 그렇지 못하면 죽는다.

열두 시 십 분에 상자를 끈으로 묶어 허먼 게이블이 잃어버린 원고를 그의 아파트로 갖다 주었다. 나에게는 제대로 읽기조차 어려운 글자로 가득한 노란 종이 뭉치로 밖에는 보이지 않지만 그 고객한테는 2,500달러의 가치가 있는 것이었다. 바보 같은 노인이 원고를 낡은 신문지에 싸서 쓰레기와 함께 화물 엘리베이터로 내려 보냈다. 다시 찾았으니 기뻤을 만도 하다. 소각장까지 추적해서 말 그대로 간신히 구해 내는 데 꼬박 사흘이 걸리긴 했지만 노인이 지불한 빳빳한 50달러짜리 지폐들을 만지면서 잠 못 자고 뛰어다닌 보람이 있음을 확인했다.

영수증을 끊어 준 다음 엘리베이터를 타고 내려왔다. 긴 단잠을 자는 동안 그 돈은 그대로 있을 것이다. 그 후에는 아마도 약간은 쓰겠지만. 야간의 그 시간에는 교통량이 많지 않다. 시내를 가로질러 거대한 절벽 속에 있는 내 소굴로 가기 위해 북쪽으로 향했다.

하지만 첫 번째로 걸린 신호 앞에서 멈췄다가 잠이 들었고 요란하게 울리는 경적 소리에 깼다. 자동차 몇 대가 내 차를 질러가기 위해 차례로 뒤쪽 범퍼를 들이받았지만 너무 피곤해서 내게 하는 욕을 맞받아칠 기운도 없었다. 빌어먹으라지. 고물차를 길가에 세우고 엔진을 식혔다. 고가 철도 밑에 밤새도록 영업하는 간이식당이 보였다. 그때 내게 필요했던 것은 정신을 차리게 해 줄 블랙커피 한두 잔이었다.

그곳은 너무 냄새가 심해서 어떻게 보건 검사를 통과했는지 놀라울 정도였다. 카운터 한쪽 끝에서는 건달 두 명이 잡담을 나누며 10센트짜리 수프를 비우곤 앞에 놓인 공짜 크래커와 케첩을 열심히 먹고 있었다. 중간쯤에서는 어떤 술주정뱅이가 의자에서 떨어지지 않으려고 안간힘을 쓰면서 접시에 있는 계란을 먹고 있었다. 딱 한 장 남은 지폐를 찾으려고 주머니를 모두 뒤집어 놓은 것으로 보아 이제 무일푼인 것이 틀림없었다. 자리를 잡고 앉아 파이 선반에 붙어 있는 거울을 들여다볼 때까지 나는 어떤 젊은 여자가 테이블 한 편에 앉아 있는 것을 알아차리지 못했다. 빨강 머리였는데 염색한 것 같지는 않았고 내가 앉은 곳에서 보기에 꽤 예쁜 편이었다. 그때 막 종업원이 다가와서 물었다.

"뭘로 드릴까요?"

목소리가 개구리 같았다.

"블랙커피."

그 순간, 젊은 여자가 내가 있다는 것을 눈치 챘다. 그 여자는 나를 한 번 올려다보고 살짝 웃었다. 그러고는 다 벗겨져 가는 플라스틱 핸드백에 손톱 정리 도구들을 쑤셔 넣은 후 내가 있는 방향으로 밀었다. 내 옆에 있는 의자에 와서 앉은 다음 종업원이 있는 쪽으로 고개를 끄덕이면서 말했다.

"아저씨, 쇼티는 정말 야박해요. 일해서 갚는대도 외상으로 커피 한 잔 안 줘요. 커피 좀 사 주실래요?"

너무 피곤해서 그 말에 대꾸할 기분도 나지 않았다.

"두 잔 주시오."

종업원이 못마땅한 투로 컵 하나를 집어 커피를 부었다. 두 컵을 모두 카운터에 올려놓고 낡은 리놀륨 깔개 하나를 밀었다.

그러고서 불만스러운 말투로 말했다.

"이봐, 빨강 머리, 여길 작업장으로 삼는 짓 좀 그만하시지? 경찰이 바싹 붙어 있어서 나 정말 피곤하다고."

"조용히 하고 저리 가요. 이 신사 분에게 원한 건 커피 한 잔뿐이라고요. 어차피 이 아저씨 오늘 밤엔 너무 피곤해서 아무것도 못 하게 생겼는데요 뭐."

"아가씨 말이 맞아요, 쇼티. 가서 일이나 봐요."

내가 한몫 거들었다. 쇼티는 내게 비꼬는 듯한 표정을 던졌다. 하지만 나도 자기만큼이나 험상궂게 생긴 데다 체격은 두 배였기 때문에 카운터 쪽으로 불만스러운 걸음을 옮겨 건달들 앞에 있는 크래커 그릇을 정리하러 갔다. 그때 그 빨강 머리를 쳐다보았다.

사실 그다지 예쁜 얼굴은 아니었다. 한창때는 좀 예뻤을지도 모르겠지만 지금은 뭔지 모를 사연이 눈에 어려 있었고 여자의 얼굴에서 모든 아름다움을 앗아가 버리는 거친 입만 있을 뿐이었다. 그렇다. 한때 그녀는 아름다웠음에 틀림없다. 그것도 바로 얼마 전까지 말이다. 그녀의 옷은 해가 지난 구식 스타일이었고 몸에 비해 많이 작았다. 또한 다리와 가슴이 너무 많이 드러났다. 그녀는 아직 희고 젊은 피부를 가지고 있었지만 얼굴은 산전수전 다 겪은 듯 몹시 나이가 들어 보였다. 그녀가 커피 잔을 들었을 때 곁눈질로 그녀를 보았다. 섬세한 손이었고, 진한 색 매니큐어를 바른 손톱은 잘 다듬어져 있었다. 그런데 그녀가 컵을 쥔 모습이 눈에 거슬렸다. 그녀는 두텁고 낡은 머그 컵을 고상하게 입술 앞에 들고 있었다. 그녀가 컵을 내려놓을 때까지는 결혼반지를 끼고 있었다고 생각했다. 그러나 그건 단지 반지에 푸른 에나멜과 큐빅으로 세공된 붓꽃 무늬가 옆으로 살짝 돌아가 있었던 것이다.

빨강 머리가 갑자기 몸을 돌려 말했다.

"나 맘에 들어요?"

나는 그저 싱긋 웃었다.

"응, 그런데 아가씨 말마따나 무슨 흥미를 느끼기엔 지금은 너무 피곤하네."

그녀의 웃음소리는 방울 소리처럼 딸랑거렸다.

"긴장 마세요. 아저씨한테 장사한다는 얘기는 안 할 테니까. 나한테 관심 있는 부류는 따로 있죠."

"심리학이라도 좀 하나 보지?"

"당연히 그래야 이 장사를 하죠."

"그런데 나는 그런 부류로는 안 보인다 이건가?"

여자의 눈동자가 춤을 췄다.

"아저씨 같은 사람은 절대 돈 낼 필요 없어요. 아저씨라면 돈을 내야 할 쪽은 바로 여자라고요."

담배를 꺼내 그녀에게 권했다. 불을 붙여 주고 말했다.

"내가 만난 아가씨들이 다 그렇게 생각했으면 좋았을 텐데 말야."

여자는 천장을 향해 연기를 한 번 내뿜은 다음 뭔가 오래전 일을 되새기는 듯이 나를 쳐다보았다.

"제 말이 맞을 거예요. 아저씬 아마 모르겠지만."

내가 왜 그 꼬마를 좋아했는지 모르겠다. 그건 그녀가 무정하지만 약간은 울 수 있을 것 같은 눈을 가졌기 때문이었을 것이다. 혹은 그녀가 내게 던진 듣기 좋은 말 몇 마디 때문이었을지도 모르겠다. 어쩌면 너무 피곤했고, 바로 앞에 이야기를 나눌 빨강 머리 여자가 있는데 속이 춥고 텅 비어 있었기 때문이었을지도 모른다. 이유가 무엇이었든 간에 그녀가 좋았고, 그녀도 그것을 눈치 챘는지 한동안 짓지 않았던 것 같은 표정으로 미소를 지었다. 마치 내가 그녀의 오랜 친구인 것처럼 말이다.

"아저씨, 이름이 뭐예요?"

"마이크. 마이크 해머. 지금은 뚜렷한 목적도 없이 피곤에 절어 있는 이 도시의 토박이지. 스무 살은 지난 독신 백인 남자고……. 이 정도면 되나?"

"그래요? 난 세상 남자들 이름이 다 스미스 아니면 존스인 줄 알았는데……. 어떻게 그런 이름을 갖게 된 거죠?"

나는 웃으며 대답했다.

"설명하자면 귀찮아. 그냥 그게 내 이름이야. 그나저나 빨강 머리라는 별명 말고 달리 불리는 이름은 없나?"

"다른 이름은 쓰지 않아요."

그녀가 남아 있는 커피를 마시며 눈을 약간 찡그리는 것이 보였다. 쇼티는 수증기가 덮인 창문과 우리 사이를 신경 쓰이는 투로 힐끔힐끔 쳐다보았다. 아마 경찰이 지나가다가 가게에서 시간이나 때우고 있는 매춘부를 발견하지 않기를 바라고 있을 것이다. 그의 그런 모습은 나를 짜증나게 했다.

"커피 더 마실 건가?"

그녀는 고개를 저었다.

"아뇨, 이거면 충분해요. 쇼티가 외상 문제로 까다롭게 굴지 않았더라면 야식이나 얻어먹으려고 웃을 필요도 없었을 거예요."

내가 몸을 돌려 여자에게 "일이 그렇게 안 될 거라곤 생각 못했는데?"라고 물었을 때 빨강 머리는 그 말 뒤에 가벼운 호기심 이외에 뭔가가 있다는 것을 알아차렸다.

짧은 순간 그녀는 거울 속을 뚫어지게 바라보았다.

"아주 안 되는 건 아니죠."

그녀는 뭔가에 매우 화가 나 있었다.

카운터에 1달러를 던져 놓자 쇼티는 돈을 금전 등록기에 넣고 거스름돈을 건네주었다. 거스름돈을 주머니에 넣으며 빨강 머리에게 말했다.

"아가씨가 착한 여자라고 생각해 본 적 있어? 난 온갖 부류의 여자들을 봤는데 아가씨는 그런 것 같아······. 최소한 착해지려고 노력은 하잖아."

빨강 머리가 보조개까지 드러내면서 미소를 지었다. 자기 손가락에 키스하더니 내 뺨에 그 손가락을 갖다 대었다.

"듣기 좋은 말이네요. 내가 누군가를 좋아할 힘을 잃어버렸다는 생각이 들곤 했는데, 아저씨가 좋아지네요."

바로 그때 열차 한 대가 머리 위로 지나갔고 그 소리에 문 열리는 소리가 묻혀 버렸다. 거울로 보기 전에 나는 한 남자가 우리 뒤에 서 있음을 느꼈다. 큰 키에 검고 지저분해 보였고 많은 것을 겪은 듯한 특유의 냉소적 표정을 짓고 있었으며 싸구려 머릿기름 냄새를 풍겼다. 정장은 빳빳하게 주름이 잡혀 있었고 할렘에서라면 꽤 멋있어 보이겠다 싶은 차림새였다.

"잘 있었나, 꼬마."

남자가 한 말은 나한테 한 것이 아니었다.

몸을 반쯤 돌리던 빨강 머리의 입술이 굳어졌다.

"원하는 게 뭐예요?"

그녀의 말투는 차갑고 건조했다. 얼굴 피부가 팽팽하게 긴장되어 있었다.

"농담하나?"

"바빠요. 사라져 줘요."

남자가 재빠르게 손을 뻗어 빨강 머리의 팔을 움켜쥔 다음 자기를 마주 보도록 의자를 획 돌리고서 말했다.

"그따위 버릇없는 말투는 맘에 안 들어."

내가 의자에서 조용히 일어나자 쇼티가 우리 쪽으로 서둘러 다가와 카운터 밑에 있는 뭔가를 손으로 잡았다. 내 얼굴을 본 쇼티는 그게 뭔지 도로 집어넣고 멈춰섰다. 그 남자도 같은 것을 보았으나 그는 영리하게 대처해 입을 비쭉거리며 무섭게 소리쳤다.

"다치고 싶지 않으면 당장 여기서 나가."

그는 나에게 수작을 부려 보려 했으나 나는 두껍고 딱딱한 손가락 네 개를 그의 배꼽 바로 위에 찔러 넣었다. 그의 몸이 잭나이프처럼 순간적으로 구부려졌다. 나는 손바닥으로 다시 그를 똑바로 올려 세웠다. 그 때문에 그의 입술 부분에 한동안 지속될 것 같은 빨간 자국이 생겼다.

보통은 그 정도에서 그만두었을 것이다. 그러나 그 녀석은 그렇지 않았다. 거의 숨도 쉬지 못하면서 입으로는 계속 욕설을 퍼부었고 걷잡을 수 없이 몸부림을 치며 겨드랑이로 손을 뻗으려 했다. 쇼티는 우리에게 그만두라고 소리쳤지만 무서워서 움직이지도 못하고 있었고, 빨강 머리도 입을 손으로 막은 채 서 있었다.

그의 손이 겨드랑이에 거의 닿았을 때 난 모두가 볼 수 있게 45구경 권총을 슬쩍 꺼내 보였다. 겁을 주려고 권총을 그의 이마에 박고 엄지손가락으로 공이치기를 당겼다. 조용한 가운데 날카로운 클릭 소리가 났다. 내가 말했다.

"네 총에 손만 대 봐. 너의 그 느끼한 머리를 날려 줄 테니까. 자, 어디 해 봐. 한번 꺼내 보라고."

그는 조금 움직이더니 기절해 버렸다. 빨강 머리가 그를 내려다보았다. 완전히 공포에 질려 아무 말도 하지 못했다. 쇼티는 어깨를 심하게 떨었다. 마침내 빨강 머리가 말했다.

"아저씨, 나 때문에 이럴 필요는 없었는데……. 이 사람 깨기 전에 여기서 나가요. 이 사람이…… 아저씨를 죽일 거예요!"

나는 빨강 머리의 팔에 가볍게 손을 대고 물었다.

"이 사람이 정말 그럴 수 있다고 생각해?"

빨강 머리는 입술을 깨물고 내 얼굴을 유심히 살폈다. 무슨 생각을 했는지 심하게 몸서리치며 말했다.

"아뇨. 아니에요. 그렇게 생각하지는 않아요. 하지만 제발 여기서 나가 주세요. 저를 위해서요."

그녀의 목소리가 다급하게 호소하고 있었다.

나는 그녀를 보고 다시 한 번 싱긋 웃었다. 그녀는 곤란에 빠져 겁을 먹고 있었지만 여전히 내 친구였다. 나는 지갑을 꺼냈다.

"날 위해서 뭔가 해 줘, 그래 주겠지, 빨강 머리?"

이렇게 말하고 빨강 머리의 손에 50달러짜리 지폐 세 장을 쥐어 주었다.

"이 거리를 떠나. 내일 나가서 좀 괜찮은 옷을 사 입어. 그 다음에 조간신문을 사서 일자리를 찾는 거야. 이런 직업은 자살 행위야."

어느 누구라도 그때 그녀와 같은 얼굴로 날 바라보는 것은 원하지 않는다. 그런 표정은 교회에서 기도나 혹은 결혼 같은 것을 할 때나 어울리니까.

바닥에 쓰러져 있던 그 라틴계 녀석이 막 깨어나 내가 아닌 다른 것에 눈을 돌렸다. 그는 내 손에 있는 지갑을 쳐다보고 있었다. 그의 시선은 지갑에 박혀 있는 배지에 고정돼 있었고, 만약 내 권총이 방아쇠 보호대에 매달려 있지 않았더라면 배지를 뺏으려 했을 것이다. 난 손을 뻗어 어깨에 있는 권총집에서 총을 꺼낸 다음 그의 목덜미를 쥐고 문밖으로 끌고 나왔다.

구석에 있는 신고 전화를 이용해 경찰을 불렀다. 2분도 안 돼서 경찰차 한 대가 길가에 도착했고 제복을 입은 건장한 경찰 두 명이 차에서 내렸다. 운전석에 앉아 있는 사람에게 고개를 끄덕이고 물었다.

"잘 있었나, 제이크."

그가 말했다.

"어이, 마이크. 무슨 일이야?"

쓰러져 있는 녀석을 일으켜 세우며 말했다.

"나한테 총을 겨누려고 했지 뭐야."

총구가 짧은 32구경 권총을 제이크에게 넘겼다.

"보아하니 총기 소지 면허도 없는 것 같으니 '설리번법 위반'으로 처넣을 수 있을 거야. 내일 아침에 기소하지. 내 연락처 알지?"

제이크는 총을 받고서 그 남자를 차 속으로 쑤셔 넣었다. 내가 차에서 멀어질 때까지 그는 나에게 욕을 해댔다.

이른 아침, 잠에서 깨어 멍하게 누워 있었다. 내게 필요한 것은 바로 그 48시간이었다. 눈에 남아 있는 잠기를 떨쳐 내려고 온수와 냉수로 샤워한 다음 거울 앞에서 면도를 했다. 확실히 상태가 엉망이었다. 눈은 여전히 충혈되어 흐릿했고 면도를 하자니 수염을 깎는다기보다는 거의 밭을 가는 느낌이었다. 최소한 기분은 나아졌다. 옷을 챙겨 입고 제대로 된 아침 식사를 하고 나머지 일과를 시작할 때까지 뱃속을 편안하게 해 줄 만한 베이컨과 계란을 한 접시 가득 먹었다.

식당에 들어서자 지미가 브로일러에 스테이크를 굽고 있었다. 살짝 익은 스테이크를 좋아하는 나는 운 좋게도 그것이 완전히 구워지기 전에 먹을 수 있었다. 내가 게걸스럽게 먹고 있을 때 지미가 말했다.

"사무실 아가씨한테서 하루 종일 전화가 왔어요. 전화 좀 걸어 주세요."

"무슨 일이래요?"

"해머 씨가 어디 있는지 궁금해하더라고요. 아마도 어딘가에서 여자랑 있다고 생각하는 것 같던데요?"

"바보. 항상 그런 생각만 한다니까."

디저트를 끝낸 다음 계산을 했다.

"다시 전화 오면 사무실로 가고 있는 중이라고 전해 주시겠습니까?"

"그러죠."

먹은 음식이 잘 내려가도록 가볍게 가슴을 두드려 준 다음 담뱃불을 붙이고 차에 올라탔다. 시내까지 가는 길은 멀지 않았지만 주차할 곳을 찾는 데만 30분이 걸렸다. 사무실로 느릿느릿 걸어 들어가자 벨다가 그 큰 갈색 눈으로 나를 보고는 내가 말을 꺼내기도 전에 먼저 으르렁거리기 시작했다. 사무실을 지킬 여직원을 구할 때는 이왕이면 별로 똑똑하지 않으면서 외모가 예쁜 여자가 좋겠다고 생각했다. 확실히 잘 골랐다 싶긴 한데 다만 아쉽게도 이 여자가 이렇게 영리할 줄은 몰랐다. 예쁜 여자가 똑똑한 경우는 드문 법인데……. 벨다는 키가 크고 아름다우면서도 내 생각을 대충 꿰뚫어볼 수 있을 만큼 머리가 좋았다.

"들어올 때가 됐다 싶었죠."

나를 곤란하게 만들고 싶어서 여자 립스틱 흔적 같은 것이 없나 하고 꼼꼼히 살피는 것이 보였다. 벨다의 입가에 미소가 천천히 맴도는 걸 보니 내가 일을 하다 왔다고 생각하고 있음을 알 수 있었다.

코트를 벗으면서 50달러짜리 지폐 뭉치를 벨다의 책상 위에 던져 놓았다.

"밥값이야. 쓸 돈은 빼놓고 나머진 은행에 넣도록 해. 전화 온 데 있나?"

돈을 서류철에 쑤셔 넣고 잠그면서 벨다가 대답했다.

"두 통 왔어요. 한 명은 이혼 수속을 원했고 다른 한 명은 보디가드를 쓰길 원했죠. 그 사람 여자 친구의 남편이 눈에 띄기만 하면 죽을 줄 알라고 했나 봐요. 두 건 다 엘리슨 탐정 사무실로 넘겼어요."

"내 대신 알아서 결정 내리는 것 좀 그만했으면 좋겠어. 그 보디가드 일 괜찮았을 것 같은데 말야."

"차마 그럴 수가 없었어요. 그 사람 여자 친구 사진을 봤는데 탐정님이 좋아할 만큼 가슴이 크더라고요."

"무슨 소리야? 내가 여자를 얼마나 싫어하는지 알면서……."

손님용 의자에 눌러 앉아 탁자에 있는 신문을 집어 들고 맨 뒤에서부터 일 면까지 펄럭펄럭 넘겼다. 신문을 내려놓으려는 순간 일 면에 난 사진이 눈에 들어왔다. 아래쪽 구석에 난 기사에 붙어 있는 사진이었는데, 전날 밤에 벌어진 싸움에서의 총기 난사에 관한 기사 옆에 있었다. 빨강 머리가 사진 속에서 길가에 바짝 붙어 쓰러져 있었다. 기사 상단에는 '뺑소니 차량에 치어 사망'이라는 제목이 붙어 있었다.

"불쌍해라! 이렇게 운이 없다니!"

"누군데 그래요?"

벨다가 물었다.

벨다에게 신문을 밀어 주었다.

"요 전날 밤에 이 아가씨와 같이 있었어. 매춘부였는데 내가 어떤 간이식당에서 커피를 사 줬거든. 그런 일 그만두라고 내가 돈도 좀 줬는데……. 어떻게 이런 일……!"

"참 좋은 친구셨네요."

비꼬는 목소리였다.

나는 정말 괴로웠다.

"젠장, 정말 착한 여자였는데……. 나한테 장사를 하려고 한 것도 아니고……. 내가 조금 친절하게 대해 줬더니 꼴에 인간이라고 떠드는 그 어떤 쓰레기들과는 달리 진심으로 고마워했는데……. 몇 달 만에 처음으로 좋은 일 한 번 해 본 게 이렇게 끝나는군."

"안됐군요, 마이크. 정말 유감이에요."

내가 진심을 이야기할 때 벨다는 그것을 어떻게 알아채는지 신기했다. 신문을 펼쳐 그 기사를 읽고 난 다음 눈살을 찌푸리더니 내게 말했다.

"경찰에서 신원 확인을 못했네요. 그 여자 이름 알아요?"

"전혀 몰라. 머리가 빨간색이어서 빨강 머리라고 불렀어. 한번 보자고."

내가 기사를 읽어 내려갔다. 그녀는 두 시 반쯤 그 도로에서 발견되었다. 누군가 순찰하던 경찰을 부르기 전까지 한동안 그렇게 방치되었던 것이 확실했다. 그녀가 거기에 쓰러져 있었을 때 그녀 곁을 두 번이나 지나갔던 한 남자는 술에 취해 뻗어 있는 줄 알았다고 경찰에게 진술했다. 충분히 그럴 만도 했다. 그쪽에서는 그런 인간들을 많이 볼 수 있으니까. 그러나 이상한 점은 그녀에게 신분을 증명할 만한 것이 전혀 나오지 않았다는 사실이었다.

신문을 접고 말했다.

"벨다, 조금만 여기 붙어 있어. 나 좀 잠깐 나갔다가 올게."

"그 여자에 관한 거예요?"

"맞아. 신원 파악하는 데 어떻게든 도움이 될 수 있을지 모르겠다 싶어서. 팻에게 전화해서 지금 간다고 전해 줘."

"알았어요."

차는 그대로 두고 팻 체임버스의 사무실이 있는 빨간색 벽돌 건물까지 택시를 타고 갔다. 그는 꼭 한번 봐야 하는 인물로 모든 경찰의 우두머리이며 동시에 살인 사건의 대부이기도 하다. 그러나 겉모습을 봐서는 알 수 없다. 지식과 야망을 겸비한 젊은이이며 내가 생각할 수 있는 가장 우수한 경찰의 전형이었다. 경찰이 사설탐정과 친하게 지내는 것은 자주 볼 수 있는 일은 아니다. 그러나 팻은 내가 법망 밖에 있는 곳에 손을 댈 수 있다는 것을 알 정도로 눈치가 있었으며 날 위해 내 능력 밖의 일을 많이 해 줄 수 있었다. 원래는 업무 때문에 맺어진 관계였으나 지금은 든든한 친구 사이가 되었다.

실험실로 들어갔을 때 팻은 탄도 실험을 하고 있던 중이었다.

"여어, 마이크, 이렇게 일찍 웬일이야?"

"문제가 있어서."

신문을 급히 펼친 후 그 사진을 가리켰다.

"이 사건 말인데. 이 여자에 대해 알아냈나?"

팻은 고개를 저었다.

"아니⋯⋯. 하지만 곧 알아낼 거야. 사무실로 들어와 봐."

실험실에서 좀 떨어진 곳에 있는 비좁은 방으로 가서 의자에 앉았다. 내가 담배에 불을 붙이는 동안 팻은 전화를 걸었다.

"어젯밤에 뺑소니 사고로 죽은 여자의 신원 파악됐나?"

상대 쪽에서 하는 이야기를 듣더니 얼굴을 찌푸렸다.

팻이 전화를 끊을 때까지 기다렸다가 물었다.

"뭐 알아냈나?"

"뭔가 이상해. 목이 부러져 죽었어. 검시관 중 한 명이 뭔가 이상한 점이 있다고 해서 자세하게 조사하기 전까지 사망 원인 발표를 보류할 모양이야. 뭐 아는 거 있나?"

"아니. 그런데 그녀가 죽은 채로 발견되기 전날 밤에 내가 같이 있었거든."

"그래서?"

"그 여자 매춘부였어. 내가 간이식당에서 커피 한 잔을 사 주고 얘기를 좀 했어."

"자기 이름은 얘기했나?"

"아니, 내가 아는 건 '빨강 머리'라는 별명뿐이야. 아주 딱 어울리는 별명이었지."

팻이 등받이에 기대며 말했다.

"흠, 누군지 전혀 모르겠어. 완전히 새 옷에 가방도 새것이었고, 가방 안에는 6달러와 동전이 들어 있었어. 몸에 신원을 증명해 줄 만한 흉터도 없고. 하다못해 세탁소 표시도 전혀 없더라고."

"내가 그 여자한테 옷을 사 입은 후에 제대로 된 직업을 찾아보라고 150달러를 줬거든. 확실히 내 말대로 하긴 했나 보네."

"자네 많이 친절해졌군?"

말투가 꼭 벨다 같아서 화가 나려고 했다.

"빌어먹을, 팻, 제발 너까지 그러지 좀 마! 단 5분만이라도 맘 내키는 대로 성자 노릇 한번 해 보면 안 되나? 전에도 정말 운 없는 애들을 봤어. 넌 처참한 장면을 본 적이 없을지도 몰라. 누가 그런 애들에게 신경이나 쓰는 줄 알아? 죽었다 깨어나도 그런 일은 없어. 이용할 만큼 이용해 먹고 사라져 버리는 거야. 그 여자는 호감이 가는 애였어. 그래서 도와준 건데 그렇다고 내가 바보가 되는 건가? 맞아, 그 애는 매춘부였어. 그렇지만 나를 손님으로 대하지 않았고 그래서 난 그 애에게 호의를 베푼 것뿐이야. 어쩌면 그 애는 새로운 꿈에 부풀어 길을 건널 때 주위를 살피는 걸 잊었을지도 모르지. 그런데 그 다음에 무슨 일이 벌어졌나 보라고! 내가 손대는 건 모두 다 죽어 버린다니까!"

"진정해, 마이크. 나한테 그러지 말라고. 자네가 어떤 기분인지 나도 아니까……."

"미안해. 내가 흥분했나 봐."

"최소한 네 덕에 조사해 볼 만한 게 생겼네. 그 여자가 옷을 몽땅 새로 구입했다면 그걸 추적할 수 있을 거야. 운이 좋으면 여자가 가지고 있던 물건들을 찾아 세탁소 표시가 있는지 살펴볼 수도 있겠지."

나한테 기다리라고 한 다음 팻은 복도로 내려갔다. 5분 동안 안절부절못한 채 앉아 자식이 가출을 하도록 방치한 부모들에게 욕을 퍼붓고 있었다. 정말 끔찍한 죽음이 아니라고 할 수 없다. 주변에는 벌레만 득실대는데, 지켜봐 주는 사람 하나 없이 그냥 구덩이에 떨어뜨리고 덮어 버리는 것이다. 벌레는 증인이 되어 줄 수도 없다. 그래도 팻은 그녀가 누군지 알아낼 것이다. 조금 더 힘써 조사할 것이고 어떤 부모가 나타나 슬픔 때문에 나오는 눈물이 마르도록 쥐어짜 댈 것이다. 그런다고 별로 득이 될 것도 없겠지만 최소한 내 기분은 나아질 것이다.

팻이 불쾌한 표정으로 돌아왔다.

"아래층에서 그쪽으로 알아봤는데 그 옷 가게에 있던 점원도 모두 같은 말을 했대. 새로 구입한 옷으로 갈아입고 전에 입고 있던 것들은 전부 가져갔다더군."

나는 다음에 그가 무슨 말을 할지 눈치 챘다.

"그럼 그 옷들은 분명 집에 뒀을 거야."

"그랬겠지. 시체가 발견됐을 때 그 옷들은 없었으니까."

"없었지. 그것도 맘에 들지 않는 부분이야. 여자들은 새 옷을 사면 전에 입던 옷은 쳐다보지도 않는단 말야. 그녀는 벌써 작년에 유행이 지난 옷을 입고 있었거든. 그러니 아마도 어딘가에 버렸을 수도 있어."

팻은 책상으로 가더니 메모장을 가져왔다.

"우리가 할 수 있는 일은 그 여자 사진을 배포한 다음 누군가 나타나서 신원을 확인해 주길 기대하는 것밖에 없는 것 같아. 네가 그 여자를 만난 지역의 관할 경찰서에도 알려서 조사해 보도록 해야겠지. 그 정도면 되겠나?"

"좋아. 그 이상 할 수 있는 것도 없는 것 같군."

팻이 메모장을 휙휙 넘겼다. 그러나 그 간이식당이 어디 있는지 내가 말하기 직전에 흰 가운을 입은 실험실 연구원이 들어와 보고서를 건네주었다. 보고서를 대강 훑어보던 팻은 순간 실눈을 뜨고 나를 이상하게 쳐다보았다.

나는 왜 그러는지 몰라 그냥 팻을 빤히 쳐다봤다. 팻은 아무 말 없이 내게 그 보고서를 건네주고는 연구원에게 나가도 좋다는 듯 고개를 끄덕였다. 빨강 머리에 관한 보고서였다. 내용은 팻이 내게 말한 것과 같았다. 그러나 누군가가 맨 밑줄에 갈겨서 표기해 놓은 것은, 그녀의 죽음이 우연일 가능성이 높으나 살해됐을 가능성 또한 그만큼 높다는 내용을 분명히 하고 있었다. 그녀의 목은 정말 특이한 사고에서나 볼 수 있을 법한 형태로 부러져 있었다.

서로 알고 지낸 이래 처음으로 팻이 경찰 특유의 태도로 말했다.

"괜찮은 스토리였어. 그런데 그중 얼마나 믿어야 하지?"

팻의 목소리는 빈정거림으로 가득했다.

"집어치워, 팻."

속에서는 불이 났지만 겉으론 냉정하게 말했다.

그 공무원식 사고 뒤에 뭐가 있는지는 너무나 잘 알고 있었다. 우리가 전에 몇몇 사건에 같이 참여했다는 이유로 내가 그에게 허풍을 떨고 있다고 생각하는 것이다. 나는 얼른 생각을 가다듬고 말했다.

"팻, 넌 예전엔 좋은 녀석이었잖아. 아무것도 묻지 않고 서로의 부탁을 들어주던 때가 있었는데 말야……. 내가 너한테 무슨 일인지 말하지 않고 숨긴 적이 있었나?"

팻이 뭐라고 대꾸하려 했지만 막았다.

"좋아, 그래, 우리가 한두 번 엇갈린 적은 있었지만 항상 네가 먼저 기분 나쁜 말을 시작하잖아. 그건 네가 경찰이어서 그런 거고……. 난 정보를 확보할 수가 없어……. 내가 할 수 있는 건 내 고객을 보호하는 것뿐이야. 도대체 언제부터 내가 널 깎아내린다고 생각한 거야?"

이번엔 팻이 싱긋 웃었다.

"좋아, 이걸로 오늘 두 번 미안하게 됐군. 의심할 만한 이유가 조금이라도 있다는 걸 생각해서 한 번만 더 봐줘. 넌 항상 어떤 일에 몰두하면서 나한테서까지 아무렇지 않게 공짜 정보를 얻어 가는데 그걸 탓할 수도 없고 말야. 나도 가끔씩 내 목에 신경 써야 한다고. 우리 부서에 압력 들어오는 거 너도 알잖아. 난데없이 잘못 걸리기라도 하면 불려 가서 해명해야 할 사람이 꽤 된다고."

팻이 계속 말을 했지만 나는 듣지 않았다. 내 눈은 다시 그 보고서에서 표류하며 '살해'라는 한 단어에 주목하고 있었다. 거기에는 뺨에 보조개가 있는 빨강 머리가 자기 손가락에 키스하고 나를 보며 웃고 있었다. 그녀는 어쩌면 숙녀가 될 수도 있었던 그저 단순한 매춘부였고, 짧은 몇 분 동안 아주 괜찮은 친구였다.
 그런데 나는 그녀에게 불운을 안겨 준 것이다.
 다시 긴장되기 시작했다. 이 일로 기억나는 사람이 빨강 머리만이 아니었기 때문이다. 그렇다, 비열한 웃음을 짓던 총을 가진 그 라틴계 녀석도 있었다. 그놈을 쳐다볼 때 그녀의 눈은 공포에 질려 있었다. 나는 내 손가락이 손바닥을 뚫고 들어가는 것 같은 기분을 느끼며 주절주절 욕을 해 댔다. 어떤 빌어먹을 놈의 목을 졸라 죽이고 싶은 미친 듯한 기분은 항상 그런 식으로 시작됐다. 그런데 거기서 잡아 쥘 수 있는 것이라고는 공기밖에 없었다. 나는 그것이 어떤 상황인지 너무도 잘 알았다. 그 앞에 있는 모든 그럴싸한 말들을 다 지워 버리고 '살해'라는 단어만 남겨 둘 수도 있는 상황이었던 것이다.
 팻이 말했다.
 "빨리 말해, 마이크."
 "알려 줄 게 아무것도 없어. 나 정말 화났다니까! 이런 일은 정말 기분 나빠. 차라리 내 손으로 그녀를 죽이는 게 나을 뻔했어."
 "왜 살인 사건이라고 생각하지?"
 팻이 나를 다시 한 번 유심히 보았다.
 팻의 책상에 그 보고서를 펼쳤다.
 "나도 몰라, 하지만 그녀는 이미 죽었는데 어떻게 죽었는지 알면 뭐가 달라질까. 죽어 버렸으면 그걸로 끝이고 어떻게 그 지경이 됐는지가 죽은 사람한테 중요하겠어?"
 "우리 다른 길로 빠지지 말자고, 마이크. 내가 모르는 걸 뭔가 알고 있어?"

"그녀가 죽기 전에 어떤 모습이었는지 알지. 좋은 애였어."

"계속해 봐."

"왜 그래, 더는 말할 것도 없는데. 그녀가 사고로 죽은 거라면 정말 안됐어. 만약 살해된 거라면……."

"그래, 마이크, 그건 벌써 들어서 알고 있어. 그녀가 만약 누군가의 손에 죽었다면 넌 혼자 나가서 그 나쁜 놈을 잡아 목이 부러질 정도로 녀석의 코를 진흙탕에 처박아 줄 거라는 거 말야."

"맞아 맞아."

나는 두 번 연달아 말했다.

"마이크."

"왜?"

"이봐, 이게 만약 살해 사건이라면 우리 부서 관할이야. 아마 아니겠지만 네가 날 너무 흥분시켜 놓는 바람에 점점 살해 사건이라는 생각이 더 들기도 하고. 또 앞으로 조사할 게 많아지면 네가 그 복잡한 머리에서 사건을 또 엉망으로 만들 생각을 하고 있기 때문에 점점 열이 받는다고. 그건 그쯤 하자. 한 번으로 족하지. 그때는 그렇게 신경 쓰지 않았지만 더는 없어. 왜 내가 너보다 항상 손해를 보는지는 하느님만이 알겠지만 우린 그래도 항상 공평하게 해 왔잖아. 내가 머저리일지도 모르지. 어쨌든 네가 알고 있는 걸 좀 나눠 줄 수 없어?"

"알려 주고 있잖아."

거짓말이 아니었다. 그 말은 사실이었다. 단지 나머지를 말해 주지 않은 것뿐이었다. 자기가 때려 부수고 싶었던 대상에게 미친 듯이 날뛰는 것은 정말 시원한 일이다. 미쳐 날뛰고 있는 놈을 벽에 사정없이 집어던지고 하고 싶은 대로 다 하면서 좀 더 일찍 할 걸 하고 생각하면 훨씬 통쾌하다.

팻이 다시 메모장을 들고 경찰 같은 행동을 했다.

"그녀를 어디서 만났지?"

팻이 물었다.

"3번가에 있는 고가 철도 밑에 있는 술집. 다리에서 떨어져 3번 가로 들어서 길가에 있는 그 술집에 잠깐 갔어. 그땐 너무 피곤한 상태여서 그 길이 잘 기억이 안 나는데 다시 가서 찾아봐야겠어. 그런 술집이 수도 없겠지만 찾아봐야지."

"혹시 매점식 술집이었나?"

"맞아, 그랬지. 그날 밤에 일어난 일을 하나도 빠짐없이 기억해야 했는데 말야······. 도무지 아는 게 없으니 공무 집행 방해죄로 잡혀 들어가도 시원찮을 판이군."

"정말 잡아넣어 줄까?"

"왜 이러나. 내가 찾아낸다고 했잖아."

"좋아. 그동안 우린 시체를 부검하고 전에 입었던 옷을 수색해 봐야겠어. 그 술집을 찾으면 알려 주는 거 잊지 마. 너 없이도 찾을 수는 있지만 그래도 네가 빠를 테니······. 원한다면."

"물론이지."

웃으며 말했지만 하나도 재미있지 않았다. 그것은 온몸에 개미들이 기어오르는 듯한 나의 기분을 입을 열어 그에게 알려 주지 않고 예의 바르게 행동할 수 있는 한 방법이었다. 서로 점잖게 악수를 나누고 작별 인사를 했지만 사실 기분 같아서는 뭔가에 욕을 퍼붓고 주먹을 휘두르고 싶었다.

그런 식으로 화내는 것을 좋아하지는 않지만 어쩔 수가 없었다. '살인'은 정말 추악한 단어다.

아래층으로 내려와 안내 데스크에 있던 경관에게 제이크 라루의 연락처를 물어보았다. 경관이 제이크의 집 전화번호를 알려 주어서 복도 바로 옆에 있는 공중전화에서 전화를 걸었다. 제이크의 아내가 받았는데 제이크는 자고 있어서 깨워야 했다. 제이크가 약간 퉁명스럽게 전화를 받았다.

내가 말했다.

"나 마이크 해머인데, 저번 날 밤에 내가 넘긴 그 녀석 어떻게 됐어?"

제이크가 뭔가 상스러운 욕을 내뱉고는 말했다.

"너 때문에 골치 아프게 됐어, 마이크."

"왜?"

"그 총은 등록된 거였어. 그게 이유지. 지금 날 골탕 먹이려는 거야, 뭐야?"

"어떻게 그럴 수가 있지? 뉴욕에서 총기 소지 면허가 그렇게 남발되고 있나?"

"그놈 이름은 피니 라스트고 아일랜드에 사는 베린그로틴의 운전기사이자 보디가드라고."

나는 휘파람을 불고는 전화를 끊었다. 이제 사람을 죽이려는 놈들에게까지 총기 소지 면허를 뿌리고 있다니……. 정말 끝내 주는군.

2장

사무실로 돌아갔을 때는 네 시가 조금 지나서였다. 벨다가 숙녀답지 않게 편지 봉투에 침을 바르고 있다가 내가 들어가자 기다렸다는 듯 멈췄다. 그녀가 말했다.
"팻이 아까 전화했어요."
"나한테 잘하라고 그랬을 것 같은데."
"뭐 그 비슷했죠. 그런데, 마이크, 그 여자 누구예요?"
"아직 몰라. 하지만 곧 알아낼 거야."
"마이크, 탐정님이 내 상관이라 이런 말 하기는 싫지만……. 부유한 고객들도 여럿 찾아오는데 탐정님은 돈과는 거리가 먼 일만 하고 있는 거 알아요?"
모자를 책상에 던져 놓으며 말했다.
"살인이 벌어진 곳에는 돈이 있는 법입니다, 아가씨."
"살인이라고요?"

"난 그렇게 생각해."

편한 의자에 다리를 쭉 뻗고 앉으니 기분이 좋아졌다. 내가 하품을 하자 벨다가 말했다.

"그런데 마이크, 뭘 알아내려고 하는 거예요?"

"이름. 그냥 이름 없이 죽은 여자 애의 이름을 알아내려고 하는 거야. 이상한 호기심이지, 안 그래? '빨강 머리'라고 써서 꽃을 보낼 순 없잖아. 그건 그렇고, 베린그로틴이란 남자에 대해서 혹시 아는 거 있어?"

여느 때와 마찬가지로 파리가 천장을 가로질러 위아래로 날고 있었다.

조금 뒤에 벨다가 말했다.

"그 남자 아서 베린그로틴일 거예요. 나이는 80세쯤 되고 원로회 신사죠. 원로회 원년 회원 400명 중 한 명인 걸로 알고 있어요. 한때 스템에서 제일 잘나가는 사람이었는데 나이가 들면서 아주 종교적이 되었죠. 젊었을 때 한 짓을 만회하기라도 하려는 것같이 말이죠."

노인들이 술집에서 공짜 술을 얻어 마시려는 수작으로 즐겨 하던 이야기에서 그에 대해 들은 것이 기억났다.

"그런 사람이 왜 보디가드가 필요하지?"

벨다가 기억을 더듬으며 말했다.

"내 기억이 맞다면 아일랜드에 있는 그 사람 저택에 강도가 여러 번 들었어요. 아마 그 때문에 충격을 받은 것 같아요. 무리도 아니죠. 나라도 보디가드를 고용했을 거예요. 재미있는 건 그 강도가 그냥 문만 두들겼어도 원하는 걸 얻을 수 있었을 거란 거죠.

아서 베린그로틴은 불우한 얘기에 아주 약하거든요……. 그 동네에서 제일가는 박애주의자이기도 하고요."

"돈이 아주 많은가 보군, 그렇지?"

"네."

"어디서 그에 관한 얘기를 그렇게 들었지?"

"신문에서 만화 말고 다른 것도 읽으면 알 수 있는 것들이에요. 그 사람 영화 배우만큼이나 뉴스에 자주 나오거든요. 자부심이 대단한 사람이죠. 자기 명성에 흠집을 내는 사람은 누구든지 고소할 인물이에요. 자기 친척이라 해도 가문 명예 훼손으로 고발해 유산조차 못 받게 할걸요? 몇 달 전에는 동물 병원 비슷한 곳에 백만 달러를 후원금으로 내기도 했고요. 아, 맞다! 잠깐만요……."

벨다는 일어나서 파일 위에 쌓여 있는 신문들을 들추더니 몇 주가 지난 기사를 펼쳤다.

"여기 그 사람에 대한 기사가 있어요."

그것은 어떤 묘지에서 찍은 사진이었다. 묘비들 사이에 반쯤 지어진 마우솔레움이 있었고 인부 두 명이 대리석 발판을 깔고 있었다. 한눈에 봐도 엄청난 돈을 쏟아 부었다는 것을 알 수 있었다. 그 옆에 있는 고전적인 그리스식 사원의 구조물은 예술적으로 완성된 상태였다. 아서 베린그로틴은 일을 아주 확실하게 하고 있었다. 그는 자신이 죽은 다음 머리 위에 지붕을 올리려는 모양이었다.

벨다가 신문을 다시 접어 제자리에 갖다 놓았다.

"그 사람, 우리 고객인가요?"

"아니. 우연히 이름을 알게 되었는데 흥미가 생겨서 그래."

"거짓말."

"상사에게 그렇게 말하다니 예의가 없군."

내가 웃으며 말했다. 벨다는 혀를 날름 내밀고는 자기 책상으로 돌아갔다. 일어나서 벨다에게 일찍 퇴근하라고 말한 다음 모자를 눌러썼다. 몇 가지 할 일이 머릿속에 떠올랐지만 시작하기 전에 조금 시간이 필요했다.

아래로 내려가서 바를 찾아 들어가 맥주를 주문했다. 세 잔째 마시고 있을 때 신문팔이 소년이 석간신문을 들고 들어왔다. 동전 한 개를 던져 주고 신문을 펼쳤다. 그녀의 사진이 신문 일 면에 실린 걸 보니 팻이 일을 잘 처리한 모양이었다. 사진 밑에는 질문이 하나 있었다. '이 소녀를 아십니까?' 였다. 물론 그녀를 안다. 빨강 머리……. 그녀를 잊을 수가 없다. 나처럼 그녀를 잊지 못하는 누군가가 또 있을지 궁금했다.

신문을 주머니에 쑤셔 넣고 차가 있는 곳까지 걸었다. 택시와 자가용 때문에 시내로 가는 길이 혼잡해서 3번가에 이르자 거의 여섯 시가 다 되었다. 어렵지 않게 그 간이식당을 다시 찾았다. 바로 앞에는 주차할 곳도 마련되어 있었다. 나는 안으로 들어가 둥근 의자에 앉아 사진이 위로 오도록 해서 신문을 앞에 놓았다. 저쪽 끝에서 쇼티가 어떤 건달 녀석에게 크래커와 수프를 밀어 주고 있었다. 쇼티는 아직 나를 보지 못했다.

나를 보자 쇼티의 코 주변이 약간 창백해졌고 내게서 눈을 떼지 못하는 것 같았다.

"뭘로 드릴까요?"

"계란. 베이컨과 계란……. 노른자는 깨지 말고 익혀서 줘요.

커피도요."

쇼티는 옆 걸음질로 카운터를 지나 바구니에서 계란 몇 개를 꺼내다가 한 개를 바닥에 떨어뜨렸다. 그러나 쇼티는 그것도 모르는 것 같았다. 구석에 앉은 건달이 지저분한 소리를 내며 수프를 먹고 있었는데 불판 위의 베이컨이 지글거리는 소리에 곧 묻혀 버렸다. 그릴 뒤에는 거울처럼 반사되는 알루미늄 판이 있었는데 쇼티가 그것으로 나를 훔쳐보다가 두 번이나 내 눈과 마주쳤다. 쇼티가 쓰고 있던 뒤집개는 케이크를 들 수 있을 정도로 컸는데도 계란을 제대로 뒤집지 못하고 세 번이나 뒤적거리고 나서야 겨우 성공했다.

쇼티는 심하게 떨고 있었다. 접시를 내려놓기 위해 신문을 치우려다 바로 앞에 보이는 빨강 머리의 사진을 보고는 더 떠는 것 같았다.

내가 말했다.

"계란이란 건 누가 요리하느냐가 문제가 되지 않거든요. 뭘 해도 역시 계란은 계란 맛이 납니다. 그렇지, 계란은 계란이지요. 그렇지만 때때로 나쁜 계란도 있죠. 그런 게 걸리면 정말 화가 난답니다. 나쁜 계란을 던져서 깨뜨려 본 적 있습니까? 그런 계란은 쩍 소리가 나고 냄새도 무지 지독하거든요. 독이 있을 수도 있고요."

쇼티는 그냥 날 빤히 쳐다보고만 있었다.

내가 식사를 반 정도 끝내자 쇼티가 말했다.

"뭘 찾고 있는 거죠?"

"직접 한번 맞춰 보시죠."

그 순간 우리 둘 다 동시에 신문을 내려다보았다.

"당신 경찰 맞죠?"

"배지와 권총을 가지고 다니긴 하죠."

"사설탐정이군?"

그가 약간 강하게 나왔다.

포크를 내려놓고 그를 쳐다보았다. 나는 필요한 경우에 마음만 먹으면 아주 험악한 표정을 지을 수 있다.

"쇼티, 난 그냥 아무 이유 없이 재미 삼아 당신 뼈를 몽땅 부러뜨려 놓을 수도 있어. 조금 힘은 들지 모르지만 당신 얼굴이 그라인더에 한 번 갈아 나온 것처럼 보이게 해 줄 수도 있단 말이야. 생각할수록 점점 더 그렇게 하고 싶어지는데? 친구, 난 마이크 해머라고 해……. 여기서는 내 이름을 알아놓는 게 좋을 거야. 난 눈치 빠른 사람들하고 노는 걸 좋아하거든."

그의 코 주위가 다시 하얘졌다.

사진을 톡톡 두드린 다음 손가락으로 그 밑에 적혀 있는 질문을 짚었다. 쇼티는 내가 더는 겉돌지 않을 거라는 사실을 제대로 파악하고 겁에 질렸다. 그러나 그는 그저 똑같이 어깨를 으쓱해 보였다.

"난 그 여자가 누군지 몰라요."

"이 여자가 여기 온 게 그때가 처음이 아닌 거 알고 있어. 이제 그만 숨기시지."

"아, 한 주 정도 왔었어요. 손님을 잡으려고 해서 한 번 쫓아낸 적이 있습니다. 그 여자는 나한테나 그 누구한테나 모두 빨강 머리로 통했어요. 그게 내가 아는 전붑니다."

"당신 전과 기록 있지. 안 그런가, 쇼티?"

그의 꼭 다문 입술에 힘이 들어갔다.

"이런 나쁜 놈!"

손을 뻗어 그의 셔츠를 꽉 쥔 다음 카운터에 밀어붙이며 말했다.

"한번 쓴맛을 보면 바른 길로 가는 녀석들도 있지만 그렇지 않은 경우도 있지. 만약 경찰이 마음만 먹으면 당신이 별로 안 좋은 곳에 손을 담그고 있다는 걸 알아차리는 데 일주일도 걸리지 않을 거라고. 그렇게 되면 다시 교도소에 처넣을 수도 있지."

"정말입니다. 이것 봐요, 그 아가씨에 대해 난 아무것도 몰라요. 알면 얘길 했겠지요. 난 말썽 부린 적 없어요. 여기서 말썽이 생기는 것도 원치 않는다고요. 날 좀 가만히 내버려 두란 말입니다."

"그날 밤 라틴계 녀석이 여기에 있었어. 이름은 피니 라스트지. 여기 얼마나 자주 왔지?"

쇼티가 초조하게 그의 두터운 입술을 핥으며 말했다.

"아마도 두 번일걸요? 몰라요. 와서 빨강 머리를 찾았어요. 그게 답니다. 여기서 식사한 적도 없어요. 이제 나 좀 놔 줘요."

손에 꽉 쥐고 있던 쇼티의 셔츠를 놓았다.

"물론 놔 주지, 놔 주고말고."

카운터에 50센트를 던지자 쇼티는 반가운 듯 그 돈을 집어 들고 저만치 떨어져 있는 금전 등록기로 가 버렸다. 의자를 획 돌려 일어서며 말했다.

"당신이 뭔가 숨기고 있다는 걸 알아내면 여기에 누군가가 찾아올 거야. 새파란 제복을 입은 사람이지. 그가 당신을 찾는 날엔 말이 제대로 안 나와서 고생 좀 할 거야. 숨이 막히면 말하기가 쉽지 않을 테니까 말야."

내가 문의 손잡이를 잡기 직전에 그가 불렀다.

"이봐요."

뒤를 돌아보았다.

"저……, 그 여자가 사는 곳이 모퉁이 돌아서 있는 것 같은 생각이 나네요. 북쪽으로 한 블록 가서요."

그러고는 내 대답을 듣지도 않고 바닥에 깨진 계란을 닦기에 바빴다.

차에 들어와 시동을 걸었다가 마음을 바꿔 3번가 모퉁이까지 걸었다. 도로를 따라 한없이 퍼져 있는 음침한 아파트들을 다 조사하려면 한 주는 족히 걸릴 것 같아 보였지만 다리품을 팔 마음은 전혀 없었다.

한쪽 구석에는 파리똥 때문에 알아보기 어려운 간판이 붙은 낡은 술집이 있었다. 그 지저분함에도 동네 사람들이 이용하고 있었다. 신문 가판대 앞에 대조적인 두 가지 색깔의 운동복 차림을 한 애들 셋이 지나가는 젊은 여자들에게 치근대고 있었다. 어떤 몸집이 큰 금발 머리가 돌아서서 그중 한 명의 따귀를 때렸다가 엉덩이를 발로 채이자 그냥 조용히 갔다.

길을 건너 턱을 잡고 빨간 자국을 문지르고 있는 아이에게로 걸어갔다. 순간적으로 어깨에 있는 권총집이 보일 만큼만 재킷 단추를 열고 손수건을 꺼냈다. 총을 가졌다는 것을 알자 내가 마치 폼깨나 잡는 놈인 줄 알고 쳐다보았고 턱을 문지르던 녀석도 동작을 멈췄다. 정말 살기 좋은 곳이 아니라고 할 수 없다.

"꼬마야, 이 근처에 작고 귀여운 빨강 머리가 살고 있는데 어디서 찾을 수 있는지 혹시 아니?"

그 꼬마는 내가 건넨 말을 심각하게 듣고는 윙크를 했다.

"네. 그 여자 포터 할머니네 가게 위층에 살아요."

이렇게 말하며 꼬마가 고개를 길 쪽으로 돌렸다.

"그런데 가도 별 볼일 없을 거예요. 그 여자 어젯밤에 죽어 버렸거든요. 신문마다 일 면에 사진이 나왔어요."

"그럴 리가! 거 참 안됐구나."

꼬마가 팔꿈치로 나를 살짝 찌르며 뭔가 안다는 듯한 표정을 지었다.

"그 여잔 별로 예쁘지도 않았어요. 진짜 여자를 원하시면 23번 가로 가서……."

"다음에 하지. 이쪽에 있는 동안은 이 동네를 돌아보려고 말야. 가서 친구들하고 맥주나 사 마셔라."

5달러짜리 지폐를 건네주며 말했다.

돌아서 걸어가면서 그 돈으로 사 마신 맥주가 목에 콱 걸렸으면 하고 바랐다.

마사 포터는 50대 후반의 뚱뚱한 여자였다. 나이에 맞는 넉넉한 옷을 입고 있었다. 뒤로 묶이지 않는 머리카락이 얼굴을 가로질러 목덜미를 죄고 있었고, 잡고 있던 빗자루는 언제든지 방망이로 쓸 수 있을 같아 보였다.

"방을 원해요, 여자를 원해요?"

그녀가 말했다.

10달러를 건네며 그녀에게 말했다.
"여기 빨강 머리가 살았죠? 지금 그 여자의 방을 보고 싶군요."
여자가 먼저 계산서를 집으며 물었다.
"왜요?"
"그 여자가 전에 일했던 곳에서 뭉칫돈과 중요한 문서들을 훔쳤는데 그걸 찾아야 하거든요."
여자는 무관심하게 코웃음만 쳤다.
"오호라, 실종된 인물을 찾아다니는 분이시군! 글쎄, 문서들은 거기 있을지도 모르지만 돈은 못 찾을걸요. 그 아가씨 여기 올 때 메고 있던 옷 가방 말고는 주머니에 2달러밖에 없었거든요. 그 돈은 방 값으로 내가 가져갔지요. 그 후로는 한 푼도 더 못 받았지만."
"그 아가씨 어디서 왔죠?"
"몰라요. 물어보지도 않았고요. 가진 돈은 2달러뿐이었는데 그게 딱 방세였어요. 짐이 없으면 방 값을 선불로 받거든요."
"그 여자 이름이 뭔지 아세요?"
"이 양반아, 철 좀 드셔. 아무 쓸모도 없는 걸 내가 왜 물어요? 아마 스미스였겠지. 그 방 보고 싶으면 바로 위층 뒤쪽에 있으니가 봐요. 그 아가씨 죽은 뒤로 난 그 방에 들어가 보지도 않았다고요. 신문에 얼굴이 난 것을 보고 누군가 올 거라는 생각은 했죠. 하여튼 계집애들이 항상 골치라니까."
여자는 다시 비질을 하기 시작했고 나는 계단을 올라갔다. 계단이 끝나자마자 문이 하나 나왔다. 나는 안으로 들어가서 문을 잠갔다.

여자들은 과자 상자 속에 살아도 예쁘게 치장을 해 놓고 살 거라는 생각을 했다. 그 여자는 정말 그랬을지도 모르지만 그 방을 뒤진 사람은 그렇지 않은 것이 확실했다. 침대는 다 찢어져 있었고 이불 안에 들어 있던 솜이 온통 방에 널려 있었다. 장롱에 있던 네 개의 서랍이 모두 뒤집어진 채로 바닥에 쌓여 있는 걸로 보아 누군가 천장 바로 밑에 있는 벽 속을 들여다보려고 사다리로 사용한 것 같았다. 심지어 바닥에 깔린 리놀륨도 다 뜯겨 있었고 벽 속의 칸막이를 더듬으려고 손이 들어갈 수 있는 크기로 벽을 뚫어 놓은 곳이 두 군데나 있었다. 정말 집 수색 하나는 확실히 한 듯했다. 놀라웠다. 그 사람들, 꽤 오래 천천히 수색을 하다 간 것 같았다. 그랬음에 틀림없다. 뚱보 코끼리 아줌마가 빗자루를 들고 올라오게 하지 않으려면 조용히 뒤져야 했을 테니까……. 게다가 서둘러 수색했다면 그 방이 그렇게 됐을 리가 없다.

방이 그렇게 난장판이 되어 있는데도 나는 싱글벙글 웃음이 나기 시작했다. 무엇을 찾으려고 그 난장판을 벌였던지 간에 원하는 것을 찾지 못한 게 분명했다. 뻔한 곳을 모두 뒤진 후에도 전부 다 갈가리 찢어 놓았기 때문이다. 굽도리 판자에 있는 쥐구멍까지 모두 말이다.

바닥에 널린 것들을 이리저리 발로 찼는데도 별로 볼 것이 없었다. 옛날 잡지들, 신문 몇 장, 서랍에 있었을 속옷가지와 소형 가전제품이 전부였다. 옷단이 다 뜯어지고 안감이 너덜너덜해진 코트가 하나 있었는데 솔기는 칼로 따 낸 것 같았다. 파우더 케이스가 엎어져 물건마다 얇은 파우더 막이 씌워져서 방 안에 싸구려 향기가 풍겼다.

그때 바람이 불어 방바닥의 솜이 얼굴로 날아 왔다. 나는 창문을 닫으려 창 쪽으로 걸어갔다. 화재 비상구와 마주보고 있는 창문의 창틀은 모두 휘어져 있었다. 간단히 할 수 있는 작업은 아니었던 것 같다. 창틀 옆 바닥에 하얀색 플라스틱 빗이 있었다. 그것을 집어 들고 묻어 있는 기름을 만져 보았다. 빗살 주위에 몇 가닥의 검은 머리가 엉켜 있었다. 냄새를 맡아 보았다.

머릿기름. 라틴계 남자가 쓰는 머릿기름 냄새였다. 확실하진 않았지만 알아내는 방법이 있었다. 아래로 내려갔을 때까지도 그 뚱뚱한 여자는 여전히 비질을 하고 있었다. 그 여자에게 누군가가 내가 들어가기 전에 먼저 그 방에 와서 난장판을 해 놨다고 말해 주었다. 그 여자는 괴상한 비명을 한 번 내지르더니 건물이 흔들리도록 쿵쿵거리며 걸음을 재촉했다.

그 정도면 하루에 한 일로는 충분했다. 집으로 돌아가 잠자리에 들었다. 하지만 그리 잘 자지는 못했다. 꿈에서 빨강 머리가 계속 미소를 지었고 자기 손에 키스해 내 뺨에 대는 순간 잠에서 깼다.

여섯 시 반, 알람이 요란하게 울렸다. 바닥의 깔개를 밟고 서서 개들 속에 놓인 고양이 새끼처럼 떨었다. 잠을 깨기 위해 찬물로 샤워를 한 다음 얼굴이 훤히 드러나도록 짧게 면도를 하는 것으로 아침에 할 일을 끝냈다. 반바지를 입은 채 아침 식사를 하고 나서 접시를 싱크대에 쌓아 놓고 옷들을 꺼냈다.

오늘은 정장을 입어야 하는 날이었다. 침대에 트위드 정장을 올려놓고 같이 입을 옷을 조금 신경 써서 골랐다. 옷을 다 입고 솔로 구두를 닦고 나자 내 모습이 위엄 있어 보이기까지 했다. 최소한 400명의 원년 회원 중 한 명을 방문해도 될 만큼 세련돼 보였다.

전화번호부의 롱아일랜드 명단에서 아서 베린그로틴의 이름을 찾아냈다. 롱아일랜드는 100킬로미터 정도 떨어져 있으며 연인들, 트랩 사격자들 그리고 은둔자들이 찾는 곳이었다. 차고에 도착하자 벅이 내 차에 윤활유를 다 쳐 놓고 기다리고 있었다. 차를 몰고 나가 아홉 시 반 정도에는 바닷바람을 맞으며 고속도로를 달리고 있었다. 한 시간 후 해변에 도착해 아서 베린그로틴의 저택을 가리키는 고대 영어의 글자체와 화살표가 새겨진 표지판이 있는 출구에 이르렀다.

머캐덤 도로로 바뀌었고 조금 더 가자 조밀하게 깔린 자갈길이 나왔는데 그 길고 굴곡 진 길을 계속 따라가자 이 지역에서 버킹엄 궁전으로 불릴 만한 멋진 건물 하나가 나왔다. 그 집은 호화로움의 상징이었지만 요즘 부자들 같은 화려함은 전혀 찾아볼 수 없었다. 겉으로는 새것도 헌것도 아닌 나이가 없는 집처럼 보였다. 100년이든 10년이든 그 자리에 변함없이 위엄 있게 서 있는 것 같았다. 고급스러운 산석이 2층까지 햇빛에 표백한 뼈처럼 반짝이는 매끄러운 미늘판 벽을 지지해 주고 있었다. 창문들은 수입한 것이 틀림없었다. 나머지 창문들은 작은 정사각 납틀로 그 모양이 방마다 달랐는데, 남쪽 벽 창문들은 강한 햇빛을 막기 위해 전부 스테인드글라스로 장식되었다.

아치형의 현관 앞까지 차를 몰고 올라가 시동을 끈 뒤 관리인이 나와 문을 열어 줄 때까지 기다릴까 아니면 내가 그냥 열까 고민했다. 기다리지 않기로 결정했다.

당기는 초인종이 있었고 작은 놋쇠 손잡이가 문틀에 붙어 있었다. 초인종을 가볍게 당기자 안에서 엷은 전자음이 울렸다. 문이 열렸을 때 전자 장치에 의한 것인 줄 알았으나 그렇지 않았다. 문을 열고 나온 집사는 너무 작고 늙은 나머지 문손잡이 위에 손을 잘 뻗지도 못하고 오랫동안 문을 열고 있을 힘도 없어 보였다. 바람이 불어 문이 닫힐까 봐 안으로 들어서서 최대한 활짝 웃어 보였다.

"베린그로틴 씨를 만나고 싶습니다만."

"알겠습니다. 성함이 어떻게 되십니까?"

그의 목소리는 늙은 닭같이 우지직거렸다.

"마이클 해머입니다. 뉴욕에서 왔습니다."

노인은 내 모자를 받아 들고 짙은 색 참나무로 만든 거대한 서재로 나를 안내한 다음 의자에 앉으라는 손짓을 했다.

"여기서 기다리시겠습니까, 선생? 주인께 알리겠습니다. 탁자 위에 시가가 준비되어 있습니다."

그에게 감사 표시를 하고 커다란 가죽 의자를 하나 골라 깊숙이 눌러 앉아서는 원로회가 어떻게 이어져 왔나 보고 싶어 주위를 둘러보았다. 나쁘지 않았다. 나는 시가를 한 개 집어 끝을 입으로 물어 떼어낸 다음 뱉을 곳을 찾았다. 유일한 재떨이라고는 값비싼 웨지우드 도자기로 된 우아한 종지뿐이었는데, 그걸 더럽히면 왠지 저주라도 받을 것 같았다. 그러고 보니 원로회가 그렇게 좋은 것만은 아니었다. 그때 바깥에서 복도로 내려오는 발소리가 나서 그 생각을 그냥 덮어 버렸다.

아서 베린그로틴이 방으로 들어왔고 나는 자리에서 일어섰다. 원하든 그렇지 않든, 존경심을 표하지 않을 수 없는 사람들이 더러 있다. 아서도 그런 사람들 중 하나였다. 물론 나이가 많은 사람이었지만 세월은 그를 잘 대해 준 것 같았다. 새우등도 아니었고 눈은 소년처럼 초롱초롱했다. 키는 한 180센티미터 정도로 보였는데 어쩌면 그보다 약간 작을 수도 있었다. 흰머리가 이마 가운데 세워져 있어서 키가 몇 센티미터는 더 커 보였다.

내가 먼저 말문을 열었다.

"베린그로틴 씨?"

"그렇습니다. 안녕하십니까."

그가 손을 내밀어서 굳게 악수했다.

"제 이름에서 처음 단어만 사용해 주시면 더 좋을 것 같습니다. 그냥 줄이는 게 편리할 것 같아서요. 당신이 해머 씨인가요?"

"맞습니다."

"뉴욕에서 오셨다죠? 뉴욕에서 오셨다고 하면 왠지 뭔가 중요한 인물 같은 생각이 들더군요."

그가 웃으며 말했다. 집사와 달리 그는 일정한 톤의 목소리를 가지고 있었다. 내 의자 옆으로 의자 하나를 끌어오더니 내게 앉으라고 고개를 끄덕였다.

"어떻게 오셨습니까?"

단도직입적으로 말했다.

"전 탐정입니다. 지금 특정 사건을 맡고 있는 건 아니지만 뭔가 알아보고 있는데요. 어떤 사람의 신원을 좀 확인하려고 합니다. 며칠 전에 시내에서 어떤 여자가 죽었습니다. 빨강 머리의 매춘부였는데 이름이 없더군요."

"아, 그래요. 나도 신문에서 봤지요. 그녀에게 관심이 있나 보군요."

"약간 있습니다. 제가 약간의 금전적 도움을 주었는데 다음 날 죽었더군요. 전 그녀가 누구였는지 알아내려 하고 있습니다. 죽었는데 알릴 사람이 없다는 건 좀 많이 안된 일이죠."

노인은 눈을 감고 비탄에 잠긴 표정을 지었다.

"잘 이해합니다. 해머 씨."

그는 손가락을 깍지 껴 무릎 위에 올려놓았다.

"나도 그런 생각을 한 적이 있었는데 무서웠습니다. 난 내가 아내와 자식보다도 오래 살아서 죽고 나면 가족도 아닌 남의 눈물만 관 위에 떨어지게 될까 봐 겁이 나거든요."

"그런 일은 없겠죠."

그가 미소 지었다.

"고맙습니다. 그러면서도 내게 허영심이 있는 건지, 지나가는 사람들에게 내 이름을 보여 줄 수 있는 기념비를 세우고 있지 뭡니까."

"저도 신문에서 그 아치형 묘를 보았습니다."

"내가 하는 짓이 정신병자 같아 보이지요?"

"전혀 아닙니다."

"사람은 인생의 다음 단계를 위한 집을 준비하지요……. 죽음을 위해서도 하나 마련한다 한들 그게 뭐 어떻습니까? 하이픈이 들어가 있는 제 바보 같은 이름(그의 이름은 정확히 말하면 아서 베린-그로틴이다.)은 나와 함께 무덤 속으로 들어가겠지만 최소한 후대 사람들이 볼 수는 있겠지요. 맞습니다, 제가 좀 바보 같죠. 전 이것을 자부심으로 생각하고 싶습니다. 헤아릴 수 없는 시간 동안 잘 보전되어 온 이름에 대한 자부심 말입니다. 가문에 대한 자부심, 성취에 대한 자부심이지요. 그런데 해머 씨가 여기 온 이유는 내 죽음에 관한 준비가 아니고, 그 여자……."

"빨강 머리입니다. 그런데 그 여자를 아는 사람이 아무도 없는 것 같아서요. 그녀가 죽기 바로 전에 베린 씨의 운전기사가 시내에 있는 한 술집에서 그녀를 데려가려고 했습니다."

"내 운전기사가요?"

내 말에 놀란 듯 물었다.

"그렇습니다. 피니 라스트. 이게 그의 이름이죠."

"근데 그걸 어떻게 알았습니까?"

"그가 그 빨강 머리를 귀찮게 하길래 좀 말렸더니 제게 총을 겨누려 하더군요. 그래서 제가 때려 눕혔습니다. 그 후 경찰차가 와서 설리번법 위반 혐의로 체포하기로 하고 넘겼는데 알아보니 총기 소지 면허를 가지고 있더군요."

아서는 숱 많은 흰 눈썹을 찌푸리며 난처한 표정을 지었다.

"내 운전기사가…… 당신을 죽였을 수도 있었군요. 그런가요?"

"모르겠습니다. 그럴 기회를 주지 않았으니까요."

"운전기사가 그날 밤 시내에 있었다는 건 나도 압니다. 그런 행동을 하리라고는 생각도 못했는데! 술을 마신 상태였습니까?"

"그런 것 같지는 않았습니다."

"어쨌거나 용납할 수 없는 일이군요. 그 일에 대해선 정말 유감입니다. 일을 그만두게 하는 게 좋을 것 같군요."

"그건 베린 씨께서 알아서 하십시오. 힘 좀 쓰는 사람을 가까이 둬야 한다면 그 사람도 괜찮을 겁니다. 보호를 받아야 한다는 건

저도 이해하니까요."

"사실 그런 사람이 필요하긴 합니다. 전에 우리 집에 강도가 몇 번 들었는데, 집에 현금이 많은 건 아니지만 잃어버리고 싶지 않은 진귀한 것들이 이것저것 좀 있어서요."

"그 여자가 죽은 날 밤에 그 운전기사는 어디에 있었습니까?"

노인은 내가 생각하는 것이 뭔지 알아차리고 머리를 좌우로 천천히 흔들었다.

"죄송한 얘기지만 그쪽으로는 생각하지 않으셔도 될 것 같습니다. 오후부터 저녁 내내 나와 함께 있었거든요. 오후에 약속이 몇 개 잡혀 있어서 우리는 그날 뉴욕으로 갔습니다. 그날 밤에 알비노 클럽에서 저녁 식사를 하고 공연을 보러 갔다가 집으로 돌아오기 전에 간식을 먹으러 다시 알비노 클럽에 갔습니다. 그동안 피니는 줄곧 저와 있었고요."

"운전기사로요?"

"아닙니다. 그냥 친구로요. 모임이 있을 때는 피니가 운전기사 옷을 입습니다. 사람들의 이목이 있으니까요. 하지만 같이 시내에 갈 때는 내가 말 상대를 원하기 때문에 피니에게 사복을 입으라고 하죠. 유감이지만 그 시간에 피니는 줄곧 제 말동무를 해 주고 있었습니다."

"그렇군요."

그런 알리바이에 시비를 걸고 싶은 마음은 없었다. 그 노인의 말이 거짓말이 아니라는 것을 알 수 있었다. 제일 동요시키기 어려운 사람은 나무랄 데 없는 인격을 가진 사람이기 때문이다. 좀 씁쓸했다. 그 라틴계 녀석에게 어떤 책임을 물을 수 있기를 바랐는데.

베린 씨가 말했다.

"해머 씨께서 의심하시는 건 이해가 갑니다. 그래도 그 여자가 죽기 전에 피니가 그 여자를 만났다는 건 확실히 우연의 일치인 것 같군요. 신문에서 그녀가 뺑소니 운전자에게 희생됐다고 봤습니다."

"신문에서는 그랬지요. 하지만 아무도 보지 못했는데 어떻게 확신할 수 있겠습니까? 그 여자는 제가 호의를 가지고 대했던 사람이라서요. 그 여자가 그냥 억울하게 묻히는 걸 볼 순 없습니다."

베린 씨는 손으로 얼굴을 한 번 쓸고서 천천히 위를 바라보았다.

"해머 씨……, 내가 어떻게 도울 수 없을까요? 예를 들면 그녀를 위해 제가 괜찮은 장례식을 마련해 줄 수 있을까요? 그렇게 할 수 있다면 내 마음이 편할 것 같습니다. 왠지 내가 그래야 할 것 같은 느낌이 들어서요. 난 이렇게 모든 것을 가졌는데 그 여자는……."

고개를 저어 그의 말을 막았다.

"그냥 제가 하겠습니다. 어쨌든 감사합니다. 그래도 그녀의 가족이 해 주는 것과 같지는 않을 겁니다."

"만약 도움이 필요하면 연락 주십시오."

"그래야 할지도 모르겠습니다."

그때 집사가 쟁반에 브랜디를 가져왔다. 한 잔씩 들고 잔을 높여 건배한 다음 마셨다. 정말 질 좋은 브랜디였다. 빈 잔을 옆 테이블에 놓고 나서 모든 것이 이곳에서 멈춘 듯한 기분이 들자 우울해졌다. 정말 거의 그런 것 같았다. 그 라틴계 녀석은 아직 사건 속에 있었다. 그가 혹시 빨강 머리가 누군지 알 수도 있기 때문이다. 그래서 마지막으로 한 번 더 시도했다.

"헌데 그 피니라는 사람은 어디서 구하셨습니까?"

"전에 그 사람이 일하던 곳에서 추천을 해 주었습니다. 그의 경력을 철저히 조사했는데 아주 훌륭하더군요. 그런데 그 죽은 여자와 무슨 관련이 있었을까요?"

"저도 모르죠. 단순히 그녀의 서비스를 이용하려고 했을 수도 있습니다. 그 사람 지금은 어디에 있습니까?"

"아침 일찍 무덤에 쓸 묘비명을 가지고 공동묘지로 갔습니다. 거기 남아서 제대로 설치되는지 보라고 지시했거든요. 아마 오늘 오후 늦게까지는 돌아오지 않을 것 같은데요."

그쪽에서도 여기서만큼이나 알고 싶은 것들이 많았다.

"제가 그쪽으로 찾아가서 만나죠. 그 공동묘지는 어디에 있습니까?"

그가 일어섰고 우리는 함께 문을 향해 걷기 시작했다. 그 나이든 조그만 집사가 어디선가 나타나더니 내 모자를 돌려주었다. 베린 씨가 말했다.

"시내 쪽으로 20킬로미터쯤 가십시오. 첫 번째 교차로에 있는 마을 서쪽에 그 공동묘지가 있습니다. 일단 거기에 도착하면 문지기가 알려 줄 겁니다."

시간을 내 줘서 고맙다는 말을 하고 다시 베린 씨와 악수를 했다. 그는 나를 위해 문을 붙잡고 있었고 나는 계단을 뛰어 내려와 차로 갔다. 내가 차를 뺄 때까지 계속 서 있길래 손을 흔들어 주었다. 백미러에 그가 손을 흔들고 있는 모습이 보였다.

묘지의 문지기는 멋진 묘비들과 새로 판 무덤들을 내게 보여 주며 몹시 즐거워했다. 관광버스에 탄 여행 안내원처럼 내 차 옆좌석에 앉아 숨 쉴 겨를도 없이 묘지에 대한 자랑을 늘어놓았다. 정말 대단한 곳이기는 했다. 모든 대리석 위에 새겨진 이름들을 보고 있자니 마치 부유하고 유명한 사람들만 죽은 듯했다. 분명 세 가지 요건을 만족시켜야 잘 손질된 잔디 밑에서 썩도록 해 줄 것 같았다. 부, 명성, 그리고 사회적 지위. 여기 묻힌 거의 모든 사람들이 이 세 가지를 다 가지고 있었다. 단 한 가지 요건만 충족한 사람도 거의 드물었다. 북동쪽 모퉁이의 작은 언덕에 아크로폴리스의 축소판이 세워져 있었는데 옆으로 구불구불한 도로가 나타났다. 그 길을 따라가니 그중에서도 가장 웅대한 건축물이 나타났다. 안내원이 나를 깜짝 놀라게 해 주려는 듯 그곳에 완전히 이를 때까지 내 시선을 자꾸 다른 쪽으로 돌리도록 유도했다. 그는 우리가 언덕 바로 밑에 갈 때까지 기다렸다가 과장된 손동작으로 그것을 가리키며 경외해 마지않는 목소리로 말했다.

"이것은 대단한 인물, 아서 베린그로틴 씨에게 바치는 대단한 기념물이 될 것입니다. 맞아요, 아주 걸맞는 묘입니다. 사람들의 마음속에 남을 만큼 훌륭한 일을 많이 한 사람은 많지가 않죠."

그는 거의 눈물을 글썽이며 말했다.

나는 그저 고개만 끄덕였다.

그가 계속 말했다.

"아주 의식 있는 분입니다. 마지막 준비를 너무 급하게 해서 자손들이 그 이름을 모르는 경우가 태반인데, 베린그로틴 씨와는 거리가 먼 얘기지요……."

"그냥 베린 씨라고 불러 달라시던데요."

내가 정정해 주었다.

"아, 아시는 분이시군요."

"조금요. 제가 여기를 좀 살펴봐도 괜찮을까요?"

"물론 되고말고요."

그가 문을 열었다.

"이쪽으로 오세요. 안내해 드리지요."

"저 혼자 가는 것이 낫겠습니다. 다시 못 와 볼지도 모르고 또……, 아무튼 이해해 주시기 바랍니다."

그는 즉시 내 부탁을 들어 주었다.

"물론이죠. 그렇게 하도록 하세요. 저는 온 길로 다시 걸어가겠습니다. 어차피 이쪽에 봐야 할 땅도 있어서요."

묘석들 사이로 그가 사라질 때까지 기다렸다가 담뱃불을 붙인 다음 길 위쪽으로 올라갔다. 인부 두 명이 발판의 반대쪽 끝에서 일하고 있었는데 내가 올라오는 것을 보지는 못했다. 그게 아니면 구경꾼에게 익숙해져 있는 것인지도 모르겠다. 그곳은 보기보다 규모가 컸다. 구부러진 대리석 기둥은 4미터 정도 위로 솟아올라 그리스식 디자인이 수공예로 장식된 거대한 청동 문을 가리고 있었다.

곡선 모양인 문 위의 상인방은 조각된 종석과 함께 잘 배치되어 있었다. 왕족의 문장인 세 개의 깃털, 혹은 좋은 미국산 위스키 병의 마크가 화강암에 새겨져 있었다. 가운데 제일 긴 깃털과 그 양 옆에 바깥쪽으로 구부러지는 두 개의 깃털이 모두 화석 같은 인상을 풍길 정도로 매우 세밀하게 새겨져 있었다. 그 밑에는 라틴어 글자가 있었는데 두 개는 베린그로틴이었다. 아주 단순했지만 매우 위엄이 있었다. 그것은 이름에 대한 자부심이었다. 사람들은 이 건축물의 웅장함을 보고 스스로 결론을 내릴 수 있을 것이다.

 옆쪽을 걷다가 벽의 오목한 부분에 바짝 기댔다. 그 라틴계 녀석이 거기 있었는데 인부들에게 뭔가 잔소리를 하고 있었다. 그는 그날 밤과 똑같은 비열한 목소리를 냈는데 다른 점이 있다면 이번에는 깔끔한 정장 대신 갈색 운전기사 제복을 입고 있었다. 인부 중 한 명이 그에게 시끄럽다고 말하자 그가 발판에 돌을 던져 버렸다.

 순간적으로 나는 주머니에서 그 플라스틱 빗을 꺼내 그의 발 바로 옆에 멈추도록 길 위에 미끄러지게 했다. 그가 조금 있다가 몸을 돌렸는데 그때 빗을 발로 차는 바람에 빗이 다시 내 쪽으로 약간 미끄러졌다. 본능적으로 그는 손을 앞주머니로 갔다 대더니 몸을 숙여 그것을 집은 다음 손바닥으로 닦아 머리를 빗고는 다시 셔츠 속에 넣었다.

 그 광경을 보니 더는 아무것도 필요 없었다. 그가 바로 빨강 머리의 방을 쑥대밭으로 만들어 놓은 장본인이었다.

 내가 먼저 말을 할 때까지 그는 나를 보지 못했다.

 "잘 있었나, 피니."

 그러자 그가 이를 드러내면서 말했다.

 "이 더러운 놈."

 으르렁거리는 듯한 말투였다.

 우리는 동시에 똑같은 사실을 확인했다. 둘 다 총을 가지고 있지 않았던 것이다. 그의 경멸스러운 태도가 비웃음으로 바뀌는 것으로 보아 그는 총이 없는 것이 잘됐다고 생각하는 것 같았다. 그가 무심코 손을 주머니 속으로 떨궜다. 아마도 나를 바보로 여겼나 보다. 나도 그만큼 자연스럽게 내 새 재킷의 단추를 휙 풀어 젖히고 나서 벽에 대고 몸을 구부렸다.

"이봐 탐정, 원하는 게 뭐야?"

"너야. 느끼한 녀석."

"나를 쉽게 손에 넣을 수 있을 거라고 생각하나?"

"물론이지."

그는 계속 실실 웃어 댔다.

내가 말했다.

"어젯밤에 빨강 머리 방에 갔었지? 찾던 것이 뭐지?"

그는 너무 화가 나서 부서질 듯 떨어 댔다. 눈에는 광기가 서렸다.

"창문 옆 바닥에 빗이 하나 있더군. 네가 빠져나가려고 몸을 구부릴 때 주머니에서 빠진 거지. 네가 지금 방금 주운 빗 말이야."

그는 주머니에서 손을 휙 하고 빼냈는데 일부만 열린 칼날이 옷에 걸렸다가 찰깍 하고 제자리로 돌아갔다. 나는 내 재킷을 한쪽 손에 벗어 들고는 그의 얼굴에 날려 버렸다. 그 때문에 순간적으로 그의 눈이 가려져 칼이 몇 센티미터 차이로 내 배꼽을 비껴갔다. 그가 내게 덤벼들었지만 내가 더 운이 좋았다. 칼이 재킷에 걸렸고 나는 그의 손에서 칼을 낚아챘다.

피니 라스트는 쉬운 상대가 아니었다. 그는 욕설을 퍼부으며 내가 재킷을 치워 버리기 전에 양손 모두 주먹을 쥔 채 덤벼들었다.

나는 볼과 턱 밑 부분을 세게 얻어맞고 오른쪽 주먹으로 그의 얼굴을 정통으로 가격했다. 그러자 그가 비틀비틀 뒷걸음치다가 기둥 중 하나에 부딪혀 튕겨 나왔다. 나는 소매를 반쯤 찢어 벗어 버리고 그에게 돌진했지만 그것은 정말 바보 같은 짓이었다. 그가 그 기둥을 버팀대 삼아 격렬한 발차기를 날렸고 나는 배를 맞아 두 번이나 뒹굴었다. 내가 계속 구르지 않았다면 그의 뒤꿈치에 척추가 부러졌을지도 모른다. 피니의 공격은 거셌다. 그가 다시 한 번 발차기를 시도했을 때 나는 그 발을 붙들어 버렸다. 그는 돌바닥재 위로 사정없이 떨어졌다.

이걸로 끝이다. 나는 거의 숨을 쉴 수도 없었지만 그의 손목을 비틀어 꺾을 만한 힘은 남아 있었다. 내가 그의 등에 무릎을 꿇고 앉아 그의 손을 거의 목까지 당기는 동안 그는 얼굴을 바닥에 대고 소리를 지르면서 자빠져 있었다. 살갗 아래 실핏줄과 힘줄이 튀어나올 듯 퍼져 있었고 비명 소리는 숨이 막혀 점점 작아졌다.

"그 여자 누구지, 피니?"

"난 몰라!"

그의 팔을 좀 더 위로 당겼다. 돌에 눌린 그의 얼굴에서는 피가 나고 있었다.

"뭘 찾고 있었지, 피니? 그 여자는 누구야?"

"하느님께 맹세하는데, 난 모른다고. 제발……. 그만둬!"

"그만두지……. 네가 말을 하면 말야."

팔에 다시 약간의 힘을 더 가하자 피니가 말을 하기 시작했다. 말소리는 알아듣기 어려웠다.

"코스트에서 알게 된 매춘부야. 거기 갔다가 잠이 들었는데 그 여자가 나한테서 뭔가를 훔쳐 가서 그걸 찾으러 했던 거야."

"그게 뭐지?"

"어떤 남자와 관련된 것이었어. 그 남자가 내게 갚은 것이었는데 그 여자가 훔쳐갔거든. 그 남자와 어떤 계집이 호텔 방에 있는 사진들이야."

"빨간 머리는 누구였지?"

"맹세코 모른다고! 알기만 한다면 말했을 거라고. 오, 하느님, 오, 하느님!"

피니가 또 다시 기절해 버렸다. 그때 뒤쪽에서 발소리가 나서 올려다보니 아까 일하던 그 인부들 두 명이 상하가 붙은 작업복을 입고 서 있었다. 그중 눈이 까만 한 명은 최근에 코를 심하게 다친 듯했다. 그는 채석공용 망치를 들고 있었는데 잡고 있는 모양이 왠지 거슬렸다.

"이 친구들 여기서 이러고 있었구먼?"

까만 눈을 가진 남자가 고개를 저으며 말했다.

"그 녀석이 제대로 당했나 그냥 확인이나 하려고요. 똑똑한 녀석이죠……. 너무 빨라서 손을 못 쓴다니까. 항상 이래라 저래라 하기나 좋아하고. 이거 돈만 적게 받았어도 진작 때려 치웠을 텐데 말이지."

나머지 한 명이 고개를 끄덕이며 동의했다.

일어서서 옷을 제대로 챙긴 다음 피니를 일으켜 어깨에 짊어졌다. 내 차 바로 맞은편에 천개와 의자가 모두 준비되어 있는 새 무덤이 있었다. 나는 몸을 약간 앞으로 숙여 피니 라스트를 2미터 아래 무덤으로 떨어뜨렸다. 그는 움직이지 않았다. 하관 전에 사람들이 그를 발견하길 바랄 뿐이다. 아니면 누군가 그를 보고 무지무지 놀라거나.

 차를 빼자 문지기가 친절한 인사를 해 주면서 자신의 서비스에 대해 칭찬을 받고 싶어 내 차 옆으로 다가왔다. 그런데 나를 보자마자 입을 쩍 벌리고는 그대로 얼어붙었다. 차에 기어를 넣으며 말했다.

 "여기 시체들은 정말 적대적이군요."

3장

뉴욕에 도착하자 폭풍우가 몰아치고 있었다. 곧바로 아파트로 차를 몰고 가서 옷을 갈아입고 맥주도 한 병 마셨다. 볼일을 다 끝내고 나와 간이식당에서 간단하게 식사를 마치고 다시 사무실로 향했다. 두 블록 떨어진 곳에 주차할 공간을 찾았는데 여전히 비가 내리고 있었다. 마지막 남은 정장을 더럽히지 않으려고 택시를 잡아 탔다.

다섯 시가 지나 있었는데도 벨다는 아직 사무실에 있었다. 또한 팻도 와 있었다. 웃으면서 손을 흔들어 인사했다.

"여기서 뭐해?"

내가 물었다.

"아, 네게 몇 가지 뉴스를 전해 주려고 잠깐 들렀지. 벨다와 재미있게 이야기하고 있었어. 벨다가 수고하는 걸 네가 알아주지 않는 게 정말 유감이지 뭐야."

"고마워하고 있어. 표현할 기회가 없는 것뿐이지."

벨다가 나를 보고 코를 찡그렸다.

"그런데 무슨 뉴스?"

"빨강 머리를 죽인 남자를 찾았어."

내 심장이 갈비뼈에 대고 쿵쿵 뛰기 시작했다.

"누군데?"

"어떤 젊은 애야. 술에 취해 속도를 내다가 신호도 무시하고 달렸나 봐. 그러다가 누군가를 치었는데 뭔가 진짜로 잘못된 것 같아 그냥 계속 달렸다고 하더군. 그 애 아버지가 신고했어."

그 이야기를 듣고 나는 의자에 앉았다.

"팻, 확실한 거야?"

"네가 살해됐다고 생각하는 것만큼이나 확실하지."

팻은 잠시 웃더니 계속 말했다.

"한참 이 사건에 몰두했는데 이제 다른 부서로 넘어갔어. 좀 여유가 생겼지. 항상 같이 시작했다가 내가 먼저 뛰어내리는 것 같군. 너 경찰이나 해라. 우리가 써먹을 수 있게 말야."

"그럴까? 그런데 그 규칙과 규정을 다 지키다간 내 머리가 돌아 버릴걸. 그나저나, 어떻게 그 애가 했다고 확신할 수가 있지?"

"글쎄, 우리가 단정 짓는 한, 그게 그날 밤 그 도로에서 난 유일한 사고거든. 또 그 애가 자백도 했고. 실험실에서 차 펜더에 패인 부분이랑 그녀 옷에 붙어 있던 페인트 조각도 확인했어. 그런데 이렇게 될 걸 미리 예상했는지 남을 만한 자국을 모두 제거했더군. 우리 쪽에서 유능한 형사가 투입됐는데 그 친구는 그녀가 차에 치인 다음 길가 모서리에 부딪히면서 목이 부러졌다고 생각하는 것 같던데."

"그럼 그때 살이 찢어졌을 수도 있다는 얘기야?"

"꼭 그렇진 않아. 그건 코트 칼라가 막아 준 것 같아. 모든 정황으로 볼 때 그래. 찰과상이라곤 그녀가 차에 치인 다음 떨어졌다가 구르면서 생긴 것이 전부야. 볼과 무릎의 피부가 벗겨졌을 뿐이지."

"신원 파악은 어떻게 됐어?"

"아직은 아무것도 몰라. 실종자 관리국에서 지금 조사하고 있어."

"참, 나!"

팻이 말했다.

"마이크, 도대체 왜 그렇게 그녀의 이름에 대해 흥분하고 그래? 이 도시에 그런 애들은 수도 없이 많아. 매일 그들 중 몇몇이 사고를 당하기도 하고."

"바보 같은 소리! 내가 전에 한 번 말했잖아. 그 애를 좋아했다고. 알아내지 못한다면 저주받을 것 같단 말이야. 왜 그런지 묻지 마, 나도 모르니까. 이마에 '아무개'라고 붙여서 땅속에 처넣을 수는 없어!"

"알았어. 흥분하지 마. 어쨌거나 지금 관리국 직원 모두가 알아보고 있는 판에 네가 뭘 할 수 있겠어?"

"그 녀석들도 말똥이나 처먹으라고 해."

내가 담뱃불을 붙이는 동안 기다렸다가 팻이 일어나서 내게 다가왔다. 이젠 웃고 있지 않았다. 눈빛은 심각했다. 한 손을 내 어깨 위에 올린 다음 말했다.

"마이크, 내가 널 좀 잘 알지. 아직도 그 여자가 살해당했다고 생각하고 있는 거지? 안 그래?"

"맞아!"

"그러는 이유라도 있나?"

"아니."

"그래. 그럼 그 이유를 알게 되면 나한테 알려 주겠지?"

천장에 담배 연기를 뿜은 다음 고개를 끄덕였다. 팻을 올려다보았다. 그 옛날의 우정이 다시 살아나 있었다. 팻은 경찰이 아닌 사람들에게 직감이 있다는 것을 알고 있었다. 단지 직감뿐이 아니었다. 사람들이 직감이라고 부르는 것의 이면에는 수많은 경험과 노하우가 있다는 걸 알고 있었다.

"그 여자는 지금 시체 보관실에 있나?"

팻이 끄덕였다.

"좀 보고 싶군."

"좋아, 지금 가 보자."

벨다의 얼굴과 시계를 번갈아 보고 나서 퇴근하라고 말했다. 벨다는 코트를 입으면서 문밖으로 나갔다. 가는 길에 팻은 별로 말이 없었다. 교통 체증과 씨름하며 그 낡은 벽돌 건물에 도착한 다음 팻이 주차하고 오기를 기다렸다.

건물 안은 싸늘했다. 그것은 겨울 아침에 신선한 공기를 마시며 느끼는 차가움이 아닌 화학 약품에서 풍겨 나는 죽음의 냄새이며 퀴퀴한 싸늘함이었다. 너무나 조용해서 약간 으스스하기까지 했다. 팻이 안내원에게 여자의 소지품이 적힌 목록을 부탁했고 그가 책상 서랍에서 찾는 동안 우리는 아무 말 없이 기다렸다.

목록에는 특별한 것이 없었다. 옷가지들(모든 사람이 옷을 입는다.), 립스틱, 파우더와 약간의 돈, 소녀들이 핸드백에 가지고 다닐 만한 장신구 몇 개. 나는 목록을 돌려주며 말했다.

"이게 답니까?"

"네, 그게 전부입니다. 시체를 보시겠습니까?"

안내원이 하품을 하며 말했다.

"괜찮으시면 그렇게 하겠습니다."

안내원이 줄지어 있는 파일 케이스로 가더니 어린애가 막대기로 말뚝 울타리를 훑듯이 손가락으로 그것들을 훑어 나갔다. '미확인' 열을 찾아내자 손에 든 종이와 번호를 확인하고는 밑에서 두 번째 칸을 열쇠로 열었다. 그 안내원에게 빨강 머리는 단지 쌓여 있는 파일 더미 속의 일치하는 번호와 같은 존재일지도 모르겠다.

그녀는 얼굴에서 곤란한 표정이 사라졌다는 것을 빼고는 별로 변한 것이 없었다. 목에 멍든 자국이 있었고 찰과상을 입었으나 둘 다 치명적으로 보이지는 않았다. 그러나 그것이 세상 돌아가는 방식인 것이다. 어떤 사람들은 땅 속 지하철을 타고 플랫폼으로 올라오는 데도 겁을 먹는다. 어떤 사람들은 낭떠러지에 차를 올려놓고 유유히 걸어 나가기도 한다. 그녀는 살짝 걸리기만 했는데도 목이 부러져 버렸다.

"팻, 부검은 언제하지?"

"아마 하지 않을 거야. 뺑소니 운전사가 잡혔는데 할 필요가 뭐가 있겠어. 이건 이제 살인 사건이 아니라고."

팻은 내가 얼굴을 찡그리는 걸 보지 못했다. 그녀의 손이 가슴에 포개져 있는 것을 보고 그녀가 커피 잔을 잡던 것이 생각났다.

꼭 공주 같았다. 그때 그녀는 반지를 끼고 있었지만 지금은 반지를 끼고 있지 않았다. 반지를 끼고 있던 우아한 손은 붓고 긁혀 있었고 어떤 놈이 반지를 억지로 빼다 남긴 상처는 다른 상처에 가려져 잘 구별되지도 않았다.

아니, 누군가 그 반지를 가져갔다. 도둑이라면 그녀가 인도와 차도 사이의 도랑에 쓰러져 있는 동안 핸드백을 가져갔을지 몰라도 반지는 아니다. 그리고 여자들은 특히 옷을 잘 차려입을 때는 반지를 끼는 것을 잊지 않는다.

그렇다. 팻이 틀린 것이다. 그는 그것을 모르고 있지만 난 이야기하지 않을 것이다. 아직은 말이다. 내가 보기에 이건 살인이다. 단순히 추측이 아니다.

"다 봤어, 마이크?"

"응. 봐야 할 건 다 본 것 같은데."

안내 데스크로 돌아와 다시 그녀의 소지품 목록을 검토했다. 반지는 없었다. 그곳을 빠져나와 신선한 공기를 마시자 기분이 한결 나아졌다. 우리는 몇 분간 차에 앉아 있었고 나는 담배에 불을 붙였다.

"팻, 이제 그녀는 어떻게 되는 거지?"

팻이 어깨를 으쓱하곤 대답했다.

"아, 보통 하는 대로지. 신원이 확인되는 동안 보관했다가 매장할걸."

"설마 이름도 없이 매장하진 않겠지?"

"억지 부리지 마, 마이크. 신원 파악을 위해서 할 수 있는 일은 다 할 테니까."

"나도 그럴 거야."

팻이 나를 곁눈질로 보았다. 내가 말했다.

"어쨌거나 절대 그녀를 처리 시설로 넘기면 안 돼. 필요하면 내가 그녀의 장례 비용을 부담할 거니까."

"그러지. 그치만 그렇게 하지 않아도 되니까 다시 생각해 봐. 좋아, 마이크, 원하는 대로 해. 이제 공식적으로 더는 내 관할이 아니지만 에라 모르겠다……. 내가 널 아니까 다시 맡을 수도 있지. 날 물먹이지만 말아 줘. 그리고 뭔가 알아내면 내게도 알려 주고."

"물론이지."

시동을 걸고 도로변에서 차를 뺐다.

집에 가 보니 사흘이나 늦은 편지가 한 통 와 있었다. 주소는 전화번호부에서 찾은 것이었는데 내가 새 아파트로 이사 간 후 바꾸지 않아 우체국에서 지금의 주소로 고쳐 다시 보냈다. 스펜서식으로 다듬어진 가볍고 여성스러운 필체였다.

편지 봉투를 여는 순간 손이 떨렸다. 편지를 읽기 시작하자 떨리던 손이 더 떨렸다. 그 편지는 빨강 머리한테서 온 것이었다.

친애하는 마이크(이렇게 시작됐다.), 정말 아름다운 아침이에요. 기분이 정말 새로워서 길을 걸으며 노래라도 하고 싶네요. '감사합니다.' 라고 시작할 수가 없어요. 말은 너무 한정되어 있고 내 마음은 너무 커서 뭐라고 쓰든 적절하지 않기 때문이에요. 마이크, 당신을 만났을 때 아주 피곤한 상태였어요. 너무 일을 많이 해서 심하게 지쳐 있었죠. 이제 전혀 피곤하지도 않고 모든 게 다시 한 번 분명해졌어요. 언젠가 다시 당신이 필요할지도 모르겠어요. 마이크, 지금까지 믿을 수 있는 사람이 아무도 없어서 너무 힘이 들었죠. 우린 원래 친구가 아니어서 이걸 우정이라고 하기도 뭐하네요. 내 생각에 이건 믿음이에요. 그리고 믿을 수 있는 사람이 있다는 게 내게 어떤 의미인지 당신은 모를 거예요.

　당신은 날 아주 행복하게 만들었어요.

당신의 빨강 머리

　아, 이런 제길. 내가 반나절 동안 그녀를 행복하게 하고, 죽고 싶지 않을 정도로 삶이 좋아지게 만들었다니 이런 빌어먹을.
　편지를 구겨 벽으로 집어던졌다.
　맥주 한 병을 다 마시고 좀 진정이 돼서야 자학을 멈췄다. 다 마신 1리터짜리 맥주병을 싱크대 밑에 처박고 되돌아 와 편지를 집어 탁자 위에 폈다. 두 번을 다시 읽으며 한 단어 한 단어를 되새겨 보았다. 매춘부가 썼을 것 같은 편지가 아니었다. 그 유려한 필체와 표현은 시궁창을 집으로 삼은 소녀들이 사용하는 것이 아니었다. 난 지저분한 여자들을 많이 보아 왔고 여러 곳에서 그런 여자들과 이야기도 해 봤다. 그 결과 한 가지는 분명히 알고 있다……. 그런 여자들은 한결같은 부류였다. 그냥 마구 줘 버리는 여자들도 있고 돈을 받고 파는 여자들도 있지만 하려는 여자와 하지 않으려는 여자는 골라낼 수 있다. 그리고 하려는 여자들은 그들이 말하고 쓰는 것에 더러움이 그대로 배어 있었다.
　빨강 머리는 분명 고상한 여자였다. 그녀는 뭔가 중요한 일을 하기 위해 그 고상함을 포기해야 했음이 분명하다. 뭔가 그녀에게 의미가 있는 일을 위해……. 그리고 언젠가 다시 내가 필요할 거라고 했다. 그녀는 지금 그 어느 때보다 더 나를 원하고 있다. 좋다, 그럼 그렇게 될 것이다.

그런 여자들을 찾는다면 자정쯤에 거리로 나가 보면 된다. 그러나 사정이 정말 급하면 따로 여자를 알선해 주는 사람들이 있다. 그들은 손님을 직접 매춘굴로 소개해 주고 나중에 일정한 몫을 챙긴다. 대개 그들은 얼굴이 누렇게 떠서 마르고 날카로우며 교활한 눈을 초조하게 움직인다. 또 더러운 말을 내뱉으며 주머니 속에 있는 동전이나 주름이 높게 잡힌 바지에 연결된 열쇠고리를 계속 만지작거린다.

코비 베넷이 바로 그런 인간이었다. 그쪽 일을 해서 돈을 버는 여자들이 존재하는 한 코비 같은 사람들도 계속 있을 것이다. 그의 그림자가 드리워지는 곳은 인공 조명 아래뿐이었다. 캐널 거리 근처에 있는 지저분한 바에서 그를 발견했다. 그는 한쪽 손으로는 하이볼을 들고 다른 손은 벨트에 걸치고서 열일곱 살이 채 안 되어 보이는 애들 두 명과 열심히 얘기하고 있었다. 그 애들은 둘 다 허락을 받고 일주일 정도 놀러 나온 고교 상급생으로 보였다.

그들의 이야기가 끝날 때까지 기다리지 않았다. 그들 옆으로 쑤시고 들어가자 그 두 아이가 나를 쳐다보고는 약간 놀라더니 말없이 걸어갔다.

"안녕, 코비."

내가 말했다.

그 포주는 인간이라기보다는 꼭 구석에 처박힌 족제비 같았다.

"원하는 게 뭐지?"

"네가 파는 건 아니야. 그나저나 요즘은 어떤 애들로 장사하지?"

"한번 알아보시지, 바나나코."

알았다고 말한 뒤 그의 다리 살을 한 움큼 쥐어짰다. 코비는 마시던 술잔을 떨어뜨리고는 욕을 퍼붓기 시작했다. 그의 입가에서 침이 떨어졌을 때 쥐고 있던 다리를 놓고 술을 한 잔 시켜 주었다. 그런데 술잔에 얼굴을 제대로 대지도 못했다.

"마음만 내키면 네 몸에 구멍을 내서 얘기하게 만들어 줄 수도 있어."

내가 조용히 웃었다.

"이런 제길, 왜 이러는 거야?"

녀석이 거의 눈을 감은 것처럼 가늘게 실눈을 뜨고 다리를 문지르면서 몸을 움찔했다.

"내가 그림이라도 그려 줘야 하나? 내가 하는 일이 뭔지 잘 알잖아. 계속 해 왔던 똑같은 일인데 대체 왜 이래?"

"조직에서 일하지?"

"아니, 그냥 혼자 해."

불만스러운 말투였다.

"요 전날 밤에 살해된 빨강 머리는 누구였지, 코비?"

내가 묻자 그는 눈이 휘둥그레지면서 입 끝을 획 당겼다.

"그 여자가 살해당했다고 누가 그래?"

"내가."

바텐더가 맥주 한 잔을 내게 밀어 주었다. 나는 맥주를 홀짝거리면서 그 포주의 표정을 살폈다. 코비는 겁을 먹고 있었다. 마치 나와 함께 있는 것을 보이면 안 되기라도 하듯 최대한 눈에 띄지 않으려고 옷 속으로 파묻히려 하는 것 같았다. 그런 면에서 그는 쇼티와 비슷했다. 쇼티도 역시 겁에 질려 있었다.

"신문에서는 차에 치었다고 하던데 그게 살인이라고?"

"누가 죽였는지는 모르지만 분명 살해당했어."

"그래서 나보고 뭘 어쩌라는 건데?"

"코비, 내가 너한테 진짜로 심하게 하는 걸 원치는 않겠지?"

잠시 코비의 대답을 기다린 다음 말했다.

"아닌가?"

코비는 대답하는 데 시간을 끌었다. 아래에서부터 천천히 나를 올려다보더니 내 눈에 시선을 고정했다. 그러고는 입술을 핥더니 몸을 돌려 단숨에 술을 들이켰다. 잔을 내려놓고 그가 말했다.

"해머, 넌 정말 빌어먹을 자식이야. 내가 마약 하는 놈이었다면 약기운을 빌려 총으로 네 내장이 다 튀어나오도록 해 줬을걸. 매춘부라는 것 빼고는 그 빨강 머리가 누군지도 모를뿐더러 또 전혀 알고 싶지도 않아. 몇 번 그 애랑 일을 했는데 거의 나가 노느라 집에 없더라고. 손님들한테 나만 욕먹었어. 그래서 내가 끊어 버렸고. 그렇게 한 게 오히려 잘한 건지도 몰라. 내가 그렇게 끊어 버리고 난 다음에 모두들 그 앨 쫓고 있다는 소문이 돌았거든."

"누가 그 말을 시작했는데?"

"내가 어떻게 알아? 소문이 어느 한 사람한테서 나오나? 꽤 여러 사람이 그 얘길 했어. 그 후론 그 애 일은 잊어버렸고. 같이 일하는 다른 여자 애가 그러는데 그 애가 돈을 잘 못 벌었다고 하더군. 여기 장사는 윗동네만 못하다고. 이 근처에는 큰돈 내는 녀석들이 없어……. 있어도 몇 명 안 되지. 네가 망쳐 놓은 녀석들처럼 말이야. 그 나머지는 구할 수만 있으면 어떻게 생겨 먹었든지 상관하지 않는 얼간이들이지. 근데 그 녀석들도 소문을 듣고 다 떨어졌지. 그 앤 전혀 돈을 못 벌고 있었던 것 같아."

"계속해 봐."

그는 내가 무엇을 원하는지 알고 있었다.

코비가 테이블을 두드려 술 한 잔을 더 주문했다. 갑자기 그가 약간 작은 목소리로 말했다.

"이제 좀 떨어져 주면 안 되나! 그 애가 왜 쫓기고 있었는지 난 모르니까 말야. 아마 어떤 머저리 총잡이가 그 앨 계속 만나고 싶었는데 잘 안 돼서 화가 났나 보지. 아니면 돈이 무지 많았다든가. 내가 알고 있는 건 그 애가 쫓기고 있었다는 거고 이 바닥에서는 말 한마디면 충분하지. 다른 사람한테 물어보지 그래?"

"다른 사람 누구? 이 동네는 네가 다 접수했잖아. 너 말고 물어볼 사람이 또 어디 있다는 거지? 난 네가 말하는 게 좋은데. 사실은 우리가 너무 친해져서 네가 머리 뚜껑이 열릴 정도로 재잘대고 있다고 퍼뜨릴까도 생각 중이지. 네가 말해 줄 건데 내가 왜 다른 사람한테 물어봐야 하지? 달리 물어볼 사람도 없는데 말야."

코비의 얼굴이 있는 대로 하얗게 변했다. 몸을 구부려 술잔을 받고는 그 술을 거의 엎지를 뻔했다.

"매춘굴에서 일했다고 말한 적이 있어."

코비는 하이볼을 다 마시고 입가를 쓱 닦으며 주소를 중얼중얼 말했다.

나는 고맙다는 말도 하지 않았다. 조용히 술잔을 내려놓고 거스름돈을 받아 그곳을 빠져나온 것만으로도 충분히 호의를 베푼 것이었으니까. 거리로 나와 길을 건넌 다음 몇 분 동안 좁은 골목에 서 있었다. 담배 한 개비를 입에 물고 성냥으로 막 불을 붙이려는 순간 코비가 밖으로 나왔다. 길 양쪽을 살피더니 주머니에 손을 넣고 북쪽으로 걷기 시작했다. 코비가 모퉁이를 돌았을 때 난 차에 타서는 몇 분간 사건이 어떻게 돌아가고 있는지 정리해 보려 했다.

빨강 머리, 운 없는 매춘부. 그녀는 죽었고 누군가 그녀의 방을 뒤졌다. 그리고 반지가 사라졌다.

총 장난을 좋아하고 그녀가 공갈거리를 훔쳤기 때문에 방을 뒤졌다고 말한 라틴계 녀석.

빨강 머리가 들르던 간이식당을 운영하는 전과가 있는 녀석. 그는 겁에 질렸다.

이유는 모른다고 했지만 그녀가 쫓기고 있다는 걸 알았던 포주. 이유를 알 가능성도 있다. 어쨌거나 그도 역시 겁을 먹었고.

어떻게 보더라도 엉망이다. 거기에다 이제 점점 더 복잡해지려고 한다. 그것이 바로 내가 확신하는 이유인 것이다. 죽음은 충치와도 같다. 뭐가 잘못됐든지 간에 일단 빼고 나면 모든 것이 끝이니까. 죽음도 대개 그와 같은 식이다. 끝난 후에 사람들은 하고 싶은 말을 다 할 수 있다. 또 살아 있는 자들에게는 해 주지 않을 것을 죽은 녀석들을 위해 하기도 한다. 죽음은 깨끗하고 깔끔해서 좋다. 모든 문제를 끝맺어 버리는 것이다. 누군가 소지품을 수거하고 나서 칭찬의 말 한마디해 주면 그만이다. 그러나 빨강 머리의 죽음은 지저분한 것이었다. 뭔가 석연치 않은 면이 있다. 마치 밑에는 또 말썽을 일으킬 것 같은 곪고 추한 것이 있는, 윗부분만 아문 상처같이 말이다.

손가락 끝까지 담배가 다 타들어 갔을 때 차를 몰고 시내를 지나 코비가 말해 준 주소로 향했다. 뉴욕에도 역시 더러운 소굴이 있다. 그 집은 바로 그 진흙탕 한가운데 있었다. 주소지의 그 거리는 지저분한 일방통행로로 한쪽 끝에 강이 있고 각 모서리에는 얼굴에 낙오자의 도장이 찍힌 멍한 표정의 남녀로 채워진 술집이 있었다.

번지를 확인해서 원하는 곳을 찾아냈지만 있는 것이라곤 그야말로 번호뿐이었다. 있어야 할 집이 없었기 때문이다. 콘크리트 뼈대만 남은 것을 집이라고 하지 않는다면 말이다. 현관은 나병 환자의 입처럼 쩍 벌어져 있었고 창문은 벗겨진 페인트로 지저분했다.

마지막 단서였는데……. 연석에 대고 발길질을 하며 욕을 퍼부었다.

열 살쯤 된 꼬마가 나를 보더니 말했다.

"한두 주 전에 어떤 머저리가 성냥불을 창밖에 있는 쓰레기통으로 던져서 거기 아가씨들이 거의 다 죽었어요."

요즘 애들은 나이에 비해 너무 많은 걸 알고 있다. 술 한잔이 정말 급했다. 왼쪽에 있는 술집이 좀 더 가까워 손톱이 손바닥을 파고 들어갈 정도로 주먹을 꽉 쥔 채로 그 바에 들어갔다. 이제 이것이 문제군, 나는 계속 생각했다. 이게 문제야! 정말 이 사건에는 구석마다 벽이 있단 말인가? 바텐더는 뭘 마실 건지 묻지 않았다……. 그는 잔 하나와 위스키 한 병을 내 바로 앞에 밀어 놓고 체이서로 생맥주를 뽑은 다음 내게 줄 거스름돈을 셌다. 내가 두 잔째 마실 때 그는 그 거스름돈을 도로 금고에 넣고 물었다.

"한 잔 더 하시겠습니까?"

고개를 저었다.

"이번엔 그냥 맥주로 할게요. 전화는 어디 있습니까?"

"저쪽 구석에요."

맥주를 뽑으면서 그는 고개로 바의 끝을 가리켰다. 전화박스로 가서 동전을 넣고 팻의 집으로 다이얼을 돌렸다.

팻이 받는 걸 보니 이번엔 약간 운이 좋았다 싶었다. 내가 말했다.

"나 마이크야. 부탁 하나 들어줘야겠어. 이쪽 거리에 있는 한 매춘굴에서 불이 났더군. 그 사고에 대해 조사가 됐는지 알고 싶은데 확인해 줄 수 있나?"

"할 수 있을 거야. 번지수가 어떻게 되지?"

번지수를 알려 주었더니 팻이 말했다.

"알아보고 다시 전화해 줄 테니 그쪽 전화번호 불러 봐."

팻에게 전화번호를 주고 전화를 끊었다. 주문한 맥주를 들고 전화박스에 있는 의자에 앉아 한 모금씩 천천히 마셨다. 벨이 울리자마자 수화기를 낚아챘다.

"마이크?"

"응."

"12일 전에 난 불이야. 그 집이 한 달 전에 넘어갔는데도 아무 변화가 없어서 수사를 철저히 했지. 불은 사고로 난 거였고, 창밖으로 성냥불을 던진 남자는 아직도 병원에 있어. 그 남자가 유일하게 살아서 그 집을 나온 사람이고. 불길이 앞문을 막았는데 뒷문은 나갈 수 없을 만큼 물건들이 쌓여 있었어. 여자 세 명은 지붕에서 죽었고, 두 명은 방에서 그리고 두 명은 소방관들이 그물을 놓기 전에 뛰어 내려서 죽었어. 바닥이 완전히 함몰됐으니까 전소한 거지."

팻은 고맙다고 말할 기회도 주지 않았다. 내가 뭐라고 하기도 전에 팻의 목소리가 가늘어졌다.

"알고 있는 게 뭔지 말해 봐. 그냥 궁금해서 가 본 건 아닐 거 아냐. 아직도 살인 사건이라고 생각한다면 나랑 거래를 하는 게 어때? 지금 당장 말야."

내가 웃으며 말했다.

"좋아, 친구. 아직 빨강 머리가 누군지 알아보는 중이야. 그녀가 혼자 일하기 전에 어디서 일했는지 알고 있는 녀석을 만났어. 그래서 여기까지 오게 됐지."

이번에는 팻이 웃었다.

"그게 다야? 나한테 전화했으면 내가 말해 줬을 텐데."

나는 전화기를 손에 잡은 채로 얼어붙었다. 팻이 계속 말했다.

"그 여자 이름은 샌포드야, 낸시 샌포드. 이름을 여러 개 가지고 있었는데 주로 낸시라는 이름을 썼던 모양이야. 그래서 우리도 그 이름을 쓰기로 했지."

목소리보다 이 가는 소리를 더 크게 내며 내가 말했다.

"누가 그걸 얘기했지?"

"여긴 일하는 사람이 많아. 순찰대원들이 그녀에 대해 알아냈어."

"그럼 누가 죽였는지도 알겠군."

"물론이지. 자기 실수로 죽은 거였어. 드디어 그 여자 옷에서 자동차 펜더의 페인트 자국이 나왔고 차에서도 그 여자가 입고 있던 옷의 섬유 조직이 발견됐어. 경비원 하나가 재를 버리러 밖에 나왔다가 그 여자가 만취한 상태로 비틀비틀 걷고 있는 걸 봤대. 넘어졌다가 다시 일어나서 좀 더 비틀거렸다더군. 그 다음에 차에 치어 반 블록쯤 떨어진 시궁창 옆에서 발견됐지."

"그 여자 부모는 찾아봤나? 아니면 조금이라도 그녀를 아는 사람이 있었어?"

"아니, 아직 거기까진 못 갔어. 과거의 흔적을 싹 없앴더군."

"그럼 이제 원칙대로 처리하는 일만 남은 건가? 목관에 넣는 거 말야."

"그럼 뭐가 있지? 이 사건은 이제 다 끝났어."

나는 수화기에 대고 으르렁대면서 말했다.

"그러니까 날 좀 도와줘. 내가 해야 할 일이 다 끝나기 전에 그 여자의 관이 땅에 묻힌다면 네가 아무리 경찰이라도 죽도록 두들겨 패 줄 거니까."

팻이 조용히 말했다.

"별로 서두르지 않고 있어. 마이크. 천천히 하라고. 천천히."

수화기를 내려놓고 일어나서 그녀의 이름을 계속 되새겼다. 너무 크게 말했는지 구석 테이블에 축 늘어져 앉아 있던 갈색 머리 여자가 괴상한 표정으로 나를 올려다보았다. 눈을 보니 이미 여러 병을 마신 것 같았다. 전혀 이 동네 여자 같지 않을 만큼 아름다웠다. 허리 벨트까지 가슴이 파인 검은 새틴 드레스를 입고 다리를 꼬고 있었는데 자신이 뭘 보여 주고 있는지 의식하지 못하고 있었다.

진하게 립스틱을 바른 입술로 웃으면서 그녀가 말했다.

"낸시……, 언제나 낸시. 모두들 낸시만 찾는다니까. 왜 예쁜 롤라에게는 신경 쓰지 않는 걸까?"

"낸시를 찾는 사람이 누군데요?"

"아, 그냥 모두요. 낸시가 더는 돌아다니지 않는 걸 보니 사람들이 그 앨 찾긴 찾았나 봐요."

그녀는 손으로 턱을 괴려고 했으나 팔꿈치가 계속 테이블 밖으로 미끄러졌다.

"낸시가 죽은 거 알아요? 낸시를 아주 좋아했는데 이제 갠 죽었어요. 롤라면 되지 않을까요, 아저씨? 롤라는 살아 있고 멋진데. 일단 알면 롤라를 좋아할 거예요."

이런, 난 벌써 롤라가 좋아졌다.

4장

 내가 그 갈색 머리 여자 옆에 앉자 바텐더가 나를 뚫어지게 쏘아봐서 난간에 있던 술 취한 세 명의 남자들까지 모두 나를 돌아봤다. 그 술에 취한 녀석들은 어차피 너무 멀리 있었기 때문에 별로 상관없었다. 내가 최대한 험악한 표정으로 바텐더를 노려보자 그는 도로 자기 볼일을 보러 갔다. 그는 아까 있던 대로 큰 소리가 들리는 바의 반대쪽 끝에 있었다.
 롤라는 꼬고 있던 그녀의 길고 멋진 다리를 풀고 내 쪽으로 몸을 기울였다. 그녀가 쓰고 있는 크고 느슨한 모자가 내 눈 바로 앞에서 흔들거렸다.
 "아저씨, 참 좋은 사람이네요. 이름이 뭐예요?"
 "마이크."
 "그냥 마이크?"
 "그거면 돼요. 술이나 깨게 잠깐 드라이브나 갈까요?"

"음. 롤라가 탈 수 있을 만큼 반짝반짝 빛나는 멋진 컨버터블을 갖고 있어요? 난 컨버터블을 가진 남자가 정말 좋은데."

"나한테 열렸다 닫혔다 하는 건 딱 하나 있는데……. 차는 아닌데요."

"오, 야한 얘기네요, 마이크."

"타러 갈래요?"

"좋아요."

그녀가 똑바로 걸을 수 있도록 팔을 잡아 주었다. 그녀는 멋졌다. 정말 멋졌다. 검은 새틴 드레스를 입은 아주 멋진 여자다. 그녀를 데리고 문 쪽으로 가는 동안 그녀에게서 눈을 뗄 수가 없었다. 큰 키에다 너무 가까이 보지만 않는다면 더할 나위 없이 예뻤다. 그러나 중요한 건 가까이 보는 것이었다. 그녀의 눈가와 입이 말하는 건 단 하나였다. 그녀는 싸구려였다.

내 고물차는 그녀가 원하던 차는 아니었지만 그녀는 쿠션에 기대 얼굴로 불어오는 바람을 맞았다. 그녀의 머리가 바람에 휘날렸다. 그녀는 눈을 감고 있었기 때문에 펄럭거리던 모자를 벗을 때까지 잠들어 있는 줄 알았다. 조금 뒤 그녀는 정말로 잠들어 버렸다.

나는 목적지를 정하지 않았다. 그냥 주요 간선 도로에서 앞차를 따라 슬슬 차를 몰았다. 우리는 어쩌다가 맨해튼교 입구까지 왔는데 차들을 뚫고 빠져나오는 것보다 다리를 건너는 것이 더 수월했다. 앞에 있는 트럭이 여유롭게 플랫부시 애비뉴로 가고 있었다. 신호등이 바뀔 때도 기다리고 빨간 불에 절대 뛰어들지 않는 것으로 보아 바쁘지 않은 것이 분명했다. 그 차의 속도가 딱 좋았기 때문에 비벌리 로드에서 10분 동안 멈췄을 때에도 운전사가 돌아올 때까지 기다렸다가 조금 더 그를 따라갔다. 그러다가 도시의 불빛을 뒤로한 채 플로이드 베넷 필드의 경계를 지나가고 있다는 것과 공기에서 바다 냄새가 난다는 것을 알아차렸다. 다리를 건넌 뒤에 앞차는 왼쪽으로 돌았지만 더 이상 따라가지 않았다. 오른쪽의 구불구불한 머캐덤 도로는 바람이 부는 방향으로 이어졌고 록웨이 포인트의 입구로 빠져나갔다.

주차한 지 한 시간이 지나서야 롤라가 잠을 깼다. 조용히 라디오에서 흘러나오는 음악이 바람과 별에 뒤섞였다. 살인 사건 때문에 여기 온 것이 아니라면 정말 좋을 뻔했다.

그녀가 졸린 듯 날 보며 말했다.

"아저씨, 안녕."

"안녕, 아가씨."

"여기가 어디예요?"

"해변이에요."

"아저씨는 누구시죠?"

"마이크라고 합니다. 아가씨는 시내에서 위스키를 마시고 있었죠. 기억나요?"

"아뇨, 그치만 아저씨랑 여기 있으니 좋아요."

그녀는 엉덩이를 뒤척여 몸을 젖힌 다음 나를 쳐다봤다. 당황한 것 같지는 않고 단지 의아하다는 듯한 표정을 짓고 있었다.

"지금 몇 시죠?"

"자정이 지났어요. 집에 가고 싶어요?"

"아뇨."

"그럼 좀 걸을래요?"

"네. 신발을 벗고 모래 위를 걸어도 될까요?"

"뭐든 벗고 싶으면 벗어요."

"바닷가에 도착하면 아마 그럴지도 몰라요."

"아무것도 하지 말아요. 난 그런 쪽으론 상당히 약하니까."

그 좁은 길을 걸으며 보도 사이를 뛰기도 하고 달을 보면서 재미있는 얼굴을 만드니 기분이 아주 좋아졌다. 롤라가 내 손을 잡았다. 그녀의 손은 따뜻하고 부드러웠는데 마치 내가 뭔가 붙들어야 할 중요한 가치가 있는 것처럼 내 손을 꽉 쥐었다. 빨강 머리가 나 같은 남자는 절대 돈을 내지 않아도 된다고 했던 것이 기억났고 그 말이 맞아 들어가는 데 놀라고 있었다.

그녀는 아까 원했던 대로 신발을 벗고 발가락으로 모래 더미를 차면서 걸었다. 우리는 모래벽을 뛰어 내려가서 물속으로 걸어 들어갔다. 그때는 나도 신발을 벗었다. 물은 차가웠지만 좋았다. 말을 꺼내서 망쳐 놓기에는 아직 너무 좋았다. 우리는 물살을 헤치고 나무 방파제로 올라가서 눈앞에 전부 모래사장만 보일 때까지 반대편으로 뛰어 갔다. 모래사장 너머로 집들도 몇 채 보였다.

"나 여기가 좋아요, 마이크."

그녀는 내 손을 놓더니 큰 조개껍데기 하나를 집어 들고는 희귀한 물건인 양 살펴보았다. 나는 그녀의 어깨에 팔을 둘렀고 우리는 발에 쓸리는 물을 뒤로한 채 물 밖으로 나와 약하게 경사진 모래 언덕으로 걸었다. 모래 위에 앉아 그녀에게 담배 하나를 건네고 불을 붙여 주면서 그녀의 얼굴이 평온하게 변해 있는 것을 보았다.

내가 물었다.

"추워요?"

"약간 쌀쌀하네요. 옷 속에 별로 입은 게 없어서요."

물어보지도 않은 이야기였다. 그녀가 무릎을 팔로 감싸고 바다를 응시하고 있는 동안 나는 내 코트를 그녀에게 주고는 팔꿈치를 베고 뒤로 누웠다.

그녀는 마지막으로 담배를 길게 빨더니 몸을 돌려 말했다.

"왜 날 여기까지 데리고 온 건가요?"

"얘기를 하고 싶어서요. 누군가 대화를 나눌 사람이 필요했어요."

그녀가 모래 위에 누워 말했다.

"난 아저씨 속을 다 들여다보고 있어요. 낸시와 관련된 거죠?"

나는 고개를 끄덕였다.

"그 앤 죽었어요. 나도 그 앨 좋아했죠."

"누가 죽였죠?"

롤라는 오랫동안 조용히 내 얼굴을 살폈다.

"당신 경찰이군요, 그렇죠?"

"사설탐정입니다. 그리고 지금은 누가 고용해서 일하고 있는 것도 아니고요."

"그런데 당신은 그녀가 뺑소니차에 치인 게 아니라 살해됐다고 생각하고 있군요."

"롤라, 나도 어떻게 생각해야 할지 모르겠어요. 지금 계속 모든 게 뱅글뱅글 돌고 있어요. 단지 그녀가 죽은 방식이 맘에 안 든다고 해 두는 게 맞겠지요."

"나도 그 애가 살해당한 거라고 생각한다면요?"

내가 말을 가로막고 물었다.

"왜 그렇게 생각하죠?"

"나도 몰라요. 아마 여러 가지 이유 때문이겠죠. 만약에 살해당한 게 아니라고 해도 그렇게 되기 전에 사고로 먼저 죽은 걸 거예요. 그렇다고 해 두죠 뭐."

몸을 옆으로 돌려 그녀의 손을 감쌌다. 시선을 집중하기가 어려울 정도로 깊이 파인 그녀의 흰 목선을 달빛이 비추고 있었다. 그녀의 피부는 희고 부드러웠으며 검은 새틴과 뚜렷하게 대비되었다. 내가 생각할 수 있는 유일한 것은 이런 드레스 아래에는 과연 어떤 브래지어를 입고 있을까 하는 것이었다. 모르긴 해도 놀라운 기술이 필요한 브래지어일 것이다.

"어떻게 그녀를 알게 됐어요?"

그녀의 대답은 아주 간단했다.

"우린 같은 일을 했어요."

"당신이?"

그렇게 보이지 않았다.

"제가 그런 부류로 안 보이나요?"

"글쎄요……. 돈도 있고 컨버터블도 있는 남자가 옆길로 새서 인생을 좀 즐기려 한다면 모를까, 그런 물에서 놀 사람은 아닌 것 같은데요? 거기서 뭘 하고 있었던 거죠?"

"그 거리에 있는 가게에서 일을 했어요."

"아가씨들은 화재로 모두 죽은 줄 알았는데요?"

"그랬죠. 그런데 그때 난 거기에 없었어요. 난 병원에 있었어요. 그것도 꽤 오래 있었죠. 오늘 퇴원했어요."

그녀는 모래를 바라보면서 그 위에 글자 두 개를 그렸다. V. D.(성병)

"그게 병원에 있었던 이유예요. 그게 내가 돈 많고 컨버터블을 몰고 다니는 남자를 만나지 못하고 그곳에서 일해야 했던 이유였죠. 한때 그랬지만 이제는 그 일도 못해요. 나 참 멍청한 여자죠?"

"그래요. 똑똑하지 못했군요. 당신이 하는 일은 아무나 다 할 수 있는 일이잖아요. 처음부터 그 일을 시작하지 않을 수도 있었을 것 같은데. 낸시도 마찬가지고요. 어떻게 되더라도 갈 길은 결국 하나니까. 안 돼요, 롤라. 변명의 여지가 없어요."

"가끔 있을 때도 있어요."

그녀는 손가락으로 내 머리카락을 쓸어 넘기더니 내 손 위에 올려놓았다.

"낸시와 내가 친해진 것도 그때문인지도 모르죠……. 그런 이유가 있었기 때문이에요. 난 사랑에 빠져 있었어요……. 전혀 도움이 안 되는 남자와 끔찍할 정도로 사랑에 빠졌죠. 내가 원하는 남자는 다 가질 수 있었는데, 아니었어요. 유익한 데라곤 전혀 찾아볼 수 없는 남자한테 빠져든 거예요. 결혼하려던 찰나에 그는 시내에 있는 술집이란 술집은 모두 드나들던 어떤 싸구려 같은 여자와 도망을 갔어요. 그땐 엄청나게 분했죠. 남자들이 원하는 게 그런 것뿐이라면 그렇게 해 주겠다고 계획했어요. 나름대로 아주 잘하기도 했고요. 그 다음 난 모든 걸 갖게 됐지만 다시는 아무한테도 빠지지 않았어요.

처음엔 고통스러웠지만 인생이 너무 쉬워지더군요. 난 남자들이 원하는 걸 가지고 있었고 남자들은 기꺼이 모든 비용을 댔거든요. 일이 너무 잘돼서 한 번에 한 사람만 만나는 게 아까울 정도였죠. 그러던 어느 날 어떤 애가 그쪽을 잘 아는 사람들에게 절 소개해 줬죠. 그 다음부턴 만날 상대를 계속 소개받았고 돈도 아주 많이 벌었죠. 게다가 돈 쓸 시간도 남아돌았고요.

이름과 전화번호가 있으니 그 남자들이 돈이 있을 때 전화를 걸기만 하면 됐어요. 그래서 그 사람들이 우리를 콜걸이라고 부르는 거예요. 머저리 같은 남자들은 돈을 많이 내면서 자기가 원하는 걸 얻었고 또 안전하기도 했죠. 그런데 어느 날 내가 술에 취해 모든 걸 망쳐 버렸어요. 그 다음부터 내가 더는 안전한 상대가 아니라고 생각하고 그 머저리들이 불평을 하기 시작했죠. 그 바람에 난 이름과 전화번호를 빼앗겼고 이제 할 수 있는 일이라곤 시내로 나가 보는 것밖에 없었어요.

항상 나처럼 남은 애들을 찾아다니는 인간들이 있어요. 그중에 한 남자가 날 어떤 조직에 넣어 주었고 그 조직이 운영하는 가게에 사람이 하나 필요하대서 거기서 일했어요. 그 다음에 낸시를 처음 만난 곳에 정착할 때까지 그들이 날 몇 번 다른 데로 옮겨 줬죠. 유흥가에 있는 여자 애들 대부분은 그냥 그 길로 흘러 들어온 경우예요. 그래서 낸시와 내가 친구가 될 수 있었던 거죠. 그 애도 거기에 있어야 할 어떤 이유를 갖고 있었죠. 같은 이유는 아니었지만 어쨌든 이유가 있었고 그게 우릴 다른 애들보다 낫게 만들었죠.

어느 날 이게 아니다 싶어 재치를 발휘했죠. 거짓말로 위장해서 병원에 갔어요. 병원에 있는 동안 낸시가 죽었고, 돌아가 보니 가게는 다 타 버렸더군요. 낸시를 찾으러 갔는데 없었어요. 낸시는 내게 남은 유일한 친구였는데 말이죠. 그래서 바니네 가게에 내려가서 술에 취하게 된 거예요."

"나한테 아주 프로처럼 접근했던 곳 말이군요?"

"일부러 그런 건 아니었어요. 술에 취해서 버릇을 이기지 못했다고나 할까요? 용서해 주는 거죠?"

그녀가 몸을 돌리자 드레스가 흘러내려 벗겨졌고 나는 그 무엇이든 용서할 준비가 되어 있었다. 그러나 먼저 알아내야 할 것들이 남아 있었다.

"낸시는 어땠죠? 당신과 같은 길을 갔나요? 그러니까 내 말은, 계속 잘하다가 망쳐서 다른 길로 갔다던가, 뭐 그런 거요."

"대부분 얼마 못 가서 다 그렇게 돼 버려요. 낸시도 나보다 먼저 시작했을 뿐 나와 같은 콜걸이었죠."

"그녀도 병원에 가야 했나요?"

영문을 모르겠다는 듯 이마를 찡그리고 대답했다.

"아뇨, 그게 이상한 부분인데요. 낸시는 아주 조심했어요. 처음에 돈이 아주 많았는데 갑자기 다 그만두었어요. 그러고는 보이지 않았죠. 오래전에 알던 사람들과 마주칠 때마다 그 앤 공포에 떨었죠. 그 앤 마치 숨어 지내듯이 조용히 이쪽 일만 했어요."

"뭐 때문에 숨어 있는 거였죠?"

"그건 전혀 모르겠어요. 그런 건 물어볼 수 있는 게 아니잖아요."

"뭔가 값나가는 중요한 물건이라도 가지고 있었나요?"

"만약 가지고 있었다고 해도 난 못 봤을 거예요. 근데 그 앤 자기 소지품에 관해 무척 쉬쉬하긴 했어요. 그 애가 가지고 있던 것

중에 유일하게 값나갔던 건 전에 일할 때 쓰던 카메라였는데 수입품이었죠. 그 왜 있잖아요, 길에서 커플들 사진 찍어 주고 카드 주는 거요. 그 카드를 25센트랑 같이 보내면 사진을 받는 거죠."

"그게 언제였죠? 최근이었나요?"

"아, 아니요, 꽤 오래됐어요. 우연히 그 애가 가지고 있던 남은 카드들을 보게 되어서 내가 뭐냐고 물어봤지요. 내 기억에 이름이 '퀵 픽스'였던 것 같아요."

담배 한 대를 입에 물고 불을 붙인 후 그녀에게 한 모금 주었다.

"이름 말고 성은 뭐죠?"

"그게 중요한가요?"

"그럴 수도 있죠."

"버건, 롤라 버건이에요. 미시시피에 있는 바이바일이라는 작은 동네에서 왔어요. 큰 동네는 아니었지만 좋은 동네였죠. 가족은 아직 그곳에 있어요. 엄마와 아빠는 내가 뉴욕에서 유명한 모델인 줄 알고 있고요. 크면 나처럼 되고 싶어하는 여동생이 하나 있어요. 나처럼 되면 내가 그 애의 머릴 날려 줄 건데 말이죠."

그 말에 대꾸하지 않고 말했다.

"롤라, 딱 한 가지만 더 물어볼게요. 그렇다, 아니다라고만 대답해 줘요. 거짓말하면 내가 알아차릴 거예요. 피니 라스트란 이름과 관련된 적 있어요?"

"아뇨. 그래야 해요?"

"아뇨, 그럴 필요는 없죠. 빨강 머리와 몇 명의 다른 사람들한테는 뭔가 의미가 있었지만 당신과 관련될 필요는 없죠. 내가 잘못짚었을 수도 있고요."

"마이크⋯⋯. 낸시를 사랑했나요?"

"그건 아니고 그녀는 내 친구였어요. 한 번 그녀를 보고 몇 분간 대화를 나눈 다음 우린 친구가 되었어요. 그렇게 될 때가 있잖아요. 그런데 나중에 어떤 망할 놈이 그녀를 죽였죠."

"안됐네요. 당신이 나도 그렇게 좋아할 수 있다면 좋을 텐데⋯⋯. 그럴 수 있을 거란 생각은 안 들어요?"

그녀가 다시 몸을 돌렸다. 이번에는 더 가까이 있었다. 내 어깨에 머리를 편안히 기대고 나서 내 손을 자신의 상체로 가져갔다. 브래지어를 연결하는 놀라운 기술은 없었다. 브래지어가 아예 없었으니까. 잠겨 있는 벨트가 그 드레스의 중심이었다. 벨트를 열자 검은 새틴 드레스가 모래 위로 흘러내렸고 몸 전체가 달빛을 반사했다. 내가 그 옅은 광채를 가리기 전까지 말이다. 파도와 우리의 숨소리 외에는 아무런 소리도 들리지 않았다. 곧 파도 소리도 잠잠해졌고 내 손의 움직임 아래에 있는 하얀 피부와 작은 근육들의 온기와 그녀의 입에서 나는 향기만 남았다.

빨강 머리의 말이 맞았다.

한 시 십오 분에 시끄럽게 울리는 전화벨 소리에 잠이 깼다. 나는 이불을 침대 밖으로 걷어차고 눈을 비비며 스탠드 위를 더듬어 거의 소리치듯 전화를 받았다.

벨다가 말했다.

"도대체 어디 있었던 거예요? 아침 내내 연락하려고 했단 말이에요."

"집에서 자고 있었어."

"어젯밤에는 뭘 하고 있었어요?"

"일하고 있었지. 왜 찾았는데?"

"신사 한 분이 오늘 아침에 찾아왔어요. 아주 부유한 신사가요. 이름은 아서 베린그로틴이고 당신을 만나고 싶어하세요. 두 시 반으로 약속을 잡아 놨으니까 시간 지켜 주셨으면 좋겠네요. 혹시 모르실까 봐 얘기하는 건데 은행 잔고 좀 늘려도 괜찮아요."

"알았어, 아가씨. 곧 그리로 가지. 누구랑 같이 왔나?"

"혼자 오셨어요. 아마 기다리는 사람이 있었을지도 모르지만 올라오지는 않았죠."

"좋아. 내가 도착할 때까지 거기 좀 있어. 오래 걸리지 않을 테니까. 안녕, 예쁜이."

10분 동안 샤워를 한 다음 목을 축여 가며 식사를 했다. 한 컵 가득 커피를 마시니 좀 정신이 들어서 옷을 입기 시작했다. 정장은 머리부터 발끝까지 심하게 구겨져 있었고 주머니와 소매는 모래로 가득 차 엉망이었다. 칼라와 어깨에는 립스틱이 번진 자국들이 있었다. 세탁소에 맡길 때까지 그 옷은 옷장 속에 깊숙이 넣어 둬야 할 것 같다. 그러고 나니 권총을 차고 입을 수 있도록 맞춰진 트위드 정장밖에 남지 않았다. 나는 총집을 어깨에 메고 45구경 권총을 채운 뒤 재킷을 입었다. 거울을 들여다보고 볼멘소리를 했다. 그야말로 딱 이류 영화에 등장하는 인물처럼 보였기 때문이다. 아래층에 내려가서 면도와 이발을 하고 나니 그 노신사가 도착하기 몇 분 전에 맞춰 들어갈 수 있는 시간이 남았다.

베린그로틴 씨는 정확히 두 시 반에 왔다. 벨다가 대기실에서 벨을 눌러 호출했다.

"마이크, 어떤 신사 분이 찾아오셨어요."

들어오시게 하라고 말한 뒤 회전의자에 뒤로 기대어 앉아 그를 기다렸다. 그가 문을 열자 일어나서 손을 내밀며 그에게로 다가갔다.

"다시 뵙게 되어 반갑습니다. 베린 씨. 이리 오셔서 앉으세요."

"아, 고맙습니다."

그는 책상 옆에 있던 뚱뚱한 의자에 앉아 지팡이를 짚고 앞으로 기댔다. 창밖으로 들어오는 빛에 비친 그의 눈은 뭔가 걱정이 있는 것으로 보였다.

그가 말했다.

"젊은이, 당신이 관심을 가졌던 그 여자의 딱한 처지에 대해 계속 생각을 했습니다. 그 시체로 발견된 여자 말입니다."

"빨강 머리요? 그녀의 이름은 낸시 샌포드입니다."

그의 눈썹이 위로 올라갔다.

"벌써 그걸 알아냈나요?"

"제가 어떻게 거기까지 알아내겠습니까. 경찰이 알아냈더군요. 제가 알아본 것들은 앞뒤 없는 쓰레기들뿐입니다."

몸을 뒤로 기대고 그가 원하는 것이 뭘까 궁금해하면서 담배에 불을 붙였다. 그가 말했다.

"그녀의 부모를 찾았습니까? 그녀의 시체를 돌봐 줄 누구라도……."

"아뇨. 할 수 있는 일이 별로 없어요. 이 도시에는 낸시 같은 여자들이 꽉 찼으니까요. 십중팔구 다른 주 출신일 테고 집 나온 지가 너무 오래돼서 신경 써 줄 사람이 아무도 없을 겁니다. 그녀에게 과거를 되돌려 주려고 하는 유일한 사람은 저뿐이죠. 나중엔 지금 하고 있는 짓을 후회하게 될지도 모르지만요."

"그게 바로 내가 여기에 온 이유라오, 해머 씨."

"해머 씨라뇨? 전 딱딱한 호칭을 싫어합니다."

"그래요……. 마이크. 어쨌거나 당신이 간 뒤로 난 그녀에 대해 생각하고 또 생각했습니다. 신문사에 있는 친구들한테 알아보려고 전화도 해 봤지만 그들도 아무것도 모르더군요. 그 사람들 말이 그녀는 그저 떠돌이라고 하더군요. 그런 일이 일어나야 한다는 건 정말 안된 일입니다. 난 어떤 면에서 우리 모두에게 조금씩 책임이 있다고 생각합니다. 당신의 깊은 마음이 나한테까지 전해졌습니다. 그래서 내가 당신에게 도움이 좀 될 수 있겠다는 생각을 하게 됐고요. 지금 계속 몇몇 자선 단체에 기부를 하고 있습니다만……. 다소 추상적인 형태이긴 합니다. 안 그런가요? 이제 조금이나마 누군가를 도울 수 있는 기회가 생겼군요. 또 그래야만 할 것 같은 생각이 듭니다."

"장례식 문제는 제가 알아서 한다고 전에 말씀드린 것 같은데요."

"당신의 의도는 잘 알고 있습니다……. 하지만 내 말은 그게 아닙니다. 내가 원하는 건 당신을 고용하는 겁니다. 조사를 계속하려면 비용이 필요할 겁니다. 그녀가 남긴 걸 돌보는 데 나도 당신만큼 관심이 있으니 그녀의 친척들을 찾는 데 내가 비용을 대도록 해 준다면 감사하겠습니다. 그렇게 하시겠소?"

그것은 기대하지 않았던 돌파구였다. 책상에서 발을 떼고 의자를 돌리며 말했다.

"저는 좋습니다. 그렇지 않아도 여기저기 찔러 보려던 참이었는데 일이 아주 쉬워지겠군요."

베린 씨가 재킷에 있는 지갑을 꺼내 엄지손가락으로 열었다.

"그럼, 일당은 얼마나 받으십니까?"

"하루에 딱 50달러입니다. 추가 비용 없이 말이죠. 50달러면 다 됩니다."

"혹시 얼마나 오래 걸릴 지 짐작 가능한가요?"

나는 어깨를 으쓱하며 대답했다.

"그걸 누가 알겠습니까? 신원을 확인한다는 게 쉬울 때도 있지만 그렇지 않을 때도 있거든요."

"그렇다면 이렇게 합시다……"

이렇게 말하고 그는 빳빳한 돈 뭉치 하나를 내 책상 위에 올려놓았다. 맨 위에 보이는 것은 반듯한 50달러짜리 지폐였다.

"1,000달러입니다. 선임료가 아니고…… 완불입니다. 그동안 이 돈으로 어떻게 해 보십시오. 그 소녀에 대해 빨리 알아낸다면 좋은 거고, 만약 20일 안에 알아내지 못한다면 아예 가망이 없는 거고, 또 당신의 시간을 낭비할 가치가 없는 일일 겁니다. 이렇게 하면 만족하시겠소?"

"이런, 제가 베린 씨 돈을 그냥 먹는군요."

내 말에 그는 가볍게 웃으며 걱정스럽던 얼굴을 폈다.

"그렇지 않습니다. 해머 씨의 일솜씨에 대해 잘 알고 있기 때문에 어디까지 해낼 수 있는지도 알고 있소. 게다가 해머 씨도 그 소녀에게 관심이 있으니까 일이 잘될 거라 믿습니다. 그렇게 됐으면 좋겠고요. 누구든 그렇게 세상을 뜬다는 건 별로 보기 좋은 일이 아니지요……. 아는 사람도, 걱정할 사람도 없이…….”

"제가 있지 않습니까."

"그래요, 당신이 걱정한다는 건 알고 있습니다. 나도 신경 쓰고 있고요. 그녀의 지위를 되찾아 주고자 하는 당신의 배려는 순수하고 이타적인 마음이죠. 그녀도 계속 그렇게 안 좋은 생활만 하지는 않았을 겁니다. 필요하다고 생각되는 건 뭐든지 하시고 중간에 돈이 더 필요하면 내게 전화를 하시오, 그래 주시겠습니까?”

"물론입니다."

"난 이번 일로 내가 무척 작은 존재라는 느낌이 들었습니다. 난 여기서의 삶을 마감할 것을 대비해 큰돈을 들여 내 이름을 기념할 화려한 준비를 하고 있는데 마치 존재한 적도 없는 것처럼 죽는 여자도 있군요. 난 혼자라는 게 어떤 건지 압니다. 자신의 사람이라고 부를 수 있는 사람, 심지어 추억을 기릴 만한 무덤조차도 없는 기분을 압니다. 제 아내는, 당신도 아실지 모르겠지만, 운동을 대단히 좋아했지요. 바다를 무척 좋아했는데 너무 좋아한 게 탈이었습니다. 한번은 요트를 타다가, 잔잔한 물 밖으로 절대 나가지 말았어야 했는데, 그만 떠내려가고 말았습니다. 하나밖에 없던 내 아들은 1차 대전 때 목숨을 잃었고요. 죽은 아들의 딸은 나한테 가장 소중한 손녀였는데 그 애마저 죽고 난 뒤 나는 이 세상에서 완전히 혼자라는 것이 어떤 건지 알게 되었습니다. 내 아내처럼 그 애도 바다를 너무 좋아했습니다. 바하마 근처에서 일어난 폭풍으로 바다는 결국 그 애를 삼켜 버렸지요. 아마도 이제 내가 왜 나의 기념비를 세우는지 이해하실 겁니다……. 프랑스에 있는 내 아들의 무덤 앞에는 혹시 십자가가 있을지도 모르겠지만 다른 가족들은 묘비 하나도 제대로 없어서랍니다. 다른 누군가가 나처럼 아무도 없지 않기를 바라는 것도 그 때문이랍니다. 당신 같은 사람이 있다는 게 고마울 뿐입니다. 마이크, 난 인간의 친절함에 대해 거의 신뢰하지 않았습니다. 사람들 전부 관심을 갖는 건 돈뿐이라고 생각했는데 이제 내가 많이 틀렸다는 걸 알게 됐습니다."

그는 천장으로 담배 연기를 길게 내뿜으며 고개를 끄덕였다.

"돈은 좋은 거지요. 그러나 괴로움이 너무 커져 돈이 문제가 되지 않을 때도 있습니다. 아니면 그냥 순수하게 호기심이 발동하거나……. 그런 때도 돈은 문제가 되지 않지요."

이제는 나의 새로운 고객이 된 베린 씨가 의자에서 일어나 구석으로 내게 허리를 굽혀 인사했다.

"그럼 그걸로 일을 처리할 수 있겠지요?"

"네, 그렇습니다. 보고서는 어디로 보내 드리면 되겠습니까?"

"그 생각은 전혀 못했군요. 그런 건 아무래도 좋습니다. 단지 뭔가 흥미로운 걸 발견하면 우리 집으로 전화나 편지를 하시오. 전적으로 당신에게 달려 있소. 난 과정보다는 결과에 더 관심이 있으니까요."

"아……, 다른 거 하나만 여쭤보겠습니다. 피니 라스트가 아직 거기에 있습니까?"

내 질문에 그의 눈빛이 번득이더니 얼굴에 조용히 웃음이 지나갔다.

"다행스럽게도 아닙니다. 그 사람, 꽤 겁을 먹은 것 같더군요. 많이 무서워했어요. 자기 스스로 일을 그만두어서 내가 해고할 필요도 없었습니다. 지금은 정원사가 그의 일까지 하고 있고요. 그럼, 안녕히 계시오."

일어나서 그를 문까지 안내해 주고 악수를 했다. 나가면서 베린 씨는 벨다에게 신사답게 허리를 굽혀 인사하고는 성큼성큼 문밖으로 나갔다. 문이 닫힐 때까지 기다린 뒤 벨다가 말했다.

"좋은 사람이네요. 저 신사 분 맘에 드는데요?"

"맞는 말이야. 요즘 저런 사람은 흔치 않지."

"그리고 돈도 많잖아요. 이제 다시 일하게 된 거 맞죠?"

"그래."

인터폰 스위치가 켜져 있는 것을 보니 벨다는 우리의 대화를 다 엿듣고 있었던 모양이다. 직장 상사가 하는 식으로 벨다에게 얼굴을 찌푸렸지만 그녀는 조금도 놀라지 않았다.

"그냥 궁금해서 그랬어요. 호기심을 일으키는 사람이잖아요."

벨다가 웃었다.

벨다의 턱에 펀치를 날리는 시늉을 한 뒤 책상에 앉아 전화기에 손을 뻗었다. 신호음이 떨어진 뒤 팻의 번호를 돌렸고 그가 전화를 받을 때까지 기다렸다. 팻이 씩씩하게 전화를 받고는 말했다.

"뭐 새로운 거 없나, 친구?"

"여기저기 몇 가지 것들. 증거라고 할 만한 건 아니고. 이봐, 점심은 먹었나?"

"한 시간 전에."

"그럼 데니시에서 커피 좀 하지 않겠어? 말해 줄 수 있다면 몇 가지 알고 싶은 게 있어."

"어떤 걸 알고 싶은데?"

"일반인은 모르지만 경찰은 알고 있어야 하는 것들 말야. 내가 스스로 알아봤으면 좋겠나?"

"차라리 너한테 고맙다는 말을 듣고 말지. 가능한 한 빨리 갈게. 어때?"

"좋아."

팻이 나보다 5분 먼저 가게에 와 있었다. 벌써 뒤편에 테이블을 잡고 그 가게의 트레이드 마크인 대형 머그 컵 커피를 홀짝홀짝 마시고 있었다. 나는 의자를 끌어다 앉았다. 낭비할 시간이 없었던 나는 웨이터가 내 커피와 패이스트리를 갖다 주자 바로 이야기를 꺼냈다.

"팻, 이 동네 콜걸 조직이 어떻게 돌아가고 있지?"

팻이 컵을 입으로 가져가다 말고 말했다.

"지금 엄청난 질문을 한 거 알아? 말을 하면 내가 부정부패에 관련됐다는 뜻이고, 말을 안 하면 난 뭐가 어떻게 돌아가는지도 모르는 바보가 되는 거 아냐."

팻에게 짜증 난다는 듯이 볼멘소리를 낸 후 말했다.

"팻, 아무리 시민들이 바로 돼 있고 경찰이 강력하다 해도 도시마다 꼭 존재하는 게 있잖아. 마치 세금과 같은 거지. 그런 건 항상 볼 수밖에 없고 없앨 수 없는 거라고. 그런 돈을 만지는 관리 몇 명 말고는 누가 세금을 좋아하겠어?"

팻이 재미있다는 듯 낄낄거리며 말했다.

"이제 좀 듣기 좋은 소릴 하는군. 그런 조직들은 숨는 재주가 비상해서 해 줄 얘기는 별로 많지 않아. 그쪽 단골손님들은 세상에 알려지면 안 되는 위치에 있는 인간들이 많기 때문에 신고도 별로 많이 들어오지 않지. 그래도 경찰은 현재 상황에 대해서는 잘 파악하고 있는 편이고 관련 법규를 적용하려고 노력하고 있어. 그러나 한 가지는 기억해 둬야 해. 바로 정치지. 경찰을 꼼짝 못하게 만드는 방법이 몇 가지 있는데 정말 극복하기 힘들어. 그리고 증거도 문제야. 위에 있는 녀석들은 가게를 운영하거나 장부를 찾기 쉬운 곳에 보관하지 않거든. 그냥 어떤 손님들이 있는지 알려주면 나머지는 그 녀석들이 다 알아서 해. 내 생각엔 여자들한테는 그중 일부를 떼어 주는 것 같아. 안 그러면 괜찮은 손님들이 걸리지 않을 테니까. 그 사람들 압력도 만만치 않게 받나 보던데. 사실 지난 몇 년 동안 그쪽과 관련성이 의심되는 사망 사건이 몇 건 있었거든."

"그러니까 압력을 너무 심하게 받았나 보구먼?"

"바로 그런 거지."

"검시관은 사인을 뭐라고 했지?"

"거의 다 자살이라고 했지. 러스 보웬만 빼고. 그 왜 너도 알잖아……. 러스는 가게를 몇 개 운영하면서 거대 조직에 반항하려고 했지. 우리가 몇 달 전에 온몸에 수도 없이 총을 맞은 걸 발견했어. 그의 가게들도 문을 닫았지. 우린 그 사건에 대해 아무런 정보도 알아내지 못했어. 그의 이름을 꺼냈더니 우리의 끄나풀들도 입을 다물더군. 맞아, 러스는 살해된 거고 나머지들은 모두 자살이라고 했지."

"근데 네 생각은?"

"살인이야, 마이크. 그 사건들은 아직 미결이야. 언젠가 배후에 있는 건달 녀석들을 분명히 밝혀낼 거야. 돈을 받고 직접 일을 벌인 녀석들뿐만 아니라 조직을 굴리는 녀석들까지 말야. 우리가 원하는 건 사실 그놈들이지……. 자신들은 편하게 앉아 큰돈을 긁어모으면서 멀쩡한 애들을 때 묻고 절망적인 인생으로 몰아넣는 녀석들. 살인을 저질러 놓고 싹 빠져나가고 나서는 서류상에 자살로 분류되는 동안 편하게 앉아서 웃고 있는 녀석들 말야."

그의 얼굴이 증오의 마스크로 변했다. 나는 오랫동안 그의 눈을 바라보았다.

"팻, 자살일까? 아니면 사고일까?"

"둘 다지. 우리도 이 사건을 그렇게 봤어, 그런데……."

이제 증오의 기미가 사라지고 팻은 다시 친근한 얼굴로 돌아왔다. 그러나 그의 눈에는 이전에 볼 수 없었던 뭔가가 있었다.

"마이크 넌 정말 나쁜 놈이야. 날 아주 우습게 만들어 놨군."

"내가 그랬나?"

모르는 척하려 했지만 잘되지 않았다.

"그만하고 빨강 머리 얘기로 들어가 보자. 낸시, 그게 그녀의 이름이라면서? 나한테 줄 정보는 뭐야?"

빵을 커피에 충분히 적셔 아주 천천히 건져 먹은 다음 손가락에 묻은 설탕도 다 핥아먹었다. 담배에 불을 붙이면서 내가 말했다.

"팻, 줄 만한 정보라곤 하나도 없어. 그동안 계속 말하려고 했던 요점을 방금 네가 얘기하면서 정통으로 짚어 줬어. 내가 빨강머리는 살해된 거라고 계속 얘기했잖아. 이제 어떻게 생각해?"

팻이 주먹을 굳게 쥐고 테이블을 꾹 눌렀다. 이를 악물고 힘들게 말했다.

"마이크, 넌 정말 빌어먹을 놈이야, 그 사건은 깨끗하게 마무리됐단 말이야. 그 여자는 사고로 죽은 거고 거기엔 의심할 여지가 없어. 정말 확실해. 인간은 실수를 해도 실험실의 과학은 절대 실수가 없다고!"

팻이 안 되는 걸 끼어 맞추려 하는 것을 보니 재미있었다. 격분한 그의 목소리가 점점 커졌고 테이블 모서리에 기대어 서 있는 그의 눈에는 불길이 이글거렸다.

"난 증거도 봤어. 확인도 했고. 그리고 이 사건에 관련된 다른 사람들만큼이나 그 증거가 확실하다고 생각해. 네 생각이 맞을 수도 있다고 생각했기 때문에 처음엔 이 생각 저 생각 많았지. 하지만 이제 어떻게 된 일인지 알아냈고 네가 틀렸다는 것도 알게 됐어. 명심해, 난 그렇게 생각한 게 아니라 확실히 알았다고 말한 거야! 지금도 네가 틀렸고 내 생각이 맞다는 걸 난 알아."

내가 재빨리 말했다.

"그런데……"

"그런데 너, 망할 놈……. 네가 또 나를 뒤흔들어 놨고 내가 맞다는 걸 아는데도 그게 아니라는 생각을 하고 있다고! 제발 좀 참아 줘!"

팻의 이런 모습은 아주 오랜만이었다. 그를 보며 조용히 웃어 준 다음 담배 연기로 링을 만들어 그의 머리로 내뿜었다. 연기가 이지러졌을 때 내가 말했다.

"연기가 화관처럼 그의 머리를 둘러쌌다."

"뭐라고?"

"「크리스마스 전날 밤」이라는 소설에 나오는 한 부분이지. 오래전 일이라 넌 생각 안 날 거야."

팻이 손으로 머리카락을 쓸어 올리고 머리를 흔들며 말했다.

"너 때문에 화가 나서 내가 미쳐 버린 거냐? 도대체 뭣 때문에 내가 이런 일에 흥분하는 건데? 난 원래 냉정하고 침착한 사람이란 말야. 내 사무실도 한 치의 오차 없이 아주 효율적으로 운영하고 있어. 그런데 너만 나타나면 뒷골목 갱단과의 전쟁에 처음 투입된 신참 꼴이 돼 버리니!"

팻에게 담뱃갑을 밀어주자 한 개비를 꺼내 입에 물었다. 성냥으로 불을 붙여 주면서 조용히 말했다.

"네가 일하는 경찰서는 정말 편한 곳이지. 그럴듯한 단서로 사건이 밝혀지면 누군가 그에 대한 대가를 치르면 되잖아. 그래, 넌 정의를 실현한다고 치자. 독립적으로 일하는 수많은 녀석들을 합친 것보다 네가 더 좋은 일을 한다고는 하지만 그러나 네가 놓치는 게 하나 있어."

"어디 한번 말해 보시지."

팻이 또 빈정대기 시작했다.

"그건 뭔가를 뒤쫓는 즐거움이야. 뭔가를 뒤쫓아 한 방 먹이는 스릴이랄까? 지금 넌 더는 아무것도 나오지 않는 명백한 증거에 너무 매달려 있어. 살인 사건이 사고처럼 위장되지 않은 적이 언제 있었냐?"

"마이크, 그 여자는 차에 치었어. 운전사가 누굴 쳤다고 인정했는데 정신이 없어서 누군지 기억 못하는 것뿐이야. 실험실에서는 차와 시체에서 모두 흔적을 발견해 냈어. 그녀가 일을 당하기 전에 만취한 상태로 비틀거리는 걸 본 목격자도 있다고. 그녀를 친 남자도 지하 세계와는 거리가 먼 평범하고 정직한 시민이고. 우리가 다 조사해 봤어."

고개를 끄덕인 다음 물었다.
"하지만 지금 넌 의심을 품기 시작했잖아. 그렇지?"
그가 아니꼬운 듯 말했다.
"그래도 확실한 건 확실한 거야. 의심을 품었다는 건 말이 안 되지. 넌 내가 알아낸 걸 모두 부정하게 만들고 난 결국 또 바보가 되고. 왜 그런지 알아?"
"어디 한번 얘기해 봐."
팻이 테이블에 기대 이를 악물고 자기 머리를 손가락으로 두드리면서 이야기했다.
"넌 바로 여기가……. 아주 똑똑한 놈이야. 뛰어난 사기꾼이 될 수도 있었겠지만 그보다는 경찰이 훨씬 더 어울려. 일단 어떤 일을 맡으면 누구보다도 그 일에 오래 매달려서 결국 뭔가를 밝혀내고야 말지. 넌 거기에 쓸 두뇌와 센스도 있고 내가 가지지 못한 걸 갖고 있는데 그건 바로 감이 좋다는 거야. 제길, 네 귓속을 찔러 버릴 수 있었으면 좋겠군."
"자학 그만하고 나한테 말 좀 해 줘. 조직의 배후에 누가 있지?"
"나도 알았으면 좋겠다. 내가 아는 거라곤 손을 담그고 있다고 의심되는 몇몇 녀석들의 이름이 전부야."
"그거면 될 것 같군."
"오, 안 되지. 먼저 네가 알고 있는 것부터 좀 들어야겠어. 뭔가를 알아야 할 사람은 바로 나라는 걸 기억하라고. 우리처럼 경찰과 사설탐정이 친구가 되는 황당한 일이 있나 생각해 봐. 그러니까 나한테도 정보를 좀 나눠 줘. 나한테 입을 좀 열어 봐."

시간이 좀 걸릴 것 같아 난 커피를 더 시켰고, 일단 이야기를 시작하자 쉬지 않고 처음부터 가장 최근의 일까지 전부 말해 주었다. 은밀한 세부 사항은 빼고……. 팻은 아무것도 적지 않았다. 머릿속으로 앞으로 참고할 사항들을 분류해 정리하고 있었고, 사건들을 하나하나 나란히 놓고 뭔가를 도출해 내려 하고 있다는 것을 알 수 있었다.

내가 말을 다 마치자 팻은 담배를 하나 물고 뒤로 물러나 앉아 생각에 잠겼다. 사건 전말을 파악하고서 팻이 말했다.

"많은 일들이 있었군. 이제 이론을 한번 세워 봐."

"못 하겠어. 어디서 시작을 해야 할지 모르겠거든."

"빨강 머리에서 시작해 봐."

"그 여자는 살해당했고, 그건 살해당할 이유가 있었다는 얘기지."

"아마도……. 아니면 이유가 나중에 생겼을 수도 있지. 그런 여자를 뭣 때문에 죽여야 했을까? 공갈? 그것도 이미 생각해 봤지만 맞지가 않아. 법정에서 누가 그녀의 말을 믿겠냐고? 아마 낸시가 누군가의 범죄 사실에 대한 증거를 가지고 있었을지도 모르지만 그건 좀 아닌 것 같고. 낸시가 설사 작은 일에 연루됐다고 해도 바로 그 작은 일이 낸시를 그렇게 깔끔하고 간단하게 처리할 만큼 골치 아픈 문제였다는 건데……. 네가 말했던 것처럼 뭔가 큰 이유일 거라는 느낌이 들어. 누군지 모르지만 정말 화가 나. 그 인간은 낸시의 죽음에 대해 반드시 대가를 치러야 해!"

"동기를 찾아봐, 그러면 범인도 찾을 거야. 그 피니 라스트라는 인물은 어때?"

"내가 보기에 그 인간은 날건달인 것 같아. 그가 시내로 나왔을 때 흥청망청 술에 취해 휘젓고 다니다 빨강 머리가 있는 동네 근처까지 오게 됐을 거야. 그놈은 공갈을 하고도 남을 인간이지. 그 녀석 말로는 빨강 머리가 협박할 거리를 훔쳐갔다고 했는데 그 여자라면 그런 일을 할 수 있을 것 같기도 해. 하지만 다른 가능성이 항상 존재하는 법이지. 그놈이 잃어버렸거나, 아님 협박받고 있던 녀석이 돈을 써서 없애 버렸을 수도 있지. 만약 빨강 머리가 돈을 받았다면 그놈이 함께 있는 동안 훔쳤을 수도 있고."

"그놈이 그녀를 죽였을 수도 있을까?"

"물론이지. 그렇지만 깔끔한 면은 전혀 없었을 거야. 전문가는 아니거든. 그는 무엇보다 총과 칼을 좋아하거든. 유일한 문제는…… 그는 자기에게 대적할 사람이 나타날 거라고 생각하지 않는 것 같아. 아니야. 피니는 그녀를 죽이지 않았어. 만약 그놈 짓이었다면 빨강 머리는 눈 깜짝할 새에 지저분하게 죽었을 거야."

팻이 담배를 또 한 번 빨았다.

"네 의뢰인은 어때?"

"베린그로틴? 말도 안 돼. 그 사람은 신문사들 모르게 자기 손톱도 못 깎을 위인인걸. 우리와는 세대가 다른 사람이야. 돈, 지위, 바른 언행……. 옛날 신사한테서 기대할 수 있는 것들 말야. 그 사람은 자기 이름에 대한 자부심이 대단해. 그 왜 있잖아……. 누가 자기네 가문을 더럽히지 않나 끊임없이 경계하는 사람들 말야. 또 그 노인네는 바보도 아니야. 보호를 원했기 때문에 피니를 고용했지만 그 멍청이가 문제를 일으키는 즉시 치워 버릴 준비가 되어 있었지. 그가 벌써 약간 피니를 의심스럽게 생각하는 것 같앉어. 난 그 사람이 공동묘지에서 있었던 일에 대해 내심 기뻐했다는 느낌이 들었지."

"롤라와는 뭘 연관시킬 수 있지? 거기엔 뭐가 있어?"

"아무것도 없어. 그 여자는 그냥 빨강 머리를 알던 여자일 뿐이지."

"잘 생각해 봐. 그래도 전혀 의미 없는 존재는 아닐 거 아냐. 안 그래?"

"당연하지."

약간 웃고서 말을 이었다.

"놀랍도록 착한 여자야. 머리끝이 서게 만드는 여자지. 롤라는 네가 말하는 소위 길을 잘못 들어선 착한 애들 중 하나야. 제때 머리를 잘 굴리고 빠져나온 유일한 여자 애지."

"알았어, 그러면 한 발 뒤로 물러나서 생각해 보도록 하지. 그 간이식당에 있는 남자와 코비 베넷이 뭔가를 두려워했다고 했잖아. 그것에 대해 생각 좀 해 봐."

"잘 생각이 안 돼. 쇼티는 전직 사기꾼으로 살인 사건과는 더 거리를 두려고 했고. 코비는 돈밖에 모르는 콜걸 조직에 있고. 무슨 일에나 겁을 먹지. 두 녀석 모두 너무 쉽게 겁을 먹더라고. 그게 내가 둘 중 어느 녀석한테도 큰 의미를 둘 수 없는 이유야. 열 두 번도 더 생각했지만 그건 그렇게밖에 결론이 안 나."

팻이 끙끙거렸다. 팻이 그에 대해 자세히 생각해 보고 정리하면서 해답을 찾으려고 하는 것을 느낄 수 있었다. 아무런 답도 떠오르지 않자 팻이 어깨를 으쓱하고서 말했다.

"내가 아는 사람 중에 이것과 관련 있을 만한 놈들은 다 잔챙이 수준이야. 잔심부름을 하거나 다리품을 파는 녀석들이지. 전에 이 것저것 추측을 해 봤는데 너한텐 말 안 해 줄 거야. 왜냐하면 내가 전해 주면 네가 또 미쳐 날뛰어서 골치 아파질 테니까."

"넌 원래 추측에 강하잖아. 받아들이도록 하지."

"맞아. 그렇지만 너한텐 알려 주지 않을 거라고. 그 대신 이걸 해 주지. 단순한 추측 말고 뭘 더 알아낼 수 있는지 알아볼게. 우리 나름대로 알아보는 방법이 있긴 하지만 먹잇감들이 놀라서 달아나는 건 원치 않으니까."

"좋아. 너와 나 둘이 여기서 뭔가를 밝혀내야 한다고."

팻이 담배를 눌러 끄고 재떨이를 노려보았다.

"자, 이제 어려운 질문 하나 할까? 나도 이제 이 사건 속에 있게 됐는데 내가 뭘 해 주길 바라는 거야?"

"넌 맘대로 부릴 수 있는 사람들이 있잖아. 여기저기 돌아다니면서 알아보라고 해. 자세한 걸 캐 보게 만들라고. 살인 사건으로 취급하면 뭔가 드러날 거야. 우리한테 필요한 건 구체적인 정보니까."

"좋아. 너무 목을 뺐더니 목이 아프다. 내가 알고 있는 걸 모두 뒤집고 이 사건을 살인이라고 치는 거니까 네가 잘 협조했으면 좋겠어. 수사가 진행되는 동안 내내 말이야. 알겠지?"

"그러도록 하지."

"내가 여기에 인력을 투입하니까 하는 얘긴데 난 너한테 뭘 기대할 수 있는 거지?"

내가 말했다.

"이런 제길, 오늘 밤에 롤라랑 데이트하기로 했는데……. 롤라한테 여자 친구가 있을 거야."

5장

롤라를 다시 만날 수 있어서 좋았다. 서부 56번가에 있는 그녀의 아파트를 찾아 2층에 있는 4-C에 도착했다. 버저를 끝까지 누르기 전에 그녀가 문을 열고 서서 마치 내가 무슨 특별한 사람이라도 되는 듯 환하게 웃었다. 그녀는 이번에도 검은색 드레스를 입고 있었는데 지난번처럼 목선이 깊이 파인 것은 아니었다. 그럴 필요가 없었다. 면직물이나 다른 옷감도 그녀한테는 수수해 보이지 않는다는 것을 쉽게 알 수 있었다.

그녀의 목소리는 새끼 고양이의 털처럼 부드러웠다.

"안녕, 마이크. 안으로 들어올래요?"

"날 안으로 들어가게 하면 안 되는데……."

나는 그녀를 따라서 아주 작은 거실에 이르렀다. 그 거실은 혼자 사는 여자들이 잘 모으는 자잘한 물건들로 꾸며져 있었다. 커튼은 빳빳했고 칠한 지 얼마 되지 않은 페인트 냄새가 희미하게 풍겼다. 나는 속이 꽉 찬 의자에 가볍게 앉으면서 말했다.
"새집인가?"
그녀는 고개를 끄덕였고 맞은편에 앉아 미니바에서 하이볼을 만들기 시작했다.
"완전히 새집이에요. 전에 있던 집에는…… 계속 있을 수가 없어서요. 비참한 기억들이 너무 많거든요. 그나저나 놀랄 만한 일이 있어요."
"그래, 뭐지?"
"나 다시 모델 일 해요. 그다지 많지 않은 급료의 백화점 일이지만 정말 좋아요. 게다가 이제부터 계속 모델 일만 하기로 했어요."
아파트뿐 아니라 그녀에게서도 뭔가 새로움이 느껴졌다. 이제 그녀가 전에 무슨 일을 했는지는 잊혀졌고 기대해야 할 미래만이 있었다.
"전에 알던 사람들 말야……. 그쪽은 그럼 어떻게 되는 거야?"
"이제 상관없어요. 모든 걸 정리했죠. 내가 알던 사람들은 이 동네에서 전혀 날 찾지 않을 거고 나와 마주칠 가능성도 거의 없어요. 만약 그런다고 해도 그냥 지나칠 수 있고요."
그녀가 내게 술을 건네주었고 우리는 조용히 건배했다. 담배에 불을 붙인 다음 담뱃갑을 커피 테이블에 던지고 그녀가 손톱으로 담배 한 대를 똑똑 치는 걸 지켜보았다. 담뱃불을 붙이면서 날 올려다보며 물었다.
"마이크, 어젯밤엔 좋았죠?"
"정말 좋았지."

진심이었다.

"그런데 오늘 밤엔 단지……. 그것 때문에 온 건 아니죠? 그런가요?"

나는 천천히 고개를 저었다.

"맞아. 아니야. 다른 일로 왔어."

"다행이에요. 어제 일은 나한텐 정말 빠른 거였어요. 난……, 내가 당신을 너무 좋아하나 봐요. 뻔뻔한 건가요?"

"당신 잘못이 아니야. 잘못한 건 나지. 당신이 날 사로잡는 바람에 나도 어쩔 수가 없었어. 당신은 대단한 아가씨야."

그녀가 웃으며 말했다.

"고마워요. 이제 당신이 온 이유를 얘기해 봐요. 처음엔 당신이 단지 즐기려고 날 보러 온 줄 알았어요. 그래서 약간 걱정이 됐죠. 그러면서 난 역시 한 가지에서밖에 쓸모가 없구나 하고 생각했어요. 다행이네요."

나는 발가락으로 발 받침대를 들어올렸다. 편안하게 자세를 잡고 담배 연기를 내뿜으면서 말했다.

"롤라, 낸시는 살해당했어. 난 그 이유가 뭔지 알아내야 해. 그러면 누가 그랬는지도 밝혀질 테니까. 그녀는 세상에서 가장 오래된 콜걸 조직에 있었어. 그것은 돈과 정치에 연결된 조직이기도 하고. 하여간 좋은 면이라곤 한 군데도 없는 곳이야. 그 안에서 여자들만이 유일하게 무슨 조직인지 전혀 상관하지 않지. 하긴 왜 상관하겠어? 그 여자들이 밑바닥까지 갔다고 해서 신경 쓰는 사람이 누가 있다고……. 그래서 그 여자들은 어떤 것에도 상처받지 않지만 다른 사람들에게는 아주 쉽게 상처를 줄 수 있다. 뭐 이런 거지……. 원한다면 말야. 그래서 난 아무래도 공갈 쪽인 것 같아. 롤라, 낸시가 그런 일을 꾸몄을 가능성이 있을까?"

롤라는 손이 떨려 들고 있던 잔을 내려놓아야 했다. 눈에는 눈물이 고여 있었다. 그러나 그녀는 어렵게 애처로운 웃음을 지으며 눈물을 떨어냈다.

"대단하네요, 마이크."

"당신을 두고 한 말은 아니야."

"알아요, 내가 바보 같아서 그래요. 하지만 아니에요, 낸시가 그럴 거라곤 생각하지 않아요. 그 앤……, 바람직한 일을 못했을 수는 있지만 파렴치한 짓을 할 만한 아이는 아니었어요. 맹세할 수 있어요. 그런 일을 시작하지만 않았더라도 아마 고상한 여자로 살았을 거예요. 내가 아는 한 못된 애가 아니에요. 다만 말했듯이 그 앤 그 일을 해야 할 이유가 있었어요. 아마 돈 때문이었을 수도 있죠. 모르겠어요. 도덕적 가책을 느끼지만 않는다면 부자가 되는 빠른 방법이긴 하니까요."

"돈이 이유였다고 한번 가정해 보자고. 낸시가 왜 돈이 필요했는지 혹시 아나?"

"그건 나도 몰라요. 우린 비밀을 털어놓는 사이라기보다 단지 같은 일을 한다는 유대가 있었을 뿐이에요."

복잡한 고리들이 나를 어지럽게 했다.

"자, 좀 더 거슬러서 콜걸 시스템으로 돌아가 보자고. 누가 운영하는 거지?"

처음으로 그녀의 얼굴이 창백해졌다. 공포에 질린 눈으로 나를 보았고, 입술에는 힘이 잔뜩 들어가 있었다.

"안 돼요, 마이크! 제발 그들에게서 멀리 떨어져요."

잘 들리지도 않는 목소리로 롤라가 말했다.

"뭣 때문에 무서워하는 거야?"

내 말투가 롤라를 의자 속으로 움츠리게 했다. 롤라가 손가락으로 팔을 꾹 누르며 말했다.

"기억하고 싶지 않은 일을 말하라고 하지 말아 주세요!"

"당신이 두려워하는 건 기억하고 싶지 않은 '일'이 아냐. 기억하고 싶지 않은 '사람들'이지……. 어떤 사람들이지? 그들을 생각만 해도 무서워지는 이유가 뭔데?"

몸을 앞으로 기울여 그녀가 말하는 한마디 한마디에서 뭔가를 포착하려 애썼다. 그녀는 누군가 엿듣고 있을지도 모른다는 표정으로 고개를 좌우로 돌리며 망설였다.

"마이크…… 그들은 악독해요. 자기들이 무슨 일을 하는지 신경 쓰지 않는다고요. 그 사람들은…… 사람들을 죽여요……. 1달러를 쓰는 것처럼 쉽게 말이에요. 내가 한마디라도 한 걸 알면 날 죽일 거예요. 그러고도 남을 사람들이에요!"

팻과 비슷한 말투였다. 그녀의 얼굴에서 공포가 사라지고 대신 분노가 자리 잡았다. 그러나 목소리는 여전히 떨렸다.

"그들이 추구하는 건 돈밖에 없어요. 게다가 반드시 손에 넣고야 말죠. 수천, 수백만…… 누가 알겠어요? 더러운 돈이지만 쓰긴 얼마나 좋겠냐고요……. 가게 같은 건데 규모는 가게보다 훨씬 커요. 작고 빈틈없는 집단 하나가 아주 완벽하게 조직해 놔서 아무도 움직일 수 없어요. 혼자 움직이려 했다간 변을 당하게 되죠. 마이크, 나한테 무슨 일이 일어나는 건 싫어요!"

자리에서 일어나 그녀가 앉아 있는 의자 팔걸이 옆에 앉은 뒤 그녀의 머리카락을 손가락으로 쓰다듬었다.

"당신에게는 아무 일도 일어나지 않을 거야. 계속 얘기해 봐…… 전부 다."

그녀는 말 대신 얼굴을 손에 묻고 걷잡을 수 없이 흐느꼈다. 난 기다렸다. 5분 뒤 그녀는 울음은 그쳤지만 여전히 떨고 있었다. 그녀의 눈에서 어깨로 불안감이 퍼졌고 손톱에는 손바닥에서 난 피가 묻어 있었다. 담배에 불을 붙여 그녀에게 건네준 다음 그녀가 담배를 물고 안정을 찾으려는 듯 안으로 깊숙이 빨아들이는 걸 지켜보았다.

그런 다음 그녀는 불안한 눈을 내게 돌리고 말했다.

"내가 당신에게 말한 걸 그들이 알아낸다면…… 조금이라도 알아낸다면 날 죽일 거예요. 그들은 사람들이 말하고 다니는 걸 못 참아요. 난 두려워요! 우리가 뭘 할 수 있겠어요……. 그쪽은 계속 그래 왔고 앞으로도 변하지 않을 거예요. 그런 것 때문에 죽긴 싫어요."

다시 화가 치밀어 올라서 조심스럽고 신중하게 말했다.

"아가씨, 아가씨는 날 잘 몰라. 모른다고. 그러나 날 잘 아는 녀석들이 수두룩하지. 그 녀석들은 얌전한 시민을 겁줄 수 있을지 몰라도 내가 나타나면 오금이 저려올 거란 말야. 놈들도 내가 누군지 안다고. 알겠지? 나한테는 어떤 헛수작도 안 통한다는 것도 아주 잘 알고 있어. 그리고 만약 그들이 폭력적으로 나온다면 자신의 내장이 튀어나오는 걸 보게 될 거야. 난 총을 가지고 있고 전에 써 보기도 했어……. 그것도 아주 많이. 나한테는 총을 사용할 수 있는 면허가 있지만 그들은 면허도 없지. 그래서 누가 죽으면 난 법정에 가서 이유를 설명하고 고작해야 이 바닥에서 쫓겨나면 그만이지만 그 녀석들은 만약 방아쇠를 당기면 전기의자로 가게 될 거야. 내가 유도하는 대로 되는 거야, 아가씨. 이 싸움에서 누가 이기나 한번 해 보자고 해. 난 그 나쁜 놈들을 쏴 버리고 싶고 기회가 닿는 대로 정말 그렇게 할 거야. 그들도 그걸 알아. 바로 그 때문에 그놈들이 쉽게 겁을 먹는 거지. 그러니까 당신이 무슨 일을 당할까 봐 전혀 걱정하지 않아도 돼. 어디서 말이 나왔는지 그들이 알 수도 있지만 거기에 대해서 당신한테는 아무 짓도 하지 않을 거야. 왜냐하면 내가 벼르고 있고, 시끄럽게 나오는 녀석의 이마 아니면 뒤통수, 심지어 머리 꼭대기에 총알을 박아 줄 거라고 말을 흘리고 다닐 거거든. 난 어디를 쏘든지 상관하지 않아. 또 어떻게 죽이든 상관없어. 그 녀석들 방식대로 해 주는 건데 다만 한 가지, 그 정도가 좀 더 심하다는 것뿐이지. 누군가는 무덤 속에 들어갈 걱정을 좀 해야 할걸?"

롤라가 머리를 돌려 자신의 어깨에 올려져 있는 내 손가락에 키스했다.

"당신은 놀라워요. 자신에 대해 그런 식으로 얘길 하다니······."

이제 롤라의 눈에 어려 있던 불안한 기색이 사라졌다.

롤라는 담배를 한 모금 더 피우고 담배꽁초를 끈 다음 술잔에 손을 댔다. 두 잔을 가득 채운 다음 내게 잔을 건네주었고 같이 술잔을 잠깐 만진 다음 쭉 들이마셨다. 롤라는 중간에 한 번 숨을 쉬고 잔을 비운 다음 테이블에 내려놓았다. 이제 말할 준비가 되어 있었다.

"조직 뒤에 누가 있는지는 아무도 모르는 것 같아요. 아마 한 명일 수도 있고 여러 명일 수도 있겠죠. 어떻게 돈이 오가는지 구체적으로는 나도 몰라요. 그러나 콜걸 조직이 어떻게 운영되는지는 잘 알아요. 절대 마구잡이가 아니에요. 그리고 누가 연관되어 있는지 알면 아마 놀라 자빠질걸요. 한때는 나와 비슷한 처지였지만 지금은 엄청난 사회적 지위에 있는 여자들이 있어요. 제때 탈출한 거죠. 그 여자들은 예약 손님 중에서 제대로 된 사람을 골라 결혼한 거예요. 이미 알겠지만 진짜 콜걸 조직은 상당히 전문화되어 있어요. 거기에 있는 여자들은 정말 최상급이에요. 아름답고, 교육도 잘 받은 데다 최상류층과 잘 어울리도록 예절도 갖추어야 하거든요. 고객들도 부유한 사람들이고요. 예약은 교외에 위치한 어떤 저택이나 아니면 호화스러운 요트를 타고 해안을 항해하며 주말을 보내는 걸 의미해요. 물론 사업상의 접대같이 조금 덜 화려한 것도 있죠. 돈은 똑같이 벌 수 있어요. 분명한 것은 그런 식의 운영은 관련된 액수가 중요하지 않을 만큼 충분한 보상이 있죠. 콜걸 제안을 받을 여자는 사전에 자세히 조사를 해요. 많은 남자들이랑 돌아다니는 게 자주 보이면 시작되는 거고요. 여기저기 돌아다니다 보면 별로 하는 것도 없이 다 가지고 있는, 즉 이미 콜걸을 하고 있는 여자들을 만나게 되죠. 이렇게 알게 된 관계가 우정으로 발전하고 몇 가지를 흘려들으면 그 여자들은 돈을 받고 할 수 있는 걸 왜 공짜로 주나 하는 태도를 가지게 되죠. 그래서 그 여자도 할 의사가 있다는 걸 밝히면 적당한 사람들한테 소개를 해줘요. 그러면 좋은 아파트에서 살게 해 주고 선금을 준 다음 특정

한 타입으로 장부에 이름이 올라가죠. 그런 타입을 원하는 사람들이 있으면 전화로 부르거나 중개인을 통해 약속을 잡아요. 그러면 데이트를 하러 나가는 거죠. 여자로서 바랄 만한 건 다 가질 수 있어요. 그런 일로 몇 명은 아주 많이 벌기도 하죠. 서비스에 대한 금액은 선불로 지불하는데 여자들 몫은 거기에서 떼어 은행 계좌로 입금이 돼요. 정말 모든 게 쉽고 좋아요. 환상적인 거래죠. 여자들을 묶는 족쇄도 없어요. 만약 그녀가 좋아하는 사람이 나타나면 자유롭게 콜걸을 그만두고 결혼할 수 있어요. 그러면 그동안의 서비스에 대한 보너스도 두둑이 받죠. 그게 전혀 말이 나지 않는 한 가지 이유죠. 그 안에 있는 사람들을 노출시킬 수 없도록 돼 있기 때문에 여자들은 절대 아무 말도 안 해요. 그리고 조직에서도 히스테리를 일으키는 여자들만큼 위험한 것도 없기 때문에 억지로 붙들지도 않고요. 하지만 여자들이 위험해질 때가 있어요. 점점 양심의 가책을 느끼거나, 어느 날부터 술을 많이 마시기 시작하고 말문을 열어 버리거나, 아니면 욕심이 생겨 사실을 밝혀 버린다고 협박해 돈을 요구할 수도 있어요. 그러면 조직이 알아서 처리하는 거죠. 그런 여자는 간단하게 사라져 버려요……. 아니면 사고를 당하든가요. 다른 여자들은 그런 얘길 들으면서 둘 중에 한 가지를 해야 한다는 교훈을 얻는 거예요……. 조용히 있든지 아니면 나가든지……. 나가더라도 입을 다물고 살아야 하고요.

　나도 경험으로 아주 잘 알고 있죠. 부주의해서 병을 얻어 조직에서 자리를 잃게 됐어요. 물론 그 사실을 그들이 직접 알려 주진 않았어요. 여자들 중 한 명이 말해 줬죠. 갑자기 비싼 아파트를 손에 넣게 됐는데 수입이 없었어요. 그래서 가지고 있던 걸 다 팔아 현금으로 바꾸고 다시 바닥으로 내려왔죠. 의사한테 가기는 너무 창피했고 어떻게 해야 할지 몰랐어요. 그래서 술을 마시기 시작했죠. 다시 또 다른 사람들을 더 만났어요. 그 인간들은 내가 무슨 병에 걸렸는지 상관도 안 하더군요. 그냥 가게에 방 하나를 마련해 주었고 난 다시 그쪽에서 일을 하게 되었죠. 많은 시간이 걸렸지만 결국은 생각을 바로 잡았어요. 그리고 병원에 간 거죠. 병원에서 나와 보니 가게는 사라졌고, 낸시는 죽었고, 당신이 거기 있었어요."

롤라는 의자 깊숙이 앉아 기진맥진한 듯 눈을 감았다. 내가 말했다

"롤라, 이제 그 사람 이름을 말해 봐."

롤라가 눈을 아주 가늘게 떴다. 목소리는 거의 속삭임에 가까웠다.

"머레이 캔디드예요. 나이트클럽을 몇 개 가지고 있는데 거의 다 제로제로 클럽에 있어요. 그는 내가 만난 연락원이에요. 전부 그가 계획을 하기는 하지만 우두머리는 아니고요. 이 동네는 구역별로 영업을 하는데 그는 내가 일하던 구역을 관리해요. 위험한 사람이죠."

"나도 마찬가지야."

"이제 뭘 할 거죠?"

"나도 몰라요, 아가씨. 그냥 들어가서 증거도 없이 죄를 씌울 수는 없지. 아무리 확실해도 말야. 그러면 법은 그쪽 편이 되니까. 증거가 필요해……. 뭘 이용하면 꼼짝 못하게 만들 수 있을까?"

"장부가 있어요. 하지만 당신이 찾아야 해요. 그 사람들로서는 장부 없이 일하는 게 훨씬 좋아요. 그러면 거의 깨끗하니까요. 하지만 서로를 믿지 못하기 때문에 그럴 수가 없죠."

"그 캔디드라는 남자가 장부를 가지고 있을까?"

"아닐 거예요. 일시적인 기록은 보관할지 몰라도 중요한 자료는 좀 더 위에 있는 사람이 가지고 있죠."

일어나서 술잔을 마저 비우고 말했다.

"좋아. 잘했어. 알아볼 거리가 생긴 것 같네. 수사의 출발점은 잡혔어. 당신을 끌어들이지는 않을 테니까 염려하지 않아도 돼. 여기에 꼼짝 말고 있어. 내가 자주 전화할게. 나는 모르지만 당신은 아는 사실이 아마 또 있을 테니까. 아직은 그게 뭐가 될지 모르겠지만."

롤라가 천천히 의자에서 일어나서 내 허리에 팔을 감았다. 머리를 내 어깨에 올리고 얼굴을 내 목에다 비볐다.

"조심해요, 마이크. 제발 조심해요."

그녀의 턱을 들어 웃음을 지어 보였다.

"난 언제나 조심해. 예쁜이, 내 걱정은 하지 마."

내가 말을 끝내기도 전에 그녀가 집게손가락을 내 입술에 갖다 대어 말을 막았다.

"아무 말 말아요, 마이크. 그냥 좋아하게 해 줘요. 내가 가까이해서 좋을 게 없는 여자라는 건 나도 알아요. 당신의 인생을 조금도 복잡하게 만들지 않을 거니까 당신만 원한다면 내가 당신을 좋아하도록 내버려 둬요. 전혀 책임지지 않아도 돼요. 난 그냥 당신 인생의 제삼자로서 당신이 가는 길에 키스를 던질게요. 그리고 당신이 어디에 있든 난 항상 당신 거라는 걸 알면 돼요. 내가 평범하게 살 수 있었다면 당신은 절대 나한테서 벗어날 수 없었을 거예요."

이번엔 내가 그녀의 말을 막았다. 내 손안에 있는 그녀의 몸은 따뜻했다. 그녀를 가까이 끌어당겼다. 그녀의 등이 흥분으로 떨리고 있음을 느꼈다. 그녀의 입술은 크고 도톰했다. 그녀가 예전에 무슨 일을 했는가는 말끔히 잊혀졌고 과거의 순간은 조금도 남아 있지 않았다. 내가 그녀의 입술에 키스했을 때 그것은 마치 가느다란 빛에서 격렬한 횃불로 타오르는 화염과도 같았다.

할 일을 전부 잊어버리기 전에 그녀를 밀어내야 했다. 우리는 두 걸음쯤 떨어져 그렇게 서 있었고 나는 목소리가 나오지 않았다. 마침내 내가 말했다.

"롤라, 날 위해서 아껴 둬요. 나만을 위해서."

"당신만을 위해서 아껴 둘게요, 마이크."

그녀는 내 말을 따라했다.

문밖으로 나왔을 때 롤라는 여전히 방 한가운데에 크고 아름다운 모습으로 서 있었다. 우리 둘 중 누구도 감당할 수 없는 욕구로 그녀는 가슴을 헐떡이고 있었다.

제로제로 클럽은 6번가 근처의 미로 같은 유흥가 사이에 묻힌 지하 술집으로, 붉은 네온사인으로 0자 두 개를 써 놓은 것이 그 위치를 알리는 전부였지만 장사는 아주 잘되었다. 그 클럽에는 그곳만의 분위기가 있었다. 다양한 분위기였다. 그게 바로 그곳을 제로제로라고 부르는 이유였다. 담배 연기가 천장과 현관을 모두

휩쓸고 있었다.

아래층에는 귀가 찌그러진 남자가 목례를 하면서 문지기 흉내를 내고 있었다. 그놈이 나를 쩨쩨한 사람으로 기억하지 않도록 25센트짜리 동전을 주었다. 벽에 있는 시계는 열한 시 십오 분을 가리켰고 클럽은 사람들로 꽉 들어차 있었다. 손님 중의 반이 정장 차림을 한 것으로 보아 그들은 싸구려 손님이 아니었다. 다른 술집과는 달리 그곳은 금속 장식이 되어 있지 않았다. 한쪽 벽에는 오래되고 단단한 마호가니 목재로 된 바가 있었고 테이블들은 무대 주변에 모여 있었다. 무대에는 정말로 춤을 출 수 있는 공간이 마련되어 있었다. 필요할 때 무대로 넓혀서 사용할 수 있도록 만든 벽감 안으로 밴드를 위한 자리가 있었다.

내 주변에 있는 얼굴들은 뉴요커가 아니었다. 최소한 남자들은 아니었다. 대부분은 좋은 시간을 보내러 다른 도시에서 온 사람들임을 알 수 있었다. 어떤 사람들은 부인과 함께 왔다는 걸 알아볼 수 있었다. 그런 사람들은 바와 테이블에 앉아 술을 홀짝거리며 한쪽 눈은 부인에게 다른 한쪽 눈은 지나다니는 예쁜 아가씨들에게 두고는 어쩌다가 이 여자를 데리고 오게 됐나 하고 후회하는 표정이었다.

그래, 보이는 분위기는 아주 좋았다. 제로제로 클럽은 바로 서부 광산 캠프에 있는 술집의 모습이었고 단골손님들은 그곳을 즐겨 찾았다.

밀집된 사람들 사이로 대여섯 명의 호스티스들이 손님들을 살피고 있었다. 나는 화분들로 약간 가려진 구석에 있는 테이블에 앉아 기다리기로 했다. 웨이터가 다가오자 하이볼을 주문했고 술이 온 다음에 조금 더 기다렸다.

5분 후에 머리를 금발로 염색한 호스티스가 내가 거기에 있는 것을 보고는 구불구불 돌아 테이블로 왔다.

아주 새빨간 입술로 나에게 미소 지으며 말했다.

"재밌으세요?"

"별로요."

몸을 앞으로 숙여 그녀에게 의자 하나를 끌어당겨 주었다. 여자는 주위를 한 번 둘러보더니 한숨을 쉬며 앉았다. 잠시 내 테이블에 앉아 숨을 돌리려는 것이었다. 웨이터에게 손짓을 하자 뭘 마시겠냐고 물어보지도 않고 그녀에게 맨해튼을 가져다주었다. 그녀가 말했다.

"이거 차 아니에요, 아저씨. 진짜 위스키를 사 주신 거예요."

"그걸 왜 말해 주지?"

"촌뜨기들이나 호스티스들이 냉차를 마신다는 걸 너무 많이 읽었어요. 그 사람들은 항상 맛을 보고 싶어해요. 그래서 이제 우리는 전혀 안 마셔요. 아니면 작은 콜라를 시키든가."

지금은 별로 잡담을 할 분위기가 아니었다. 술잔을 비운 다음 한 잔을 더 주문했고 계속 기다리면서 그녀에게 물었다.

"머레이는 어딨죠?"

그녀가 나를 잠시 곁눈질로 보더니 손목시계를 확인하고 고개를 흔들었다.

"두 손 들었다니까요. 그 사람은 자정 전에는 나오는 법이 없어요. 그 사람 친구예요?"

"그렇다고는 할 수 없지요. 어떤 문제로 그를 만나야 해요."

"아마 버키가 도와줄 수 있을 거예요. 머레이가 없을 때는 그가 매니저거든요."

"아니, 그만이 도울 수 있는 일이라서요. 낸시 샌포드라고 기억 나나요?"

술잔을 살짝 내려놓자 젖은 술잔 바닥 때문에 테이블 위에 작은 원이 그려졌다. 그녀는 나를 의심스럽게 쳐다보았다.

"네, 그 애 기억나요. 알다시피 그 앤 죽었잖아요."

"알아요. 그녀가 어디에 살았는지 알고 싶어요."

"왜요?"

"이봐요, 아가씨, 난 보험 조사원이에요. 우리 회사는 여러 가지 이유로 낸시 샌포드가 사실은 다른 사람이라고 믿고 있어요. 그녀가 가짜 이름을 쓰고 있었던 거죠. 아, 당연히 우린 그녀에 대한 모든 사항을 알고 있죠. 그러나 만약 그녀가 다른 사람이라면 그녀에 대한 방침에서 분명히 해야 할 것이 있거든요. 수령인은 5,000달러의 보험금을 탈 수 있을 것 같아요."

"그런데 왜 여기로 왔죠?"

"왜냐하면 그녀가 여기서 일했다는 얘길 들었거든요."

이 말에 그녀가 눈가에 슬픈 표정을 지었다.

"그 애는 가게에서 일했어요……."

"불이 나서 없어졌죠."

내가 끼어들었다. 여자가 말을 계속했다.

"그 다음에 어떤 아파트로 이사 갔을 거예요. 어딘지는 모르겠어요. 하지만……."

"그곳은 우리가 확인했어요. 거긴 그녀가 죽기 전에 살던 곳이죠. 그곳에 살기 전엔 어디 있었죠?"

"나도 몰라요. 여기서 나간 후론 그 애가 어디로 갔는지 나도 몰라요. 가끔 누가 그 앨 봤다고 했는데 나하고는 한 번도 마주치지 않았어요. 미안하게도 별로 도움이 못 되네요. 아마 머레이는 얘기해 줄 수 있을 거예요."

내가 말했다.

"그에게 물어봐야겠군요. 그 집을 알아내는 데 보상금이 걸려 있어요. 500달러죠."

그 말에 여자의 얼굴이 밝아졌다.

"이해가 안 가요, 아저씨. 그 애가 누구냐가 아니라 어디에 살았느냐를 알려 주는 데 500달러나 걸려 있다고요? 무슨 이유죠?"

"그 동네에 확실히 그녀를 증명해 줄 수 있는 사람이 살고 있기 때문에 우린 그 집을 찾아야 해요. 지금 돈 때문에 거짓말로 안다고 하는 사람들이 있어서 문제가 많은데 우리가 먼저 그 집에 가 보기 전에는 아무에게도 그 돈을 주지 않을 겁니다. 알겠어요?"

"그러니까 내가 알아낼 때까지는 아무한테도 알리지 말라는 거군요? 내가 찾을 수 있다면요."

"바로 그거예요."

"모르겠네요. 조만간 다시 한 번 여기 들러 날 찾으세요. 내가 돌아다니면서 물어볼게요."

여자는 술잔을 비우고 '재밌으세요?'라고 묻는 듯한 미소를 지은 다음 내게 손을 흔들고 다른 사람들에게로 돌아갔다. 그녀는 누구에게도 말하지 않고 여기저기 알아보러 다닐 것이다. 그걸 위해서 여기에 온 것은 아니지만 언젠가 단서를 제공해 줄 수도 있다.

머레이 캔디드는 전혀 콜걸 조직에 있을 만한 타입으로 보이지 않았다. 키가 작고 통통한 체격이었고 빨간 볼에 턱은 여러 겹으로 겹쳐져 있었으며 얼굴 전체에 '정직'이라고 씌어 있었다. 그저 누군가의 착한 삼촌처럼 보였다. 아마 그 때문에 그가 조직에 있어야 할 인물인지도 모르겠다. 그를 따르는 두 명의 남자는 가족의 친구들처럼 처신했으나 그들에게 어울리는 유일한 단어는 건달패였다. 그들은 둘 다 젊고 잘 맞춘 턱시도를 입은 흠집 없는 옷차림을 하고 있었다. 그들은 여기저기 미소를 연발하며 아는 사람들과 악수를 했으나 계속 눈알을 굴리며 보스를 보호하는 모양이 고용된 감시인임을 알 수 있었다. 또한 그들은 아주 건장해 보였다. 젊고, 강하고, 영리하며 아무것도 개의치 않는 듯한 표정으로 보아 그들은 자신들이 하는 일을 좋아하고 있었다. 장담하건대 그들 둘 중 누구도 술이나 담배를 하지 않을 것이다.

그때 밴드가 무대에 올랐고 댄스 플로우에 스포트라이트가 켜지면서 실내 조명이 사라졌을 때 그들이 모서리 쪽으로 들어가는 것이 보였다. 그들은 내가 보고 싶어하는 곳으로 향하고 있었다. 바로 머레이 캔디드의 사무실이었다. 나는 무용단의 춤과 스트립쇼가 끝날 때까지 계속 앉아서 기다렸다. 술값을 지불한 다음 자욱한 연기를 지나 그곳으로 들어가 복도를 따라갔다.

복도 끝에 두 개의 문이 있었다. 하나는 유리문이었는데 비상구라고 씌어 있는 가로대가 있었고 다른 하나는 나무 무늬로 칠한 강철 문인데 손잡이가 없었다. 머레이의 사무실이었다. 문턱에 있는 버튼을 눌렀지만 벨 소리가 들리지는 않았다. 그러나 잠시 후에 문이 열렸고 아까 그 두 녀석 중 한 명이 무뚝뚝하게 고개를 끄덕였다.

내가 말했다.

"캔디드 씨를 만나고 싶습니다. 안에 계신가요?"

"계십니다. 성함이 어떻게 되시죠?"

"마틴. 디모인에서 온 하워드 마틴이라고 합니다."

남자가 내선 전화로 전화하는 동안 문을 만져 보았다. 약 7센티미터 정도의 두께로 안쪽은 탄력 있는 방음재가 내장되어 있었고 아주 견고했다.

남자가 전화를 끊고 안으로 들어갔다.

"캔디드 씨께서 지금 만나시겠답니다."

독특한 음색의 목소리였다. 높낮이 없이 어떤 음절도 강조하지 않고 말할 수 있는 목소리였다. 가벼운 딸깍 소리와 함께 문이 닫혔다. 대기실에는 장식이 딱 하나 있었는데 그것은 또 다른 문이었다. 남자가 문을 열자마자 안으로 들어갔다.

방을 반쯤 가로질러 가고 있을 때 기침 소리가 들렸고 뒤를 돌아보니 내가 들어온 문이 아닌 다른 문으로 누군가가 방금 나간 듯 문이 닫히고 있었다. 그 방에는 문이 여러 개 있었지만 창문은 없었다.

머레이 캔디드는 한쪽 벽을 차지하고 있는 거대한 참나무 책상에 가려져 반쯤 모습이 보이지 않았다. 책상 뒤에 걸린 액자에는 자필 사인이 되어 있는 스타들의 무대 공연 사진과 열 명이 넘는 유명 인사의 스튜디오 사진이 걸려 있었다. 그 안에는 소파 하나와 간단한 의자 몇 개, 작은 라디오 그리고 바가 있었다. 소파에 누워 있는 다른 건달 녀석 말고는 그게 전부였다.

"캔디드 씨?"

남자가 웃으며 일어나더니 손을 뻗었다. 가벼운 악수를 기대했으나 예상과 달리 손아귀 힘이 강했다.

"디모인에서 오신 마틴 씨 맞습니까?"

나는 맞다고 했다.

"앉으시죠. 자, 제가 어떻게 도와드리면 될까요?"

소파에 있던 녀석은 머리를 돌려 나를 보지는 않았지만 귀에 거슬리는 목소리로 말했다.

"머레이, 저 사람 총을 가지고 있어요."

그렇게 기습 공격을 받고서도 나는 전혀 개의치 않았다.

"물론이지요. 저는 디모인 경찰서에 있는 경찰이니까요."

하지만 그 말이 신경에 거슬리는 것은 사실이었다. 내 코트는 총 위에 입을 수 있도록 재단되었기 때문에 알아채지 못해야 정상이었다. 바로 알아차린 것을 보니 녀석들은 오랜 경험이 있는 프로였다.

머레이가 큰 소리로 웃더니 말했다.

"당신네 경찰들은 무장하지 않고는 옷을 입고 싶지가 않은가 봅니다. 이제 말해 보시죠, 내가 뭘 해 드리면 되겠습니까?"

등을 의자에 기대고 앉아 담배에 불을 붙이고 시간을 끌었다. 성냥을 쓰레기통에 날려 버렸을 때 이야기를 꺼낼 준비가 됐다.

"파티에 부를 여자 몇 명을 구했으면 합니다. 다음 달에 시내에서 컨벤션이 하나 열리는데 참가자들끼리 즐거운 시간을 가질 계획을 하고 있어서 말이죠."

머레이는 당황스러운 듯 눈썹을 찌푸리며 손가락으로 책상을 두드렸다.

"잘 이해가 안 가는군요. 지금 여자들……이라고 하셨습니까?"
"그렇습니다."
"하지만 어떻게 제가……?"
그는 나를 반쯤 흘겨보며 조용히 웃고 있었다. 내가 말했다.
"이봐요, 캔디드, 난 경찰입니다. 사람들이 시내에서 아주 재밌게 놀고 돌아와 우리에게 그에 대해 털어놓거든요. 그들이 그러는데 여자들을 구하려거든 당신을 만나면 된다고 하더군요."
머레이의 얼굴이 정말로 놀란 듯 보였다.
"저를요? 제가 관광객들에게 출장 요리를 조달하는 건 맞지만 무슨 관련이 있는지 모르겠군요. 제가 당신께 어떻게 여자들을 공급해 줄 수가 있겠습니까? 난 그런 사람이…… 전혀 그런 사람이…… 아닙니다."
"전 그저 그 친구들이 말한 대로 하는 것뿐입니다. 그 친구들이 당신한테 가 보라고 했거든요."
그가 다시 웃었다.
"글쎄요, 그들이 뭔가 잘못 안 것 같군요, 마틴 씨. 도와드리지 못해 죄송합니다."
그러고는 일어서면서 대화가 끝났음을 알렸다. 이번에는 내게 악수를 청하지 않았다. 나는 그에게 작별 인사를 하고 모자를 쓴 다음 건달 녀석이 문을 열 때까지 기다렸다.
그 녀석은 내게 공손하게 인사한 다음 문을 닫았다. 아무 생각이 나지 않아 일단 바로 가서 술을 주문했다. 축축하고 차가운 손으로 술잔을 들고 꼭대기까지 올라온 거품이 터지는 모습을 지켜보았다.

  차갑고 축축했다. 내 몸 전체가 그랬다. 사무실 안에는 바닥에도 벽에도 그가 장부를 가지고 있다면 숨겼을 만한 금고 같은 건 없었다. 아무것도 없었다. 그래도 장부가 어딘가 존재한다는 가정에서 최소한 하나는 제외된 셈이었다. 그것들이 여기에 없다면 다른 어딘가에 있을 것이다. 그걸로 충분하다……. 역시 해 볼 가치는 있었다.

  술을 다 마신 다음 모자를 들고 나왔다. 바깥 공기는 그다지 깨끗하지 않았으나 제로제로의 안개 속에 있다가 나오니 백만 불짜리로 느껴졌다. 그 거리 맞은편에는 클램 헛이 있었는데 그곳은 아주 작은 해산물 전문 식당으로 맥주를 마시면서 길거리를 내다볼 수 있는 바가 있었다. 나는 그 안에 들어가 여러 가지 음식과 맥주 한 잔을 시켜 놓고 기다리기 시작했다.

  오래 걸릴 거라고 생각했으나 전혀 그렇지 않았다. 조개 요리를 반쯤 먹기도 전에 머레이 캔디드가 혼자서 자신의 가게에서 나와 서쪽으로 걷기 시작했다. 그는 빠른 걸음으로 속도 있게 다소 사무적으로 걸었다. 나는 계속 반대편에서 10미터 정도 떨어져서 그의 뒤를 밟았다. 그는 사람들과 이야기하느라 두 번 멈췄고 그때마다 나는 식당 밖에 붙어 있는 메뉴를 보고 있는 것처럼 가장했다. 들킬까 봐 걱정하지는 않았다. 내가 튀기에는 너무 많은 사람들이 나를 위해 그 거리를 순회하고 있었다.

  시내를 걸어 길을 몇 개 건넜을 때쯤 머레이가 어디로 향하는지 알아냈다. 내가 가는 쪽 아래에 주차장이 하나 있었는데 그쪽으로 가려고 무단 횡단을 하고 있었다. 씩 웃음이 나왔다. 그가 나를 알아본다고 해도 이제는 세상에서 가장 좋은 변명거리가 생겼기 때문이다. 내 고물차도 같은 주차장에 있다고 하면 되는 것이다.

그가 들어갈 때까지 기다린 다음 5미터 정도 거리를 두고 그를 따라갔다. 경비가 내 티켓을 가져가고 차 열쇠를 돌려주면서 혹시 팁이 없나 하고 오랫동안 쳐다봤다.

내 차는 구석에 있었고 나는 그림자를 밟으며 차 쪽으로 갔다. 내가 자갈을 밟는 소리 외에 아무 소리도 들리지 않았다. 어딘가 차 문이 닫히거나 시동을 거는 것 같은 소리가 났지만 아무것도 없었다. 그저 바람 속에 울리는 도시의 잡다한 소음과 산짐승이라도 튀어나올 것 같은 적막감만이 있었다.

그때 줄지어 있는 차들 사이로 약한 비명이 들려왔다. 그 자리에 멈춰 서서 그 소리를 다시 들었다. 어느샌가 나는 소리가 들려오는 지점을 향해 달리고 있었다.

어두운 골목길을 달려가다가 개머리판에 맞아 얼굴을 땅에 처박았다. 비명 소리는 목에서 막혀 버렸다. 머리와 어깨를 힘껏 얻어맞았으나 피할 시간도 공간도 없었다. 엄청난 힘을 실은 발들이 내 갈비뼈를 사정없이 짓밟았고 계속해서 개머리판이 머리를 내리쪘었다.

그때 내 입술을 스쳐 가는 소리를 들었다. 부글부글 넘치다가 경련으로 낮게 흘러나오는 고통의 소리였다. 뭔가를 잡아 보려고 손을 뻗으려 했으나 딱딱한 발이 세차게 빰을 내리쳤고 머리는 금속에 세게 부딪혔다. 더는 움직일 수가 없었다.

그렇게 거기 누워 있는 것이 기분 좋을 지경이었다. 이제는 고통도 없었다. 그냥 찢긴 살의 중압감뿐이었다. 아무것도 보이지

않았고 아무것도 느껴지지 않았다. 어디선가 억양이 없는 목소리가 말했다,

"이번엔 이쯤으로 해 두지."

그러자 다른 목소리가 안 된다고 낮은 소리로 입씨름을 했다. 그러나 첫 번째 들린 목소리가 이겼고 쿵쿵대는 소리가 멈췄다. 그러자 이제는 들리는 것까지도 멈춰 버렸다. 깨어 있으나 잠들어 있는 것처럼, 진짜 꿈을 꾸고 있지만 전혀 신경 쓰지 않고 거의 죽은 것과 흡사한 의식을 즐기면서 누워 있었다.

6장

　비스듬히 내리쬐는 햇살에 잠을 깼다. 지붕에 내리는 햇살이 늘어선 차들의 창문에 반사되어 온기가 느껴지자 행복했던 마비의 순간은 사라지고 살을 에는 고통이 끝없이 밀려 왔다.
　얼굴을 자갈에 묻은 채 손은 앞으로 쭉 뻗어 있었고, 손가락은 더 멀리 뻗으려고 괴로운 노력을 한 듯 뭔가를 움켜잡는 모양으로 뻣뻣해져 있었다. 간신히 차 밑에서 밖으로 몸을 일으켰을 때쯤 얼굴에서 난 땀이 마른 피와 함께 시냇물처럼 흘러내려 힘을 줘서 찢어진 상처와 뒤범벅이 됐다.
　그렇게 앉아서 머릿속에서 나는 천둥소리와 함께 몸을 움직이면서 초점을 맞춰 보려 했다. 온몸의 통증과 함께 지각력도 천천히 되돌아왔다. 이제 생각할 힘이 생겼다. 기억도 났다. 기억이 나자 욕이 튀어나왔고 그 때문에 퉁퉁 부은 입술이 또 갈라져서 더는 욕을 하지 못하고 생각을 했다.

뭔가 무거워서 보니 여전히 내 팔 아래 총이 있었다. 이게 웬 치욕인가. 한 번 써 볼 기회도 없었다. 이렇게 바보 같을 수가 있나, 이런 함정에 뛰어들다니! 머리를 날려도 싼 단순하고 멍청한 놈 같으니라고.

비록 흠집이 많이 났지만 손목시계는 멈추지 않았고 바늘은 오전 여섯 시 십오 분을 가리키고 있었다. 밤새도록 그렇게 있었던 것이다. 그때 거기 주차된 차들이 내내 세워져 있었다는 생각이 떠올랐다. 그 녀석들은 장소를 아주 잘 고른 것이다. 아주 완벽한 곳으로.

일어서려고 했지만 발이 말을 듣지 않아 다시 자갈 위에 주저앉았다. 차에 기대어 숨을 헐떡거렸다. 조금만 움직이려 해도 심한 통증이 느껴졌다. 옷은 그놈들의 발과 총에 찢겨 엉망이었다. 한쪽 얼굴은 완전히 갈렸고 감아 올리지 않고는 뒤통수에 손이 닿지 않았다. 갈비뼈를 맞은 충격 때문에 가슴에서는 불이 났다. 그중에 하나라도 부러졌는지 모르겠지만…… 마치 하나도 제대로 남아 있지 않은 것처럼 느껴졌다.

거기에 얼마나 오랫동안 앉아 자갈을 고르면서 생각을 했는지 모르겠다. 일 분이었을 수도 있고 한 시간이었을 수도 있다. 옆에 있는 작은 자갈들을 모아 손가락으로 튀겨 맞은편의 자동차 바퀴 중간을 맞췄다. 돌이 부딪힐 때마다 핑 소리를 냈다.

그런데 그중 하나가 핑 소리를 내지 않았다. 다시 던져 보려고 손을 뻗어 그것을 집었다. 그러나 그것은 돌멩이가 아니었다. 반지였다. 특이한 붓꽃 모양이 디자인된 반지였는데 자갈 속에 갈리고 짓밟혀 긁히고 찌그러져 있었다.

갑자기 괴로움이 사라졌다. 나는 두 발로 일어섰고 입술은 웃음으로 넓게 열렸다. 내가 쥐고 있는 그 반지는 빨강 머리의 반지였기 때문이다. 그것을 내게서 뺏으려 하는 놈은 누구든지 죽여 버릴 것이다. 그들은 어떤 빌어먹을 놈이 죽었던 것보다 더 천천히 고통스럽게 죽을 것이다. 그리고 놈들이 죽을 때 나는 머리가 날아가도록 웃어 줄 것이다!

내 차는 뒷벽에 주차해 놓은 그대로 있었다. 문을 열고 기어 들어가 운전할 수 있도록 편안한 자세를 잡았고 그 자리에서 빠져나와 방향을 돌렸다. 입구를 지날 때 야간 주차 금액 2달러를 창문 안으로 던졌다. 경비는 돈을 받고 올려다보지도 않았다.

집까지 갈 수 있을 거라고 생각했으나 그렇지 못했다. 스템가까지도 못 가서 다시 옆구리를 찌르는 고통이 오기 시작했고 다리로 페달을 밟기도 힘이 들었다. 그럭저럭 사고 없이 시내를 지나 56번가로 들어갔다. 롤라의 집 바깥에 주차 공간이 있어 그리로 꺾어 주차한 뒤 시동을 껐다. 일찍 일어난 사람들 몇 명이 내 옆을 지나가자 나는 꿈틀거리며 차 밖으로 나와 문을 닫고 건물 안까지 더듬거리며 걸어갔다.

계단 오르기는 정말 고문이었다. 문에 도착하여 벨을 누르기 전에 죽었으면 좋겠다고 생각했다. 롤라가 문을 열었다. 그녀의 눈이 접시처럼 커졌다.

"세상에, 마이크, 어떻게 된 거예요?"

그녀가 내 팔을 잡고 소파가 있는 곳으로 이끌어 갔다.

"마이크! 괜찮은 거예요?"

침을 꿀꺽 삼키고 고개를 끄덕였다.

"그래. 이제 괜찮아."

"의사를 불러야겠어요."

"안 돼."

"하지만, 마이크……"

"안 된다고 했잖아, 이런 제길. 그냥 좀 쉬게 해 줘. 괜찮을 거야."

말을 하기도 힘들었다.

그녀가 내 신발 끈을 풀고 쿠션에 발을 올려 주었다. 얼굴에 나타난 걱정스러운 표정만 아니면 검은 드레스를 입은 그녀는 더없이 예쁜 모습이었다.

"어디 나가시나?"

"일 나가려던 참이었어요. 하지만 안 갈 거예요."

"안 가다니 말도 안 돼. 지금은 나보다 일이 더 중요해. 난 그냥 좀 나아질 때까지 여기 있게 해 주면 돼. 아직까지는 괜찮아. 이런 게 처음도 아닌걸. 가도록 해, 빨리 가 보라고."

"아직 한 시간 남았어요."

그녀는 손을 뻗어 내 넥타이를 느슨하게 한 다음 풀어 놓았다. 별로 아프지 않게 너덜너덜해진 나의 재킷과 셔츠를 벗겼다. 놀란 표정으로 그녀를 쳐다보았다.

"솜씨가 완전 프로군."

"애국심이죠. 전쟁 기간 동안 간호사 보조였어요. 이제 닦아 드릴게요."

롤라가 담배에 불을 붙여 내 입술 사이에 끼워 주고는 주방으로 갔고 곧 냄비에 물을 담는 소리가 들렸다. 다시 돌아왔을 때 손에는 끓는 물 한 사발이 들려 있었고 팔에는 수건 몇 개가 걸려 있었다.

근육이 뻣뻣해지기 시작했고 롤라가 도와주지 않으면 담배를 입에서 빼낼 수도 없었다. 두세 번 깊게 들이마셨을 때 롤라가 담배를 꺼 주고 나서 가위를 들고 속옷을 잘라 냈다. 보기가 두려웠지만 봐야 했다. 옆구리의 맞은 자국들이 진한 자주색으로 변하고 있었다. 살이 멍들고 찢어져 여전히 피가 스며 나오는 곳도 있었다. 부러진 곳이 없나 하고 갈비뼈를 눌렀는데 그 가벼운 누름에도 몸이 꽉 조여들었다. 다하고 보니 부러져 튀어나온 뼈는 없었다. 내가 아직 죽지 않았다는 것이었다.

뜨거운 물이 몸속으로 깊숙이 파고들었지만 진정 효과는 있었다. 롤라가 얼굴을 닦아 주고 찢어진 상처에 살균제를 바른 다음 두드려 말려 주었다. 나는 그냥 눈을 감고 누운 채 롤라가 어깨와 팔, 가슴을 차례로 문지르는 동안 가만히 있으면서 아픈 곳에 손이 닿을 때면 얼굴을 찡그렸다. 그녀가 나의 벨트를 풀었을 때는 거의 잠이 든 상태였다. 겨우 반쯤 눈을 뜨고 말했다.

"이봐……, 그러지 마……."

말리려고 했지만 롤라는 멈추지 않았다.

너무 아파 움직일 수가 없어서 그녀가 하는 대로 내버려 두는 수밖에 달리 할 수 있는 게 없었다. 의자에 얹은 옷 위에 양말을 올려놓을 때 나는 다시 눈을 감고 있었다. 롤라의 마술 깃털 같은 손가락이 닿을 때마다 더러움과 고통이 뜨거운 물에 씻겨 나갔고 문지르는 손놀림은 거의 애무에 가까웠다.

정말 환상적이었다. 기분이 한창 좋은 순간에 잠이 들었고 깼을 때는 오후 세 시가 다 되어 있었다. 롤라는 나간 뒤였다. 내 몸 위에는 다른 것은 아무것도 없고 시트 한 장만 달랑 덮여 있었다. 팔꿈치 옆에 있는 탁자에는 얼음이 거의 녹아 있는 물 주전자와 새 담배 한 갑과 메모가 있었다.

손을 뻗어 재떨이 속에 있는 메모를 끄집어냈을 때 그렇게 심하게 아프지는 않았다. 메모에는 이렇게 적혀 있었다.

마이크에게.
내가 집에 올 때까지 그 자리에 가만히 있어요. 어쨌든 속옷 외에는 다 쓰레기통에 버렸으니까 이 집에서 도망갈 생각은 하지 마세요. 당신 아파트에서 옷을 가져 오려고 열쇠를 가져갔어요. 총은 소파 밑에 있어요. 하지만 그 총은 쓰시면 안 돼요. 관리인이 날 내쫓을 테니까. 잘 쉬고 있으세요.

사랑하는 롤라.

내 옷! 큰일이군, 버리면 안 되는데……. 반지가 주머니에 있었는데! 시트를 뒤로 던지고 힘들게 일어서자 다시 통증이 오기 시작했다. 어쩔 수 없이 그냥 침대에 누워 있었어야 했다. 지갑과 잔돈 그리고 반지가 테이블 위의 물 주전자 뒤에 모여 있었다.

다행히도 어렵지 않게 손 닿는 곳에 전화기가 있었다. 교환원에게 연결하여 안내를 받은 다음 내 의뢰인의 이름과 주소를 알려 주었다. 전화를 받은 집사가 베린그로틴 씨를 연결해 주었다.

베린 씨의 목소리는 명랑하고 생기가 있었지만 내 목소리는 다소 갈라졌다.

"마이크 해머입니다."

"오! 안녕하십니까. 잘 지내시나요?"

"별로요. 어떤 망할 녀석한테 심하게 두들겨 맞았거든요."

"이런, 어쩌다 그런 일을 당하셨나요?"

"우습지도 않은 함정에 완전히 걸려들어서요. 제 잘못이죠. 조심을 했어야 했는데……."

"무슨 일이 있었습니까?"

베린 씨가 침을 꿀꺽 삼키는 소리가 들렸다. 폭력은 그의 취미가 아니었다.

"머레이 캔디드라는 사람을 어쩌다가 알게 되어 찾아갔습니다. 찾고 있던 걸 얻지 못했기 때문에 그를 미행해 어떤 주차장에 갔다가 당했죠. 그중 한 놈이 선심을 써서 나를 살려 보내 주었는데 지금 생각해 보니 그게 친절을 베푼 게 아닌 것 같네요. 차라리 그때 그냥 죽어 버렸으면 좋았을 걸 그랬습니다."

베린 씨가 갑자기 소리를 질렀다.

"세상에! 마이크, 차라리 아예 일을 시작하지 않았더라면……. 그러니까 내 말은……."

내 목소리에 웃음이 섞였다면 그건 거짓이었다.

"아닙니다, 베린 씨. 그놈들이 날 다치게는 했지만 겁을 주진 못했습니다. 다음엔 더 빈틈없이 할 겁니다. 어떤 면에서는 더 잘된 일이죠."

"잘됐다고요? 미안하지만 제 생각에는 아닌 것 같습니다. 이런 일은 정말…… 정말 야만적입니다! 나로서는 이해가 안 가는군요."

"거기 있던 나쁜 놈들 중 한 명이 빨강 머리를 죽인 놈입니다."

"정말입니까? 그렇다면 뭔가 진전이 있는 거군요. 하지만……
그걸 어떻게 아셨습니까?"

"그놈이 빨강 머리를 죽이기 전에 빼앗은 반지를 떨어뜨렸거든
요. 제가 지금 그걸 가지고 있고요."

이번에는 그의 목소리에 다급함이 섞여 있었다.

"그 사람을 보았습니까? 알아볼 수 있겠어요?"

베린 씨에게 나쁜 뉴스를 말하기가 정말 싫었다.

"둘 다 아니라는 게 제 대답입니다. 너무 어두워서 보이는 거라
곤 별뿐이더라고요."

"저런……, 이제 뭘 할 생각이시오?"

"잠시 쉬어야 할 것 같습니다."

몸이 피곤해지기 시작했다.

"나중에 다시 전화드리겠습니다. 지금 상황에 대해 잠시 생각
을 좀 해 봐야겠습니다. 괜찮으시겠습니까?"

"물론이죠. 하지만…… 이번에는 좀 더 조심하도록 하세요. 만
약 당신에게 무슨 일이 생기기라도 한다면 내가 제일 책임감을 느
낄 것 같군요."

베린 씨에게 걱정하지 말라고 말한 뒤 전화를 끊고 소파 위에
다시 털썩 주저앉아 이번에는 등을 대고 누워서 전화하려고 했다.
팻과 통화하려고 그의 사무실에 전화를 걸었으나 나갔다고 해서
집으로 했더니 그가 받았다. 그는 반갑게 내 전화를 받았고 내가
이야기를 끝낼 때까지 잠자코 있었다. 나는 그에게 반지를 제외한
모든 것을 다 말해 주었다.

그랬는데도 팻은 나름대로 계속 추측을 했다.

"그거 말고 뭔가가 더 있을 텐데……. 안 그래?"

"왜 그런 생각을 하지?"

"당한 녀석치고는 너무 기분이 좋은 목소린데?"

"응. 기분은 좋아. 이제 나름대로 방향이 잡혀 가는 것 같거든."

"그놈들은 누구였지? 캔디드의 심복들인가?"

"그럴 수도 있지. 하지만 확실하진 않아. 아마 그들이 그전에 뭔가를 알아내고 머레이와 나보다 먼저 거기에 도착했을 수도 있지만 전혀 아닐 수도 있지. 내게 다른 생각이 있어."

"계속해 봐."

"내가 사무실로 들어갔을 때 누군가 막 나가고 있었어. 그 녀석이 나를 봤지. 나는 머레이를 미행했고 나머지 한 녀석은 나를 미행했을 거야. 머레이가 어디로 가는지 알아냈을 때 그가 다른 녀석들과 택시를 타고 먼저 급하게 가서 기다린 거지."

팻이 물었다.

"그러면 왜 머레이는 네가 당하고 있을 때 껴들지 않은 걸까?"

"왜냐하면 머레이는…… 내 생각에는…… 점잖게 행동해야 하고 다른 사람들의 일에 연루되면 안 되는 위치에 있기 때문이지. 물론 그 일과는 애초부터 아무 관련이 없어 보이도록 하려고 말야."

팻이 내 말에 동의했다.

"그럴 수도 있겠네. 우리가 애매모호한 이론에서 한 발 나아간다면 조사가 진행되면 확실히 알게 될 거야. 이봐, 넌 네가 예상했던 것보다 훨씬 더 잘하고 있어."

내가 맞장구를 쳐 주었다.

"그래?"

"물론이지. 낸시를 치었던 녀석의 차는 보험에 가입돼 있었어. 그 보험 회사는 사고 원인을 확인하고 보상하려고 해. 지금 낸시의 가장 가까운 친척을 수소문하고 있어."

"보험 회사 사람들에게 얘기한 거 있어?"

"아무 말도 안 했어. 거기 사람들이 자체적으로 경찰의 공식 보고서를 확보했고 그걸로 끝이야. 어리석은 사설탐정의 말에 넘어갔다고 말하고 바보 꼴이 되고 싶지는 않았거든. 그리고 그 친구들 꽤 똑똑하더군. 또 한 가지, 네 친구한테 미행을 붙여 놨어."

"친구라니? 누구?"

"피니 라스트."

온몸이 울렁거려 전화기를 떨어뜨릴 뻔했다. 녀석의 그 느끼한 이름만 들어도 터질 것 같았다.

팻이 말했다.

"피니의 기록은 아주 깨끗해. 한 번도 제대로 체포된 적도 없어. 웨스트 코스트에 있는 도시 두 군데에 있었더군. 두 번 다 힘센 녀석들을 필요로 했던 사업체에서 피니를 고용한 거였고. 피니는 문제가 있긴 하지만 말썽을 피우는 녀석은 아냐. 그 지역 경찰이 알려 줬는데 잔챙이 녀석들이 피니가 구식 총을 쏘는 것을 좋아하고 미친 듯이 뭔가 타깃을 찾는다는 걸 알고서는 피니를 아주 무서워했대. 완전히 B급 서부 영화에서 튀어나온 녀석이지. 그 녀석은 똑똑하게도 총기 면허를 가지고 다녔어. 그리고 실제로 총을 사용할 때만 총에 지문을 남겼지."

"하지만 아직 혐의를 적용할 만한 단서는 없지?"

"그래 맞아, 마이크."

"베린그로틴하고 일할 때 쓰던 면허는 어떻게 됐지?"

"그것도 다 생각했더군. 우편으로 반납했어. 피니는 위험한 짓은 절대 안 해."

"그럼 이제 칼만 쓰겠군."

"뭐라고?"

"칼을 쓰는 데는 면허가 필요 없잖아, 친구. 피니는 날붙이를 좋아하거든."

등이 아파서 더는 말하기가 힘들어 나중에 전화한다고 했다. 탁자에 전화를 올려놓고 편안하게 누워 잠시 생각을 했다. 빨강 머리의 반지가 내 손에 있었고 그녀의 얼굴도 내 마음에 있었다. 그녀의 얼굴은 이제 모든 불행의 기미가 사라진 채 밝게 웃고 있었다.

반지는 내 새끼손가락에 들어갈 정도로 커 보였다. 반지를 껴 보았다.

네 시 반쯤 문에 열쇠 돌리는 소리가 들려 잠이 덜 깬 채 총의 안전장치를 풀고 나왔다. 소파 밑에 있는 총을 집다가 손톱에 걸려 손가락 관절 사이로 피가 조금 보였다.

그러나 롤라였다.

내 표정에 롤라가 너무 놀라 들고 있던 봉투를 떨어뜨렸다.

"마이크!"

"미안, 아가씨. 내가 좀 흥분을 잘해서 말야."

총을 탁자 위에 떨어뜨렸다.

"당신 옷을 가져왔어요."

옷 봉투를 들고 내게로 다가왔다. 소파 끝에 앉았을 때 그녀의 머리를 당겨 빨간 입술에 키스했다.

그녀가 미소 지으며 손가락으로 내 이마를 만졌다.

"괜찮은 것 같아요?"

"좋아. 나한테 필요했던 건 잠이었나 봐. 며칠간은 좀 아프겠지만 다른 사람보다는 훨씬 나을 거야. 그렇게 당해 보기는 정말 오랜만이지만 나한텐 잘된 건지도 몰라. 다음부터 조심할 거고 깜깜한 뒷골목으로 뛰어 들어가기 전에 내가 먼저 누군가의 창자에 총알을 박아 줄 테니까."

"제발 그런 말 좀 하지 말아요."

롤라가 걱정되는 듯 눈가를 찡그렸다.

"당신 정말 아름다워, 아가씨."

롤라가 웃었다. 기뻐서 나는 웃음소리였다. 그녀는 재빨리 일어서더니 침대 시트를 잡아 휙 날려 버리며 말했다.

"당신도 멋있어요."

롤라가 짓궂은 미소를 지었다.

고함을 치고 시트를 끌어오는 동안 그녀는 계속 웃고 있었다. 롤라가 주방에서 일을 시작했을 때 봉투에서 그녀가 가져온 옷을 꺼냈다. 넥타이를 매고 있는데 수프가 다됐다고 롤라가 불렀다. 주방으로 들어가자 그녀가 말했다.

"난 아까 그 모습이 더 좋은데요?"

"버릇없는 소리 그만하고 먹을 거나 줘."

그녀가 냄비에서 폭찹을 덜어 내 접시에 담는 동안 식탁에 앉아 기다렸다. 그녀가 만든 요리는 도시 여성에게서 나올 만한 것이 아니었다. 양도 아주 많았다. 롤라가 자기 접시에 음식을 담을 때까지 그것을 다 날 주려고 만든 것인 줄 알았다.
 내 표정을 보더니 고개를 끄덕이며 말했다.
 "내가 이래서 이렇게 덩치가 큰 거라고요. 많이 먹으면 나처럼 돼요."
 배가 너무 고파서 식사를 다 마칠 때까지 아무 말도 하지 않았다. 내 빈 접시 위에 파이를 올려 주고는 자기 식사를 마저 한 다음 내가 준 담배를 피웠다.
 "맛있어요?"
 "최고야. 거의 새로 태어난 기분인데?"
 그녀는 굶주린 듯 힘주어 담배를 피웠다.
 "이제 어디로 갈 거죠?"
 "나도 잘 모르겠어. 일단 내가 왜 당했는지 알아내고 싶어. 그 다음엔 누가 그랬는지도 알아봐야지."
 "캔디드는 위험하다고 내가 말했잖아요."
 "그 뚱보 원숭이 녀석이 위험한 게 아니야. 위험한 건 그가 갖고 있는 돈이지. 자기 혼자 못하는 일은 돈으로 사람들을 사서 하게 만드니까."
 "그래도 그 사람은 못 믿어요. 머레이에 대해서 별로 듣기 좋지 않은 이야기를 들은 적이 있거든요. 장부를 찾고 있었던 거 맞죠?"
 "눈에 띄는 곳에 두지는 않았더군. 숨겼을 만한 곳을 찾아봤는데 그 술집엔 금고 같은 게 전혀 없었어. 뭐, 이번에 간 건 단지 사전 답사일 뿐이긴 하지. 어쨌든 그 놈들은 절대 바보가 아니야. 만약 장부가 있다면(그리고 아주 많이 있을 것 같은데) 어딘가 아주 한참 파야 하는 곳에 있을 거야."

 의자 등받이에 몸을 기대고 담배를 껐다. 똑바로 앉아 있기에는 여전히 아팠으나 그래도 빠르게 회복되고 있었다.

 "내가 캔디드한테 뭔가를 얻어낼 수 있다고 가정한다면……. 어디까지 가야 할까? 내가 원하는 건 살인자지 장부에 관련된 굉장한 비밀은 아닌데 말야."

 그 말은 롤라에게 한 것이 아니라 생각을 정리해 보려고 나 자신에게 한 말이었다. 지금까지는 온갖 사건이 뒤범벅되었고 그것은 모두 중요할 수도 있지만 이건 마치 끝없는 사다리를 오르는 것 같았고 사다리의 다음 단으로 올라가도 꼭대기가 시야에 들어오지 않았다.

 "그러니까 빨강 머리가 살해를 당했고, 그녀가 죽은 데는 이유가 있지. 살아 있을 때는 반지를 끼고 있었는데 죽고 나서는 반지가 없어졌어. 살인 수법 또한 기가 막혔지……. 어떻게 그 사건이 발생했는지 모르겠지만 알아낼 거야. 범인은 완벽하게 사건을 무마시켰고 그 사건은 사고사로 등록되었지. 만약 낸시가 떠밀렸다면 누군가는 그 장면을 봤을 수도 있었을 거야. 아니면 그녀를 치었던 애가 술에 취해 혼미한 상태에서라도 그걸 기억할 수도 있었겠지. 근데 아니야……. 그놈이 낸시를 치었을 때 주변에 아무도 없다고 생각하고 그곳에서 달아났어. 그가 그 사실을 감추고 도망간 것까지 기억했으니 혹시 누군가 만약 그녀를 떠밀었다면 기억하고 있을 거야. 하지만 그녀의 반지는 어쩌다가 빠진 거지? 여자들은 반지를 빼고 다니지 않는다고! 그리고 나를 덮쳤던 그 나쁜 놈들 중 하나가 그 반지를 가지고 있었어. 그러니까 사고사가 아니라 진짜 살인이라는 거지.

　미칠 노릇이지. 만약 살인이 아니면 더는 아무도 전혀 상관하지 않을 텐데, 하지만 그녀가 왜 살해당한 거지? 왜 그녀가 죽어야 할 정도로 그렇게 중요해진 걸까? 그러니까 피니 라스트는 협박할 거리를 도난당했고……. 하지만 그녀는 그런 쪽은 아니라고 당신이 말했지. 다른 녀석의 말에 의하면 모두들 그녈 찾고 있었고 아무도 그녀를 가까이 하지 않으려 한다고 했어. 피니는 거친 인물로 다른 녀석들이 말도 안 붙이는 수준이고. 하지만 그 사람들이 겁내는 건 뭐지? 두들겨 맞는 걸까? 아니면 총에 맞을까 봐? 말도 안 돼. 아무도 이 동네에서 사람들에게 총을 쏘고 다닐 순 없는 건데……. 물론 여기는 문제를 일으키기에는 거친 동네이긴 하지만 총을 뽑아 보라고! 어떻게 되는지! 어떤 녀석이든 한동안은 무서워할지도 모르지만 조금 지나고 나면 그것도 사라지고 그렇게 되면 장난이 아니라는 걸 보여 줘야 한다고. 도대체 어떤 녀석이 그런 짓을 하고 빠져나갈 수 있는 거지? 딱 하나지. 자신을 지켜 줄 방어막이 튼튼하다고 생각하는 머저리 녀석."

　처음으로 롤라가 내 말에 끼어들었다.

　"그 사람이 피니 라스트예요?"

　"아마도. 그놈은 총을 가지고 다녀. 그래도 바보는 아니야. 베린 씨 일을 그만두었을 때 총기 면허를 반납한 걸 보면 알 수 있지."

　그녀는 가볍게 고개를 끄덕여 동의했다.

　"당신은, 그러면 그가 낸시를 죽였을 수도 있다고 생각하는 건가요?"

"그걸 알 수만 있다면 뭐든지 할 텐데. 정말 많이 꼬인 사건이야. 하지만 그 밑바닥에는 뭔가 아주 큰 게 있어. 누군가 제거되어야 할 정도라면 아주 심각한 이유가 있을 거라고. 전기의자에 앉을 만한 일을 하지 않고도 일을 처리하는 방법은 아주 많아. 그 정도 위험을 무릅쓸 가치가 있다면 모를까."

"그럼 낸시가 위험을 무릅쓸 만했다는 거군요?"

"어떻게 생각해?"

"당신이 맞을지도 몰라요. 최소한 그 애가 죽은 게 당신의 말이 옳다는 증명이 될 수도 있겠죠. 하지만 불쌍한 낸시……. 난 아직도 그 애가 왜 그렇게 중요했는지 이유를 모르겠어요. 죽어야 할 만큼 말이죠. 그 애에게 비밀스러운 면이 있다는 건 얘기했지만 그래도 그런 처지가 아니었다면 낸시는 고상한 애였을 거라고요. 그렇게 말한 건 그 애가 모든 소양을 가지고 있었다는 말이에요. 그 애는 상냥했고, 친절했고, 사려 깊었죠. 무슨 말인지 아시겠죠?"

"그녀는 그 일을 할 만한 이유가 있었다는 거지?"

"맞아요."

"그녀가 남자한테 돌아가기 위해 그랬다고는 생각하지 않고? 옛사랑이나 뭐 그런 것 때문에 참고 그 일을 했다든가 말이야."

"당연히 아니에요! 그렇게 바보 같은 애는 아니었어요."

롤라가 식탁에 기대어 나를 오랫동안 뚫어지게 바라보았다. 그녀가 다시 쉰 목소리를 냈다.

"마이크, 살인을 하는 사람들은 도대체 어떤 사람들이에요?"

"더러운 인간들이지. 마음에 걸릴 거라곤 아무것도 없는 인간들. 인간의 목숨보다 먼저라고 생각하는 뭔가를 얻고 지켜 내기 위해 살인을 하지. 하지만 그것이 무엇이든 간에 그들이 치러야 하는 값에 비하면 턱없이 하찮은 것들이야."

"당신은 사람을 죽여 봤군요."

나는 입술에 힘이 들어가는 것을 느꼈다.

"그래, 그리고 몇 명 더 죽일 작정이야. 난 상처 하나 없이 거리를 뛰어다니는 기생충들을 증오해. 내가 살충제를 가지고 있기 때문에 그들도 나를 아주 싫어하지. 하지만 난 사설 경찰이기 때문에 그들보다는 빠져나갈 수 있는 길이 많아. 그들이 날 쏘게끔 만들어 내가 정당방위로 쏘면 깨끗하게 법정을 나갈 수 있어. 경찰들은 그 정도까지는 못하지만 그렇게 하고 싶어하지. 잊지 마. 사람들은 항상 경찰서로 달려가지만 경찰들은 복잡한 형식에 얽매여 선택권이 별로 없는 착실한 친구들이지. 물론 그들은 게으를 때도 있어. 숫자도 많지 않고. 아마 경찰들 자신도 신물이 날지도 모르겠군. 왜냐하면 자기네들도 어쩔 수 없는 일들이 벌어지니까. 그래도 교수형을 당할 일을 저지르고도 깡패들이 그냥 빠져나가는 걸 보면 속으로 분노하지."

롤라가 간절한 표정으로 나를 보며 물었다.

"내가 당신을 도우려면 무슨 일을 해야 하죠?"

"생각해 봐, 롤라. 낸시와 했던 대화를 전부 잘 생각해 봐. 그녀가 말했던 거나 암시했던 게 없나 생각해 봐. 그중 한 가지라도 뭔가 중요한 점을 뽑아 낼 수 있는지 봐. 그런 다음에 나에게 얘기해 줘."

"그럴게요. 하지만 그게 중요한지 어떻게 알아요?"

나는 손을 뻗어 그녀의 손 위에 올렸다.

"이봐, 아가씨……. 다시 이런 얘기를 꺼내고 싶진 않지만 당신이 있던 곳은 돈과 관련된 조직이잖아. 좋은 곳은 아니지만 돈은 벌어들였지. 그 수입을 얻는 데 방해가 되면 어떤 것이라도 죽음을 초래하는 원인이 될 수 있는 거라고. 그들이 단지 의심만 했다고 해도 말야. 그 원인이 될 만한 게 생각난다면 목표에 가까워지고 있는 거지."

"무슨 뜻인지 알겠어요."

"똑똑한 아가씨군."

일어서서 담뱃갑을 주머니에 다시 넣었다.

"나하고 통화하려면 어디로 전화해야 하는지 알지? 정말 중요한 일이 아니면 절대 무리해선 안 돼. 당신이 누군가의 목록에 오르는 건 원하지 않거든."

롤라가 의자를 뒤로 밀고 내게로 왔다. 둘이 함께 문 쪽으로 걸어갔다. 그녀가 물었다.

"왜죠? 내가 그만큼 당신에게 중요한가요?"

키가 크고 우아한 그녀는 어느 때보다 더 사랑스러웠다. 나를 바라볼 때 그녀의 눈에서는 숨겨진 깊이가 느껴졌다. 그녀가 몸을 내게 밀착하자 그녀의 몸이 느껴졌다. 나는 팔로 그녀를 껴안았다.

"당신은 당신이 생각하는 것보다 훨씬 더 소중한 사람이야. 사람은 누구라도 단점이 있어. 완벽한 사람이란 없지. 하지만 당신은 정말 최고야."

그때 그녀의 눈에 눈물이 맺혔다. 내 볼에 닿은 그녀의 얼굴은 부드러웠다.

"그런 말 말아요. 내가 누구한테 도움이 되려면 아직 멀었어요. 그저 내게 잘 대해 주시면 돼요. 하지만 너무 잘해 주지는 말아요. 난…… 난 그러면 못 견딜 것 같아요."

난 아무 대답도 하지 않았다. 내 입술이 그녀의 입술에 닿았다. 그녀의 입술에서 불길을 느꼈고 그 불길이 도화선처럼 온몸을 타고 내려갔을 때 그녀는 순간 심하게 움찔하며 나를 피하는 듯이 안쪽으로 몸을 구부렸다.

그녀를 거절하기는 어려웠다. 그녀가 나를 보내는 것도 어려웠다. 모자를 꾹 눌러쓰고 아무 말 없이 그녀의 손을 꽉 쥐었다. 우리 둘 다 그것이 무슨 약속인지 알았다. 그러고 나서 나는 마치 지난밤엔 아무 일도 없었고, 몸도 뻣뻣하거나 아프지도 않고, 얼굴도 뭉개지거나 부어 있지 않은 것처럼 그곳에서 나와 걸어갔다.

7장

    자동차 앞 유리 와이퍼 밑에 주차 위반 딱지가 정면으로 나를 노려보고 있었다. 그것을 떼어 내 읽고 나서 앞 좌석의 메모함에 쑤셔 넣었다. 즉결 재판소에서 또 몇 시간을 허비해야 할 것 같다. 잠시 핸들 위에 손을 올려놓고 앉아 여러 가지 것들을 순서대로 정리하려고 노력했다. 도대체 정리가 되지 않았다. 꼭 회의 시간에 참석자 전체가 일어나서 서로 말을 하려고 소리치고 있을 때 조용히 하라고 고무망치를 두들기는 의장과 같은 꼴이었다.
    빨강 머리의 반지가 내 손가락에 있었다. 단순한 모양의 결혼반지처럼 보일 정도로 금이 닳아빠진 아주 작은 고리였다. 나는 반지를 펴서 좀 더 자세히 보려고 흐릿한 불빛에 비춰 보며 이게 말을 할 수 있다면 얼마나 좋을까 하고 생각했다. 그렇다. 아마 할 수 있을지도 모르겠다. 자동차에 기어를 넣고 9번가로 가서 남쪽으로 향했다.

시내로 들어갔을 때는 작은 상점들 대부분이 문을 닫은 상태였다. 나는 길을 따라 천천히 차를 몰면서 오랜 친구가 운영하는 보석상을 찾았다. 그가 앞문을 닫고 불을 끈 후 집에 막 가려던 참에 운 좋게도 그곳을 찾았다.

내가 문을 두드리자 그가 블라인드 옆을 젖혔고 나를 알아보자 크게 웃으며 문을 열었다. 내가 말했다.

"안녕, 냇. 얘기할 시간 좀 있어?"

얼굴에 미소가 가득한 작고 통통한 그는 어려웠던 시절에 입던 것과 똑같은 알파카 코트와 반짝거리는 바지를 입고 잘살고 있었다. 그는 들어오라고 손짓하며 한 손으로 내 손을 꽉 쥐었다. 그가 웃으며 말했다.

"마이크, 너라면 시간이 아주 많아. 뒤쪽으로 들어와. 옛날 얘기 좀 하려고?"

나는 그의 어깨에 팔을 올리고 말했다.

"지금 얘기야. 네 도움이 좀 필요해."

"물론 도와줘야지. 여기 좀 앉아."

그가 의자를 갖다 주고 와인 한 병을 따서 두 잔을 따르는 동안 가만히 앉아 있었다.

우리는 건배하고 와인을 마셨다. 좋은 와인이었다. 그는 잔을 다시 채우고 나서 뒤로 기대 깍지 낀 손을 배 위에 올려놓았다.

"너한테 해 줄 수 있는 게 뭐지? 지난번에 사기꾼 놈들을 함정에 넣으려고 날 미끼로 만들었을 때처럼 너무 흥미진진한 건 아니었으면 좋겠는데 말야."

나는 조용히 웃으며 고개를 젓고는 빨강 머리의 반지를 꺼내 그에게 주었다. 무의식적으로 그는 조끼 주머니에 손을 넣어 보석상용 렌즈를 꺼내 눈에 끼었다.

나는 그가 몇 번이고 돌려가면서 자세히 살펴볼 때까지 가만히 있다가 말했다.

"그게 네게 부탁할 일이야. 그 반지 추적할 수 있을까?"

잠자코 반지를 자세히 살펴보더니 렌즈를 손바닥에 빼고는 고개를 저었다.

"골동품이야. 특정 내력에 관한 기록이 있다면 아마도……"

"기록이 없는데……"

"큰일이군. 알아내야 하는 것이 아주 중요한 건가?"

"아주 중요해."

"무슨 말을 해 줘야 할지 모르겠군. 이런 종류의 반지를 많이 봐 왔기 때문에 확실하긴 한데. 그래도 나 혼자 봐서는……"

"너라면 나한텐 충분한걸. 뭔데 그래?"

"이건 여성용 반지야. 내가 보기에는 아무것도 새겨져 있지 않은 것 같지 않아. 아니면 닳아 없어졌을 수도 있고. 이 금 색깔을 좀 보라고. 보여? 요즘 금을 경화할 때 쓰는 금속이 아니야. 이 반지는 한 300년 정도 된 것 같아. 더 됐을 수도 있고. 일반 반지들보다 내구성도 강한 것 같아. 안 그랬으면 문양이 완전히 닳아 없어졌겠지. 하지만 요즘 반지들만큼 예쁜 모양은 아니네. 미안하지만 도움이 되지 못하겠는데?"

"그 문양 말야. 그 문양을 추적할 수 있을 만한 사람이 어디 없을까?"

냇이 어깨를 움츠리며 말했다.

"이걸 만든 업체를 찾을 수 있다면 기록을 되짚어 볼 수도 있겠지. 하지만 봐. 300년이라면 유럽에서 만들어졌다는 거잖아. 전쟁과 나치들이 있었던 곳 말야."

냇이 가망 없다는 듯 어깨를 움츠렸다. 내가 고개를 끄덕여 동의하자 냇이 계속 말을 이었다.

"어차피 그 시대에는 큰 회사가 없었고 대대로 이어지는 가업의 형태였지. 이런 반지는 아마 특별 주문으로 제작되었을 거야."

반지를 다시 받아 손가락에 끼웠다.

"어쨌든 와 보길 잘했군. 최소한 쓸데없이 돌아다닐 일이 줄게 됐어."

냇이 뭉툭한 얼굴을 의아한 듯 찡그렸다.

"경찰한테 닳아 없어진 글자를 되살리는 무슨 방법이 있지 않을까, 마이크?"

"그래. 가지고 있지. 하지만 내가 이니셜을 알아냈다고 가정해 봐. 어차피 그것들은 맨 처음 주인의 것이었을 테고 이건 여자 반지니까 대대로 가족에게 물려져 내려왔을 텐데 이름은 계속 바뀌었을 것 아닌가? 아냐, 새겨진 글자는 별로 도움이 안 될 거야. 처음 주인이 누구였는지 정말로 알아낸다고 해도 말야. 그건 내가 그냥 해 본 거야. 골동품이 아니었다면 그걸로 문제가 풀렸을지도 모르지. 어딘지 전혀 모르는 또 다른 길에 놓여진 셈이 됐군."

나가려고 일어서서 냇에게 손을 내밀었다. 냇이 실망한 표정을 지었다.

"이렇게 일찍 가야 하나, 마이크? 나랑 같이 우리 집에 가면 아내도 만날 수 있는데. 본 지 꽤 오래됐잖아."

"오늘 밤은 안 되겠어. 다른 날 다시 올게. 플로에게 안부 전해 줘. 애들한테도."

"그렇게 하지. 자네를 집에 데려오지 않았다고 아이들이 화낼 거야."

입구에 냇을 남겨 두고 차로 돌아왔다. 빨강 머리의 반지가 나에게 윙크하고 있었다. 그녀가 우아하게 그 반지를 끼고 다 낡아 빠진 커피 잔을 들고 있던 모습이 생각났다.

이런 제길……. 열쇠가 있는데 자물쇠를 못 찾고 있다니! 살인자가 왜 그녀의 손에서 반지를 빼낸 걸까? 이 반지를 추적하지 못하게 해서 그 녀석에게 이득이 되는 것이 무엇이었을까? 이 반지를 가지고 돌아다니다가 잃어버린 건달 녀석은 누구지? 어떻게 된 걸까, 갑자기 길에 나타난 훈제 청어는 아닐 텐데. 그렇지 않으면 이렇게 다시 나타날 이유가 없지.

그때 마음속에 뭔가 생각나는 것이 있었다. 빨간 신호등 앞에 차를 세운 채 머릿속에서는 내가 도대체 왜 당해야 했는지 계속 묻고 있었다. 그렇다. 왜 내가 당한 걸까? 또 왜 그렇게 완벽하게 계획됐을까? 정말 신속하고 정확하게 계획된 것이었다. 죽일 만큼 내가 중요하지는 않았지만 확실히 손봐야 했던 존재였던 것은 분명하다. 경고였나?

그렇겠지. 다른 것이 뭐가 있을 수 있단 말인가?

머레이와 그 심복들은 내가 누군지 전혀 몰랐지만 내 이야기에서 이상한 점을 알아차리고는 내가 뭔가를 알고 있거나 아니면 무슨 음모를 꾸미는 걸로 생각하고 경고 차원에서 그런 것일 거다. 그리고 나를 덮친 건달들 중 한 놈이 빨강 머리를 죽였든지 아니면 어떤 식으로든 관련이 있을 것이다.

어느새 나는 주택가에 도착했다. 전에 갔던 길을 따라갔다. 주차장 밖에서 속도를 줄이면서 나는 내가 무엇을 찾고 있는지 알았다.

유턴을 해서 도로 맞은편 길가에 주차한 다음 모퉁이로 걸어가 신호등에 대기했다가 반대편으로 건너갔다. 그날 밤에 있던 경비원과 같은 사람인지 확실하진 않았지만 최소한 지금 안내원은 깨어 있었다.

창문을 두드려 경비원이 창문을 열었을 때 말했다.

"최근에 여기서 누가 뭘 잃어버린 적 있습니까?"

경비원은 고개를 저었다.

"그냥 차 열쇠를 잃어버린 사람이 한 명 있긴 하죠. 왜 그러십니까? 뭘 주우셨나요?"

"네. 돈과 관련된 것은 아니고요. 어떤 여자가 다시 찾으면 좋아할 만한 작은 장신구거든요. 그냥 한번 물어본 겁니다."

"신문에 광고가 났나 찾아보세요. 정말 찾고 싶으면 아마 그 여자가 광고를 내겠지요. 지금 가지고 왔습니까?"

"아니요. 집에 두고 왔습니다."

"아."

경비원은 이렇게 말하고 창문을 닫은 뒤 의자로 돌아갔다. 나는 다시 걸어 나왔다. 내가 주차장의 경계 부분에 있는 건물까지 가기 전에 차 한 대가 들어왔고 그 차는 주차장에 전조등을 요란하게 비췄다. 밝은 곳에서 다리가 나와 차들 사이로 들어가는 것이 보였다.

그러고는 그대로 멈췄다.

그 남자는 내가 지난밤에 뛰었던 길로 사라졌다.

심장이 뛰기 시작했고 마음 한구석에서는 그쪽으로 가라고, 여기 온 첫 번째 이유가 그거니까 그렇게 하라고 말하고 있었다. 아마도 지금 뭔가가 걸려든 것일 수도 있으니 이번에는 망치지 말라고, 긴장하지 말고 눈을 크게 뜨고 총을 쥐고 있으라고 말이다.

그 차의 불이 꺼졌고 문이 쾅 닫혔다. 두 발은 출입구를 향해 걸어갔고 중절모를 쓴 뚱뚱한 남자가 경비원에게 뭔가를 이야기하고는 웃더니 길 건너로 향했다. 잠시 기다렸다가 울타리에 손을 짚어 뛰어넘었다.

이번에는 아주 조심했다. 머리를 숙이고 발소리를 죽인 채 차와 벽 사이에 서서 가만히 기다렸다. 두 번 내 발 밑에서 자갈 밟는 소리가 났고 그때마다 죽은 듯 서서 귀를 기울였다. 위쪽으로 두 번째 길에서 뭔가 조용히 뒤섞이는 소리가 들렸다.

코트 안에 손을 넣어 총집에서 총을 풀었다.

그는 너무 바쁜 나머지 내 소리를 듣지 못했다. 그는 등을 내 쪽으로 한 채 한쪽 무릎을 땅에 대고 손가락으로 자갈을 고르고 있었다. 나는 웅크리고 있던 몸을 펴고 그가 조금씩 뒤로 나올 동안 기다렸다.

다른 차가 주차장 안으로 들어왔고, 그 차의 운전자가 주차장을 나갈 때까지 그 남자는 전혀 움직이지 않았다. 그런 다음 그 남자는 다시 자갈을 고르기 시작했다. 이제 거의 손을 뻗으면 닿을 수 있는 거리였다.

내가 말했다.

"뭘 잃어버리셨나?"

너무 빨리 일어서려 했던 그 남자는 그대로 얼굴을 처박고 엎어졌다. 녀석이 일어나 팔을 휘둘렀지만 어림도 없었다. 내가 주먹으로 입을 날려 차에 세게 부딪혔지만 그 남자는 멈추지 않았다. 그가 왼팔을 휘둘렀을 때 그 밑으로 들어가 날카롭게 좌우 연타를 먹이자 녀석의 몸이 구부려졌다. 이때다 하고 무릎으로 그의 코를 정통으로 들이받아 버렸다. 그 남자는 넘어오는 피 때문에 목구멍이 막혀 비명을 지르다 말았다.

몸을 구부려서 그를 일으킨 다음 차로 밀어붙였다. 그러곤 그의 손이 떨어질 때까지 얼굴에 주먹질을 해 댔고 그는 눈을 휘둥그렇게 떴다.

그를 놓아 주자 몸을 구부리고 자갈에 앉아 어둠 속을 응시했다. 성냥에 불을 붙여 그의 얼굴 가까이 비춰 본 뒤 낮은 소리로 욕을 했다. 그 녀석은 한 번도 본 적이 없는 얼굴이었다. 그는 어렸고 잘생긴 것 같았으며 입고 있는 옷은 기성복이 아니었다. 나는 한 번 더 욕을 해 댄 다음 총을 가지고 있나 해서 그의 옆구리를 두드려 봤지만 총은 없었다. 그런 다음 그의 지갑을 꺼냈다. 그것은 염소 가죽으로 만든 수제품으로 안에는 돈과 명함 몇 장 그리고 월터 윌버그란 이름으로 된 자동차 면허증이 들어 있었다. 호기심에 그의 주머니를 두드려 보았지만 열쇠를 찾을 수 없었다. 아마 그는 열쇠를 찾고 있었나 보다.

제길. 바보가 된 기분으로 성냥을 끈 뒤 차들을 지나 울타리를 뛰어넘었다.

차를 그대로 두고 함정으로 빠졌던 그 길을 따라 시내 쪽으로 갔다. 다만 이번에는 누굴 미행하는 것이 아니었다. 도로가 점점 택시로 붐볐고 저녁 손님들이 막 얼굴을 드러내기 시작하고 있었다. 클럽들은 벌써 문을 열고 벌어진 입으로 얼간이들을 삼키는 듯했다. 또한 몇몇 클럽 안의 음악 소리가 보도에까지 들렸다. 제로제로 클럽이 바로 앞에서 들어오라고 눈을 깜박거리고 있었다. 그때 그 문지기가 택시의 문을 열고 가증스러운 인간들을 끌었다. 그는 내가 들어가는 것을 못 봤고 25센트의 팁을 놓쳤다.

휴대품 보관소에 있는 여자가 권태로운 듯한 미소를 지으며 번호표를 주었다. 여자가 내 얼굴에 있는 상처를 보고 웃으며 말했다.

"문제가 뭐예요? 여자가 안 된다고 거절했는데 말을 안 듣다가 다친 거 아녜요?"

내가 웃으며 말했다.

"왜 이러십니까? 내가 밀어내느라고 힘들었어요."

여자가 카운터 앞으로 몸을 기울여 양손으로 턱을 괴자 그녀의 블라우스 목선 밑이 다 들여다보였다. 대단했다.

"여자가 왜 그랬는지 알 것 같네요. 나라도 그랬을 거예요."

"아가씨는 안 그래도 될 것 같은데?"

손으로 그녀에게 키스를 날리자 여자는 그것을 낚아채 옷 속에 넣는 시늉을 했다. 그녀는 신비스럽고 관능적인 눈빛을 짓더니 말했다.

"모자 찾으러 꼭 와야 해요. 내가 다른 것과 바꿔 줄 수도 있으니까."

그때 정장을 입은 커플 한 쌍이 들어왔고 여자가 그 커플을 대하는 동안 나는 안으로 들어갔다. 댄스 플로어 주변에 있는 테이블은 대부분 다 차 있었고, 노래보다는 엉덩이 움직임이 더 많은 한 여 가수가 스포트라이트를 받고 있었다. 머레이도 그 심복들도 보이지 않았기 때문에 나는 뒤쪽에 있는 테이블에 앉아 하이볼을 주문한 뒤 쇼를 지켜봤다.

웨이터가 술을 가져왔고 내가 반을 조금 못 마셨을 때 누군가 내 머리에 손을 대서 보니 그 금발의 호스티스가 웃으며 서 있었다. 일어서려고 했으나 그녀가 나를 도로 앉히고 의자를 하나 끌어와 앉았다.

"당신을 찾고 있었어요."

여자는 내 담배를 하나 꺼내 테이블 위에 톡톡 두드렸다. 불을 붙여 주자 담배 연기를 허공에 길게 내뿜었다.

"지난번에 500달러라고 했잖아요."

"그랬지."

"이번에는 주실 것 같아 보이네요?"

"그래?"

"하지만 500달러로는 안 되겠어요."

"적다는 건가?"

"그럴 수도 있죠."

"가지고 있는 게 뭐지? 500달러면 내겐 꽤 많은 돈인데."

여 가수의 노래가 거의 끝나갈 때 그 금발의 호스티스는 담배를 한 번 더 피우고는 재떨이에 비벼 껐다.

"불이 들어오기 전에 여기서 나가요. 내가 여기서 한 시에 일이 끝나니까 모퉁이로 날 태우러 오세요. 우리 집에 가서 내가 가진 게 뭔지 보여 줄게요."

"좋아."

"그리고 500달러보다 더 많이 가져오는 게 좋을 거예요."

"노력해 보지."

그 금발 머리 호스티스가 웃으며 자기 손을 내 손에 올렸다.

"저기요, 아저씨는 정말 좋은 사람 같아요. 그럼 한 시에 만나요."

불이 켜질 때까지 기다리지 않았다. 남아 있는 술을 입에 다 털어 넣고 웨이터를 테이블로 불러 돈을 낸 후 현관으로 나갔다. 모자를 보관하고 있던 아가씨가 놀림조로 얼굴을 찡그렸다.

"아저씨 너무 급하시네. 나 끝나려면 아직 멀었는데."

아가씨가 내 모자를 꺼내는 동안 컵에 5센트를 던져 넣었다. 모자를 건네주면서 그 아가씨는 내가 던진 키스를 넣었던 곳을 보여주는 포즈를 취했다. 내가 쳐다보는 것을 개의치 않았다.

지폐를 한 장 꺼내 길게 접은 다음 안 보이도록 그곳에 찔러 넣었다.

"보스가 찾지 못하면 아가씨가 가져요."

"우리 보스는 절대 볼일이 없을걸요? 찾으러 오신다면 다시 돌려드릴 수도 있어요."

아가씨는 마녀처럼 웃었다. 그렇게 서 있는 그녀에게는 순진한 면이라고는 조금도 찾아볼 수 없었다.

모자를 눌러쓰고 문으로 향했다. 이런, 난 예전의 인디언처럼 뭘 바라고 준 것이 아니었다. 하지만 저런 장난을 친다면 인디언들도 뭔가 주려고 했을지도 모르지.

아직 시간이 꽤 남아 있었다. 그래서 나는 두 블록을 가로질러

자리가 몇 개 비어 있는 바에 들어갔다. 맥주와 샌드위치를 두 번 주문해서 먹은 다음 조용한 저녁 시간을 즐기려 했으나 계속 금발 머리 일이 머리에 맴돌았다. 내가 대가를 치러야 하는 일이기 때문에 그만큼 값어치가 있었으면 하고 바랐다. 500달러, 정확히 내 수수료의 반이다. 두 시간 후에 나는 마음을 결정하고 뒤편에 있는 전화박스로 가서 동전 하나를 넣고 장거리 통화를 요청했다.

교환원이 연결됐고 베린 씨의 번호를 알려 주었다. 늙은 집사가 삐걱거리는 목소리로 전화를 받아 베린 씨가 잠자리에 들었다고 말했다. 그러나 그와 통화해야겠다고 우기자 집사는 수화기를 내려놓고는 중얼거리면서 발을 질질 끌었다. 동전 한 주먹을 집어넣자 베린 씨가 전화를 받아 졸린 듯한 목소리로 인사를 했다.

"마이크입니다. 베린 씨. 밤 늦게 죄송하지만 중요한 일이 생겨서요."

"그래요? 내가 알아야 하는 건가요?"

"그게, 그렇습니다. 베린 씨께서 알아야 하는 일입니다."

그는 흥미로워하면서 피곤한 목소리를 바꿨다.

"그렇다면 기꺼이 들어드려야지요. 무슨 일입니까?"

"빨강 머리에 대한 정보를 얻을 수 있을 것 같습니다. 얘기를 꾸미느라고 어떤 아가씨에게 다섯 장을 제시했습니다."

"그게 뭡니까?"

"500달러입니다. 그런데 그 아가씨가 돈을 더 요구하네요. 하자는 대로 할까요, 아니면 다른 방법으로 빼내야 할까요?"

"글쎄요……. 그 여자가 가지고 있는 정보가 뭡니까?"

"얘기를 안 하려고 해서요. 이따가 만나고 싶어하네요."

"알겠소."

그는 잠시 생각한 다음 말했다.

"어떻게 생각하시오?"

"이 일은 베린 씨께서 기획하신 겁니다. 하지만 잘 살펴보고 조금이라도 가치가 있으면 택하라고 말씀드리겠습니다."

"그러면 해머 씨는 그게 어떤 가치가 있을 거라고 생각하시오?"

"저라면 한번 해 보겠습니다. 그 아가씬 제로제로 클럽에 있는 호스티스인데 낸시를 알고 있었습니다. 최소한 그 아가씨는 꽤 오래전부터 그녀를 알고 있었는데 뭔가 그 당시에 비밀이 있었던 것 같습니다."

"그러면 그렇게 하시오. 나에게는 그리 큰 액수도 아니니. 음, 잘 알아서 가장 좋다고 생각하는 일을 하도록 하시오."

"알겠습니다, 하지만 지금 당장 돈을 달라는군요."

"잘 알겠습니다. 당신이 수표를 써 준 다음 내게 전화를 주시오. 그러면 아침에 찾을 수 있도록 은행으로 송금하도록 하겠소."

"좋습니다. 나중에 연락드리겠습니다. 편히 계십시오."

수화기를 제자리에 올려놓고 바로 돌아왔다. 열두 시 반에 거스름돈을 챙겨 나와 택시를 타고 내 고물차가 있는 곳까지 갔다.

천천히 차를 몰고 모퉁이를 지나다가 그 금발 머리가 길가 쪽으로 오고 있는 걸 본 것은 한 시 오 분이었다. 차창을 내려 그녀에게 타라고 소리쳤다. 그녀는 날 알아본 다음 차문을 열고 미끄러지듯 올라탔다.

"시간을 잘 맞췄군. 어디로 가지?"

나는 차를 빼서 업타운으로 가는 도로를 탔다.

"계속 곧장 가세요. 우리 집은 89번가에 있어요."

그녀는 발 앞에 후줄근해진 여행 가방을 내려놓고 있었다. 가방을 보며 고개를 끄덕이고 물었다.

"저게 그건가?"

"맞아요."

금발 머리는 지갑을 열더니 립스틱을 꺼냈다. 불빛이 별로 없었는데도 그녀는 잘 바르는 것 같았다. 빨간 신호등 앞에 섰을 때 그녀를 제대로 살펴보았다. 못생긴 여자가 절대 아니었다. 몸매의 굴곡은 진짜였고 부분부분 믿어지지 않을 만큼 놀라운 곳도 있었다.

그녀는 머리를 돌리더니 내 눈을 똑바로 바라본 다음 입가에 살짝 미소를 지었다.

"궁금해요?"

"가방 말이지?"

"나에 대해서 말이에요."

"금발 아가씨들은 언제나 나를 궁금하게 만들지."

금발 머리는 내가 그 다음에 뭘 할까 기다렸지만 신호등이 바뀌어서 다른 차들과 함께 달렸다. 89번가에서 그녀가 세우라는 곳까지 가서 길가에 차를 대고 엔진을 껐다. 문을 열어 그 가방을 집어 들고 그녀가 나올 수 있도록 해 주었다.

"설마 그걸 들고 도망갈 생각을 하려는 건 아니죠? 그럴 건가요?"

그녀가 내게 팔짱을 꼈다.

"그럴 생각도 했지만 궁금해져서 말야."

"가방이요?"

"당신에 대해서."

그녀가 내 손을 꽉 쥐었고 우린 아파트로 올라갔다. 문 앞에서 그녀는 열쇠를 꺼내 문을 열었다. 나를 데리고 두 층을 올라가서 맨 앞에 있는 아파트로 들어가 불을 켰다.

그곳은 높은 구식 천장에 현대식 모양의 굴곡과 모서리가 있는 아파트였다. 각각의 벽은 서로 다른 색의 파스텔로 칠해져 있었고 운치가 있으면서 비싸지 않은 그림들이 색다른 형태로 모여 걸려 있었다. 가구들은 모양이 어색했지만 꽤 편안했다.

모자를 램프 위로 던지자 금발 머리가 말했다.

"우리 서로 소개를 해야 하지 않을까요? 난 앤 마이너라고 해요."

그녀는 코트를 벗고 어깨를 움츠리더니 신기하게 날 쳐다보았다.

"마이크 해머입니다. 저는 보험 조사원이 아니에요. 사설탐정이죠."

"알고 있어요. 나한테 그걸 말해 줄지 궁금해하고 있었어요."

그녀는 안심이라는 듯 크게 웃었다.

"누가 당신에게 그걸 말해 줬지?"

"전에 보았거나 아니면 어딘가에서 당신의 사진을 본 적이 있는 것 같아요. 그래도 오늘 밤까지 생각이 나지 않았죠."

"그래요?"

"네, 제가 본 게 확실히 당신 사진이었던 것 같아요."

"그래서 오늘 밤 그렇게 서둘러서 나를 클럽에서 쫓아낸 건가?"

"그래요."

"왜지?"

"머레이는 경찰을 좋아하지 않거든요. 사설탐정도 마찬가지고요."

"그런 합법적인 사업가가 두려워할 게 뭐가 있지?"

"한 번 더 말해 봐요. 한 단어만 빼고."

나는 말하지 않았다. 의자 팔걸이에 앉아 그녀를 지켜보았다. 그녀는 옷장에 코트를 걸고 램프에서 내 모자를 집어 한쪽 선반에 놓은 뒤 옷장 문을 닫았다. 그런 다음 재빨리 몸을 돌려 내 쪽으로 걸어왔다.

그녀가 말했다.

"난 어린애가 아니에요. 어렸던 적도 없었던 것 같고요. 당신이 클럽에 놀러온 게 아니라는 걸 알고 있었어요. 당신이 낸시의 이름을 꺼냈을 때 난 당신이 뭘 찾고 있는지 아주 잘 알고 있었죠. 그리고 난 뭔가 안 좋은 일에 말려들면 긴장이 돼서 말이죠. 그나저나 당신 솜씨가 얼마나 좋은지 말해 봐요."

그녀가 그 말을 끝내기도 전에 45구경 권총을 그녀의 복부에 겨눴다. 그녀가 상황 파악을 제대로 한 듯해서 총을 집어넣고 다음 말을 기다렸다. 그녀의 눈이 아까보다 더 커졌다.

"난 머레이를 증오해요. 내가 싫어하는 놈들이 몇 명 더 있긴 하지만 내가 확실히 증오한다고 집어낼 수 있는 사람은 그뿐이에요. 머레이와 그를 졸졸 따르는 녀석들 말이죠."

"머레이를 싫어할 일이라도 있나?"

"모르는 척 말아요. 마이크. 머레이는 쓰레기예요. 머레이가 다른 사람들한테 하는 짓이 싫어요. 머레이가 무슨 짓을 하는지 알 잖아요. 아니면 지금 당신이 여기에 있지도 않겠죠."

"머레이가 당신에게 무슨 짓을 했지?"

"나한테는 아무 짓도 하지 않았어요. 하지만 다른 애들한테 어떻게 했는지 봤죠. 나한테는 월급을 주는 것이 다예요. 그는 말은 부드럽게 하지만 원하는 건 항상 이루고야 말죠."

그녀는 내가 가방을 열어 보고 싶어하는 걸 눈치 챘다. 앤이 내 마음을 읽고 또 한 번 미소를 지은 다음 옆 주머니에 있는 내 지갑을 두드렸다.

"돈 가져왔어요?"

"마련할 수 있는 한 다 가져왔지."

"얼만데요?"

"저 안에 뭐가 들어 있나에 따라 다르지. 돈을 받아서 뭘 하려고 하지?"

"아마도 긴 여행을 하겠죠. 이 도시를 떠날 수 있다면 뭐든지요. 지긋지긋해요."

가서 가방을 들어보니 별로 무겁지 않았다. 가방 윗부분에 페인트 얼룩이 있었고 옆으로 내려가면서 닳아 생긴 줄무늬가 있었다. 여기에 답이 있을지도 모른다. 이것 때문에 빨강 머리가 죽었을지도 모른다. 가방을 열려고 보니 윗부분이 잠겨 있었다.

"아가씨건가?"

"낸시 거예요. 오늘 아침에 우연히 발견했어요. 악단 자리 뒤에 잡동사니가 가득 들어 있는 소도구실이 있어요. 분장실에 가져가려고 뭔가를 찾다가 우연히 발견하게 되었죠. 가방 손잡이에 낸시의 이름이 적힌 꼬리표가 있어서 그 애 물건이란 걸 알았어요."

"그런데 그 가방이 어떻게 거기에 있었을까?"

"한참 전에 머레이가 클럽 내부를 개조했는데 낸시가 그때 없었나 봐요. 청소하는 사람들이 잡동사니들을 몽땅 소도구실에 집어넣었거든요. 낸시는 아마 자기가 잃어버렸다고 생각했겠죠."

앤이 밖으로 나가더니 술 한 병과 잔 두 개를 가지고 돌아왔다. 우린 조용히 술을 마셨고 앤은 다시 잔을 채우고 소파 끝에 앉아 날 지켜봤다. 그녀의 모습은 한가로이 앉아 있는 고양이 같았다. 그러면서도 그녀에게 감겨 있는 용수철의 팽팽한 긴장감이 느껴졌다. 그녀의 드레스는 어깨는 느슨하고 허리 쪽으로 갈수록 좁아져 시선을 사로잡았다. 그녀는 홀짝거리며 술을 마시더니 다리를 들어올렸고 아무리 얇은 나일론이라도 완벽하게 둥근 그녀의 허벅지를 그 이상 멋지게 만들 수는 없다는 걸 알 수 있었다. 그녀가 숨을 쉬자 가슴이 드레스의 주름과 실랑이를 벌였고 나는 실랑이의 결말을 보려고 기다렸다.

"가방 안 열어 보세요?"

그녀가 도발적인 목소리로 말했다.

"얼음 깨는 송곳이 필요한데…… . 조각도 같은 것 말야."

말하기가 쉽지 않았다.

그녀가 술잔을 테이블 끝에 올려놓고 소파에서 일어났다. 그녀가 너무 가까이 지나갔고 나는 손을 뻗어 그녀를 멈춰 세웠다. 그러나 뭔가 하기도 전에 그녀가 내 품에 있었고 그녀의 입술이 내 입술 위에서 불타고 있었다. 그녀의 몸이 내게 완전히 밀착되어 내 몸을 자극하고 있었다. 그녀의 머리칼에 손가락을 넣어 머리를 뒤로 젖혀 목과 어깨에 키스했다. 그녀는 부드러운 신음 소리를 냈고 몸은 정열적으로 내 손안에서 떨리고 있었다.

그녀를 놓아주었을 때 그녀는 타다 남은 장작이었고 다시 타오를 준비가 되어 있었다. 그녀는 하얗고 고른 이를 드러내며 재빨리 한 번 웃어 보이고는 키스를 더 원했던 붉은 입술이 젖을 때까지 일부러 혀로 핥았다. 나는 손을 뻗어 그녀를 멈추게 했다.

앤이 먼저 아치형 입구로 나간 다음 서랍 속의 날붙이들을 뒤적거리는 소리가 들렸다. 서랍문은 닫혔지만 그녀는 곧바로 돌아오지 않았다. 그녀는 드레스를 벗고 달라붙는 긴 새틴 원피스만 입은 채로 내가 확실히 볼 수 있도록 램프 앞을 지나왔다.

"맘에 드세요?"

"앤이 입으니 멋지네."

"다른 사람이 입었다면요?"

"그래도 좋았을 것 같아."

앤은 창문이 고장 나거나 할 때 쓰는 가정용 만능 수리 용구를 내게 건네주었다. 그 용구를 들고 있는 동안 그녀는 내 주머니에서 담배를 꺼내 테이블 라이터에 대고 불을 붙였다. 앤이 내 얼굴에 담배 연기를 뿜고 말했다.

"그거 나중에 하면 안 돼요?"

그녀의 코끝에 키스하고 말했다.

"아니. 안 되겠는데."

용구 끝으로 가방의 자물쇠 밑을 쑤시는 동안 그녀는 저쪽으로 걸어갔다. 내가 너무 세게 힘을 주어 용구가 구부러지는 바람에

할 수 없이 반대편을 써야 했다. 이번에는 운 좋게도 잠금 장치가 딱 하는 날카로운 소리를 내면서 열렸다. 도금이 벗겨지지 않은 바깥쪽 걸이는 부식되어 있었지만 충분히 쉽게 열 수 있었다. 그러나 내가 가방을 열기 직전에 불이 꺼졌고 오로지 반대쪽 끝에 있는 테이블 램프만 희미하게 빛났다.

앤이 속삭였다.

"마이크?"

그녀에게 뭔가 고함을 치려고 주위를 둘러보았지만 아무 말도 할 수 없었다. 앤이 원피스를 소파 등받이에 벗어 던져 놓고 방 한가운데에 서 있었기 때문이다. 그녀는 하이힐을 신은 살아 있는 조각상이었고 피우던 담배는 그녀의 눈에 오렌지색 빛으로 반사되었다. 그녀는 손을 엉덩이에 대고 다리를 벌린 채로 서서 몸 전체로 날 유혹했다. 나의 금발 머리 아가씨는 원래 갈색 머리였지만 그것이 그녀에 대한 호기심을 더 자극했다. 그건 내가 전날 밤에 있었던 일과 살인과 걷기도 힘들었던 심한 구타 사건들을 잊게 할 만큼 충분한 것이었다.

내가 앤을 붙잡을 때까지 앤은 그렇게 서 있었다. 너무 세게 껴안았는지 앤이 내 입속에 숨을 불고, 내 목을 한 번 깨물고는 내 손을 물리치고 소파로 갔다. 소파로 그녀를 따라갔다. 램프의 불빛 때문에 방 안 전체에 그림자가 파도처럼 퍼졌고 그림자는 우리의 숨소리가 외마디 외침에 도달할 때까지 함께 속삭이다가 잠잠해졌다.

담배를 집는 내 손이 떨렸다. 날 올려다보며 조용히 웃는 앤의 목소리는 너무 부드러워 거의 음악같이 들렸다.

"내가 누군가에게 중요한 존재가 될 수 있을까 궁금했어요."
그녀에게 다시 키스했다.
"당신은 언제라도 중요한 존재가 될 수 있어. 내가 할 일을 못하게 돼서 이제 행복한가?"
"그래요."
일어나서 다시 테이블로 갔을 때 앤은 아무 말 없이 날 계속 주시했다. 피운 담배가 가슴에 걸려 꺼 버리곤 가방을 내려놓고 획 열어젖혔다.
조용히 휘파람을 불었다. 가방은 아기 옷들로 꽉 차 있었는데 그것들은 모두 새것이었다. 아주 쪼그만 스웨터, 신발, 모자, 다른 이름 모를 것들을 손가락으로 천천히 만져 보았다. 가방 맨 밑에는 사용하지 않은 부드러운 면 담요 두 장이 잘 개어져 있었다.
열댓 가지 생각이 머리를 스쳐 지나갔지만 그중에 그럴듯한 건 하나뿐이었다. 빨강 머리는 엄마였던 것이다. 또 누군가는 그 아빠였다. 내가 본 것 중 가장 공갈 협박에 안성맞춤인 상황인 듯했다. 다만 그녀는 그런 부류는 아니었다는 것이 걸렸다. 그런데 또 다른 문제가 있었다. 옷들이 전부 새것이었다는 거다. 그중 몇 개에는 가격표가 붙어 있던 부분까지 확인할 수 있었다. 그게 어쨌다는 거지?
가방에 붙어 있는 주머니를 열어 봤다. 옆에 붙어 있는 주머니에서 온갖 종류의 안전핀과 립스틱 한 개 그리고 작은 거울 하나가 나왔다. 덮개 주머니에는 스냅 사진첩이 들어 있었다. 사진첩을 열고 사진들을 보았다. 그 안에 있는 낸시는 내가 알고 있는 낸시와는 다르게 보였다. 사진 속의 낸시는 열여섯 살 정도로 보였고 젊은 남자와 함께 해변에 있었다. 다른 사진에는 다른 남자와 있었다. 소풍인지 야외 파티인지 모르겠지만 그 여러 장 모두 한 곳에서 찍은 것이었고 낸시는 그중 어떤 남자도 특별히 좋아하는 것으로 보이지는 않았다.

그때 낸시는 지금과 달리 새롭게 핀 꽃의 신선함이 풍겼다. 얼굴에 주름도 없고 눈에 교활한 영리함도 없었다. 처음 느끼는 낸시의 모습이었다. 새롭고 사랑스러웠다. 마치 언젠가 이 사진들이 내 손에 들어올 것을 알고 있는 것처럼 활짝 웃는 것 같았다. 손이 자세히 보이는 사진은 단 두 장이었는데 똑같이 그 반지를 끼고 있었다.

장소를 알 수 있는 표시가 있지 않을까 해서 사진의 배경을 자세히 살펴보았지만 찾을 수가 없었다. 사진 속에 있는 것은 끝없이 펼쳐진 바다와 모래사장뿐이었다. 뒷면에도 날짜나 현상소의 이름을 알 수 있는 표시는 없었다. 한마디로 아무것도 없었다. 캄캄한 골목 끝에 벽이 서 있는 꼴이었다. 사다리 없이는 넘을 수 없는 아주 높은 벽 말이다.

그때 앤의 말소리가 들렸다. 그녀가 물었다.

"도움이 되는 건가요?"

어떤 생각이 떠올라 고개를 끄덕였다. 수표책을 꺼내 원래의 액수를 제외한 나머지를 기입한 뒤 테이블 위에 놓았다. 얼마를 줄까 결정은 했지만 그래도 앤에게 물어보았다.

"그래, 얼마를 원하지?"

대답이 없어 돌아보니 앤이 여전히 벗은 채로 누워 웃고 있었다. 마침내 그녀가 말했다.

"아무것도요. 벌써 지불했는걸요."

가방을 닫고 옷장 속에 있는 모자를 가져온 다음 문을 열었다. 이번에도 빨강 머리의 말이 맞긴 했지만 베린 씨가 아직 다음 날 아침까지 내게 500달러를 송금해야 할 일이 남아 있다. 앤은 원하는 여행을 할 수 있을 것이다.

앤에게 윙크를 날리자 그녀도 내게 윙크했다. 그러고 나서 내 뒤로 문이 딸깍 하고 닫혔다.

8장

 그날 밤 난 잠자리에 들지 못하고 가방에 있던 내용물을 앞에 꺼내 놓고 앉아 줄담배를 피우며 그것들이 뭘 의미하는지 알아내려고 애썼다. 아기 옷과 사진 몇 장. 닳아빠진 여행 가방. 모두 빨강 머리의 물건이다. 얼마나 오래됐을까? 어디서 난 것일까? 왜 가지고 있었을까?
 냉장고에 있던 병맥주를 계속 천천히 연달아 마시는 동안 내가 알고 있는 여러 가지 사실을 되짚어 생각했다. 막상 한데 정리하려고 하니 정말 별것 없었다.
 태양이 창턱을 비추며 어둠을 내몰고 있을 때 베린 씨에게 전화하기로 했던 것이 기억났다. 베린 씨가 바로 전화를 받았고 이번에는 내가 졸린 목소리로 말했다.
 "또 마이크입니다."
 "좋은 아침입니다. 일찍 일어났군요."

"아직 잠자리에 들지 않았습니다."

"그렇게 불규칙적인 생활을 하면 나중에 비싼 값을 치를 텐데요."

내 목소리는 단조로웠다.

"그럴지도 모르죠. 하지만 오늘 밤은 베린 씨가 값을 지불하셔야겠습니다. 그 친구에게 500달러를 수표로 써 주고 왔거든요."

"좋습니다, 마이크. 즉시 처리하도록 하지요. 뭔가 알게 된 거라도 있습니까? 당신의 소식통이라고 해도 될까요?"

"아무것도 없습니다. 하지만 알게 될 겁니다. 곧 그렇게 될 겁니다."

"그렇다면 돈을 쓰길 잘했다는 생각이 듭니다. 그러나 조심하시오. 해머 씨가 더는 곤경에 처하는 걸 원치 않습니다."

"이 바닥에서 그런 일은 직업상 어쩔 수 없는 사고입니다. 저는 대개 어떻게든 처리합니다만 지금 여기 있는 것은 문제가 될 건 아닙니다. 아직 앞뒤 상황이 정리가 안 되고 있지만 곧 알아낼 것 같습니다."

"좋아요. 해머 씨가 내 호기심을 유발하는군요. 그건 비밀입니까 아니면 내게도……?"

"비밀은 아닙니다. 아기 옷으로 꽉 찬 여행 가방을 하나 받았습니다. 사진첩 한 개도요."

"아기 옷이요?"

"빨강 머리가 갖고 있던 물건입니다. 아니면 그녀의 아기 것이든가요."

베린 씨는 잠시 곰곰이 생각하더니 정말 종잡을 수 없는 일이라고 했다. 나도 그 말에 동의했다.

베린 씨가 물었다.

"이제 뭘 할 계획입니까?"

"모르겠습니다. 뭔가 여러 가지 일을 하기에는 너무 피곤하군요. 그건 확실합니다."

"그러면 꼭 잠자리에 들도록 하시오. 내가 필요하면 언제든지 연락해요."

알았다고 한 뒤 전화를 끊었다. 머릿속에서는 계속 생각이 불타고 있었고 맥주를 너무 많이 마셔서 몸은 휘청거렸다. 마지막으로 담배를 한 번 피우고 비벼 끈 다음 소파에 누워 잠을 청했다. 모든 추악한 것에 커튼을 씌우고 의미 없는 몽롱한 꿈만 있는 행복한 잠을 말이다.

전화벨이 울렸다. 파리를 쫓듯이 떨어버리려 했지만 벨은 계속 울려 댔다. 할 수 없이 눈을 뜨고 전화벨이 울리고 있는 현실로 되돌아왔다. 몸을 비비적거리며 벽에 던지고 싶은 마음으로 수화기를 들었다.

벨다가 '여보세요.' 라고 두 번 말했다. 내가 바로 대답하지 않자 그녀가 말했다.

"마이크인가요? 마이크! 대답해요!"

"나야, 아가씨. 원하는 게 뭔데 그래?"

벨다는 화가 나 있었지만 안심한 목소리였다.

"대체 어디에 있었던 거예요? 아침 내내 시내에 있는 모든 술집에 전화했다고요."

"바로 여기에 있었는데."

"집으로 네 번이나 전화를 했는걸요."

"자고 있었지."

"나 참, 또 밤새도록 밖에 있었군요. 어떤 여자였어요?"

"초록색 눈, 파란색 머리, 자주색 피부. 무슨 일인데 그래? 내가 더는 보스가 아니기라도 한 건가?"

"팻이 오늘 아침 일찍 전화했어요. 피니 라스트와 관련된 일이래요. 가능할 때 전화해 달라고 하던데요."

"그 말을 왜 이제서야 하는 거야!"

재빨리 일어나 앉아 통화 차단 버튼 위에 손을 올리고 말했다.

"나중에 봐, 벨다. 지금 바로 팻한테 전화해야겠어."

통화 차단 버튼을 잠시 누르고 있다가 경찰서로 다이얼을 돌렸다. 서에 있는 남자가 체임버스 서장이 계속 안에 있다가 사무적인 일로 나가서 없다고 하며 메시지를 남기고 싶은지 물었다. 욕을 하고서 됐다고만 하고 전화를 끊었다.

열두 시 오 분 전이었고 해가 중천에 떠 있었다. 아기 옷들을 모아 가방 속에 원래대로 개켜 넣고 사진첩도 맨 위 주머니에 도로 넣은 다음 샤워를 하러 들어갔다.

한창 샤워를 하는데 또 전화벨이 울렸고 힘들게 다시 거실로 가야 했다. 팻에게서 온 전화였고 빨리 소식을 듣고 싶은 마음에 욕실에서 끌어냈다고 투덜대지 않았다.

전화를 받자 팻은 재미있다는 듯 낄낄거리고 말했다.

"도대체 시간 관리를 어떻게 하는 거야?"

"그걸 알면 나와 직업을 바꾸고 싶을걸? 벨다가 그러는데 피니에 대해 뭔가 할 말이 있다면서? 무슨 일이야?"

팻은 곧바로 사건으로 들어갔다.

"뭔가 있을까 해서 여러 군데 수소문해 봤는데 모두 부정적 답변만 되돌아 왔거든. 그런데 오늘 아침에 코스트에서 편지가 하나 도착했어. 북부 지역의 어떤 보안관한테서 온 건데, 피니 라스트가 살인범으로 수배된 사람의 생김새하고 비슷한 것 같아. 유일한 문제점은 피니를 알아볼 수 있는 사람이 죽어 버려서 들은 정보만 가지고 알아봐야 한다는 거지."

"중요한 얘기군."

곰곰이 생각을 해 보았다. 피니 같은 건달 녀석은 파악하기가 어렵지 않다. 라틴계 녀석…….

"이제 어떻게 할 거지?"

"내가 구체적인 사항에 대해 적었어. 들어맞는 것으로 밝혀지면 피니를 소환해야지. 그쪽에서 피니를 확인할 수 있는지 알아보려고 지난번에 복사해 둔 총기 면허 사진을 그 보안관에게 발송했어."

"가지고 있으면 최소한 도움은 되겠네. 피니를 찾으면 언제라도 그에게 혐의를 둘 수 있겠군."

"좋아. 네게 알려야겠다고 생각해서 전화했던 거야. 지금 사망 사건이 하나 있어서 보고서 쓰러 가야 해."

"우리가 아는 사람이야?"

"관광객들이 가는 나이트클럽에서 자주 논다면 또 모르지. 제로제로 클럽에서 호스티스로 있던 여자야."

전화기를 꽉 쥐었다.

"어떻게 생긴 여잔데?"

"금발로 염색을 했고 나이는 한 서른 살 정도야. 미인인데 뭔가 힘든 일이 있었나 봐. 검시관이 자살이래. 핸드백 속에 신원을 확인해 주는 것들과 함께 유서가 들어 있었어."

이름을 들을 필요도 없었다. 제로제로 클럽에 금발로 염색한 아가씨들이 열댓 명 있을지도 모르지만 어제 죽은 여자가 누구인지는 너무나도 분명했다. 내가 말했다.

"자살이라고?"

팻의 비음 섞인 목소리는 내 말을 반가워했음에 틀림없다. 그가 바로 내 말을 받아쳤다.

"의심의 여지가 전혀 없는 자살이야. 이걸 살인 사건으로 몰고 갈 생각일랑 하지 말라고!"

"그 여자 이름이 앤 마이너지?"

"맞아. 그걸 어떻게 알았지?"

"그 시체 지금 보관소에 있나?"

"그래."

"그러면 20분 후에 거기서 보자. 알겠지?"

45분 만에 그곳에 도착해 보니 팻이 건물 밖에서 서성거리고 있었다. 내 얼굴을 보자 팻은 눈을 가늘게 뜨고 넌더리가 난다는 듯 고개를 저었다.

안으로 들어가 시체가 누워 있는 테이블로 갔다. 팻이 시트를 젖히고서 내 말을 기다리다가 물었다.

"아는 여자야?"

고개만 끄덕였다.

"샌포드 건과 관련 있는 거야?"

또다시 끄덕였다.

"빌어먹을! 언젠가 검시관이 네 머리통을 날려 버릴지도 몰라. 검시관은 자살이 확실하다고 했단 말야."

검시관의 보고서를 받아 들고 시체의 얼굴을 원래대로 덮어 놨다.

"앤도 역시 살해당한 거야."

"좋아. 어디든 가서 얘기해 보자. 점심을 먹든지."

"배는 안 고파."

어젯밤 그녀가 어떤 모습이었는지 생각났다. 앤은 누군가에게 중요한 존재가 되기를 원했다. 내게 말이다. 이제 보니 그녀는 또한 다른 누군가에게도 중요했던 것이 분명했다.

팻이 내 소매를 세게 잡아당겼다.

"어쨌든 배고프다. 살인 사건이라도 내 저녁을 망칠 순 없지. 어떻게 이렇게 완전한 자살이 살인으로 둔갑하는지 알고 싶군."

몇 블록 떨어진 곳에 스파게티 가게가 있어 그곳으로 걸어갔다. 팻은 점심으로 많은 음식을 주문했고 난 레드 와인 한 병을 주문했다. 주문한 것들이 나오자 슬슬 이야기를 꺼내기 시작했다.

"이 사건에 대해 넌 어느 쪽이야?"

"그 여자 이름은 앤 마이너야. 그건 네가 알고 있는 것과 같아. 머레이 캔디드 밑에서 4년간 호스티스로 일했어. 그전에는 그보다 작은 클럽에서 댄서로 일했고 그전에는 순회 공연단과 함께 스트리퍼 생활을 했지. 가족과 같이 산 적은 없어. 주택가에 가구가 완비된 아파트를 가지고 있었고 관리인의 말에 의하면 아주 점잖은 부류였다고 하더군. 동료들 말에 의하면 지난 몇 달간 약간 우울해하기는 했지만 자살을 할 만한 확실한 동기는 없었대. 유서에는 그냥 모든 것에 신물이 나고 삶이 지겹고 목표도 없어 자살한다고 적혀 있었어."

"헛소리!"

"헛소리가 아냐. 전문가가 확인했어."

"그럼 다시 확인해 보는 게 좋을걸?"

팻이 내 표정을 보고 시선을 돌렸다.

"혹시 모르니 알아보지."

팻은 포크로 한입 가득 스파게티를 떠 넣고 사고 경위를 설명했다.

"우리 쪽에선 이렇게 됐다고 추측하고 있어. 새벽이 되기 직전에 앤 마이너가 강변로에서 빠지는 방파제 밑으로 내려가서 모자, 신발, 재킷을 벗어서 지지대 위에 올려놓고 그 위에 핸드백을 놓고 뛰어든 것으로 말야."

"앤 마이너는 수영을 못하는 게 분명해. 하지만 할 수 있었다고 해도 그녀의 옷이 밑에 있는 나사에 걸려 가라앉은 것 같아. 오늘 아침 여덟 시 삼십 분쯤에 꼬마 녀석들이 낚시하려고 갔다가 그녀의 물건들을 먼저 본 후 그녀를 발견했어. 한 명이 경찰을 불렀고 경찰이 응급 처치반을 불렀지만 너무 늦어서 살려 보려고 하지도 않았대."

"죽은 지 얼마나 됐을 때였는데?"

"대략, 네다섯 시간 정도."

와인을 한 잔 더 따라 마시고 말했다.

"어젯밤 두 시 사십오 분까지 그 여자와 같이 있었어."

팻이 흥분한 기색을 하더니 들고 있던 포크를 스파게티에 꽂았다. 스파게티는 아주 맛있어 보였으나 팻은 아무 맛도 느끼지 못하고 있었다.

"계속 얘기해 봐."

팻이 재촉했다.

"앤이 낸시의 여행 가방 하나를 발견했어. 그전에 내가 빨강 머리의 과거에 대해 여기저기 알아봐 달라고 부탁해서 앤이 그걸 나한테 줬지. 가방에는 한 번도 입지 않은 아기 옷이 가득 들어 있었고. 우린 함께 앤의 아파트로 갔어."

팻이 머리를 끄덕였다.

"그 여자 겁먹고 있었어? 아니면 뭔가 후회라도 하고 있던가?"

"내가 그 집을 나올 때만 해도 아주 즐거워했지. 자살할 여자가 아니야."

"이런 제길! 마이크! 난……."

"부검은 언제지?"

"오늘. 바로 지금이야. 또 나를 흥분하게 만들다니! 시체가 이미 비소로 가득 찼을 수도 있어!"

팻은 포크를 던지다시피 내려놓더니 테이블을 밀어젖히고 벽에 있는 전화기로 가더니 곧 투덜거리면서 돌아왔다.

"두 시간만 있으면 공식 보고서가 나와. 검시관이 지금 부검을 하고 있어."

"판단을 바꾸지 않은 것 같군."

"왜지?"

"왜냐하면 누군가가 아주 똑똑하니까."

"아니면 바보거나. 그게 너일 수도 있어, 마이크."

담배에 불을 붙이고 언젠가 누가 내게 익사로 죽은 사람에 대해 말했던 것을 생각하며 팻을 향해 조용히 웃었다.

"난 그렇게 바보는 아냐. 검시관한테 충격을 줄 수 있을지도 모르겠군. 그 금발 머리 아가씨 마음에 들었는데……."

"이 사건이 낸시와 관련됐다고 생각하는 거지?"

"맞아."

"확실해?"

"그래."

"그럼 증거를 가져와 봐. 증거 없인 못 움직이니까."

"그럴 거야."

"그래? 언제?"

"그걸 말해 줄 만큼 많이 알고 있는 사람을 확보하면 말야."

팻이 동의하는 듯 눈썹을 찡긋해 보였다.

"누군지 몰라도 우리가 입을 열 수 있게 할 수 있을 것도 같군."

"넌 그럴 필요 없어. 그 녀석들이 나타나면 너무 기뻐서 내장을 다 쏟아 내면서 얘기할 테니까. 넌 할 일이 전혀 없을 거야."

팻에게 상기시켰다.

"너 그 녀석을 쥐어짜 내려고 그러지?"

"바로 그거야."

"그놈들이 어떤 놈들인지 물론 잘 알고 있겠지?"

"그래, 알아. 신변 보호에 돈을 많이 쓰는 놈들이지. 그게 자기네들을 보호하지 못할 경우 자신들이 알아서 할 수도 있는 녀석들. 개인 군대라도 갖추고 있을 돈 있는 놈들이지."

"네가 뭘 건드리는지 알기나 해?"

팻이 신경을 건드렸다.

"그건 나도 알아. 내가 제대로 추측하지 못하면 우린 진흙탕에 뛰어드는 꼴이 될 거야. 골치 아픈 녀석들도 많이 연관되어 있겠지. 하지만 그런 녀석들이 나타나면 내가 유리해. 그 녀석들이 냄새를 풍기면 꺼지라고 하면 되거든. 녀석들은 내가 일을 하지 못하게 만들 순 있어도 겁을 줄 수는 없어. 왜냐하면 훨씬 많은 골칫거리를 만들어 낼 수 있으니까."

"알고말고!"

내가 와인 한 병을 다 마시는 동안 팻은 스파게티를 마저 먹었다. 팻의 머릿속에서 톱니바퀴가 딸깍거리는 소리가 들리는 것 같았다. 식사를 마치고 냅킨을 내려놓은 다음 담배 한 대를 물기 전에 가게 주인이 전화기 쪽으로 그를 불렀다. 팻이 의자를 뒤로 젖히고 걸어 나갔다.

5분 후에 팻이 웃으며 돌아왔다.

"너의 그 살인 사건 이론이 계속 밟히고 있네. 유서를 다시 조사해 봤는데 앤 마이너가 쓴 게 확실하대. 여러 곳에서 확인이 됐어. 위조된 흔적은 전혀 없어. 네가 상황을 뒤집을 순 없을 거야."

손에 든 빈 잔을 쏘아보았다. 최소한 경찰서의 실험실에서 확실한 보고서를 발표했다는 것은 그들이 정말 확신한다는 것 정도는 알고 있었다.

팻이 나를 지켜보다가 말했다.

"이건 네 전문 분야가 아니라는 건 알고 있겠지?"

"그래도 부검은 진행될 거야."

"가서 보고 싶어?"

나는 고개를 저었다.

"아니, 난 좀 걷고 싶어. 생각을 좀 해야겠어. 나중에 전화할게. 보고서에 뭐라고 되어 있는지는 알고 싶으니까."

"좋아."

팻이 손목시계로 시간을 확인했다.

"몇 시간 있다가 전화해. 사무실에 있을 거니까."

"한 가지 더 있는데……."

팻이 웃었다.

"네가 언제 물어볼까 궁금해하고 있었어."

맞다. 팻은 예리한 녀석이었다.

"난 지금 시간도 없고 다리품 팔 여력도 없거든. 네가 병원들 좀 알아봐 주면 어떨까? 낸시 샌포드가 산모로 병원에 간 기록이 있는지 봐 줘. 남자나 가족 등의 이름도 알아보고. 해 줄 거지?"

"어차피 하려고 했던 일이네, 뭐. 바로 알아보지."

"고마워."

계산서를 들고 나와 돈을 지불한 다음 문밖에서 팻에게 작별 인사를 했다. 주머니에 손을 넣고 휘파람으로 아무 음이나 불면서 잠시 동안 길을 따라 걸었다. 화창하고 아름다운 날이었다. 살인 사건에 어울리는 않는 기분 좋은 날이었다.

자살? 헛소리지. 아직은……. 살인이라고 부를 수 없을 정도로 너무 완벽하게 처리해 놓은 것뿐. 글쎄, 다른 사람은 몰라도 난 그렇게 말할 수 있다. 앤이 하지 말아야 할 곳에 잘못된 질문을 한 것이 틀림없어. 누군가 앤의 입을 막아야 했던 거야. 받은 돈에 비해 너무 엄청난 일을 당한 거야.

동네를 한 바퀴 다 돌고서 내 차 쪽으로 천천히 걸었다. 여느 때와 다르게 도로가 반쯤 비어 있어 빨간 신호등에 멈출 필요 없이 북쪽으로 질주했다. 96번가에 도착한 뒤 강 쪽으로 방향을 돌렸고 주차할 곳을 찾은 다음 차에서 내렸다.

강에서 불어오는 바람에는 잘 돌아가고 있는 도시의 정화된 공기가 묻어 있었다. 시원하고 상쾌한 바람이었지만 여전히 뭔가 깨끗하지 못한 것이 있었다. 진한 푸른색이어야 할 강물은 회색빛을 띠고 있었고 배가 지나간 자리에는 피처럼 보이는 거품이 아주 심하게 일어났다. 더러운 갈색으로 변한 강물이 강둑에 쌓인 오물을 씻어내고 있었다. 그냥 멀리서 한 번 멈춰서 보면 멋진 광경이었지만 가까이 들여다보면 메스꺼웠다.

'그녀는 모자, 신발, 재킷을 벗어서…… 지지대 위에 올려놓은 다음 그 위에 핸드백을 놓고 뛰어들었어.'

여자가 했을 법한 방법이었다. 자살에 대해 많이 생각해 본 그런 여자 말이다. 일단 뛴 다음 도중에 마음이 바뀌는 그런 갑작스러운 결정이 아니다. 이런 자살은 치우는 사람들이 편하도록 물건들까지 정리해 놓는 충분히 생각한 방법이다. 만약에 정말 자살일 경우에 말이다. 이건 마치 오랫동안 계획을 세운 것처럼 깔끔하다.

강물과 접해 있는 잔디로 걸어 내려가 일부가 떨어져 나간 방파제 쪽으로 갔다. 이제는 새로 지은 통신실 안에 경비원도 있었다. 비꼬는 듯한 미소의 얼굴이 보였다. 그 경비원은 밖으로 나오면서도 계속 같은 표정을 짓고 있었다. 작고 뚱뚱한 그 남자는 손에 맥주병을 들고 있었다. 나를 경찰로 생각했는지 고개를 끄덕이더니 질문도 없이 끝으로 가는 통로로 갈 수 있도록 해 주었다.

　머리에서 음악 소리가 났다. 그건 어떤 생각이 떠오르거나 흥분하면 항상 나타나는 현상이었다. 어떤 점을 증명할지도 모르는 엄청나게 황당한 생각이 떠올랐다. 그것이 증명되면 팻도 결국 수긍하게 만들 수 있을 것이다. 그렇게 되면 헛소리도 더는 없을 것이고 몇몇 사람은 목이 날아가겠지. 그들은 타임 광장에 단두대를 설치해 놓고 사람들은 서커스를 구경하는 것처럼 환호를 하고 그 다음 몰래 뒤로 빠져나와 똑같은 것을 전부 다시 시작할 준비를 할 것이다.

　말뚝 위에 죽은 벌레가 들어 있는 빈 땅콩버터 병이 있었다. 속에 있는 것들을 흔들어 내고 손수건으로 윤이 나도록 닦은 다음 손수건은 버렸다. 지지대를 기어 내려와 되돌아가기 전에 병에 물을 채워 뚜껑을 다시 닫고 도로변으로 나왔다.

　팻에게 전화하는 대신 그의 사무실로 곧장 차를 몰았다. 그는 나를 큰 사무실로 안내했다. 팻이 그곳에서 보고서 한 장을 집어 오더니 자신의 사무실로 들어가 내게 내밀었다.

　"거기에 나와 있잖아. 그녀는 질식사했어. 익사한 거지. 시간도 정확하게 파악됐어. 이제 의심의 여지가 없어."

　보고서를 읽어 보지도 않고 그냥 책상 위에 던져 놓은 다음 말했다.

　"그 검시관 지금 있어?"

　"아직 나가지 않았다면 아래층에 있어."

　"전화해서 알아봐."

　팻이 무슨 질문을 하려다가 이 일이 더 중요하다고 생각했는지 전화기를 들었다. 잠시 후 팻이 말했다.

"아직 거기에 있다는데?"

"기다리라고 해."

"대단한 것이 아니면 곤란해. 그 사람 아주 괴팍하거든. 게다가 검사도 함께 있어."

"대단한 거야."

팻이 계속 날 주시하며 교환원에게 검시관을 붙잡아 놓으라고 했다. 전화를 끊은 팻은 책상 앞으로 몸을 기울이고서 말했다.

"이번엔 또 뭐지?"

아까 그 병을 책상에 올려놓았다.

"이걸 분석해 보라고 해 봐."

팻이 병을 들어 세심하게 살펴보면서 침전물을 위로 올리려고 흔들어 본 뒤 병 안에 흐린 것이 퍼지는 걸 들여다보며 인상을 찌푸렸다. 내가 설명하지 않을 거라는 것을 눈치 채자 팻은 병을 들고 급하게 문밖으로 나갔고 곧 엘리베이터 타는 소리가 들렸다.

다시 엘리베이터가 열리는 소리가 들릴 때까지 담배 반 갑을 피워 댔다. 팻이 쿵쿵거리며 급하게 사무실로 오고 있었다. 화가 난 걸 알 수 있었다.

팻은 정말로 화가 나 있었다. 책상 위에 병을 쾅 내려놓더니 잔뜩 화가 난 얼굴로 난리를 쳤다.

"무슨 저 따위 걸 정보라고 하는 거야? 검시관이 자세히 분석해 봤는데 단지 온갖 오염 물질이 가득한 물일 뿐이라고 하더군. 그러고 나서 이유를 묻는데 나 완전 바보 됐단 말야. 뭐라고 말을 해야 하지? 사설탐정이 말도 안 되는 걸 알아내려고 경찰을 이용해 먹었다고 할까? 특별한 걸 기대한 건 아니지만 이것보다는 나은 걸 기대했단 말야!"

"왜 검시관한테 그게 앤의 폐에서 발견된 것과 같은 물질인지 물어보지 않았지? 잘 들어, 위가 아니라 폐 말이야. 물에 빠지면 목에 있는 작은 판이 폐에 이물질이 들어가는 걸 막으려고 공기 통로를 차단하기 때문에 질식하게 되지. 뭐 대단한 것 없이도 사람이 질식한다니까. 그 작은 판이 막힐 정도로만 물이 들어오면 되거든."

튀어나오기 직전인 눈으로 팻은 동물처럼 이를 드러내고 웃으면서 말했다.

"이 똑똑한 놈! 넌 정말……."

팻이 수화기를 들고 아래층에 전화했다. 통화는 1분도 채 안 걸렸지만 흥미진진한 이야기가 오고 갔다. 팻이 전화를 끊고 의자에 앉았다.

"지금 다시 조사하고 있어. 아무래도 네 말이 맞는 것 같아."

"아까 내가 말했잖아."

"너무 서두르지 마. 일단 보고서를 기다려야 해. 이제 네가 생각하는 걸 말해 봐."

"간단해. 앤 마이너는 익사했어. 이미 집 안에서 거의 다 죽은 상태였다고 할 수 있지. 그런 다음 강 속에 던져진 거라고."

"그럼 아무도 눈치 채지 않게 집 밖으로 시체를 가지고 나왔단 얘기잖아?"

"그게 뭐 어려워? 그 시간에 길에 누가 있었겠어? 집 밖으로 나오는 건 어려운 일이 아니지. 강물에 시체를 던지는 것도 마찬가지고."

"한 가지 문제가 더 있어. 유서는 어떻게 된 거지?"

"그 문제에 대해서도 생각해 봤는데……."

팻이 고개를 떨구며 말했다.

"나도 머리는 좋은 놈이야. 너만큼이나 오래 경찰 일에 몸담아 왔다고. 이 일을 좋아하고 또 잘하고. 하지만 넌 항상 새로운 생각을 들고 나오잖아. 이젠 내가 너무 내 방식대로 굳어진 것 같아? 고리타분한 경찰의 전형으로 돌아가고 있는 거냐고? 도대체 문제가 뭐지?"

난 낄낄거리고만 있었다.

"네 머리가 안 좋아지고 있는 게 아냐. 넌 단지 범죄자들도 똑똑한 형사만큼이나 많이 알고 있다는 걸 종종 잊어버리는 것뿐이야. 가끔은 그 녀석들처럼 생각을 해야 해. 그게 도움이 된다니까."

"헛소리 마."

"이제 살인 사건이 두 건이 됐군. 둘 다 여느 사건과는 다른 것들이고. 첫 번째 사건은 아직 증명하지 못했지만, 이 두 번째 사건은 우리가 어떤 녀석들을 상대하고 있는지 잘 보여 주고 있어. 그들은 결코 초보가 아니야."

팻이 머리를 들고 말했다.

"아까 어떤 생각이 있다고 얘기하던 중이었잖아."

"아직 안 돼. 너도 생각을 해 봐. 이번 건 내가 생각해도 약간 황당한 거거든. 만약 그 생각이 맞다 해도 퍼즐 게임에 조각 하나 더 없는 꼴밖에 안 되니까. 그것도 다른 퍼즐에서 온 것일 수도 있어."

또 전화가 울렸고 팻이 전화를 받았다. 통화가 끝날 때까지 계속 무표정한 얼굴을 했다. 별로 즐거운 기색이 아니었다.

"지금 결과가 나왔어. 앤 마이너의 폐 속에 있던 물은 깨끗하다고 하는군. 욕조에서 익사한 것 같다고 하는데. 오염된 흔적도 없고."

"그렇다면 환호할 일이군."

"그래, 웃음이라도 터뜨려야겠어. 지금 아래층에서는 내 칭찬을 하는 모양이긴 한데 내가 어떻게 그걸 알았는지 알고 싶어해. 도대체 무슨 말을 해야 하는 거지?"

의자를 뒤로 밀고 일어서서 말했다.

"바로 머리로 지어 낸 거라고 하면 되잖아."

내가 나갈 때 팻은 조용히 '제길'이라고 했지만 표정은 웃고 있었다.

원래 이 일을 경찰이 알아봤으면 하고 바랐기 때문에 나도 흡족했다. 이 일은 혼자서 하기에는 너무 큰 문제였다. 정말 큰 문제였다. 나한테까지도 그랬다. 경찰한테는 필요한 인원도 무기도 있다. 또한 머리도 있다. 이제 곧 그 머리들이 구르게 될 것이다.

집에 가기 전에 오토맷 식당에서 저녁을 먹었다. 거기에 있는 음식을 전부 쟁반에 담아 혼자 생각할 수 있을 좀 떨어진 테이블을 골랐다. 다 먹고 기분이 좀 나아지자 담배를 피우며 생각을 계속했다. 온갖 종류의 퍼즐 조각들이 머리에 분명했지만 하나로 맞출 수가 없었다. 그러나 최소한 그것들은 명확했고 퍼즐 전체가 무슨 그림인지는 몰라도 한 가지는 알고 있었다. 다 맞추고 나면 그림은 분명 하나일 것이라는 사실이다. 낸시의 반지를 보며 말했다.
"머지않았어. 이제 금방이야."

한 시간쯤 지나자 날이 지면서 황혼과 함께 가벼운 비가 내렸다. 옷깃을 세우고 차까지 가는 동안 건물 옆에 바짝 붙어 걸었다. 아까보다 차가 많았지만 고속도로로 진입하여 집까지 자유롭게 달렸다. 아파트에 도착했을 때쯤에는 비가 그칠 기세 없이 세차게 내리고 있었다. 차고로 차를 재빨리 몰아 들어갔다. 여느 때와 마찬가지로 아파트 건물 입구 밑으로 들어가기도 전에 흠뻑 젖어 버렸다.

문에 열쇠를 꽂았지만 열쇠가 돌아가지 않았다. 다시 시도했지만 역시 안 돌아갔다. 그때 쇠에 긁힌 자국들이 보였다. 잠금 장치가 억지로 열린 것이다. 한 손으로 총을 빼 들고 문을 발로 찼다. 문이 획 열렸고 순간 머저리처럼 나를 노출시켰지만 다행히 집 안엔 아무도 없었다.

모든 방에 불이 켜져 있었고 집 안이 완전히 거꾸로 뒤집혀 있었다. 제자리에 있는 것이라고는 하나도 없었다. 의자와 소파에 있던 쿠션들은 전부 뜯겨 있었고 안에 있던 것들이 미풍에 흔들리는 풀처럼 날리고 있었다.

서랍들도 비워져 바닥 한가운데에 널려 있었다. 옷들은 전부 옷장 밖으로 나와 주머니들이 몽땅 뒤집힌 채로 한쪽에 쌓여 있었다. 누군지 냉장고도 그냥 두지 않았다. 테이블 위와 싱크대 밑에 널린 병과 캔 그리고 냉육들이 파리를 끌었다.

전화기를 들고 아래층에 있는 관리실 번호를 돌린 다음 경비가 받을 때까지 기다렸다. 그가 전화를 받았을 때 나는 힘들게 목소리를 진정시키며 말했다.

"9-D에 사는 마이크입니다. 혹시 절 찾아온 사람이 있었습니까?"

관리인이 없다고 대답했다.

"혹시 집 주변을 배회한 사람은요? 아니면 여기 살지 않는 사람은요?"

역시 부정적인 답변이었다. 무슨 문제가 있냐고 물었다.

내가 말했다.

"아닙니다. 하지만 곧 생길 것 같습니다. 누군가 집을 뒤집어 놨어요."

그 말을 듣고 흥분한 관리인을 진정시켰지만 그의 질문에 대답하고 싶지도 이웃들을 놀라게 하고 싶지도 않았다. 침실로 들어가서 구석에 쌓인 덮개들을 열기 보기 시작했다. 그 여행 가방이 여러 겹의 울 밑에 있었는데 위쪽 입구는 열려 있었고 아기 옷들이 주변에 흩어져 있었다. 어떤 옷들은 아예 펼치지도 않았다. 가방의 주머니들이 모두 다 찢겨져 있었고 손을 넣어 밑을 더듬어 본 것처럼 안감도 찢어져 있었다.

사진첩은 없었다.

집 안에 있는 모든 물건을 두 시간 동안이나 확인해 봤지만 유일하게 없어진 것은 사진첩뿐이었다. 확실히 하기 위해 다시 한 번 살펴보았다. 굳이 그럴 필요가 없었다. 54달러와 손목시계가 경대에 그대로 놓여 있었건만 오래된 사진들은 사라졌다.

그것들은 내게는 아무 의미가 없었지만 누군가에게는 중요했던 것이 분명했다. 앤도 그래서 죽은 것이고. 담배를 입에 물고 다

망가진 의자에 앉아 이것저것들을 맞춰 보았다. 가운데가 산산조각 난 시계가 바닥에 떨어져 있었고, 담배 상자는 억지로 열어 망가뜨렸고, 벽에 고정된 소켓은 비집어 열어 느슨해졌고 속에 있던 철사의 끝 부분은 부러진 손가락처럼 매달려 있었다.

좀 더 자세히 살펴 수색의 형태를 파악했다. 그들은 사진을 가져가긴 했지만 뭔가 다른 걸 찾고 있었다. 거의 모든 곳에 들어가기에 충분히 작은 것을 말이다. 책상에는 잉크병이 비워져 있었고 소금통과 후추통이 주방 쓰레기통에 버려져 있던 것이 떠올랐다.

그렇다. 아주 단순했다. 손을 들어서 조용히 웃으며 반지를 보고 말했다.

"그 사람들이 아마 다시 올 거야. 널 찾지 못해서 다시 올 테니 우린 기다리기만 하면 돼."

이제 안심할 수 있게 됐다. 대가를 치러야겠지만 안심할 수 있었다. 윤곽이 잡히고 있었다. 낸시는 허수아비였고 그 반지가 낸시였다. 그리고 그들은 그녀의 사진을 원했다. 이유는 나도 말할 수 없었다. 그 사진들은 오래됐고 아무것도 보여 주지 않았지만 중요했다. 그들에게 아기 옷은 아무 의미가 없었지만 반지와 사진은 달랐다.

눈으로는 먼 곳을 응시하면서 낸시가 내게 보낸 편지를 떠올렸다. 낸시는 언젠가 날 다시 필요로 할지도 모른다. 그녀는 많은 것을 하고 있었다. 그중 단 한 가지만이 그녀에게 의미 있는 것이었다. 우리 사이에는 신뢰가 있었다.

말. 머릿속에 수많은 말들이 있다. 어떤 말들은 명확한 의미를 움켜쥐려고 머릿속에서 분투하고 있다. 그게 뭐지? 도대체 내가 기억하려고 힘썼던 그게 뭘까? 나는 기억해 내려 안간힘을 썼지만 내 마음은 먹통이었다. 귀를 기울였지만 들을 수가 없었다. 젠장, 뭐가 있었던 거지? 내가 기억하려고 했던 게 뭐냐고! 누군가 무슨 말을 했다. 그때는 아무 의미가 없었는데 마음속에 가라앉은 채 지금까지 남아 있었다. 누가 말했지? 무슨 말이었지?

그것을 지워 버리려고 머리를 흔들었고 되돌아오길 바랐다. 그때 날카롭게 울리는 전화벨 소리가 순간적으로 안개 속에 있던 날 깨웠다. 일어나서 전화를 받았다. 전화를 받는 팻의 목소리에 활기가 있었다.

"팻, 무슨 일이야?"

"우리가 검사를 다시 했다는 얘길 하려고. 네가 맞았어. 검시관과 검사가 살인이라고 판단했어. 이제는 유서에 대한 설명을 원하고 있어. 필체가 정말 확실하거든. 네가 했다던 생각이라는 게 도대체 뭐야? 지금 내가 곤란하게 됐다고."

팻에게 귀찮은 듯이 대답했다.

"가서 앤 마이너의 친구들에게 물어봐. 그녀가 한 번이라도 자살에 대해 얘기한 적이 있는지 알아봐. 그런 생각을 하고 한 번은 유서를 써 놓은 적이 있을 거야. 누군가가 앤이 자살을 하지 않게 설득한 다음 나중을 위해 그 유서를 보관했을 수도 있지."

"모든 걸 다 생각해 놓는군, 그렇지?"

"그랬으면 좋겠다."

"그렇게 쉽지만은 않을 거야. 내가 이 문제를 몽땅 검사에게 넘겼는데 그 검사는 터무니없다고 생각하고 있어."

"넌 어떻게 생각하는데?"

"우리가 뱀의 꼬리를 잡은 것 같아."

"네 말이 맞길 바란다. 계속 같이 일할 거지, 마이크?"

"끝까지 갈 거야, 친구. 내가 뭔가 알아내면 네게 말할 거야. 지금처럼 말야. 누군가 내 아파트에 침입해서 완전히 난장판을 만들어 놨어. 그들은 낸시의 반지를 찾고 있어. 반지는 찾지 못했지만 그 금발 머리에게서 얻은 스냅 사진들을 가져갔어."

팻이 폭발했다.

"이런! 그걸 왜 가지고 있었어? 네가 그 정도도 모르진 않았을 텐데."

"그래, 말을 도둑맞은 다음에 마구간 문을 닫는 격이지. 그것들을 뺏기지 않았다면 중요한 것인지도 몰랐겠지. 그것들은 걱정 안 해. 그들은 반지를 원했어. 이유는 나도 몰라. 찾기가 불가능한데도 그들은 찾고 싶어했지."

팻이 조용히 있더니 말했다.

"너에게도 알려 줄 게 있어. 시카고에 있는 한 병원에서 답신이 왔어. 이렇게 빨리 답신이 오다니 정말 운이 좋았지."

수화기를 꽉 쥐고 말했다.

"그래?"

"낸시 샌포드가 4년 전에 아기를 출산했어. 미혼모였고. 아기 아버지의 이름은 공개하길 거부했고 그런 일을 처리하는 단체가 후원하는 자선 병동으로 보내졌어. 사산아였고. 그 다음에 그녀가 어디로 갔는지는 아무도 모르고 있어."

손을 떨면서 거의 속삭이듯이 알려 줘서 고맙다는 말을 했다. 전화를 끊기 전에 팻이 말했다.

"그 반지 말야……. 털어놓는 게 좋을 거야."

나는 거칠게 웃었다.

"절대 안 되지. 네 서류엔 아직도 낸시가 자살한 걸로 되어 있잖아. 네가 살인으로 인정할 때 알려 줄 거야."

반박하려는 팻의 말을 막고 내가 말했다.

"앤 마이너는 어떻게 할 생각이야? 또 머레이는?"

"제로제로 클럽에서 머레이를 찾아 지금 이리로 데려 오는 중이야. 이봐, 그 반지 얘기 말인데, 내가 원하는 건……."

고맙다고 한 뒤 수화기를 내려놓았다. 이제 머레이가 조사받을 차례다. 좋은 변호사가 있다면 모를까 최소한 몇 시간이 소요된다는 이야기다. 충분한 시간이었다.

9장

머레이 캔디드는 주소지가 두 개였다. 하나는 제로제로 클럽이고 다른 하나는 브루클린의 값비싼 주택이었다. 둘 중 어느 곳도 내키지 않았다. 브루클린에 있는 주소지로 전화를 걸자 영국식 발음의 집사가 전화를 받아 캔디드는 외출했고 클럽이 문 닫는 시간까지 돌아오지 않을 거라고 했다. 메시지를 남길 건지 물었지만 됐다고 하고 전화를 끊었다.

그 집에도 집사가 있었다. 아마도 금으로 된 장식 촛대와 중국 명나라의 항아리도 있을 것이다.

다이얼에 손을 대고 잠시 생각한 뒤 롤라의 번호를 돌렸다. 롤라는 내 목소리를 알아차리고 웃어 주었다.

"안녕? 어디예요?"

"집."

"만날 수 있는 거예요?"

롤라는 그냥 몇 마디 말로 내 기분을 따뜻하게 만들었다.

"곧 보게 될 거야. 지금은 굉장히 바쁜 일이 있어. 그런데 당신이 도울 수 있을 것 같아."

"물론 도울게요. 그런데 무슨……?"

"앤 마이너와 알고 지냈어? 머레이 밑에서 일했는데……."

"물론이죠. 안 지 꽤 됐어요. 왜요?"

"죽었어."

"그럴 리가!"

"그래. 앤 마이너가 살해된 이유를 난 알아. 낸시와 관련된 일이야. 이번 사건은 경찰이 수사하고 있어."

"오, 왜 이런 일들이 일어나는 거죠? 앤은…… 우리 같은 애가 아니었어요. 절대 잘못한 일도 없어요. 왜 그런 일이! 앤은 조직에 있는 다른 여자들을 보살펴 주곤 했어요……. 도우려 했다고요. 오, 왜죠? 정말 왜죠?"

"그걸 알게 되면 앤 마이너를 죽인 녀석도 알게 되겠지. 하지만 요점은 그게 아니야. 혹시 머레이의 개인 거처를 알고 있어? 브루클린에 있는 저택 말고 이상한 파티를 열거나 사업 파트너를 만날 만한 장소 없을까?"

"네, 예전에는 빌리지에 집을 가지고 있었어요. 정기적으로 장소를 바꾸기 때문에 지금은 그곳이 아닐 거예요. 머레이는 한곳에 오래 있는 걸 싫어하긴 하지만 특별히 빌리지를 좋아했어요. 나도…… 한 번 거기에 갔었어요……. 어떤 파티였죠. 좋은 파티가 아니었어요, 마이크. 차라리 얘기하지 않는 편이 좋겠어요."

"얘기할 필요 없어. 그게 어디지?"

롤라가 알려 주는 위치를 받아 적었다.

"머레이가 있는 곳을 사람들에게 물어봐야 할 거예요. 내가 알아낼 수도 있지만, 내 생각에는……"

"당신은 가만히 있어. 내가 혼자 찾아볼 테니까. 당신이 위험에 처하는 건 원치 않거든."

"좋아요, 마이크. 제발 다치지 말아요……. 제발."

나는 조용히 웃었다. 내 걱정을 하는 사람이 별로 많지 않아서인지 그 말을 들으니 기분이 좋았다.

"정말 조심할게, 예쁜이. 그럼 이따가 전화해서 무사하다고 알려 줄게. 됐지?"

"전화 안 하면 절대 용서하지 않을 거예요. 기다리고 있을게요."

수화기를 내려놓고 가볍게 두드렸다.

옷을 다 입고 보니 저녁이 꽤 지난 시간이었다. 권총을 넣을 수 있도록 만들어진 맞춤 정장을 입으니 꼭 금주법 시대의 인물 같았다. 물건들 밑에 있는 비옷을 찾아내어 뒤집어쓰고 양쪽 주머니에 담배 한 갑씩을 넣었다.

마지막으로 난장판이 된 집을 한 번 돌아본 뒤 나가서 차고로 향했다. 아까보다 더 많이 내리는 비가 보도 위에 사선으로 떨어졌고 사람들은 빌딩 밑으로 모여들었다. 차들이 벌레 같은 와이퍼를 흔들며 지나갔고 운전자들은 열심히 앞을 내다보며 천천히 나아가고 있었다.

차고를 빠져나와 브로드웨이를 가로질러 시내의 주요 도로를 따라갔다. 관광객과 단골들로 들어차 있어야 할 빌리지에는 차들을 세워 놓는 도로변도 비어 있었고 택시도 승차장 뒤로 빠져 있었다. 어쩌다가 다른 술집을 향해 쏜살같이 달리거나 신문으로 머리를 덮고 지하철 매점으로 달리는 사람도 있었지만 이런 밤에 이 근처에서 사람들이 찾는 곳은 어딘가의 지붕 아래일 것이다.

롤라가 알려 준 주소지 밑에 '모니카네'라는 술집이 있었다. 비 때문에 빨간 네온사인이 흐려져 있었고 천천히 그 옆을 지나자 몇몇 사람들이 둥근 의자에 앉아 급하게 술을 마시는 모습을 볼 수 있었다. 일을 시작하기에 괜찮은 장소였다.

주차를 한 뒤 옷깃을 세우고 쏟아져 내리는 빗속을 헤치고 웅덩이 속을 첨벙대면서 황급히 뛰었다. 그곳에 들어가기 전에 다리가 흠뻑 젖었고 신발 속에 있는 발에서는 첨벙첨벙 소리가 났다.

바에 있던 사람들이 일제히 머리를 들어 날 쳐다보았다. 그중 세 명은 어디 다른 곳으로 가던 길이었던 것 같은데 나를 한 번 보고는 다시 술을 마셨다. 남자보다 서로에게 더 관심이 있던 아가씨 두 명도 서로 다리를 잡고 눈을 내리깔며 다시 육감적인 표정으로 돌아갔다. 나머지 두 명은 새로 들어온 손님을 두고 싸우기라도 할 듯 이상한 표정을 주고받으며 웃고 있었다. 이 모니카네 술집은 정말 다양한 단골들에게 술을 팔고 있었다.

바 뒤에는 한쪽 귀가 만두 모양으로 찌그러지고 턱에 흉터가 있는 크고 뚱뚱한 남자가 있었다. 그 남자의 이름이 모니카라면 내 손에 장을 지질 참이었다. 내게 와서 뭘 주문할지 물어 위스키라고 말했더니 윗입술을 말면서 웃었다.

"보통으로 하나 더."

그의 목소리는 개구리 같았다.

"이곳은 변하고 있어요."

바에 있던 어수룩하게 생긴 두 남자가 모욕이라도 당한 듯 뾰로통한 표정을 지었다.

바텐더가 내 앞에 술병을 내려놓으며 말했다.

"여기는 아가씨들도 머리가 이상합니다. 내가 일했던 다른 곳에서는 남자를 구하겠다고 서로 싸우고 난리였는데, 여기 아가씨들은 같은 여자밖에 생각을 안 한다니까요."

"그렇군요."

"안쪽으로 가면 바람둥이 아가씨들이 있어요. 보고 싶으면 들어가서 봐요."

바텐더가 내게 윙크했다. 술잔을 들고 바에 1달러를 던진 뒤 안으로 들어갔다. 그가 말한 대로 예쁜 아가씨 두 명이 있었지만 이미 임자가 있었다. 남자 정장을 입은 여자 두 명이 내가 할 수 있는 것보다 훨씬 재미있게 그녀들과 놀아 주고 있었다.

그래서 피아노 옆에 있는 테이블에 혼자 앉아 그들을 지켜보았다. 바에 있던 남자 중 하나가 안으로 들어오더니 내 앞에 술잔을 놓고는 가식적인 웃음을 지으며 의자를 당겼다.

그 남자가 말했다.

"저 바텐더 너무 건방지지 않습니까?"

그에게 볼멘소리를 한 뒤 술을 벌컥 마셔 버렸다. 이 녀석 때문에 짜증이 났다.

"당신 이 동네 처음이죠, 아닌가요?"

"그래요."

"업타운에서 왔어요?"

"네."

"아."

남자가 인상을 찌푸렸다.

"당신…… 혹시 애인 있어요?"

얼굴을 한 대 갈겨 줄까 하다가 마음을 바꾸고 작은 소리로 말했다.

"머레이 캔디드라는 사람을 만나려고 합니다. 어디에 사는지 말해 주었는데 잊어버렸거든요."

"머레이? 내 친한 친구인데요. 일주일 전에 이사 갔어요. 조지가 그러는데 남쪽으로 두 블록 가면 있는 식료품 가게에 집을 가지고 있대요. 그를 안 지 얼마나 됐는데요? 잠깐만요! 설마 나가려는 건 아니겠죠? 우린 아직……."

나는 뒤도 돌아보지 않았다. 그 머저리가 따라오려고 한다면 기둥에 묶어 줄 것이다. 바텐더가 나를 보고 오는 손님들 때문에 가게가 망할 거라고 떠들었고 나도 동의했다.

그러나 그 녀석은 내가 원하는 정보를 주었다. 운이 좋았다. 기분 좋게 등이라도 토닥거려 줄 걸 그랬나 보다.

길을 따라 천천히 내려가 유턴을 한 뒤 다시 뒤로 차를 뺐다. 가게에는 불이 켜져 있지 않았고 그 위의 아파트에도 커튼이 드리워져 어두웠다. 한 면으로 차량 몇 대가 주차되어 있어서 그 차들 사이로 끼어 들어가 행인들이 빗속으로 사라질 때까지 기다렸다.

도저히 뛰지 않을 수 없었다. 길을 건너 그 가게로 가서 뭐가 있는지 살펴보기 위해 담뱃불을 붙이는 시늉을 하면서 입구로 들어갔다. 아무것도 없어서 음침한 복도로 나와 문을 돌리며 손에 오는 느낌을 감지했다. 담배를 한 번 피우고 우체통을 살펴보았다. 하나는 가게 이름인 '바일'이라고 씌어 있었다. 나머지 하나는 위층의 것이었는데 아무 표시도 없었다.

그게 맞을 것이다.

조금 지나자 눈이 어둠에 적응해서 오래된 카펫 조각으로 덮인 낡은 계단이 보였다. 계속 벽 쪽으로 올라가면서 계단이 삐걱거리지 않게 하려 했지만 내가 조심할수록 계단은 더 기분 나쁘게 삐걱거렸고 다음 발을 떼기만을 기다렸다.

그렇게 한 층을 오르자 네모난 공간이 나왔고 측면에는 난간에 하얀색 페인트로 '바일'이라고 씌어 있는 문이 하나 있었다. 이름에 어울리게 하려면 초록색을 쓰는 쪽이 나을 뻔했다. 난간을 잡고 다음 층으로 조심조심 올라갔다. 그 계단은 새것이었는지 소리가 나지 않았다. 문에 이르자 문고리를 찾으려고 더듬거리다 말고 그대로 굳어 들릴 듯 말 듯한 소리에 귀를 기울였다.

누군가 안에서 조용하지만 빠르게 움직이고 있었.

손으로 문고리를 잡고 완전히 돌아갈 때까지 천천히 돌렸다. 문의 경첩에 기름이 잘 발라져 있어서 안을 볼 수 있을 만큼 문을 소리 없이 조금 열 수 있었다. 안에는 불이 켜져 있지 않았고 다른 방에서 이리저리 움직이는 소리가 났다.

문이 반쯤 열렸을 때 45구경 권총을 손에 쥐고 무슨 일이 일어날까 기다렸다. 뭔가 바닥에 떨어져 산산조각이 났고 누군가가 다른 누군가에게 제발 조용히 좀 하라고 속삭였다. 그걸로 보아 두 명이 있었다.

그런 다음 나머지 한 명이 말했다.

"젠장, 나 손 베였어!"
의자가 뒤로 밀렸고 바닥에 있던 유리잔이 벽으로 날아갔다. 첫 번째 목소리가 말했다.
"내가 조용히 하라고 했지!"
"닥쳐! 나한테 명령하지 마."
천 찢어지는 소리가 연달아 들렸다. 그 목소리가 속삭였다.
"붕대를 감을 수가 없어. 안으로 들어갈 거야."
남자가 가구들 사이를 조심조심 걸으며 내가 있는 쪽으로 왔다. 나는 총을 꽉 잡고 벽에 바짝 기댔다. 그는 현관 안쪽으로 열려 있는 문을 감지하고는 까만 그림자처럼 잠시 거기에 그대로 멈춰 서 있다가 자신의 손이 내 코트를 쓸자 소리를 질렀다.
녀석의 이마를 총구로 강타했고 그는 괴상하고 무딘 소리를 내면서 무릎에 힘이 빠져 내 팔로 무겁게 축 늘어져 쓰러졌다. 머리를 한쪽으로 기울인 채 바닥에 피가 떨어지는 소리가 들렸다. 그를 눕힐 수 있었더라면 좋았겠지만 그의 몸이 내 손에서 굴렀고 총집에서 총이 풀려 나무 바닥에 쿵쿵대면서 떨어져 버렸다.
안에서는 아무런 소리도 나지 않았다. 다른 녀석의 숨소리조차 들리지 않았다. 발을 옮기며 막 벽을 들이받은 사람처럼 작은 소리로 욕지거리를 내뱉었다.
겨우 들릴 듯한 목소리로 방에 있는 녀석이 불렀다.
"레이……, 너지, 레이?"
대답을 해야 했다.
"그래, 나야."
"이리 들어와, 레이."

모자를 던져 버리고 코트를 바닥에 떨어뜨렸다. 그 녀석은 거의 나 정도의 몸이었지만 어떻게 해 볼 수 있을 것 같았다.

순간 아뿔싸 하는 생각과 함께 손을 내리고 무릎을 구부려 구석으로 갔다. 그 녀석이 내 배꼽이 있는 위치에 총을 겨누고 있었던 것이다.

쓰러진 녀석의 이름은 레이가 아니었다. 그런데 난 대답을 한 것이다.

그가 나를 동시에 보았고 거의 '쿵' 하는 소음과 함께 순간적인 불꽃이 내 쪽을 스쳐 지나갔지만 그가 방아쇠를 당기기 전에 내가 먼저 굴렀고 느림보 녀석이 벽을 쿵 하고 쳤다.

간신히 일어서서 45구경 총의 방아쇠를 잡아당기자 총소리가 방 안을 뒤흔들었다. 총소리가 되돌아올 것을 기다리지 않았다. 의자의 그림자가 보여 그리로 뛰었고 동시에 단 몇 미터 떨어진 곳에서 녀석이 숨는 소리가 들렸다.

어두워서 내가 노출되어 있는지 알 수가 없었다. 개처럼 숨을 헐떡이고 싶었지만 그대로 가만히 누워 억지로 숨을 죽였다. 그 녀석은 그렇지 못했다. 그는 가쁘게 숨을 몰아쉬었고 내가 들을까 봐 재빨리 움직였다. 그가 진땀을 빼도록 그냥 내버려 뒀다. 그 녀석이 어디 있는지 알았지만 총을 쏘진 않았다. 아까 쏜 총알이 내게 맞았는지 궁금해하면서 조심스럽게 몸을 움직였다. 다리에서는 쥐가 났고 기댔던 팔이 떨려 그 자세로 오래 버틸 수가 없을 것 같았다.

녀석이 조심스럽게 용기를 내고 있었다. 그가 나타날 것 같은 쪽을 두리번거리며 계속 살폈다. 단계 훈련법에서 말해 주었던 것을 기억하려고 애썼다. 정글에서는 그게 통했다. 젠장, 지금도 통해야 하는데…….

그때 그의 머리가 보였다. 창문 커튼 사이로 아주 약하게 불빛이 비치고 있었고 불빛에 비친 그의 얼굴은 움직이는 점처럼 보였다. 내 총구를 향해 정면으로 다가오고 있었다.

방아쇠에 힘을 주고 있을 때 복도에 쓰러져 있던 놈이 정신을 차렸다. 녀석은 발로 벽을 차고 손톱으로 바닥을 긁었다. 잠시 거기 누워서 자기가 어디에 있고 무슨 일이 일어나고 있는지 생각해 낸 것 같았다. 정신을 차리더니 욕을 퍼부으며 문으로 기어올랐다.

난 노리쇠를 당겼다. 의자 뒤에 있던 녀석이 갑자기 획하고 움직였다. 녀석은 한참을 색색거리며 숨을 쉬더니 웅크리고 있다가 갑자기 의자로 튀어나왔는데 총을 발사한 순간 의자 때문에 넘어졌다.

그는 비명을 질렀고 발이 걸려 넘어졌다가 일어나 벽에 부딪히면서 겨우 문까지 갔다. 나머지 한 놈이 계단 아래로 내려가는 소리가 들려 나는 의자를 치워 내고 허공에 총을 쐈다. 내가 두 발로 일어섰을 때쯤 밖에서 엔진 소리가 났고 자동차 한 대가 기어를 넣고 도로를 빠져나갔다.

뒤쫓아 봤자 소용없는 일이었다. 성냥불을 밝혀 스위치를 찾았다. 녀석들이 뭘 하고 있었는지가 한눈에 들어왔다. 한쪽 벽에는 책꽂이가 있었고 책의 반이 바닥에 깔려 있었다. 덮여 있는 책들도 있었지만 최소한 50권은 사방에 펼쳐져 있었다.

총을 팔에 끼우고 녀석들이 보던 부분에 있는 책들을 꺼내 펄럭펄럭 넘겼다. 불을 켜니 일이 훨씬 수월했다. 마지막 선반의 중간쯤 봤을 때 책 한 권이 펼쳐졌고 그 안에 파 놓은 골 안에서 다른 책이 떨어졌다.

누군가 길에서 소리를 질렀고 아래층에 있는 어떤 아파트의 문이 꽝 하고 닫혔다. 그 책을 벨트 아래에 쑤셔 넣고 복도로 뛰어나가 모자와 코트를 집은 뒤 계단 밑으로 미친 듯이 내려갔다. 층계참까지 왔을 때 문이 열렸지만 곧 꽝하고 닫혔고 자물쇠가 딸깍 소리를 내며 잠겼다.

아직 밖에 비가 내리는데도 정문이 반가워 보였다. 하지만 마지막 층에서 한 걸음에 두 계단씩 내려가 바닥에 닿았을 때 머리가 폭발하는 충격을 느꼈다. 뭔가가 목에 충돌한 것 같은 굉음이 났다.

내 몸은 이제 내 몸이 아니었다. 그대로 힘없이 무너져 내려 머리를 바닥에 세게 부딪혔지만 고통스럽지 않았다. 점점 더 심하게 마비가 왔고 가슴이 답답하고 무거웠다. 내가 함정으로 걸어 들어갔고 누군가 내게 정통으로 총알을 박았다는 것을 기절 직전에 깨달았다.

얼마나 쓰러져 있었는지 알 수가 없었다. 몸이 회복하는 시간은 가끔 상식을 초월할 때가 있다. 요란한 소리가 들렸다. 사이렌 소리였다. 천천히 일어나 헐떡이며 난간에 의지해 내려갔다. 무의식적으로 코트와 모자를 집어 들고 비틀거리며 문을 나왔다. 길에 있던 구경꾼들이 내가 있는 쪽을 가리키고 있었다. 그렇지만 날 보지는 못한 것 같았다. 비가 내린다는 것과 비틀거리면서 차를 찾으러 거리를 건넜을 때 그림자가 진 걸 보며 다행으로 여겼다.

차에 들어가 반쯤 쓰러져 문을 끌어 닫았다. 가슴이 산산조각 난 것 같았고 머리는 깨질 듯했으며 혀에서 불이 나 몸 전체로 퍼졌다. 목에 아무 느낌이 없었지만 숨을 쉴 때마다 아팠고 소리를 낼 때는 더욱 심했다.

경찰차가 끽 하며 멈추는 소리와 쿵쿵거리는 발소리, 고함 소리가 났고 시간이 갈수록 흥분한 구경꾼들의 웅성거림이 점점 더 크게 들렸다. 더는 차에 앉아 있을 수가 없었다. 진저리 나는 인간들, 다 진절머리가 난다. 눈이 감겼고 팔이 축 늘어졌다. 자동차 바닥으로 떨어져 먼지 구덩이 속에 처박힌 채 헐떡거렸다.

추웠다. 그 어느 때보다 더 추웠다. 젖은 채로 떨고 있었지만 경찰이 20미터 밖에서 나를 기다리고 있었기 때문에 고개를 들고 싶지가 않았다. 줄지어 있는 포장마차들 뒤에 있는 어떤 곳이 커튼을 걷어올렸고 음식을 사러 줄을 서 있는 사람들의 소리가 들렸다. 뜨거운 커피와 스튜 냄새가 났다. 거기 있는 사람들을 이리로 불러 내가 참호에서 빠져나올 수 있도록 엄호하게 만들고 싶었지만 내가 소리를 지르면 그 녀석들이 내 위치를 포착하고 내 위로 수류탄을 밀어 넣을 것이다. 설상가상으로 비가 더 세차게 내렸다.

눈을 뜨고 있는 것 자체가 고통이었다. 열린 창문으로 비가 들어와 몸이 다 젖었다. 어느 창문에서 또 다시 커피 냄새가 풍겨왔다. 몸을 지탱하던 손으로 의자를 뒤로 젖히고 바퀴 밑으로 숨었다.

이제 구경꾼들은 가고 없었다. 경찰도 사라졌고 거리는 다시 평소와 같았다. 단지 비가 내리고 있었고 보도를 비틀거리며 걷는 술에 취한 행인들만 있을 뿐이었다. 저 기분을 안다. 마음속에 뿌연 안개가 사라지면서 머리와 가슴이 지끈거렸다. 손을 주머니에 넣고 다소 긴장하면서 옷감의 찢어진 부분을 만진 뒤 조심스럽게 총을 꺼냈다. 어떤 녀석인지 모르겠지만 총의 노리쇠가 속으로 파묻힐 정도로 뭉개 놓았다. 꼭 무슨 징그러운 아메바를 납 속에 던져 놓은 것처럼 보였다. 아까 받은 충격으로 가슴에 지독한 통증이 왔지만 피부에는 전혀 상처가 없었다.

분명 내가 죽었을 거라고 생각하는 누군가가 있을 것이다.

벨트 뒤쪽으로 손을 뻗어 아까 그 책을 짚어 보았다. 아직 거기에 있었다. 뭔지 몰라 일단 자동차 함에 넣었다.

운전을 할 수 있을 때까지 10분을 더 그렇게 가만히 있었다. 시동을 걸고 자동차 등을 켰다.

그 순간 알아챘다. 앞 유리로 들어오는 김이 서린 어슴푸레한 불빛에 빨강 머리의 반지가 윙크하지 않았다. 반지는 사라지고 없었다.

반지를 급하게 잡아 뺀 자국이 새끼손가락에 붉게 나 있었다. 그들은 예상보다 빨리 되돌아왔다.

사건이 고개를 들고 있었다. 조금만 더 고개를 들면 뭔가 밝혀질 것 같다.

10장

 롤라에게 시간은 중요한 것이 아니었다. 기다리겠다고 한 그녀는 정말 기다리고 있었다. 그 아파트에서 유일하게 그녀의 집에만 불이 켜져 있었고 그녀의 그림자가 커튼 뒤를 지나 방으로 들어가는 것이 보였다. 전에 주차 티켓을 받았기 때문에 이번에는 일직선 도로가 아닌 지정된 곳을 찾아 길가에 차를 댔다.
 보도에 카펫이 깔려 발뒤꿈치가 콘크리트에 닿을 때 받는 충격을 완화해 주면 얼마나 좋을까 하는 생각을 하면서 느릿느릿 걸었다. 발을 옮길 때마다 머리가 고통스럽게 진동했고 그것을 잊기 위해 담배에 불을 붙이자 연기가 폐까지 통증을 전달해 수천 개의 칼이 갈빗대를 후비는 것 같았다.
 계단의 길이가 마치 1킬로미터쯤 되는 것 같았다. 다 올라갈 수 있는 유일한 방법은 가다 쉬기를 반복하는 것뿐이었다. 바깥문이 열려 있어 그곳의 벨은 누르지 않아도 되었다. 아파트 문앞에 도착해 문을 두드린 다음 문설주에 그대로 기댔다.
 안에서 롤라의 구두가 또각또각 소리를 내며 가까워지더니 갑자기 뛰는 소리가 들렸다. 그녀는 손가락으로 더듬더듬 빗장을 만지더니 문을 바깥으로 밀어 열었다.
 내 모습이 그다지 섹시하게 보이는 않았을 것이다.
 "오, 마이크!"
 손가락을 내 얼굴에 살짝 갖다 대어 볼을 만진 뒤 내 손을 이끌고 안으로 들어갔다.
 "하마터면 바람맞힐 뻔했지?"
 그녀에게 웃어 주기가 쉽지 않았다.
 롤라가 날 쳐다보며 고개를 저었다.
 "다치지 않았을 때 좀 찾아오면 안 돼요?"
 아주 천천히 롤라의 몸을 돌렸다. 사랑스러운 여자였다. 오늘 밤 나를 위해 멋지게 차려입고 혹시 내가 오지나 않을까 기대하고 있었던 것이다. 서 있는 그녀는 거의 나와 같은 키였다. 입고 있는 초록색 드레스는 그녀가 움직일 때마다 다리 아래로 빛의 파도를 전달했다. 그녀를 아주 가까이 붙잡고 자극적인 향수 냄새를 맡으며 쳐다보았다. 어깨로 흘러내린 부드러운 깃털 같은 까만 머리는 눈을 감고 담요처럼 가까이 당겨 보고 싶게 만들었다. 어디선가 새롭게 아름다움을 찾아냈거나 원래 그랬는지 모르겠지만 이제 그녀는 언제 봐도 아름다웠다.
 손으로 롤라의 허리를 더듬어 가까이 끌어당긴 다음 그녀의 눈이 반쯤 감기고 입술이 열릴 때까지 기다렸다. 롤라의 입은 불 붙은 푹신한 침대였고 뭔가를 묻는 듯한 그녀의 혀에 탐욕스럽게 응해야만 했다. 그때 그녀를 밀어내자 그녀는 크게 숨을 쉬며 그대로 서 있다가 다시 눈을 크게 뜨고 웃었다. 롤라는 내가 원하면 언제라도 내 것이 될 거라고 말할 필요가 없었다. 난 그걸 알고 있었다.

롤라의 눈이 나를 지켜보고 있었다.

"마이크……."

항상 원했던 것처럼 손가락으로 그녀의 머리칼을 쓸면서 말했다.

"뭔데?"

"당신을 사랑해요. 하지만 날 사랑하지는 말아요. 생각도 하지 마세요. 그냥 나 혼자 당신을 사랑하게 해 줘요."

롤라의 얼굴을 끌어당겨 감고 있는 눈에 키스했다.

"그건 쉽지 않겠는데? 하고 싶은 일을 하지 않는 건 어려운 일이거든."

"내 말대로 해야 해요. 아직 난 갈 길이 멀거든요."

"그렇지 않아요, 아가씨. 당신은 지난 일을 모두 잊기만 하면 돼. 난 작년이건 올해건 무슨 일이 일어났는지 전혀 상관하지 않아. 어차피 누구랑 그런 얘기를 하겠어? 당신이 살면서 수치심을 느낄 게 있다면 나 역시 양심의 가책을 느껴야 할걸. 나도 당신과 똑같은 일을 했지만 남자는 잘 벗어나거든. 중요한 건 뭘 하느냐가 아니라 어떤 생각을 하느냐 하는 거야. 난 술집에서도 교회에 다니는 많은 사람들보다 당신에게 더 잘해 줄 수 있는 녀석들을 본 적이 있다고."

"하지만 난 좀 다르고 싶어요. 난 좋은 사람이 되려고 정말 열심히 노력하고 있거든요."

"당신은 항상 좋은 사람이야. 당신을 오래 알진 못했어도 당신이 계속 좋은 사람이었다고 믿어."

그녀는 내 손을 꼭 잡고 미소 지었다.

"고마워요. 당신 때문에 훨씬 쉬워졌어요. 그게 당신을 정말로 사랑하는 이유이기도 해요."

그녀가 손가락으로 내 입을 가려서 대답할 수가 없었다.

"하지만 그래도 내 맘대로 할 거예요. 아직 멀었어요. 사랑받을 가치가 있는 사람이 되고 싶어요."

그녀의 코에 키스하려고 했지만 너무 빨리 움직여 몸이 주춤했다. 롤라는 말이 필요 없었다. 찌푸렸던 얼굴을 금세 펴고 내게 의자에 앉으라고 손짓했다.

내가 의자에 앉자 그녀가 말했다.

"또예요?"

"또야."

"심각한가요?"

"그럴 뻔했지. 어떤 녀석이 내 가슴을 겨냥해서 속에 있던 총을 뭉개 놨어. 이제부터 절대 총을 집에 남겨 두지 않을 작정이야. 그리고 같은 일당이 내 목을 큰 망치로 때렸어. 머리를 벗겨 내고 싶었겠지."

"누가 그런 거죠?"

"나도 몰라. 어두웠거든. 너무 급해서 전혀 소개받을 기회가 없었지."

롤라가 내 타이와 셔츠를 풀고 의자 팔걸이에 걸터앉아 내 목과 머리를 주물렀다. 길고 찬 그녀의 손가락이 아픈 부위로 파고들어

통증을 없애 주었다. 머리를 뒤로 기댄 채 눈을 감고 그녀의 손길을 즐겼다. 내가 완전히 느긋해질 때까지 그녀는 허스키하고 풍부한 소리로 부드럽게 콧노래를 흥얼거렸다.

내가 말했다.

"그 녀석들이 낸시의 반지를 가져가 버렸어."

"그랬어요?"

그건 질문이라기보다 내가 말할 준비가 됐을 때 듣겠다는 말투였다.

"머레이의 집을 찾아서 안으로 들어갔는데 밑에서 일하는 녀석 둘이 벽에 있는 책꽂이를 뒤져 뭔가를 찾고 있더군. 분명 머레이가 시간이 없어서 정확한 위치를 말하지 못한 것 같아."

"그들이 그걸 찾았나요?"

"아니, 내가 찾았어."

롤라는 내 어깨의 근육이 풀리도록 주물러 주었다.

"그게 뭐였죠?"

"책이야. 책 안에 있는 책."

눈을 감은 채 온몸을 더듬어 주머니에서 그 책을 꺼냈다. 롤라가 한 손으로 그 책을 받았고 곧 책장을 넘기는 소리가 들렸다.

그러고는 책 뒤표지를 자세히 본 뒤 다시 책장을 넘기고 말했다.

"무슨 말인지 전혀 알 수가 없군요."

"나도 그럴 줄 알았어."

목에 감겨 있는 롤라의 손을 당겨 키스했고 롤라는 알 수 없다는 듯 눈썹을 찡그리며 책을 내게 돌려주었다.

글자와 숫자. 의미 없는 기호들. 대문자와 소문자. 일부러 거꾸로 쓴 글자들도 있었다. 하지만 거기엔 놓칠 수 없는 어떤 질서가 있었다. 거의 4분의 3 정도까지 빠르게 책장을 넘겼다. 그 뒤에는 아무것도 쐬어 있지 않았다.

롤라가 내 어깨 너머로 계속 지켜보고 있었다.

"뭐예요?"

"암호."

"해독할 수 있어요?"

"아니, 하지만 할 수 있는 사람이 있겠지. 아마 당신이 할 수 있을지도 몰라. 여기 뭔가 낯익은 게 있는지 봐 줘."

책을 놓고 처음부터 다시 넘겼다.

롤라는 아랫입술을 깨물고 세심하게 내 손가락을 따라오면서 나와 동시에 책장을 훑어 갔다. 그녀는 페이지가 끝날 때마다 고개를 저었고 난 다음 장으로 넘겼다.

하지만 한 가지 확실한 사실은 롤라가 나보다 이쪽에 대해 더 많이 알고 있다는 것이었다. 책을 덮으려고 했을 때쯤 롤라가 내 팔을 꽉 붙들며 입술을 물었다. 롤라는 무슨 이야기를 꺼내다가 멈췄다.

내가 곧바로 물었다.

"뭐지?"

"아니에요, 그건 아닐 거예요."

롤라의 얼굴이 다시 일그러지려 했다.

"말해 봐."

속기 노트에 그려진 복잡한 단어처럼 생긴 기호를 가리키는 그녀의 손가락은 떨리고 있었다.

"아주 오래전에…… 머레이의 사무실에 있었는데 어떤 남자가 머레이에게 전화를 했어요. 머레이는 잠시 얘기한 다음 메모장에 뭔가를 적었죠. 내 생각엔 이게 그건 거 같아요. 머레이는 내가 보고 있는 걸 알자 가려 버렸어요. 나중에 내게 예약이 잡혔다고 말했죠."

"그게 누구였는데?"

"꼭 얘기해야 하나요?"

롤라가 기억하고 싶지 않은 듯 내게 애원했다.

"이번 한 번만 도와줘."

그녀가 재빨리 말했다.

"그 사람 이름은 기억이 안 나요. 여기 사는 사람이 아니었어요. 뚱뚱하고 끈적끈적했죠. 아, 제발……. 더는 말하고 싶지 않아요. 더는……."

"좋아. 그거면 됐어."

책을 덮어 소파 앞 작은 테이블 위에 놓았다. 일이 풀리기 시작했으니 이제 사람들이 나를 뒤쫓아 올 것이다. 전화기로 손을 뻗었다.

팻은 누워 있었지만 자고 있지는 않았다. 긴장된 목소리로 팻이 물었다.

"지금쯤 전화할 줄 알았어. 어떻게 됐어?"

"나도 그걸 알고 싶어. 넌 나한테 해 줄 말 없어?"

"물론 있지. 말해 줄게. 결국 이 복잡한 사건을 시작한 건 바로 너니까. 진짜 뒤죽박죽이더군."

"문제가 생긴 거지?"

"아주 많아. 조사를 하려고 머레이를 데려왔거든. 당연히 머레이는 아무것도 몰랐지. 그의 얘기에 의하면 앤 마이너는 늘 우울해하고 생각이 많아서 항상 골칫거리였다고 하더군. 얼마 전에 해고하려고 했는데 앤이 낌새를 채더니 증세가 전보다 더 심해졌대. 자살했다고 말했더니 침착하게 받아들이더군."

"그랬겠지."

"그게 다가 아냐. 머레이는 뭔가 더 있다는 걸 알고 있었어. 하지만 좋은 변호사를 뒀더군. 그래서 오래 붙들 수가 없었어. 머레이를 보낸 뒤 30분 정도 후부터 난리가 터지기 시작했어. 무슨 일이 일어나고 있는데 내가 당할지도 몰라. 어제까지만 해도 난 이쪽 정치가 그렇게 더러울 거라 생각하지 않았거든. 이번에 네가 아주 제대로 터뜨렸어."

"마무리도 내가 할 거야. 그 아파트는 어떻게 됐어? 앤의 아파트 말야. 무슨 지문이라도 나왔나?"

"문제가 될 만한 건 없었어. 욕조는 아주 깨끗했고. 끝 부분에 있던 몇 가지 얼룩은 앤 마이너의 것이었고 나머지는 다 지워지고 없었어. 거기서 가져온 물을 검사했는데 맞더군. 똑같은 비누 성분이 나왔어."

"그 유서는 좀 알아봤어?"

"아니, 시간이 없었어. 두 명의 인원이 투입되어 제로제로 클럽에 있는 직원들 몇 명을 조사하기 시작했는데 얼마 안 가서 그들에게 전화가 왔대. 어떤 놈이 자기한테 좋은 게 뭔지 알면 손 떼라고 했다더군."

"그래서 어떻게 했대?"

팻이 으르렁대는 목소리로 말했다.

"그 사람들은 겁먹지 않았어. 발신지를 추적하려 했지만 지하철의 전화박스로 밝혀졌지. 공중전화 말야. 지시를 내려 달라고 전화가 와서 어떻게 하면 되는지 알려 줬어. 필요하면 혼 좀 내 주라고 지시했지."

그 말에 낄낄거렸다.

"점점 똑똑해지는군 그래."

"점점 화가 나. 젠장, 돈으로 자신들을 보호하고 있다니까……. 아니 도대체 경찰을 뭘로 보는 거냐고……. 자기네 하인으로 보나?"

"그렇게 생각하는 인간들도 있지."

내가 모질게 대답하고서 말을 이었다.

"이봐, 팻, 널 위해 준비한 게 있어. 지금 시간이 좀 늦은 줄은 알지만 중요한 일이야. 최대한 빨리 이리로 좀 와 줘야겠는데, 괜찮겠지?"

팻은 질문을 달지 않았다. 팻이 일어나 불을 켜는 소리가 들렸다. 롤라의 주소를 알려 주자 알았다고 한 뒤 전화를 끊었다.

롤라가 일어나 주방으로 가서 쟁반에 맥주 몇 병을 들고 돌아왔다. 큰 잔에 맥주를 따라서 내게 주고 맞은편 의자에 앉은 뒤 말했다.

"이제 무슨 일이 일어나나요?"

"아마 몇몇 인간들이 좀 놀라게 될 거야."

"머레이요?"

"머레이도 포함해서 여러 명."

천천히 잔을 비우고 한 잔을 더 마시고 나니 롤라가 소파 끝에 다리를 꼬고 앉아 한 팔을 내 등으로 쭉 뻗었다.
"이쪽으로 오실래요? 아니면 내가 갈까요?"
롤라가 장난꾸러기 같은 웃음을 지었다.
"내가 그쪽으로 가지."
롤라는 앉아 있던 자리를 좁혀 내게 공간을 만들어 준 다음 맥주잔을 한 손으로 잡고 말했다.
"한 손이라도 쉬게 해야죠."
"그럼 나머지 한 손은?"
"계속 일하게 돼요."
그녀의 말에 큰 소리로 웃은 뒤 그녀를 안아 내 어깨에 얼굴을 비빌 수 있게 했다.
"대학생 애들처럼 이렇게 안고 있으니 좋네요."
그 말에 동의하지 않을 수 없었다. 맥주가 떨어지자 그녀는 또 한 병을 가져다 놓고 다시 내 팔에 안겼다. 낸시의 일을 생각하거나 아니면 뭔가 다른 일을 해야 했지만 그녀와 그렇게 앉아서 사소한 것에 웃고 있는 것이 즐거웠다. 그녀는 오랫동안 잊어버리고 있던 뭔가를 다시 되돌려 줄 수 있는 그런 여자였다.
팻이 너무 빨리 와 버렸다. 팻이 아래층에서 벨을 누르자 롤라가 버저를 눌러 문을 열어 주었다. 몇 초 지나지 않아 문을 두드리는 것을 보니 그는 계단을 뛰어 올라온 것이 분명했다.
롤라가 팻에게 문을 열어 주자 그녀를 불러 내가 말했다.
"롤라, 팻 체임버스를 소개할게. 최고 중의 최고지."
"안녕, 롤라."

팻은 이렇게 말하고 내 쪽으로 와서 소파 뒤로 모자를 던졌다. 그는 시간을 낭비할 생각이 없었다.

"줘 봐. 손에 넣은 게 뭐지?"

롤라가 테이블에서 책을 가져왔고 내가 그에게 넘겨 주었다.

"머레이의 물건 중 하나야. 암호인데 해독할 수 있을 것 같아?"

그의 얼굴을 유심히 살피고서 입술이 일자로 굳어진 것을 보았다. 팻이 혼잣말로 이야기했다.

"기억 암호잖아! 이런 제길!"

"뭐라고?"

"이건 기억 암호야. 확실해. 모든 것에 기호나 체계를 정해 놓는 거야. 그걸 아는 사람은 만든 사람뿐이지."

술잔을 내려놓고 소파에서 조금 앞으로 나아갔다.

"워싱턴에 있는 사람들이 일본 제국의 암호를 알아내지 않았나?"

"그래, 하지만 그건 다른 거였어."

팻이 가망이 없다는 듯 머리를 흔들었다.

"예를 하나 들어주지. 네가 나한테 그 일에 대해서 한 단어 또는 여러 단어를 말했다고 가정해 봐. 넌 그게 무슨 뜻인지 알아도 난 모르겠지. 내가 무슨 수로 해독을 하겠어? 문장을 아주 길게 늘이면 당연히 반복되는 것이 있겠지. 하지만 기억력에 의존해서 다른 기호나 글자를 묶어 사용해 반복이 없도록 만든다면 시작점을 전혀 찾을 수가 없는 거라고."

"그렇게 하려면 기억력이 아주 좋아야 하잖아?"

내가 껴들었다.

"그런 경우도 있지. 하지만 이건 별로 기억할 게 많지 않아."
그는 책을 두드렸다.
"집중만 하면 누구든지 할 수 있을걸."
잔을 다시 채우자 맥주병이 비었다.
"롤라가 기호를 하나 알아보았는데, 머레이가 그의 '고객'의 한 명을 표시하기 위해 사용한 거라는군. 그 조그만 책이 고객들의 목록과 그의 피 같은 재산이 적혀 있는 머레이의 회계 장부야."
팻이 벌떡 일어섰다. 그의 눈에는 환한 빛이 타올랐다.
"망할 자식. 만약 정말 그거면 그 녀석을 산산조각 낼 수 있어! 우리가 이 조직의 중앙을 쪼갤 수 있는 거라고!"
사설탐정과 놀다 보니 그의 언어가 점점 오염되고 있었다.
"일시적일 뿐이야."
그를 일깨우며 말했다.
"전혀 안 하는 것보다는 낫잖아. 죽은 사람들에 대한 대가는 치르게 될 거야. 그런데 이거 어디서 났어, 마이크?"
"캔디드 녀석이 빌리지에 파티를 여는 소굴을 가지고 있어. 네가 그 녀석을 조사하는 동안 자신이 위험해질까 봐 그 책을 가져오도록 애들을 보냈더군. 그 빌어먹을 책이 나를 죽여야 했을 만큼 중요했던 거라고. 조금 전에 거의 머리가 떨어져 죽을 뻔했는걸."
"그들을 알아볼 수 있겠어?"
"아니. 얼굴은 보지 못했어. 그러나 한 놈은 손에 베인 자국이 있고 이마에 아주 예쁜 상처가 있을 거야. 나머지 한 놈은 그의 친구고. 클럽을 돌면서 알아봐. 내 생각에 그놈들은 머레이의 개인

경호원인 것 같아. 우리가 너무 빨리 조인 나머지 머레이가 직접 그 책을 가져올 시간이 없었던 게 분명해. 아마 앤의 죽음에 대해 자신의 술집에서 말고는 아무도 다른 질문을 하지 않을 거라 생각했겠지."

"네 말이 맞을 수도 있어. 난 이걸 복사해서 전문가들에게 돌려 보고 그 결과를 알려 줄게."

"좋아."

"어디로 연락하면 되지?"

"넌 그대로 있어. 내가 할 테니까."

"무슨 말인지 모르겠군. 너 거기에 있지 않을……?"

내 얼굴 표정을 보자 팻은 말을 멈췄다.

"난 죽은 걸로 되어 있어."

"이런 세상에!"

"머레이의 집에 세 녀석이 있었어. 한 명은 머레이와 관련된 녀석은 아니었고. 그 녀석이 원한 건 빨강 머리의 반지뿐이었어. 내 가슴에 총을 쏜 녀석도 그 녀석이고. 그러니까 날 다시 본다면 기절할지도 몰라."

팻은 즉시 그 의미를 포착했다.

"그놈이 널 미행했군. 금발 머리를 죽인 녀석 말야. 널 집까지 미행하고 집을 뒤진 다음 쭉 네 뒤에 있다가 제대로 널 쐈네."

"그래. 어두운 입구에서 말야."

"그런데 원한 게 반지뿐이었다?"

"바로 그거야. 책을 가지고 있었는데 뒤져 보지도 않았더군."

"그러면 파가 두 종류라는 얘긴데. 서로 다른 이유로 널 쫓고 있는 두 파."

"같은 이유일 수도 있지. 하지만 그들은 그걸 몰라."

팻의 얼굴에 조용한 웃음이 퍼졌다.

"녀석들, 네 시체가 나타나기만을 기다리겠는데. 귀는 땅에 대고 눈은 크게 뜨고 말야. 네 시체가 어떻게 됐는지 알고 싶어하겠군."

고개를 끄덕이고 천천히 말했다.

"궁금해해 보라지. 아마 경찰이 무슨 목적으로 쉬쉬하고 있다고 생각할 테니까. 네가 그들에게 말한 것 이상의 뭔가를 가지고 있다고 생각할 거야. 어떻게 되나 지켜보자고."

"으음."

이게 팻이 말한 전부였다. 팻은 만족한 표정으로 사건의 새로운 국면을 파악하면서 문으로 향했다. 한 번 뒤돌아보고 웃으며 작별 인사를 하더니 돌아갔다.

롤라가 빈 병을 들고 곁눈질로 날 보았다.

"당신이 진짜로 죽은 거라면 아주 황홀하게 깨어나게 해 줄게요."

내가 발로 차는 시늉을 하자 롤라가 다시 맥주를 가지러 나갔다. 다시 돌아왔을 때 그녀의 얼굴을 보니 진지한 생각을 하고 있는 걸 알 수 있었다. 롤라는 눈으로 먼저 물은 후 말을 꺼냈다.

"당신 집을 뒤졌다는 얘기요……. 말해 줄 수 있어요?"

구체적인 것은 빼고 대강만 말해 주었다. 내가 가장 최근의 일까지 다 말할 때까지 롤라는 한마디도 놓치지 않고 생각을 하면서 들으려 했다. 말을 마친 후 그녀에게 천천히 생각할 시간을 주었다.

마침내 그녀가 말했다.

"그 아기 옷들이요……. 맞는 것 같아요."

"어떻게?"

"낸시는 배에 튼 살이 있었어요. 임신을 해서 생긴 자주색 줄무늬 말이에요. 그 애한테 뭐냐고 물어보지는 않았어요."

"우리가 알아냈어. 사산아야."

"아버지는요?"

"기록돼 있지 않았어."

롤라는 뭔가를 생각하면서 손톱을 물어뜯었다.

"그 훔쳐 갔다는 사진들 말이에요……."

"낸시가 좀 더 어렸을 때 찍은 스냅 사진들일 뿐이야."

"그게 아니에요."

"그럼 뭐지?"

"그 사람은 정말 다른 것은 상관하지 않고 그냥 반지만 가져갔다고 했잖아요. 당신이 가지고 있던 책은 찾지도 않았고……."

"그 사람은 내가 책을 가지고 있는 줄 몰랐어."

"아니, 그런 뜻이 아니고요……. 어쩌면 그냥 사진첩을 가져갔을 수도 있어요. 사진들을 보지 않고 그냥 가져가기만 한 거죠. 아마 어떤 사진이라도 가져갔을 거예요."

요점이 파악되기 시작했지만 확실히 해 두고 싶었다.

"뭘 말하고 싶은 거지?"

"낸시는 카메라를 하나 가지고 있었어요. 그건 내가 벌써 얘기했죠? 노리는 건 그녀가 찍은 사진들일 수도 있어요. 다른 것들은 그냥 실수로 가져간 거고요."

그럴 듯했다. 그녀의 목을 꽉 잡고 활짝 웃었다.
"지금 보니 당신이 나보다 더 똑똑하군! 당신은 낸시가 공갈을 하진 않을 거라고 했잖아."
"그러지 않을 거라고 생각한다고 했죠. 지금도 그 생각엔 변함이 없지만 누가 확신할 수 있겠어요?"
"있잖아, 우린 이걸 바로 피니 라스트의 무릎으로 던져 볼 거야. 만약 그가 이 사건의 배후에 있다면 제대로 받겠지!"
롤라가 내 손가락을 잡았다.
"마이크, 너무 성급하게 흥분하지 말아요. 먼저 생각을 해 봐야 해요. 그 사람이 그런 부류가 아니면……."
"아니, 그는 정확히 그런 부류이기는 해. 단지 전에는 그가 그만큼 영리할 거라고 생각하지 않았다는 거지. 그들의 얼굴은 속 빈 코코넛처럼 아무것도 없지만 사실 상당히 지능적이지. 제길! 그냥 내 얘기에서 피니를 잘 추적해 봐. 그 간이식당에서 그가 빨강 머리에게 접근했어. 피니는 그녀에게 겁을 주었고 다른 많은 사람들에게도 그랬지. 거칠고 비열하거든. 고상한 사람들은 대개 그런 부류에게 겁을 먹잖아. 총을 가지고 있지 않을 때조차도 겁을 주고 다녔어. 그에게는 아주 환상적인 설정이지!
그런데 낸시가 공갈칠 거리를 가지고 있었어. 그는 그게 어떤 사람이 아가씨와 호텔 방에 있는 사진이라고 했어. 그 어떤 사람은 누구고, 또 그 아가씨는 누구지? 아마 낸시 자신일 수도 있지. 그녀가 좋은 카메라를 가지고 있었다면 시간을 입력해 자동으로 찍히게 했을 수도 있으니까. 어쩌면 피니는 그녀가 가지고 있는 것을 알고 다시 찾으려 했을 수도 있지. 아니면 그 반대로 그가 가지고 있던 것을 그녀가 손에 넣은 걸 수도 있고. 아냐, 그들이 동시에 같이 계획한 것일 수도 있어.

한 가지 우리가 알고 있는 것은 피니가 그녀의 방을 뒤졌다는 거야. 피니는 할 수 있는 건 뭐든지 해 보는 아주 더러운 놈이지. 그런데 유일한 문제가 있어. 피니에게는 알리바이가 있어. 낸시가 죽었을 때 그는 베린그로틴과 함께 있었어. 그 노인 모르게 빠져 나올 수 있었다면 모를까 그렇지 않았으면 아마 다른 사람을 시켜서 일을 처리해야 했을 거야."

롤라는 내 말을 차례차례 되짚으며 내가 오류를 깨우치도록 했다.

"하지만 베린 씨가 확신하면서 말했다면서요? 마찬가지로 경찰도 그 소년이 우연히 낸시를 친 거라고 했고요. 그건 어떻게 설명할 거예요?"

다시 가슴에 통증이 몰려와 뒤로 풀썩 기댔다.

"아, 모르겠어. 말이 되는 게 하나도 없어. 만약 낸시의 일이 사고라면 누가 왜 그녀의 반지를 빼 간 거지. 또 왜 되찾으려고 그렇게 수고하는 걸까? 반지에 뭔가 있어. 반지가 뭘 의미하는지 알아낼 수 있다면 반지를 찾을 수 있을 텐데……."

담배 두 개비를 꺼내 입에 물고 불을 붙였다. 롤라가 내 입술에서 그녀의 것을 빼내 깊게 한 번 빨아들였다. 내가 눈을 감았을 때 그녀가 말했다.

"내가 말하려는 요점은 그게 아니에요. 낸시는 뭔가 중요한 사진을 가지고 있었어요. 그것 때문에 집을 수색당한 거고요. 반드시 그것 때문이었을 거예요. 왜냐하면 그들은 이미 반지를 가지고 있는 상태였으니까요. 그들이 원하는 걸 찾지 못했다고 했잖아요. 그들은 당신의 집을 뒤져서 결국 아무 의미도 없는 사진을 가져갔고요. 일단은 당신이 가지고 있던 사진들이 중요하지 않다고 가정한다면 진짜 중요한 사진들은 어디에 있는 거죠?"

이런 세상에, 내가 이렇게 바보 같을 수가! 피우던 담배를 손에 뭉개 버렸지만 아무 느낌도 없었다. 사진들. 그 사진들. 낸시는 그 어떤 것보다도 완벽한 공갈 계획에 자신을 이용했던 것이 틀림없다. 낸시는 모든 것을 찍은 사진을 다 가지고 있었고 피니 라스트가 그녀의 방에 와서 그 사진을 달라고 할 때 협박할 준비를 하고 있었던 것이다.

물론 다른 게 있을 리가 없지. 녀석은 돈 될 만한 건 놓치지 않는 싸구려 총잡이니까. 하지만 그가 뭔 일을 벌이기 전에 낸시가 차 앞에 뛰어들어 죽어 버린 거야. 피니가 사람을 붙여 그녀의 뒤를 밟아 반지와 신분증을 가져갔을 수도 있다. 이유가 뭐냐고? 그녀의 신원이 확인되면 다른 누군가가 그 공갈거리에 먼저 손을 댈 수도 있으니까. 반지는 우연한 것이었고.

낸시는 그저 공갈꾼이었나 보다.

쳇, 나는 아직도 그녀가 무엇인지는 신경 쓰지 않았다. 잠시나마 그녀는 내 친구였다. 피니가 낸시를 죽이지 않았을지도 모르지만 그럴 생각은 하고 있었다. 그리고 그건 내게는 똑같은 것이고 그는 대가를 치를 것이다. 나는 그 금발 머리 앤도 좋아했으니까.

담배 연기로 고리를 만들어 천장에 불자 롤라가 그 사이로 손가락을 집어넣었다. 롤라는 내가 무슨 말이라도 하기를 기다리고 있었다. 내가 큰 소리로 말했다.

"그 카메라 말야, 어디에 있을까?"

롤라는 질문으로 대답했다.

"낸시가 무슨 이유로 그 일을 하고 있다는 암시를 주진 않았어요?"

그 점에 대해 빨강 머리가 이야기한 것이 있기는 했다.

"맞아. 장사가 잘 안 된다고 말했어. 피니는 어쩌면 고의로 그녀의 고객들을 쫓아 버렸는지도 모르지. 처음 만난 밤에도 나한테 그렇게 하려고 했거든. 그녀는 돈이 필요했어. 카메라를 저당 잡혔지."

갖가지 생각이 새로운 생각을 불러일으켰다. 사방에 널려 있던 퍼즐이 투명 청소기에 의해 한 테이블로 모아지고 있었다. 유령 같은 손가락이 그 조각들을 집어 제자리에 맞추면서 내가 움직이도록 이따금 머뭇거리고 있었다. 이건 게임이었다. 먼저 그가 하나를 맞추면 내가 하나를 맞출 것이다. 그 다음엔 내가 두 개, 세 개를 맞추도록 하면서 스스로 퍼즐을 끝내도록 압력을 가하고 있다. 두 군데와 일치하는 몇몇 조각들은 확실해질 때까지 보류해야 할 것이다.

낸시의 집주인 여자는 낸시가 다른 아무것도 없이 단 몇 푼만 들고 왔다고 했다. 그녀는 빈털터리였다. 낸시는 어디서 온 걸까? 피니 라스트에게서 도망치려고 한 걸까? 그러고는 금방 또 잡히고? 코비 베넷이 이야기했듯이 헛소문은 시끄럽다. 소문은 확실히 한 빨강 머리 매춘부의 흔적을 잘 파악했다. 그래서 그녀는 그를 피해 여기저기 옮겨 다녔지만 허사였다. 그녀가 전에 지내던 곳 어딘가에 그가 찾고 있는 많은 사진들을 남겨 놓았고 그것들은 아직 거기에 그대로 있다. 발견되기를 기다리면서 말이다. 그리고 바로 지금 누군가가 내가 죽었다고 생각하면서 느긋하게 그것들을 찾고 있다. 피니 라스트는 깜짝 놀랄 것이다.

롤라가 내 어깨에 팔을 둘렀다.

"끝났어요?"

"거의."

긴장이 풀리기 시작했다.

"언제요?"

"내일이나 내일 모레. 금방 될 거야. 내일은 미행하는 녀석을 잡아야지. 하지만 먼저 새로운 총을 구해야 할 것 같아. 팻이 내가 할 일을 줄 거야. 그 다음에 우리가 시작하는 거지."

"우리가 누구예요?"

"나와 당신 말야, 예쁜이. 난 죽은 걸로 되어 있잖아. 시체가 거리를 배회하면 안 되지. 내일 당신이 걸어 다니면서 우리가 그 카메라를 찾을 때까지 시내에 있는 모든 전당포를 조사해 줘야겠어. 전당포에 주소가 있을 거야. 아직 주변에 있다면 그게 우리가 찾는 거지."

롤라가 웃으며 다리를 앞으로 내밀었다. 아주 유혹적으로 그녀는 드레스를 조금 올려 탱탱한 종아리를 드러냈다.

그녀는 애태우듯 눈썹을 추켜올리고 속삭였다.

"그러려면 많이 걸어야 하지 않나요?"

정말로 많이 걷게 되긴 할 것이다.

손을 내밀어 그녀의 드레스를 아래로 끌어내렸다. 전혀 나답지 않은 행동이었다. 하지만 그럴 만한 가치가 있었다. 그녀가 머리를 뒤로 젖히고 웃었을 때 키스할 수 있었기 때문이다. 그녀의 팔이 내 목을 꽉 조이자 다시 통증이 왔다.

안고 있던 그녀를 밀어내자 그녀가 말했다.

"당신을 사랑해요, 마이크, 사랑해요, 사랑해요."

나도 그렇다고 말하고 싶었지만 롤라가 알아채고 키스로 내 말을 막아 버렸다. 그런 다음 롤라는 일어서서 내가 일어나도록 손을 내밀었다. 내가 지켜보는 동안 그녀는 소파를 침대로 만들고 침실에서 베개 하나를 가져왔다. 신발을 벗어던지고 코트와 타이를 의자 위에 던져 놓았다.

"이제 그만 자러 가. 다른 날 밤에 계속하기로 하지."

"잘 자요, 마이크."

롤라가 키스를 보냈다. 내가 머리를 흔들자 다시 와서 제대로 키스했다. 이불에 누워 내가 그냥 머저리가 된 건지, 너무 피곤한 건지, 아니면 사랑에 빠진 건지 알아내려고 애를 써 보았다.

결국 너무 피곤한 거라고 결론을 내리고는 웃으며 잠이 들었다.

11장

 나를 깨운 것은 커피 끓는 소리와 팬에서 베이컨과 계란이 지글거리는 냄새였다. 롤라가 들어오는 순간 하품을 하고 기지개를 켜고 다시 살아났다. 아침에도 롤라는 어젯밤만큼이나 사랑스러웠다. 손가락 동작으로 나를 불렀다.
 "아침 식사 차려 놨어요."
 롤라가 주방으로 가자마자 옷을 주워 입고 그녀를 따라갔다. 벌써 직장에 전화해서 하루 쉬겠다는 허락을 받았다고 말했다. 필요하면 며칠도 괜찮다고 했다.
 "이제 정식 직원 같군."
 롤라가 내게 코를 찡끗해 보였다.
 "그냥 직원이니까 잘해 주는 거죠. 내 모델 기술이 맘에 든대요."
 식사를 마치고 그녀는 침실로 들어가 정장으로 갈아입었고 머리를 모자 밑으로 넣었다. 그녀는 일부러 화장을 거의 하지 않았지만 아름다운 얼굴을 망치지는 않았다.

"돈이 없어서 전당포 물건밖에 살 수 없는 것처럼 보이려고요."
롤라가 설명했다.

"그 말은 절대 믿지 않을 거야, 예쁜이."

"듣기 좋은 말 좀 그만해요."

그녀는 거울 앞에서 마지막으로 여기저기 조금씩 고치면서 잘 됐는지 살폈다.

"자 이제, 뭘 하면 되는 거죠?"

등을 기대고 앉아 의자 다리에 발을 걸었다.

"일단 전화번호부를 펴 봐. 업종 검색으로. 모든 전당포의 리스트를 만들어서 한 곳 한 곳 찾아가면 돼. 그 카메라가 어떻게 생겼는지 알지? 진열장에 있을 수도 있고 가게 안에 있을 수도 있겠지. 점원한테 뭘 찾는지 말하고 있는지 살펴봐. 만약 그걸 찾으면 구입하고. 당신이 찾아야 하는 건 전당표에 적힌 주소라는 걸 명심해. 가면서 할 이야기를 만들어 내도 괜찮아. 어색하지만 않게 지어내고 지나치게 걱정스러운 것처럼 보이지만 않으면 돼."

지갑을 꺼내 지폐 몇 장을 꺼냈다.

"여기. 택시비와 식사비에 카메라 찾을 돈도 필요할 거야. 그건 카메라를 찾는다면 쓰고."

롤라는 수첩에 그 돈을 끼워 넣었다.

"솔직히 말해서 가능성이 얼마나 된다고 생각해요?"

"별로 높지 않아. 그래도 이게 내가 유일하게 알고 있는 방법이야. 추적하기가 쉽지는 않을 거야. 하지만 지금 가지고 있는 유일한 단서인걸."

"내가 나가 있는 동안 여기 있을 거예요?"

"아마도. 확실히는 모르겠어."

집과 사무실 주소를 적은 다음 팻의 번호를 덧붙였다.

"뭔가 찾거든 여기나 이 번호들로 내게 전화해 줘. 만약 곤란에 빠졌는데 내게 연락이 안 되면 팻에게 연락해. 자, 다 확실히 이해했지?"

그녀가 끄덕였다.

"그런 것 같아요. 착한 아내가 일하러 나가려고 하는데 게으른 남편이 작별 키스해 줄까요?"

그녀의 팔을 붙잡고 내게 확 끌어내려 입술로 그녀의 입술을 세게 눌렀다. 온몸에 불이 붙는 걸 느꼈다. 하지만 그녀를 밀어내야 했다.

"가기 싫어요."

그녀가 말했다.

"도망가 버려."

그녀가 다시 코를 찡그렸고 문에서 내게 손을 흔들었다.

그녀가 나가자마자 사무실에 전화를 했다. 벨다가 전화를 받더니 말했다.

"죄송하지만 해머 씨는 지금 여기에 없습니다."

"그럼 그는 어디 있지?"

"제가 맘대로 말할 수 없는데요. 그런데 마이크! 도대체 지금 어디 있어요? 사무실에 들러서 업무 안 볼 거예요? 난 절대……"

"그만해요, 아가씨. 난 지금 꼼짝할 수 없어. 이봐, 나한테 전화

온 거 있나?"

"있는 것 같아요. 지금까지 편지에 답장할 시간이 없었다고요!"

"누가 전화했는데?"

"먼저 이름을 얘기하지 않으려는 남자가 전화해서 기밀 사항이라고 나중에 다시 전화하겠다고 했어요. 그 다음에 돈 좀 있는 고객 두 명이 전화했는데 당신이 지금 다른 일을 하고 있다고 했어요. 그 두 명 모두 자기네 일이 너무 급해서 당신이 하던 일을 그만두고 자기네들과 일을 할 거라고 하더군요."

"그들이 이름을 말했나?"

"네. 둘 다 존슨이었어요. 마크 존슨과 조셉 존슨이요. 서로 관계는 없는 것 같아요."

혼자 중얼거렸다. 존슨은 전화번호부에 서너 번째로 많은 이름이다.

"또 누구?"

"코비 베넷이란 남자요. 그가 거의 이성을 잃고 있어서 이름을 알아내기가 힘들었어요. 당신을 지금 당장 만나야 한다고 했지만 이유를 말하지 않더군요. 당신이 들어오자마자 전화할 거라고 말해 주었어요. 번호도 남기고 싶어하지 않았고요. 그 후로 세 번 더 전화했어요."

"코비! 왜 걸었는지 전혀 몰라? 아무 얘기도 안 했단 말이지?"

"아무것도요."

"좋아, 계속해 봐."

"베린그로틴 씨도 전화했어요. 수표가 은행에 제때 도착했는지 알고 싶어했죠. 무슨 내용인지 몰라서 당신이 확인할 거라고 했어요. 모든 것이 괜찮으면 수고할 거 없다고 했어요."

"글쎄, 모든 것이 문제가 없는 건 아니지만 지금 신경 쓰기에는 너무 늦었지. 거기서 계속 전화받도록 해, 아가씨. 누가 전화하든지 똑같이 대답하고. 한 가지만 명심해 둬. 당신은 내가 어디 있는지 모르고 어제 이후로 나한테서 연락을 못 받은 걸로 해. 알겠지?"

"네, 하지만······."

"이유는 없어. 자유롭게 말할 수 있는 사람은 팻 아니면 롤라라는 여자뿐이야. 그들의 메시지를 받아 놓도록 해. 그 사람들이 내게 볼일이 있다고 하면 집이나 여기로 연락해 봐."

롤라의 번호를 불러 주었고 벨다가 받아 적는 동안 기다렸다.

"마이크, 왜 그래요? 왜 당신이 못······."

반복해서 말하기가 귀찮아졌다.

"난 죽은 걸로 되어 있어. 살인자 녀석이 날 완벽하게 해치웠다고 생각하고 있거든."

"마이크!"

"걱정은 그만둬. 긁힌 상처 하나 없으니까. 총알이 내 총에 맞았어. 아, 그러고 보니 총도 하나 새로 구입해야겠군. 안녕, 벨다. 잘 있어."

수화기를 내려놓고 의자 끝에 앉아 손으로 얼굴을 이리저리 문질렀다. 코비 베넷. 그가 이성을 잃고 날 만나길 원했다. 이유는 말하지 않으려 했다. 두 존슨 중에 어떤 녀석이 내가 저승으로 간 것을 확인하려는 살인자일까 궁금했다. 그리고 극비 정보가 있다고 전화한 사람은 누구지? 최소한 코비는 누군지 알고 있었다.

그를 어디서 찾을 수 있는지 알면 좋겠다는 생각을 했다.

의자 위에 코트를 올려놓았더니 구겨져 있었다. 팔 밑에 총이 없어서 최신 유행 정장처럼 축 처졌다. 총집으로 그나마 자리를 채웠지만 그래도 모자랐다. 문을 닫고 나와 약간 초라한 다른 거주자인 척하며 아래층으로 내려갔다. 그 동네에서는 아무도 내게 반응을 보이지 않았다.

9번가에서 택시를 타고 동부 지구에 있는 총포상으로 갔다. 그 가게 주인은 다니엘 분의 소총을 제작했을지도 모를 만큼 나이가 많았다. 한때는 총기류에만 의지했으나 사회가 평화로워진 후로 간판을 바꾸지 않고 자물쇠를 전문으로 했다.

가게 주인은 면허를 보자는 말 외에 다른 질문이 없었다. 그는 면허의 사진과 내 얼굴을 자세히 비교하더니 고개를 끄덕이고 어떤 것을 원하는지 물었다. 벽에 붙은 선반 위에 새로 나온 군용 45구경이 갖춰져 있었다. 나는 그것들을 가리켰다. 총들을 내려 내가 만져 볼 수 있게 해 주었다. 맘에 드는 것을 고르고 나서 두루마리에서 지폐 한 장을 벗겨 낸 다음 장부에 이름을 적었다. 영수증과 증명서에 있는 변경된 총기 번호의 경찰 확인을 위한 안내문을 챙겼다.

가게를 나서자 기분이 훨씬 나아졌다.

해가 침대에 처박혀 있다면 몇 분 내로 코비를 찾을 수 있을 텐데……. 정오가 문제다. 구석에 있는 담배 가게에서 1달러짜리 지폐를 동전 한 움큼으로 바꾼 다음 전화번호부가 있는 곳으로 가서 그가 평소에 다니는 싸구려 술집들에 전화하기 시작했다. 전화를 걸 때마다 대답은 똑같았다. 코비가 보이지 않는다는 것이었다.

그들은 내가 누군지 알길 원해 그냥 친구라고 하고 끊어 버렸다.

때때로 도시는 정글보다 심하다. 팔 하나 거리에 있는 수백만 명의 사람들 때문에 길을 잃을 수도 있기 때문이다. 지금은 그 사실이 좋았다. 주의를 끌 만한 짓만 하지 않는다면 알아보는 사람 없이 한 주라도 돌아다닐 수 있다. 택시 한 대가 지나갔다. 나는 휘파람으로 신호를 보낸 뒤 차가 서서 후진하는 동안 기다렸다가 올라탔다. 운전기사에게 갈 곳을 말해 주고 나서 쿠션에 기대고 목을 푸는 연습을 했다.

빨강 머리의 반지를 잃어버렸다. 반지를 가지고 있었을 때는 그래도 잘하고 있었다. 낸시, 엄마이자…… 공감꾼? 운 없는 소녀, 착한 아이. 그녀에게 돈을 주었을 때 그녀가 짓던 표정을 절대 잊을 수 없을 것이다. 그런 짓은 살인이라고 내가 말했기 때문에 더욱 잊을 수 없을 것이다.

그 말이 얼마나 맞는 말이었는지 나는 몰랐다.

옷들을 구입하면서 그녀는 정말 즐거웠을 것이다. 점원의 안내를 받고 거울로는 다시 숙녀가 된 자신을 보면서 말이다. 그 다음에 그녀의 자세와 인생 철학이 어떻게 된 거지? 그녀는 행복했고 나는 그것을 알았다. 그녀의 편지에는 행복이 넘쳤다. 그녀에게 그렇게 의미 있었다는 것이 뭐였을까? 또 그것에 대해 마음을 바꾸는 데 내가 도움이 된 걸까?

겉모습은 매춘부였지만 숙녀의 우아함을 지녔던 낸시. 집에서 밤마다 어떤 남자를 위해 저녁을 만들며 부드럽고 따뜻했어야 할 소녀가 총이나 쏘고 다니는 건달 때문에 겁을 먹고 있었다. 더러운 라틴계 녀석. 살아남기 위해 도망 다니며 자신을 파는 것 외에는 자신을 보호할 수 없었던 소녀. 내가 그녀에게 호의를 베풀었을 때 그녀의 눈은 제단의 촛불처럼 밝아졌다. 우리는 친구였다. 잠시 동안 아주 좋은 친구였다.

택시 기사가 말했다.

"다 왔습니다."

칸막이 창을 통해 지폐를 건네주고 내렸다. 나는 길 위아래를 살피다가 낯익은 파란색 제복을 발견했다. 가능한 한 가장 재빠른 방법으로 할 작정이었다. 경찰이 내 쪽을 향해 걷기 시작했고 나는 그가 지나갈 때까지 약국 창문 안을 응시했다. 그가 반 블록 앞에 가고 있을 때 나는 느긋한 속도로 그를 따라갔다.

많은 사람들이 경찰을 뒤밟아 보고 싶어한다. 그런 사람들은 경찰에 대해 인간 신호등이거나, 시민들이 문제를 일으키길 바라면서 순찰차를 타고 거리를 순찰하는 두 개의 얼굴로 생각한다. 그들은 경찰이 눈과 귀가 있고 생각도 할 수 있다는 사실을 잊어버린다. 그들은 또한 순찰 중인 경찰이 그 일을 좋아한다는 것을 모른다. 거리는 그의 것이다. 그는 그 거리의 모든 사람을 알고 있다. 그는 그들이 누구며 뭘 하는지, 시간을 보내는 곳은 어딘지 안다. 그는 승진을 시켜 준다 해도 사무실에서 일하는 것을 원치 않는다. 그렇게 되면 친구들을 잃게 되고 책상에 묶이거나 일반적인 사건만 맡게 되기 때문이다. 내가 따라가고 있는 경찰이 그런 것 같다. 그는 키도 덩치도 컸다. 그의 걸음에는 목적이, 그의 몸가짐에는 자부심이 있었다. 그가 건물 입구에 앉아 있는 여자들에게 고개를 끄덕거리고, 경찰에 대해 뭔가 불쾌한 말을 외치는 뻔뻔한 녀석들에게 한 방 먹이는 흉내를 내는 걸 보았다. 언젠가 이 녀석들은 그에게 사고가 난 곳에 서둘러 가 보라고 소리칠 것이다.

경찰 전화로 보고했을 때 그가 경찰이라는 것을 확인했다. 어떤 식당으로 들어가 의자에 앉는 것을 보고 나도 바로 그 옆에 앉았다. 그가 코트와 모자를 벗고 양배추 콘비프를 주문했다. 나도 같은 것으로 주문을 했다. 음식이 나오자 우리는 둘 다 조용히 식사를 했다. 식사를 반쯤 끝냈을 때 내 옆에 있던 남자 두 명이 돈을 내고 나갔다. 내가 기다렸던 기회가 왔다.

한 명이 의자 위에 놓고 간 타블로이드판 신문을 집어 주머니에서 배지와 신분 증명 카드를 꺼내는 동안 방패로 사용했다. 나는 그를 팔꿈치로 가볍게 찔렀다. 그는 내 손바닥에 있는 것들을 보고 인상을 찌푸렸다.

"마이크 해머라고 합니다. 사설탐정이죠."

나는 목소리를 낮추고 계속 음식을 씹으면서 말했다.

"날 돌아보지 마세요."

그 경찰은 또 한 번 얼굴을 찌푸린 다음 다시 먹기 시작했다.

"팻 체임버스가 나에 대해 확인해 줄 겁니다. 그와 함께 어떤 사건을 맡고 있어요."

이 말에 그의 얼굴이 더 일그러졌고 뺨에는 불신하는 듯한 주름이 나타났다.

내가 말했다.

"코비 베넷을 찾아야 합니다. 지금 당장. 혹시 어디 있는지 아십니까?"

그는 콘비프를 다시 한 번 입에 가득 넣은 후 카운터에 10센트를 던졌고 주방장이 다가오자 동전을 교환해 줄 것을 요구했다.

여전히 음식을 씹으면서 5센트짜리 동전 두 개를 받아 앞에 있는 전화박스에 들어가 문을 닫았다.

그 경찰은 1분 정도 있다가 돌아와서 다시 콘비프를 먹었다. 접시를 옆으로 밀어 놓고 커피를 끌어다 놓고 나서야 처음으로 나를 의식하는 것 같았다.

"서류는 다 된 겁니까?"

"네."

서류를 건네주었다. 신문을 펴 야구 경기 점수가 나온 기사를 찾더니 주머니에서 뿔테 안경을 꺼내 점수를 훑어 내려갔다. 입 모양은 뭔가를 읽는 것 같았지만 말은 이렇게 했다.

"코비는 서쪽으로 한 블록 가서 있는 하숙집에 숨어 있는 것 같던데요. 돌출된 현관을 새로 만든 갈색 사암 건물입니다. 겁먹은 것처럼 보였어요."

카운터 점원이 와서 접시들을 가져갔다. 파이와 커피를 조금 더 시켜 천천히 먹은 다음 돈을 내고 나왔다. 그 경찰은 여전히 남아 신문을 읽었다. 그는 고개 한 번 안 들었고 아마 10분 정도는 계속 그 상태로 있을 것 같았다.

일단 돌출된 입구를 찾다가 그 집을 발견했다. 코비 베넷이 날 보았다. 내가 막 2층으로 올라가려고 할 때 그가 창문으로 날 뚫어지게 보았고, 순간적으로 공포가 깊게 새겨진 창백한 흰 얼굴이 보였다.

문이 열려 있었고 나는 복도로 들어갔다. 코비가 계단 맨 위에서 나를 불렀다.

"여기야, 이 위라고, 마이크."

이번에는 올라가는 곳을 잘 살폈다. 그 복도에는 누군가 야구 방망이를 가지고 숨어 있기에 좋은 장소가 너무 많았다. 계단을 다 올라가기 전에 코비가 내 코트 옷깃을 잡고 나를 방으로 끌고 갔다.

"세상에, 마이크, 어떻게 날 찾았지? 내가 어디 있다고 아무한테도 말하지 않았는데! 내가 여기에 있다고 누가 말했지?"

그를 밀치며 내가 말했다.

"널 찾는 건 어려운 게 아니야, 코비. 정말 찾아야 하는 사람은 다 찾게 돼 있거든."

"그런 말 하지 마. 네가 날 찾은 걸로 충분하다고. 만약에⋯⋯."

"바보처럼 깩깩거리지 좀 마. 네가 날 찾았다면서? 그래서 여기 온 거야."

코비는 문을 걸어 잠그고 손가락으로 머리카락 사이와 얼굴을 왔다 갔다 만지면서 방을 가로질렀다. 그는 가만히 서 있질 못했고 그곳의 유일한 의자에 앉아 있는 내가 느긋해 보인다는 사실이 그를 더욱더 흥분하게 만들었다.

"그들이 날 쫓고 있어, 마이크. 정말로 간신히 빠져나왔어."

"그들이 누군데?"

"이봐, 날 좀 도와줘야겠어. 세상에, 너 때문에 이렇게 됐으니까 날 도와야 한다고. 그들이 날 찾고 있어, 알아? 난 이제 돌아다닐 수가 없다고. 이 도시를 빠져나가야 해."

그는 담배 한 대를 입에 물고 불을 붙이려 했다. 그러나 네 번째 그은 성냥으로 겨우 불을 붙였다.

"그들이 누구지?"

내가 다시 물었다.

코비가 입술을 핥았다. 그는 순간적으로 어깨에 초조한 경련을 일으켰고 무슨 소리가 들리기라도 하듯 문 쪽으로 머리를 돌렸다.

"마이크. 누군가 그날 밤 너와 내가 같이 있는 걸 봤어. 그 말이 퍼져서 행동이 개시된 거야. 난 당장 도망가야 해."

그냥 거기 앉아서 코비를 지켜봤다. 코비는 담배를 한 개비를 피우고 나서 낡은 카펫에 던지더니 뒤꿈치로 비볐다.

"제길, 마이크, 그렇게 앉아 있지만 말고 무슨 말 좀 해 봐!"

"그들이 누구지?"

처음으로 그가 입술에 힘을 주었다. 그의 입 주변이 하얗게 변했다.

"몰라, 나도 몰라. 어떤 거물이야. 뭔가가 이 도시에서 터지고 있는데 나도 뭔지 모르겠어. 어떻게 하지, 마이크? 난 여기에 있을 수가 없어. 넌 그 녀석들을 몰라. 일단 지목하면 절대 놓치지 않는다고!"

일어나서 기지개를 켜고 지루한 것처럼 보이려 했다.

"네가 먼저 말을 꺼내지 않는 이상 너한테 한마디도 해 줄 수가 없어. 아무 말도 하기 싫으면 어떻게 되는지 잘해 봐. 그냥 잡혀 버려."

코비는 내 소매를 잡고 불쌍한 목숨을 구걸했다.

"안 돼, 마이크, 그러지 말고······. 알면 얘길 하겠지만 나도 몰라서 그래. 그저 이상한 기미를 눈치 채고 난 다음 몇 가지 얘기를 들었어. 그건 빨강 머리에 관한 거였고. 너 때문에 내가 당하게 생겼다고. 어젯밤에 길에서 덩치 큰 녀석들 몇 명을 봤어. 이 지역 사람들이 아니었어. 전에 어떤 문제가 있었을 때도 그들이 여기 왔어. 그러고는 몇 명이 사라졌다고. 난 그들이 여기 온 이유를 알아……. 그들은 날…… 그리고 아마 너도 찾고 있을 거야."

코비가 이야기하기 시작했다.

"계속해 봐, 코비."

"이 조직은 잘 짜여져 있어. 봤지? 우린 보호를 받기 위해 돈을 내. 그것도 아주 많이. 그 돈이 어디로 가는지는 나도 몰라. 하지만 우리가 돈을 내는 한 문제가 발생하지 않지. 우리가 입을 다물고만 있어도 문제가 생기지 않아. 그런데 제길, 네가 나타나서 내가 입을 놀렸고 누군가가 그걸 봐 가지고 다시 문제가 생겼고 그걸 다 내가 받게 생겼다고."

"네가 무슨 말을 했는지 그들이 어떻게 알지?"

코비의 얼굴이 창백해졌다.

"알게 뭐야? 그들이 내가 무슨 말을 했는지 신경 쓸 것 같아? 어떤 녀석들은 그냥 독약이야. 너도 그중 하나라고. 네가 빨강 머리 사건에 관여하고 있었기 때문이야! 그것이 진작에 좀 확 죽어 버릴 것이지!"

그의 팔을 잡아 내 얼굴로 끌어당겼다.

"입 닥쳐."

내가 이를 악물고 말하자 코비가 말했다.

"마, 마이크, 그런 게 아니야. 진짜라고. 난 단지 너한테 말을 하려고 했던 것뿐이야."

잡고 있던 팔을 놓아 주자 코비는 뒤로 한 걸음 물러나 소매로 이마를 훔쳤다. 볼에 흘러내린 눈물 한 방울이 불빛에 반짝거렸다.

"이게 다 무슨 일인지 모르겠어. 난 죽고 싶지 않아. 네가 뭔가 해 줄 수 없을까?"

"아마도 있겠지."

코비가 희망에 차서 고개를 들었다. 그는 혀로 바싹 바른 입을 축였다.

"그래?"

"생각해 봐, 코비. 네가 봤던 그 녀석들을 생각해 봐. 누구였지?"

그의 얼굴에 있던 주름이 더 깊어졌다.

"거친 녀석들이었어. 총을 가지고 있었고. 내 생각에 그들은 디트로이트에서 온 것 같아."

"그들이 누구 밑에서 일하지?"

"보상금을 받는 녀석과 같은 놈일 거야."

"이름을 대 봐, 코비."

코비는 희망이 사라졌다는 듯 머리를 흔들었다.

"난 그저 밑에 있는 잔챙이일 뿐이야, 마이크. 내가 어떻게 알겠어? 내가 매주 수입의 4분의 1을 주는 사람이 있는데 그 사람이 조직을 통해 맨 위까지 전달해. 난 알고 싶지도 않아. 난…… 난 무서워. 정말 무섭다고. 전화할 사람이 너밖에 없었어. 내가 본격적으로 쫓기는 걸 알기 때문에 이제 아무도 날 아는 체하지 않을 거야."

"여기에 있는 걸 아는 사람은?"

"아무도 없어. 너밖에 몰라."

"집주인 여자는?"

"그 여자는 날 몰라. 상관도 안 하고. 날 어떻게 찾아냈지?"

"네 친구들은 모르는 나만의 방법이 있지. 걱정 마. 자, 네가 할 일은 이거야. 꼼짝 말고 앉아서 절대 이 방을 나가면 안 돼. 아래층에도 내려가면 안 돼. 창문에서 떨어져 있고 항상 문이 잠겼나 살피라고."

코비는 눈은 크게 뜨고 내 팔을 잡았다.

"탈출할 방법이라도 알아낸 거야? 내가 시내를 빠져나갈 수 있을까?"

"아마도. 아주 신중하게 해야만 해. 이 안에 먹을 건 있지?"

"깡통 몇 개랑 맥주 두 병."

"그 정도면 됐군. 자, 잘 기억해. 내일 밤 정확히 아홉 시 반에 여기서 나가. 한 블록 가서 오른쪽으로 꺾은 다음 다시 서쪽으로 가. 아무 일도 없는 것처럼 계속 걸어가. 집 주변으로 돌아서 사람들한테 인사를 해. 그러면서 계속 걸어. 알겠지?"

코비의 이마에 작은 땀방울이 맺혔다.

"세상에, 나더러 죽으라는 거야? 난 여기서 못 나가. 그리고……"

"어차피 조만간 이리로 들이닥칠걸? 네가 그 전에 굶어 죽지 않는다면 말야."

"아냐, 마이크. 그건 아냐! 하지만 이런, 그렇게 나다니라니……"

"그렇게 할 거야, 말 거야? 낭비할 시간 없어, 코비."

코비는 의자에 깊숙이 앉아 두 손으로 얼굴을 감싼 뒤 금세 울음을 터뜨렸다.

"그래. 나간다. 아홉 시 삼십 분에."

그는 눈물을 줄줄 흘리면서 고개를 들었다.

"어떻게 하려고 그러는 거야? 말해 줄 수 없어?"

"아니, 안 돼. 그냥 내가 말한 대로만 해. 잘되면 한 번에 시내를 탈출할 수 있을 거야. 하지만 기억할 게 있어."

"뭐지?"

"다시는…… 절대로…… 돌아오지 마."

병자처럼 하얀 얼굴을 한 그를 뒤로하고 나왔다. 문이 닫히자 그가 흐느끼는 소리가 들렸다.

남동쪽에서 비구름의 회색 안개가 몰려오면서 도시에 땅거미가 짙게 깔리고 있었다. 나는 길을 건너 지하철 입구가 있는 북쪽으로 걸었다. 지하철 입구에 도착하기 전에 다시 비가 내리기 시작했다. 열차 한 대가 방금 막 떠나는 바람에 5분을 기다리게 됐고 그동안 공중전화를 찾아 롤라의 아파트로 전화를 걸었다. 응답이 없었다. 무소식이 희소식이다. 다시 사무실로 전화를 걸었고 벨다는 오후에 아무 일도 없었다고 말했다. 그녀가 이것저것 질문하기 전에 내가 먼저 전화를 끊어 버렸다. 게다가 내가 탈 열차가 막 플랫폼에 들어서고 있었다.

내린 시각은 45분이었다. 나는 다시 택시를 잡아타고 내 차가 주차된 곳으로 갔다. 아는 남자가 지나가는 것 같아 무릎을 구부리고 신발 끈을 더듬었다. 죽은 척하는 것도 점점 힘이 들었다.

결정적인 기회를 틈타 내 차에 탄 뒤 최대한 빨리 그곳을 빠져나왔다. 절대 감수할 수 없는 위험이 있는데 그중 하나가 롤라의 아파트 근처에서 눈에 띄는 것이었다. 롤라는 내가 안전하길 바라는 유일한 사람이었다.

구름이 몰려와 사방에 비를 뿌리기 시작했다. 보도에 있던 몇몇 행인들은 대형 차양 밑으로 모여들거나 지나가는 택시를 큰 소리로 불렀다. 빨간색 신호등에 설 때마다 상점의 유리 뒤로 뿌연 얼굴들을 볼 수 있었다. 유리를 타고 흐르는 물줄기 때문에 얼굴들이 괴상하게 흔들렸다. 모두 똑같이 오도 가도 못하는 사람들이 무기력하고 멍한 얼굴을 하고 있었다.

롤라가 곤란이라도 겪고 있지는 않을까 궁금했다. 이렇게 급한데 비 때문에 이동 속도가 많이 느려질 것이다. 그 망할 놈의 카메라! 처음부터 빨강 머리는 왜 그 카메라와 얽힌 거지?

롤라가 일이라고 했지 아마? 퀵 픽스인지 뭔지 하는 이름을 가진 곳이었지. 지금까지 계속 잊고 있었다. 앞에 주차장이 보이는 쪽으로 방향을 돌렸다. 과자 가게로 들어가려고 빗줄기가 약해지기만을 기다렸다. 곧 비가 조금 잠잠해지자 포장도로를 가로질러 문간에 모여 있는 몇몇 사람들을 헤치고 들어갔다.

안에서 전화번호부를 꺼내 자치구들을 찾아봤지만 퀵 픽스 같은 상호는 나오지 않았다. 그 비슷한 것도 없었다. 담배 한 갑을 사면서 점원에게 옛날 전화번호부는 없냐고 물었더니 머리를 흔들고 잠시 가만히 있더니 잠깐만 기다리라고 했다. 그는 안쪽에 있는 방으로 들어가더니 먼지가 수북하고 귀퉁이가 다 닳아빠진 맨해튼 전화번호부를 가지고 나왔다.

"대개 이전 것들은 수거해 가는데 이건 잊어버린 모양입니다. 요 전날에 이게 선반 뒤에 있는 걸 봤죠."

그가 말했다.

그에게 고맙다는 말을 하고 쭉 훑어보았다. 예감이 딱 맞았다. 퀵 픽스의 전화번호와 7번가에 있는 주소가 나와 있었다. 그 번호로 전화를 걸자 딸깍거리는 소리가 연속으로 나더니 교환원이 전화 거는 곳이 어디냐고 물었다. 번호를 말하자 끊긴 지 꽤 오래된 번호라고 했다.

그것으로 끝이었다. 하지만 꼭 그렇지 않을 수도 있다. 전화번호는 없어도 여전히 사무실은 있을지도 모른다.

도로에 있던 어떤 소년이 주택가로 가냐고 물었다. 나는 차에 타라고 고개를 끄덕였다. 열 블록을 가는 동안 그 소년은 쉴 새 없이 말을 했지만 듣지 않고 있다가 지하철역에서 내려 달라고 나를 찔렀을 때 정신을 차렸다. 차를 세우자 그 소년은 문을 열고 고맙다고 한 다음 계단을 뛰어 내려갔다.

내 뒤에 줄줄이 늘어서 있던 차량들이 시끄럽게 경적을 울렸고 그 때문에 호각을 크게 불어 경고를 주었다. 나는 그들의 선물에 욕지거리로 보답했지만 가판대에 경찰이 부패를 소탕하고 있다는 내용이 대문짝만 하게 나와 있는 석간신문들이 쌓여 있는 것을 보고 마음이 혼란스러웠다.

누군가 말을 했다. 인간들은 말이 많다.

그 다음 빨간색 신호등에서 신문팔이를 불러 신문을 가져오게 한 다음 수고했다고 1달러를 주었다. 제목, 부제목까지 완벽히 갖춘 기사가 나와 있었다. 경찰이 이쪽저쪽으로 대거 검거가 가능한 중요 정보를 확보했다는 내용이었다.

아주 잘된 일이다. 그 파렴치한 놈들의 목에서 우리가 원했던 바로 그것이다. 팻이 분명 미친 듯이 몰아치고 있을 것이다. 신문은 이 도시에서 쓰레기들을 몰아내는 시민적인 일을 아주 잘 수행하고 있었다. 빌어먹을 놈들, 조용히 좀 하고들 있으면 어디 덧나기라도 하나!

신호가 바뀌었고 목적지 도로가 보였지만 일방통행로였기 때문에 한 블록 돌아가 낡아빠진 배달 트럭과 찌그러진 세단 사이에 끼어 있어야만 했다. 내가 찾는 건물은 낡고 끝이 뾰족했고, 그 도로변에는 가구점이 하나 있었다. 한쪽에는 업무용 엘리베이터로 가는 좁은 입구가 있었고 임대를 알리는 표지판이 문에 걸려 있었다.

벨을 누르자 엘리베이터가 덜컹거리며 내려와 멈추는 소리가 들렸다. 문이 열렸고 일주일 정도 수염을 안 깎은 남자 한 명이 눈곱이 잔뜩 낀 눈으로 쳐다보며 내가 뭐라 말하기를 기다렸다.

"이 건물 관리인은 어디 가면 만날 수 있을까요?"

"관리인은 왜 찾아요?"

그는 엘리베이터 창살 사이로 담배에 찌든 침을 뱉었다.

한쪽 손바닥에 배지를, 다른 손바닥에는 5달러짜리 지폐를 놓고 그에게 보였다.

"사설탐정입니다."

"내가 관리인인데요."

그가 말했다.

그는 5달러를 가져가 셔츠 주머니에 쑤셔 넣으며 말했다.

"듣고 있습니다."

내가 말했다.

"퀵 픽스라는 회사를 찾고 있습니다. 여기에 있다고 들었는데요."

"옛날 얘기지요. 여기서 나간 지가 거의 1년 다 돼 갑니다."

"지금 거기에 누가 있습니까?"

"아뇨. 이 건물은 망했어요. 누가 여길 임대하려 하겠습니까? 퀵 픽스 같은 회사가 또 있으면 몰라도……. 내 생각에 그 작자들은 유령 회사였던 것 같아요."

"그 사무실을 한번 볼 수 있을까요?"

"그럼요. 이리 오세요."

엘리베이터를 타고 4층에서 멈췄다. 그는 엘리베이터를 그대로 두고 불을 켠 다음 복도 끝을 손가락으로 가리켰다.

"209호요."

문은 잠겨 있지 않았다. 일반적으로 빗장이 있어야 할 자리에 해골 안구 같은 동그란 구멍이 있었다. 관리인이 벽장에 있는 두꺼비집에서 뭔가를 만지자 안에 불이 들어왔다.

방 안은 그야말로 엉망이었다. 누군가 정신없이 짐을 싸서 빠져나간 모양이었다. 사용한 인화지와 잘못 나온 사진들이 먼지와 거미줄로 길게 뒤덮인 채 바닥에 가득 버려져 있었다. 두 개의 창문에는 블라인드도 없었지만 먼지가 너무 두껍게 덮여 있어서 따로 블라인드가 필요 없을 정도였다. 누가 불었는지 아님 상자에서 쏟아졌는지, 원래 하얀색 가루였던 하이포가 한쪽 바닥에 깔려 있었다. 하이힐 자국 몇 개가 지금까지도 그 위에 남아 있었다.

스냅 사진들을 모아 쭉 훑어보았다. 그것들은 모두 2×3 사이즈의 사진들로 팔짱을 끼고 거리를 걷거나, 공원 의자에 앉아 있거나, 서로 웃으면서 브로드웨이 극장을 나오고 있는 연인들을 찍은 것이었다. 뒷면에는 연필로 숫자와 메모가 적혀 있었다.

서류 수납장으로 쓰인 것 같은 커다란 포장 상자에서는 25센트를 끼울 수 있도록 홈이 파 있는 티켓들이 쏟아져 나왔다. 상자 뒤쪽의 반은 발송인 이름과 주소가 칸에 딱 맞게 적혀 있는 티켓들이 들어 있었다. 다 합쳐서 백 장 정도가 나뉘어 묶여 있었다. 현금으로 족히 이삼천 달러는 돼 보였다. 퀵 픽스는 그럭저럭 장사가 잘되고 있었다.

한쪽 벽면 선반 위에는 신발 상자와 이름이 있었다. 그중 하나에 'N. Sanford'라고 적혀 있었다. 호기심이 발동했다. 거기에는 카메라의 필름과 일치하는 숫자가 적힌 카드들이 있었다. 한 3, 4일 정도의 분량이었다. 또 그 안에는 필름을 주문해 달라는 지시 사항을 적어놓은 연필 메모 한 장이 들어 있었다. 깔끔하고 정확한 필체로 아주 여성스러웠다. 두말할 것 없이 낸시 것이 분명했다. 그 메모지를 뽑아 주머니 속에 쑤셔 넣었다.

관리인이 문 가까이에 서서 조용히 나를 지켜보고 있었다. 그는 몇 번 투덜대더니 말했다.

"그거 아쇼? 이 사람들이 이사 갈 때는 여기가 이렇지 않았어요."

하던 동작을 멈추고 내가 말했다.

"그럼 어떻게 된 겁니까?"

"사람들이 나갔나 보려고 올라왔을 때는 잡동사니들이 바닥에 이렇게 널려 있지 않고 한쪽 구석에 쌓여 있었습니다. 지금은 꼭 누군가 발로 이리저리 찬 것 같은데요."

"그래요?"

그는 바닥에 침을 뱉었다.

"네."

"사장은 누구였죠?"

"이름은 잊어버렸어요."

그는 어깨를 으쓱했다.

"처음에 올 땐 아주 가난한 사람이었는데 금세 떼돈을 벌었을 걸요? 어느 날 새로 산 컨버터블을 타고 와서는 이사 간다고 하고 나가 버렸지요. 나한테는 한 푼도 안 줬어요."

"그 밑에서 일하던 직원들은 어떻게 됐어요?"

"그게 참, 직원들은 다 외출 중이었어요. 그 사람들 그날 밤 돌아와서 난리가 났지요. 내가 뭘 어쩌겠어요? 월급을 줄 수도 없고. 그나마 난 운 좋게 그 녀석을 쫓아다녀 임대료는 받아냈지요. 난 아무한테도 말하지 않았어요. 그 사람도 그랬지요."

나는 성냥 끝을 입에 물고 씹었다. 마지막으로 방 안을 힐끔 한 번 보고 그곳을 나왔다.

"다 됐습니다."

그는 문을 닫고 다시 한 번 두꺼비집을 만지작거리더니 나를 따라 엘리베이터에 탔고 우리는 함께 아래로 내려갔다.

그가 물었다.

"찾던 것은 찾았어요?"

"특별히 뭘 찾으러 온 건 아닙니다. 사장이나 보러 왔죠. 그 사람이 내게 빚을 져서 돈을 받아야 하거든요. 필름 대금이에요."

"그러시겠지요. 그러고 보니 지하 창고에 아직 물건들이 있네요. 젊은 직원 중 한 명이 그 물건들을 거기다 보관하면 안 되겠냐고 했지요. 그 여자 애가 1달러를 살짝 주길래 그러라고 했습니다."

"여자 애라고요?"

"그래요. 머리가 빨간 착한 애였죠."

그는 또다시 창살 사이로 침을 뱉었고 벽에 철썩 튀었다.

"신문 보시나요?"

내가 물었다.

"가끔 만화하고 사진만 봐요. 4년 전에 안경이 깨졌는데 그 후로 새로 맞추지 못해서요. 왜요, 무슨 일 있습니까?"

"아무것도요. 지하에 있는 그 물건들 좀 봅시다."

그가 눈치를 주기 전에 나는 그에게 다시 5달러를 주었다. 그 돈도 아까 그 주머니로 들어갔다. 관리인이 히죽거리자 진흙 같은 그의 이가 보였다. 우리는 1층을 지나 흔들흔들 지하로 내려갔다. 지하실 공기는 축축하고 퀴퀴한 것이 거의 시체 보관소 같았지만 다른 점이 있다면 이곳에서 썩는 냄새와 먼지 냄새가 났고 쥐가 파이프와 목재를 따라 지나다니는 소리가 계속 난다는 것이었다. 불이 들어오지 않았지만 관리인이 어느 틈에 뒀던 손전등을 꺼내 벽을 이리저리 비추었다. 작은 구슬 같은 눈이 내 눈과 마주치자 도망을 쳤고 밑에서 다시 나타났다. 기분이 오싹했다.

그는 전혀 아무렇지 않은 듯 보였다.

"저 밑 뒤쪽에 있을걸요."

그가 바닥을 비추었고 우리는 몇 년에 걸쳐 쌓인 듯한 쓰레기와 부서진 가구, 나무 상자들을 밟고 지나갔다. 어떤 큰 통 옆에 멈췄다. 그는 빗자루 손잡이로 안을 이리저리 찔러 보았다. 쥐 몇 마리가 걸리긴 했지만 다른 것은 없었다. 그 뒤에는 빈 곳이 없는 선반이 있었는데 그가 빗자루를 꽝 한 번 내리치자 종이에 덮여 있던 먼지가 떨어져 나갔다. 그것들은 대부분 오래된 계산서와 영수증이었지만 대장도 몇 권 있었고 특히 지난 신문들이 잘 보관되어 있었다. 나도 좀 거들려고 상자 몇 개를 열었다. 그중 한 상자에는 몽당연필이 가득 들어 있었고 다른 상자에는 급하게 그린 듯한 누드 스케치들이 있었다. 그리 잘 그리지는 못한 것들이었다.

상자들을 원래대로 밀어 넣으려는데 불빛이 딴 곳으로 돌아갔다. 그가 말했다.

"이것인 것 같은데요?"

내가 손전등을 들고 있는 동안 그가 삼끈으로 묶인 물결 무늬의 판지 상자를 끄집어냈다. 상자 앞에는 빨간색 크레용으로 '보관해 둘 것'이라고 크게 적혀 있었다. 그는 머리를 끄덕이고 입을 오므리면서 침을 뱉을 쥐를 찾았다. 파이프 위에 있는 쥐를 보자 그쪽으로 침을 확 뱉었다. 침을 맞은 쥐는 계속 찍찍거리며 도망가다가 떨어졌고 신문지들 위를 이리저리 돌아다녔다. 쥐가 씹은 것이 독약인 것이 분명했다.

삼끈을 풀고 윗면을 열었다. 그 속에는 또 다른 상자가 들어 있었는데 묶여 있는 끈이 보이는 것보다 약해 쉽게 끊어졌다. 뚜껑을 뒤로 젖힐 때 손이 떨려 손전등을 더 가까이 들이댔다.

그 속에는 여러 겹의 티슈로 싸 놓은 사진이 두 줄로 잘 정리되어 있었다. 상자 양옆은 습기를 흡수하도록 압지로 덧대어져 있었고 사진 묶음마다 촬영 날짜가 적힌 색인 카드가 꽂혀 있었다.

아마 내가 너무 많은 것을 기대했을지도 모른다. 내가 도둑맞은 사진들을 생각해서였을지도 모른다. 아니면 사진의 배경이 어딘지 알 것 같아서일 수도 있지만 사진들을 꺼내면서 기대에 가득 차 숨을 죽였다.

사진을 보면서 내가 아는 모든 욕을 지껄이기 시작했다. 그것들은 그저 카메라를 향해 손을 흔들며 웃거나 바보 같은 짓을 하는 연인들의 사진이었기 때문이다. 너무 화가 나서 그냥 다 버리고 나오고 싶었지만 5달러나 들인 게 생각나 그냥 가져오기로 했다. 나는 팔 밑에 그 상자를 끼우고 아까 그 엘리베이터로 갔다.

1층으로 올라오자 그 관리인은 영업 시간 외의 방명록에 사인하겠냐고 물어 나는 J. Johnson이라고 휘갈겨 쓰고 나왔다.

여덟 시 십오 분에 팻의 집으로 전화를 걸었다. 그는 아직도 들어오지 않아서 사무실로 해 봤다. 내선을 통해 그가 전화를 받았고 그의 목소리를 듣는 순간 나는 뭔가 문제가 있다는 걸 알았다. 그가 말했다.

"마이크? 어디야?"

"너희 집에서 멀지 않은 데에 있어. 뭐 새로운 거 있어?"

"응."

그가 잘라 말했다.

"너와 얘기 좀 하고 싶은데. 라운드타운 그릴에서 10분 후에 만날 수 있겠어?"

"그리로 가지. 무슨 일이야?"

"만나서 말해 줄게. 10분 후에."

다른 전화가 와서 팻이 전화를 끊었다. 정확히 10분 후에 라운드타운에 도착해 보니 팻이 뒤쪽 맨 끝 칸에 앉아 있었다. 그의 이마에는 걱정으로 생긴 전에 없던 주름이 패여 더 나이가 들어 보였다. 팻은 나를 보자 억지웃음을 짓고 앉으라고 손짓했다.

팻이 옆에 있던 석간신문을 테이블 위에 펼치더니 일 면의 표제를 손가락으로 두드렸다.

"너 이거랑 무슨 관련 있어?"

나는 입에 담배 한 대를 물고 불을 붙였다.

"알면서 왜 그래, 팻."

팻이 신문을 말아 공처럼 만들어 옆으로 던져 버리고는 혼란스럽다는 듯 입 모양을 일그러뜨렸다.

"나도 그렇게 생각하지 않았어. 확실히 해 두려고 물어본 거야. 어떻게 새어나갔는지 하여간 일을 완전히 망쳐 놨어."

"어떻게?"

웨이터가 와서 맥주 두 병을 테이블에 놓았고 팻이 그가 돌아가기 전에 자기 것을 해치우고 또 한 병을 재빨리 주문했다.

"이봐, 나 눌려 죽겠어. 정말 눌려 죽게 생겼어. 이 세상에 썩어빠진 놈들이 얼마나 많은지 알아? 수백만은 될 게 분명해. 그런 인간들 열 명 중 아홉 명이 우리와 함께 지금 시내에 살고 있어. 그런 썩은 놈들이 각 선거구를 하나씩 쥐고 있단 말이야. 그런 녀석들은 원하거나 원하지 않는 게 있으면 중요한 사람에게 전화를 해서 그걸 말하는 거야. 그 사람은 계속 여기저기서 똑같은 전화를 받고 뭔가 손을 써야겠다고 결정하고 나서 시작 명령을 내리는 거지. 그때부터 그만두라거나 천천히 하라거나 하는 말이 위에서 내려오는데 협박이 섞인 말이라 효력이 있지."

"완벽하지. 안 그래? 처리해야 할 게 뭔지 알게 되면 처리를 시작해야 하는 거라고."

두 번째 맥주도 다 마시고 세 번째였다. 팻이 이렇게 화를 내기는 처음이었다.

팻이 큰 소리로 말했다.

"난 품위 있는 경찰이 되려고 노력했는데. 내 의무와 법에 그대로 따르려 했단 말이야. 지금 사방에서 난리가 났어……. 누군지 알 수도 없는 녀석들이 전화해서는 난 일개 경찰서장에 불과하고 누군가 맘만 먹으면 어렵지 않게 날 처리할 수 있다고 은밀하게 암시를 주고 있어."

"자세히 얘기해 봐."

"검사가 앤 마이너의 죽음을 살인으로 단정했어. 그래도 검사는 터줏대감인 데다 사람들에게 평판도 좋아서 부담이 전혀 없어. 그 살인 사건은 필요하다면 수사하면 되고 아니면 마는 거고. 그리고 그 장부에 대한 말이 새어 나갔어. 암호로 돼 있다는 것만 빼고."

재떨이에 재를 떨고 곁눈으로 그를 보았다.

"그러니까 자기들 이름이 알려지길 원하지 않는 콜걸과 매춘 조직에 연루된 거물들이 많다는 말이지?"

"그래."

"그래서 넌 어떻게 할 건데?"

팻의 말에는 조금도 즐거운 기색이 없었다.

"이대로 계속 조사해서 캘 거 다 캐내고 깨끗하게 잘리든지 아님 이 사건을 마무리하고 안 잘리든지 둘 중 하나겠지."

비통한 마음에 머리를 흔들었다.

"그게 정직함에 대한 대가라니……. 그래서 어떻게 할 거야?"

"나도 몰라."

"결정을 빨리 해야 할걸?"

"나도 알아. 처음으로 내 배지가 아닌 네 배지를 달고 있었으면 하는 생각이 든다. 넌 꽤 똑똑한 놈이야."

"너도 마찬가지야. 어쨌든 대답은 간단하지 않나?"

나는 혼자 코웃음을 쳤다. 팻이 고개를 들어 내 눈을 쳐다봤을 때 나는 고개를 끄덕였다. 팻이 이를 악물고 입술을 벌려 심술궂은 미소를 지었다.

"자, 말해 봐, 마이크."

"넌 네 할 일을 하면 돼. 널 괴롭히는 녀석들은 내가 처리할 테니까. 필요하다면 그 녀석들의 이를 목구멍에 처박아 줄 테니까. 하지만 그 외에 다른 게 더 있어. 이 조직이 얼마나 큰지 네게 얘기할 필요는 없겠지. 화려한 옷을 입은 여자들과 값비싼 꼬리표는 조직의 일면에 불과해. 같은 집단이 자잘한 곳까지 장악하고 있어. 결국 모두 하나로 묶여 있는 거지. 매듭 한 개만 풀면 전체가 다 해결될 거라는 거야."

"그들은 지금 두려움에 떨고 있어. 행동도 빨라졌고. 지금 우리한테 있는 그 책은 중요하지 않다고 볼 수가 없어. 어딘가 찾기 힘든 곳에 다른 책들도 숨겨져 있을 거야. 그것들도 곧 나오겠지. 말해 줄 수 있는 누군가를 찾으면 나머지 녀석들도 살아남으려고 다 털어놓겠지. 그럼 증거도 튀어나올 거야."

손바닥으로 테이블을 쾅 치고 손가락 마디 주변의 살이 하얗게 될 때까지 손가락을 구부렸다.

"놈들의 자백 따위는 필요 없어, 팻. 우린 증거를 찾기만 하면 돼. 배후에 있는 녀석들이 가만 있지 않을 거야. 우린 그들의 행동 개시에 맞춰 준비하고 있으면 돼."

"그래? 하지만 언제?"

"내일 밤이 될 거야. 높은 녀석들이 어떤 일을 처리하려고 사람들을 고용했어. 녀석들의 끄나풀 중 하나가 내게 몇 마디 한 것 때문에 제거 대상에 올랐어. 내일 밤 정확히 아홉 시 삼십 분에 코비 베넷이라는 포주가 자신의 하숙집에서 걸어 나갈 거야. 그때 그가 포착이 되면 한 편의 드라마가 연출되는 거지. 우리가 원하는 건 바로 그거고. 녀석들이 튀어나오자마자 쳐야 해. 그러면 우리가 이기는 거지. 그 녀석들 또 한 번 엄청나게 놀라겠지. 계획이 실패했다는 걸 알려 주자고. 계획의 배후에 있는 녀석들은 필요하면 나중에 잡을 수 있으니까."

"그 베넷이라는 사람도 이걸 알고 있어?"

"자신이 모종의 미끼가 될 거라는 건 알고 있어. 하지만 그게 그가 살 수 있는 유일한 기회거든. 아닐 수도 있지만 말야. 어쨌든 해야만 해. 넌 네 요원들을 배치하고 문제가 생기면 돌진할 수 있도록 준비해 둬. 일이 끝나면 코비는 달아나게 내버려 두고. 그는 이제 쓸모도 없을뿐더러 절대 돌아오지 않을 테니까."

편지 봉투 한 장을 꺼내 뒷면에 그 하숙집 주소와 코비의 이동 경로를 그려 주었다. 팻은 슬쩍 한 번 보고 주머니에 꽂았다.

"내가 해야 할 일이 생겼군, 친구."

내가 상기시켰다.

"목이 달아날 수도 있으니까 잘해야 해. 이 일이 잘된다면 넌 더는 은밀한 암시도 전화도 받지 않을 거고 선거구를 장악하고 있는 그 썩은 쥐새끼들은 다음 기차를 타고 여길 빠져나갈 거라고. 이런 일이 태곳적부터 있어 왔다는 이유로 우리가 지금 멈춰서는 안 돼. 우리는 죽을지도 모르는 사람을 살리고 죽어 마땅한 인간들을 칠 수 있을 만큼만 천천히 하면 되는 거야."

"그게 전부 빨강 머리 소녀 때문이라 이거지?"

팻이 천천히 말했다.

"맞아. 모두 낸시 때문이지. 모두 그녀가 살해됐기 때문이야."

"그건 우리도 모르잖아."

"난 그렇게 단정하고 있어. 그리고 다른 몇 가지 사실들도 알아냈어. 만약 그게 사고였더라도 원래는 그녀를 그렇게 죽일 계획이 아니었어. 다른 사람이 죽이도록 계획됐더군. 팻, 이건 다른 건데 말야. 우선, 네가 모르는 부분이 바로 그 빨강 머리와 연관돼 있어. 이해가 안 가지만 지금 몇 가지를 곰곰이 생각해 보고 있는데 아마 맞는 게 있을 것도 같아."

"보험 회사에서도 사고로 단정하는 데 이의가 없어. 수혜자가 나타나면 보험금을 지급하려고 준비하고 있던데."

"아, 그게 문제야, 누가 언젠가 말했던 것처럼 말야. 그것만 알면 크게 한 발 나아가는 거지, 친구."

손목시계를 보니 시간이 점점 흐르고 있었다. 일어서서 이야기를 하는 동안에 김이 다 빠져 버린 맥주를 비웠다.

"내일 일찍 전화할게, 팻. 나도 내일 밤 그 쇼에 참여하고 싶으니까. 그 작은 까만 책에 대해 뭔가 알게 되면 알려 줘."

팻은 여전히 냉소를 짓고 있었다. 누군가를 지옥에 빠뜨리고도 남을 만한 불이 팻의 눈에서 활활 타올랐다.

"벌써 뭔가 나왔어. 머레이 캔디드를 찾아갔는데 그의 물건에서 메모 몇 장하고 낙서들을 찾아냈어. 거기에 있는 기호들과 머레이의 책 속에 있던 것 몇 개가 일치했고. 머레이 녀석, 찾아내기만 하면 설명 좀 길게 해야 할걸."

그 말에 입이 벌어졌다.

"그게 무슨 말이야? 찾아내기만 하면이라니?"

팻이 말했다.

"머레이 캔디드가 사라져 버렸어. 우리한테 왔다가 돌아간 뒤에 아무도 본 사람이 없거든."

12장

　차에 타면서 팻이 한 말을 곰곰이 생각했다. 머레이가 사라졌다고? 왜지? 그 망할 녀석 정말 한 번도 이유를 알 수 있는 짓은 안 하는군 그래. 앞으로 일어날 일에 대비해서 몸을 피한 걸까, 아니면 뭔가를 너무 많이 알기 전에 당한 걸까? 머레이는 교활한 놈이다. 만약 그가 너무 많은 것을 안다면 자신도 그 사실을 알고 있을 것이고 또 어떤 대가를 치러야 하는지도 알기 때문에 먼저 머리를 굴려 보호 수단을 확보했을 것이다. 머레이는 누구든 자기를 파멸시키려는 자는 스스로 목을 따는 짓을 하고 있다는 것을 알려 줄 것이다. 머레이는 자신이 죽자마자 변호사를 시켜 준비해 놓은 두껍고 그럴싸한 서류를 경찰에 보낼 것이다. 그야말로 이중 보상이다……. 더 위에 있는 녀석들이 이에 말려들지 않으려면 그를 살려 둬야 할 것이다.
　그래. 머레이는 죽지 않았어. 이 도시는 그가 숨을 수 있을 만큼은 커. 곧 모습을 드러내겠지. 팻이 그쪽에 대해 이미 손을 써 놓아서 지금쯤 아마 모든 버스 터미널과 열차 역에 경찰이 배치됐을 수도 있어. 그리고 확실히 머레이가 아닌, 가라앉고 있는 배에서 탈출하려는 다른 쥐새끼들을 더 많이 보게 되겠지.

이슬비로 바뀐 비가 포장도로를 미끄럽게 만들어 저녁 거리를 지나는 사람들의 속도를 둔하게 했다. 똑같은 소리로 깜빡거리는 와이퍼와 함께 북쪽으로 방향을 틀어 롤라의 아파트에서 한 블록 떨어진 곳에 차를 세웠다. 식료품점의 문이 아직까지 열려 있었는데 유리창에 보이는 고기를 보고 그냥 지나칠 수가 없었다. 한 달도 더 먹을 수 있는 양을 들고 포장으로 얼굴을 가린 채 그녀의 집으로 올라갔다.

발로 문을 찼더니 그녀가 들어오라고 소리쳤다. 나는 들고 있던 다발 사이로 두리번거렸다. 그녀가 이마에 젖은 수건을 두르고 신발을 벗은 채 소파에 뻗어 있는 걸 보았다.

"나야."

"알아요. 말발굽 소리인 줄 알았어요."

의자에 식료품 봉지를 놓고 소파 끝에 앉았다. 그녀는 웃으며 소파에서 일어나 다가왔다.

"마이크, 당신을 보니 좋아요."

그녀의 팔이 내 목을 감았고 나는 몸을 기울여 그녀에게 키스했다. 그녀는 보기 좋았다. 거기에 앉아서 하루 종일 그녀를 바라보고 있을 수도 있다. 그녀는 눈을 감고 내 얼굴에 머리를 비볐다.

"힘든 하루였지, 아가씨?"

그녀가 말했다.

"끔찍했어요. 피곤하고, 온몸이 젖었고, 배도 고파요. 그리고 카메라도 찾지 못했어요."

"배고픈 건 내가 해결해 줄 수 있지. 저쪽에 음식이 있어. 요리도 할 필요 없는 것들로."

"당신은 멋진 남자예요, 마이크, 난……"

"뭐라고?"

"아무것도 아니에요. 우리 먹어요."

그녀의 몸 아래로 팔을 넣어 그녀를 소파에서 들어올렸다. 그녀의 눈은 여러 가지 의미의 시장한 빛을 담고 있었다.

"당신은 정말 덩치가 큰 여자야."

"당신을 위해선 그래야만 해요. 주방으로 가 주세요."

롤라는 의자 옆에 있는 식료품 봉투를 집었다.

내가 식탁에 앉아 있는 동안 그녀가 커피 물을 올렸다. 우리는 포장되어 있는 음식을 접시에 꺼냈고 한 개의 나이프를 사이에 두고 무릎이 닿을 수 있도록 가까이 앉았다.

"오늘 어땠어?"

"말할 만한 게 별로 없어요. 목록 맨 위에서 시작해서 한 열다섯 개 정도 되는 전당포에 가 봤지만 그건 아무 데도 없었어요. 몇 가지 질문을 조심스럽게 해 봤는데 전에도 없었더라고요. 그중 몇 곳에서는 어찌나 사라고 하든지 거의 하나 살 뻔했다니까요."

"몇 군데나 더 돌아다녀야 하지?"

"여러 날 걸리겠어요, 마이크. 유감이지만 좀 오래 걸릴 것 같아요."

"그래도 우린 해 봐야 해."

"물론이죠, 걱정 말아요. 내가 계속할게요. 그런데 서로 붙어 있는 세 개의 상점이 있었는데 다른 누군가가 카메라를 찾았대요."

컵을 입에 반쯤 댄 상태로 멈췄다.

"누가?"

"어떤 남자요. 내 친구가 나 대신 쇼핑을 해 주는 것처럼 꾸몄어요. 그런데 그중 한 점원이 그 남자가 길거리 사진을 찍는 데 쓰는 카메라를 원했다고 기억했어요. 내가 찾는 거랑 분명히 같은 종류예요. 그는 더 찾지 않고 한 번 물어본 뒤 나갔대요."

롤라를 그런 상황에 밀어 넣다니 생각만 해도 끔찍했다.

"아마 우연일 거야. 그 남자는 그 세 곳만 들른 걸지도 몰라. 왠지 불안하군."

"난 두렵지 않아요, 마이크. 그는……."

"만약 우연이 아니라면 그가 나머지 가게에도 들를 것이고 당신이 먼저 왔다 갔다는 걸 알아낼지도 몰라. 그가 당신이 뭘 하는지 추측해 낸다면 당신을 기다릴 수도 있어. 그것도 맘에 안 드는군."

그러나 롤라의 표정은 단호했고 이전의 어려웠던 시절의 그림자가 아주 잠시 동안 그녀의 얼굴을 스쳤다.

"마이크, 당신이 말한 것처럼 난 체격이 큰 여자예요. 만약 그가 길에서 무슨 짓을 한다고 해도 난 이 동네에서 아무 남자라도 세울 수 있을 정도는 돼요. 제대로 무릎만 써도 꼼짝 못하게 할 수 있어요. 만약 그게 안 되면 글쎄요……. 소리만 한 번 지르면 수도 없이 주변에서 영웅들이 튀어나와 아무리 거친 사람이라도 손

봐 줄 거예요."

그 말에 웃을 수밖에 없었다.

"좋아, 좋아, 당신은 무사히 넘어갈 거야. 그 말을 듣고 나니 앞으로 잠자리 키스도 두려워지는데."

"마이크, 당신이라면 난 새끼 고양이처럼 무력해지고 기린처럼 조용해져요. 잘 때 키스해 줘요. 네?"

"생각해 볼게. 먼저 할 일이 있어."

"뭔데요?"

"사진을 보는 거야. 낸시가 숨겨 둔 사진 뭉치가 있어. 돈을 내고 가져온 것들이야."

우린 함께 어지러운 식탁을 치웠고 나는 상자를 가지러 들어갔다. 사진들을 상자에서 꺼내 반은 롤라 앞에, 반은 내 앞에 올려놓았다. 사진을 보기 시작했을 때 내가 말했다.

"사진마다 모두 꼼꼼히 살펴봐. 뭔가를 뜻할 수도 있고 아닐 수도 있을 거야. 이 사진들은 원래 있어야 할 곳에 있지 않았거든. 그래서 난 이 속에 뭔가 특별한 게 있을지도 모른다고 생각하고 있어."

롤라는 고개를 끄덕이며 맨 위에 있는 스냅 사진 한 장을 집었고 나도 동시에 사진 한 장을 집었다. 처음에는 이상한 점을 발견하기 위해 자세히 살펴보았지만 사진들의 형태가 너무 일정했기 때문에 점점 빠르게 넘어 갔다. 사람들의 얼굴이 점점 늘어났다. 미소, 놀란 표정, 일부러 취한 자세들. 한 무리의 사람들이 계속 같은 배경으로 브로드웨이의 어떤 한 지점에서 찍은 사진들이었다.

같은 남자가 두 장의 사진에서 얼굴을 가리려고 하는 것이 보였다. 카메라가 빨라 그 동작은 정지시켰지만 셔터를 누르는 손가락은 그의 손이 올라가는 것을 막기에는 너무 느렸다. 나는 그중 한 장을 중요하지 않은 사진들과 함께 놓으려다가 다시 한 번 자세히 살펴본 다음 따로 두었다. 얼굴의 보이는 부분이 낯익었다.

롤라가 말했다.

"마이크……"

롤라가 입술을 물고 스냅 사진 한 장에 손가락을 대며 보여 주었다. 젊은 예쁜 여자가 카메라를 향해 얼굴을 찡그리고 있는 중년 남자에게 웃고 있었다. 나는 눈으로 질문을 던졌다.

"그 애는…… 여자들 중 하나였어요. 우린…… 함께 데이트를 갔죠."

"남자는?"

"모르겠어요."

그 사진을 빼서 다른 한 장과 함께 윗면을 바닥으로 하여 놓았다. 5분 후 롤라가 또 한 장을 발견했다. 마네킹 몸매를 가진 서른 살가량의 여자로 상상 속의 여인이었다. 그 여자와 같이 있는 남자는 하늘에 떠 있는 대형 풍선을 대신해도 될 정도였다. 그 남자는 작고 뚱뚱했는데 크고 마르게 보이려는 옷을 입고 있어서 오히려 더 짧고 뚱뚱해 보였다.

"그녀도 그중 한 명이야?"

"네. 뉴욕에 오래 있진 않았어요. 머리를 잘 써서 그중 한 녀석과 결혼했죠. 그 남자도 생각나요. 시내 북부에서 도박장을 운영해요. 별 볼일 없는 정치인이기도 하고요. 업무 차량으로 그 앨 자주 데리러 오곤 했어요."

점점 드러나고 있었다. 이유를 설명하는 작은 원인들 말이다. 머지않아 큰 것으로 드러날 작은 것들 말이다. 그것들은 차곡차곡 잘 쌓여 가고 있었다. 이 테이블에 있는 모든 사진이 내가 모르는 의미를 가지고 있을 수도 있다. 성급하게 찾는 사람을 단념시키기 위해 대부분 변장한 것인지도 모른다.

사진의 뒷면을 보았다. 밑 부분에 연필로 살짝 'S-5 참조'라고 씌어 있었다. 분명히 그 사진에는 뭔가가 더 있었다.

그건 단순히 사무적인 메모에 불과한 것일까? 아니면 낸시는 그녀만의 비밀 파일을 가지고 있었던 것일까?

숨이 뜨겁고 가빠지기 시작했다. 이건 마치 사진을 반만 들여다 보고 전체가 어떤 것인지 알아차리는 것과 같았다. 이게 무슨 표시라면……. 남아 있는 사진들을 가까이 당겨 자세히 살펴보기 시작했다.

다음 사진에서 찾던 것이 나왔다. 운이 좋았다. 또한 어떤 인간들을 너무도 증오한 나머지 그 얼굴이 자동으로 튀어나왔기 때문에 얻은 결과였다. 그것은 스무 살이 안 된 젊은 연인의 사진이었다. 그들은 주머니 속에 세상을 넣은 채 앞으로 나아갈 인생을 가지고 카메라를 향해 젊은 미소를 짓고 있었다.

그러나 중요한 것은 사진의 배경이었다. 배경 속에 잡힌 얼굴들. 하나는 나의 고객인 베린 씨였다. 베린 씨의 손은 차의 손잡이를 잡고 있었고 팔에 건 지팡이는 유쾌하게 흔들리고 있었다. 그의 뒤에는 고용 운전기사 제복을 입은 피니 라스트가 차 문을 닫고 있었다. 피니도 피니였지만 그의 얼굴에 나타난 표정이 눈길을 끌었다. 증오로 가득한 승리의 눈길이었다. 한 걸음 옆에 있는 운동복을 입은 남자를 눈여겨보면서 뭔가를 확신하고 있었다.

남자는 공포로 턱이 빠지고 눈이 휘둥그레져 있었다. 그가 피니를 보고 뒷걸음치기 시작한 순간까지도 그랬다.

틀림없이 무서웠던 것이다. 그 남자의 이름은 러스 보웬으로 이 사진을 찍은 후 머지않아 온몸에 총을 맞은 채로 발견됐다.

관자놀이 주변이 팽팽해지고 입술에 힘이 들어가는 것이 느껴졌다. 롤라가 무슨 말을 했지만 듣지 못했다. 그녀가 내 손을 잡았다.

"왜 그래요? 왜 그래요, 마이크? 제발…… 그런 표정 짓지 말아요!"

그 사진을 그녀 앞에 밀어 주고 배경에 있는 장면을 가리켰다.

"이 남자는 죽었어, 롤라. 다른 한 명은 피니 라스트지."

롤라의 시선은 믿을 수 없다는 듯 천천히 올라갔다. 그녀는 머리를 흔들었다.

"피니가 아니에요……. 절대 아니에요, 마이크."

"그가 피니가 아니라고 말할 수 없을걸, 아가씨. 그게 바로 피니 라스트야. 베린 씨 밑에서 일할 당시에 찍은 거지. 난 백만 년이 지나도 그 라틴계 녀석은 절대 놓치지 않을 거야."

롤라가 나를 뚫어지게 쳐다보더니 사진을 다시 보고 또 한 번 머리를 흔들었다.

"그의 이름은 밀러예요. 폴 밀러. 그도…… 영업소에 여자들을 대는 사람들 중 한 명이에요."

"뭐라고?"

"맞아요. 좀 오래전에 애들 중 한 명이 그에 대해 알려 줬어요.

웨스트 코스트 쪽을 담당했어요. 그곳에서 애들을 골라 이스트에 있는 조직으로 보냈어요. 그 사람이 확실해요!"

잘하고 있군, 피니, 아주 잘하고 있어. 점잖은 직업을 유지하면서 다른 것들을 계속 숨겨 보라고. 이럴 수가, 만약 자부심에 목숨 거는 베린그로틴이 그것을 알았다면 피니를 엄지손가락으로 매달아 버렸을 텐데! 나는 다시 그 사진을 보았다. 내 고객은 그 뒤에 벌어진 광경을 모르고 있었다. 베린 씨는 시내에서 온화한 오후를 즐기고 있을 뿐이었다. 아주 제대로 찍은 사진이었다. 문에 있는 글자도 볼 수 있었다. 사진 속의 문에는 '바 입구, 알비노 클럽'이라고 씌어 있었다. 베린 씨가 즐겨 찾는 곳임에 분명하다. 몇 미터 떨어진 곳에서 살인이 진행되는 동안 베린 씨는 신나게 술잔을 들고 있었을 것이다.

"그럼 나머지 한 명은 알아?"

"네. 영업소를 몇 개 운영했죠. 그는 죽은 채로 발견됐어요, 아닌가요?"

"맞아. 살해됐지. 이 사진은 한참 전으로 거슬러 올라가는군."

롤라는 눈을 감고 머리를 앞으로 떨어뜨렸다. 그녀의 얼굴은 슬픔으로 풀어져 있었다. 그녀는 깊게 숨을 들이쉬고 나서 눈을 떴다.

"뒷면에 뭔가가 있어요, 마이크."

또 다른 표시를 보았다. 이번에는 'T-9-20 참조'라고 씌어 있었다. 만약 그 가운데 줄이 '~에서 ~까지'를 나타내는 것이라면 뭔가의 열한 쪽과 관련됐다는 것을 의미한다. 러스 보웬의 살인 사건에 관한 구체적인 사항일까? 빨강 머리가 그 사건에 대한 뭔가를 가지고 있었을 가능성이 있는 걸까? 오, 하느님, 그게 사실이라면 피니가 그녀를 괴롭혔던 것은 너무도 당연하다. 이 사진 속에는 얼마나 더 많은 것이 숨어 있을까?

더는 알아낼 수 없었다. 사진들을 두 번이나 다시 살폈지만 아무것도 드러나지 않았기 때문에 롤라와 바꿔 처음부터 다시 시작했다. 역시 더는 찾을 수 없었다. 하지만 롤라는 아니었다. 그녀가 사진들을 모두 보고 따로 옆으로 빼 둔 것들이 대여섯 장 되었다. 그 안에 있는 여자들이 내 시선을 끌었다. 그들은 롤라와 예전에 같이 일하던 동료였다. 그녀는 또한 남자들도 한눈에 알아봤다. 그들은 단순한 고객들이 아니었다. 그들의 주머니에서는 돈이 삐져나왔고 손가락은 다이아몬드로 빛났다.

사진 뒷면에는 모두 다른 파일을 참조하라는 표시가 있었다. 찬장에 있던 봉투 한 장을 가져와 그 사진들을 넣은 다음 주머니에 그 봉투를 넣었다. 나머지 사진은 다시 상자에 담아 한쪽으로 치워 놓았다. 롤라가 나를 따라 나와 내가 거실에서 왔다 갔다 하는 것을 지켜보았다. 그녀가 불을 붙인 담배를 주자 나는 한 번 깊게 피운 다음 접시에 비벼 껐다.

피니 라스트. 폴 밀러. 코스트에서 온 녀석. 그는 의심을 받지 않고 이스트로 돌아올 방법을 알아낸 것이다. 조직과 연관되어 있었으면서도 능력이 좋아 존경받는 노인 밑에서 몸을 숨기고 일을 할 수 있었다. 피니가 낸시를 쫓는 이유는 확실했다. 만약 이것이 공갈이라면 매우 복잡한 계획을 가진 것이다. 그녀는 자신을 미끼로 이용해 낯선 사람들한테 들러붙기를 꺼렸다. 그래서 낸시는 이미 콜걸 조직에 있는 여자들과의 친분을 이용했다.

거실 중간에 멈춰 서서 어떤 확실한 생각을 떠올리려고 안간힘을 썼지만 다른 수많은 생각에 막혀 나오지 않았다. 나는 머리를 흔들고 다시 왔다 갔다 하기 시작했다.

"마실 게 필요해."

내가 말했다.

"집에는 아무것도 없는데요."

롤라가 말했다.

내가 모자를 집으면서 말했다.

"코트를 가져와. 밖에 나갈 거니까."

"당신, 죽은 걸로 하기로 하지 않았어요?"

"그러게, 다 죽어 버린 거 아냐. 자 어서."

롤라는 옷장에서 우비를 꺼내 온 다음 주름 장식이 있는 부츠를 신었다.

"다 됐어요, 마이크. 어디로 갈 거죠?"

"도착하면 말해 줄게."

시내로 가는 길 내내 나는 그 생각에 모든 정신을 쏟았다. 롤라는 내게 바짝 붙어 있었다. 그녀의 코트에서 내 코트로 스며 오는 온기를 느낄 수 있었다. 롤라는 내가 생각하고 있다는 것을 알고 흥미로운 표정으로 간간이 나를 올려다볼 뿐, 조용히 있었다. 그녀는 내 어깨에 머리를 올리고 내 팔을 조였다. 생각하는 데는 전혀 도움이 되지 않았다.

비가 시내 전체에 천막을 쳐서 구경꾼들을 실내에 머물게 했다. 야수들만이 밤 거리를 어슬렁거리고 있었다. 택시들은 앞뒤로 오가는 빈 영구차들이었고 운전기사들은 몇 안 되는 얼굴에 예민하게 반응하며 흔드는 손이나 날카로운 휘파람에 서로 몰려 들었다.
   제로제로 클럽 옆을 지나갈 때 롤라는 그곳을 보려고 일어나 앉았다. 볼 것은 별로 없었다. 간판은 꺼져 있었고 클럽은 깜깜했다. 누군가 문에 영업을 하지 않는다는 안내판을 붙여 놓았다. 팻이 갈 데까지 가고 있는 것이다. 반쯤 빈 주차장에 차를 세우고 창에 김이 서린 작은 바를 찾았다. 롤라는 마티니를, 난 맥주를 마셨는데 왠지 상류 클럽 같은 냄새가 나서 금세 그곳을 나왔다. 상점 세 곳을 지나자 그 다음 바가 있었다. 우리는 그곳으로 들어가 끝에 있는 의자에 올라앉았다.
   우리가 들어갈 때까지 별로 하는 이야기도 없이 반대쪽 끝에 있던 남자 네 명은 갑자기 대화거리를 찾았고 여덟 개의 눈이 롤라를 위아래로 쳐다보기 시작했다. 한 남자가 바텐더를 시켜 롤라에게 술 한 잔을 사서 그녀는 마티니가 한 잔 더 생겼고 나는 아무것도 없었다.
   처음에 롤라는 받을까 망설였지만 내가 아무 말 않고 깊은 생각에 잠겨 있자 그냥 받았다. 낸시가 커피를 한 번 마시자 손가락에 있던 반지가 반쯤 돌아가 결혼반지처럼 보였던 것이 생각났다. 환상이 점점 사라졌고 가슴에 포개져 있던 낸시의 손에는 반지가 없었다. 그 라틴계 녀석이 큰 소리로 나를 비웃을 것이다. 내게 답을 찾아보라고 비아냥거리는 목소리가 들리는 것 같았다.
   맥주를 한 잔 더 시켰다. 롤라의 앞에는 이제 마티니가 두 잔 있었는데 한 잔은 비워서 옆으로 치워 놓았다. 그 남자들은 우리가 있는 곳까지 들릴 정도로 크게 말했다. 끝에 있던 남자가 다리를 의자에서 떼면서 어깨를 으쓱하더니 건방진 걸음걸이로 롤라에게

다가왔다.

녀석이 롤라의 허리에 팔을 두르고 그녀 옆에 있는 의자를 당기는 순간, 피우던 담배를 손가락 사이로 홱 튀겨 버렸다. 담뱃불 끝이 그의 눈으로 정확히 들어갔고 그의 달콤했던 말투는 욕설을 연발하는 고통의 비명으로 바뀌었다.

나머지 녀석들이 때를 맞춰 일어섰지만 나보다 한 발 늦었다. 의자에서 일어나 그 까불던 녀석의 배를 걷어찼다. 내가 너무 세게 찬 나머지 그 녀석은 접혀서 바닥에 쓰러지기도 전에 구역질을 했다. 그를 본 나머지 녀석들은 구조대를 보낼 생각을 아예 접고 자신들이 앉아 있던 자리로 돌아갔다.

이번에는 내가 롤라에게 마티니를 사 주었다.

바닥에 쓰러진 녀석이 또 구역질을 하며 끙끙거리자 롤라가 말했다.

"우리 나가요, 마이크. 너무 떨려서 잔을 못 들겠어요."

얼굴에 웃음을 띤 채 날 지켜보고 있는 바텐더를 향해 잔돈을 밀었다. 그 녀석이 또 한 번 구역질을 했고 우리는 그곳을 떠났다.

"언제 얘기해 줄 거죠?"

롤라가 물었다.

"계속 조용히 기다렸는데 내게 승리의 미소도 한 번 안 보내 주네요."

그녀에게 진정으로 한 번 웃어 보였다.

"좀 낫지?"

"당신은 너무 못생겨서 아름다워요, 마이크. 언젠가 당신 눈에 있는 흉터에 대해 말해 주었으면 좋겠어요. 아래턱에 있는 흉터도요."

"이야기의 일부만 말해 주지."

"당신 인생에 있었던 여자들이죠, 그렇죠?"

내가 행복하게 고개를 끄덕이자 롤라가 내 갈비뼈를 콕콕 찌르고는 상처받은 척했다.

도로 한쪽은 거의 비어 있었다. 우리는 자동차 몇 대가 지나갈 때까지 기다렸다가 이슬비를 피하기 위해 옷깃을 세우고 길을 건넜다. 롤라의 머리에 있는 물방울 하나하나가 그 뒤에 있는 더 밝은 빛 위에서 반짝거리며 수천 가지 빛으로 반사됐다. 우리는 손을 잡고 서로 어깨를 댄 채로 그냥 웃으면서 자유롭게 행진했다. 갑자기 우리가 꼭 그 사진에 있는 얼굴들, 빨강 머리가 찍던 그런 사람들이라는 생각이 들었다. 이런 순간을 기억하고 싶다면 당연히 살 만한 사진이었다.

그 25센트 중 낸시의 몫이 얼마였을까 궁금했다. 아마 보내온 25센트 중 5센트를 받았을 것 같다. 5센트라니. 공평하지 않다. 머레이 캔디드 같은 놈들은 돈 밭을 뒹굴고, 고급 매춘부들과 함께 주말을 보낼 수 있는 돈을 가진 원숭이들도 있고, 피니 라스트와 같은 라틴계 녀석은 여자 애가 푼돈에 몸과 영혼을 팔도록 만들면서 돈을 받고, 코비 베넷까지도 제 몫이 있는데. 제길, 나는 불평할 자격이 없다. 나도 내 몫은 있기 때문에……. 지금 난 500달러를 더 가지고 있다. 앤 마이너는 그 수표를 현금으로 바꿀 시간이 없었을 것이다. 그 수표는 아직 그녀의 아파트에 있을 것이다. 그녀의 죽음과 수사에 대한 모든 사소한 것들이 신문에 나고 있기 때문에 아무도 바꿀 수 없다.

"어디로 가는 거죠?"

나와 나란히 걷기 위해 롤라는 좀 더 빨리 걸어야 했다.

"알비노 클럽. 가 본 적 있어?"

"한 번이요. 그런데 거긴 왜요? 당신이 노출되는 걸 원하지 않는 줄 알았는데."

"나도 가 본 적 없어. 내 의뢰인한테 500달러 빚이 있거든. 그가 거기 있을지도 몰라. 그가 어떻게 된 건지 알고 싶어할 거야."

"아."

알비노 클럽은 그리 멀지 않았다. 10분 정도 걸어 정문에 도착했고 제복을 입은 문지기가 손님이 나타나자 확실히 즐거워하는 표정이었다. 그곳은 보도에서 몇 미터 떨어져 있는 보통 크기의 클럽으로 제로제로의 화려한 분위기는 없었다. 내부의 벽걸이 조명등은 금색 도금 대신 매끄러운 참나무의 광택을 반사시켰고 내부 벽화의 색깔을 드러냈다. 거기엔 밴드라기보다는 오케스트라가 있었다. 그들은 분위기에 젖게 하면서도 먹거나 마시는 데에 전혀 방해하지 않는 부드러운 저음의 곡을 연주했다.

곁방에 들어가자 우리는 둘 다 경계 벽 너머로 내부를 한 번 들여다보았다. 때늦은 저녁 식사를 하는 사람들이 테이블 몇 개를 차지하고 있었다. 정장을 입은 남자 대여섯이 구석에 모여 때때로 식탁보에 그려진 그림을 짚어 가며 뭔가를 논의하고 있었다. 바의 길이는 룸 끝까지 계속되었고 그 뒤에는 바텐더 네 명이 유리잔으로 장난을 치거나 시간을 보내는 뭔가를 하고 있었다. 다섯 번째 바텐더는 단 두 명뿐인 손님의 잔에 위스키를 따르고 있었다.

갑자기 롤라가 뻣뻣이 굳어 내 이름을 불렀고 난 그 이유를 알았다. 바에 있는 남자 중 한 명이 피니 라스트였던 것이다. 그러나 바로 그 순간에는 피니보다 옆에 있는 녀석에게 눈길이 갔다. 같이 있는 나머지 한 명은 내가 주차장에서 실컷 두들겨 패 준 바로 그 녀석이었다. 자동차 열쇠를 찾고 있었을 거라고 생각했던 그 녀석 말이다. 엉망인 그의 코를 보자 훨씬 더 확실히 알 수 있었다. 역시 그때 그놈은 반지를 찾고 있었던 것이다.

롤라가 다시 내 마음을 읽었다.

"안으로 들어가서 피니를 잡을 거예요?"

그렇게 하고 싶었다. 이런, 내가 얼마나 그렇게 하길 원했는데! 그게 바로 제일 하고 싶었던 일이다. 그가 나를 보고 내가 왜 여기에 왔는지 안다면 그대로 바지에 싸 버리겠지! 피니 라스트, 그가 바로 여기 손만 뻗으면 닿을 수 있는 곳에 있었다. 또한 그는 자신이 확실히 안전한 줄 알고 있었다. 결국, 경찰이 그에 대해 한 게 뭐지? 하나도 없다. 만약 그의 머리에 뭔가가 튀어나와 있다면 그것이 어디에 있는지 아는 사람은 유일하게 그뿐인 것이다. 나를 제외하고는.

하지만 난 죽은 것으로 되어 있었다.

결국 우린 알비노 클럽에 들어가지 않았다. 나는 선반에 있는 내 모자를 다시 낚아채고 롤라를 밖으로 밀었다. 문지기는 실망했지만 공손히 인사했다.

브로드웨이의 모퉁이에서는 화려하게 꾸민 식당차에서 야식 장사를 하고 있었다. 파란색과 하얀색의 전화 원반이 보였을 때 롤라에게 안으로 들어가 커피를 주문하라고 시킨 다음 전화박스로 되돌아갔다.

팻은 집에 있었다. 숨을 헐떡거리는 것으로 보아 방금 집에 들어온 것이 틀림없었다. 내가 말했다.

"나 마이크야. 지금 막 알비노 클럽에서 피니 라스트가 얼마 전에 나랑 뒹굴었던 녀석과 함께 있는 걸 봤어. 네가 사람 하나 붙여줄 수 있을까? 할 일만 없었다면 내가 미행할 수도 있는데 말야."

"물론이지!"

팻이 큰 소리로 말했다.

"지금 두 시간 이상 계속 그의 행방에 관해 무선 교신을 하고 있었어. 시내에 있는 모든 경찰차가 그를 찾고 있어."

놀라서 내가 말했다.

"뭐라고……?"

"코스트에서 텔레타이프가 왔어. 피니는 그들이 원하는 살인 사건 용의자야. 그가 모든 면에서 딱 들어맞았어."

갑작스러운 질문이 떠올랐다.

"어떤 종류의 살인이었지?"

"말다툼 중에 그 남자의 목을 부러뜨렸어. 칼을 들고 시작했는데 난투 끝에 칼을 떨어뜨리고는 목을 부러뜨렸더군."

등에 소름이 돋았다. 그때 그 복도에서 귀밑을 사정없이 맞았을 때가 다시 떠올랐다. 이제 더는 의심의 여지가 없었다. 피니가 가진 기술은 한 가지 이상이었다. 총으로 또는 칼로 죽일 수도 있고 필요하면 맨손으로도 할 수 있다.

"알비노 클럽이야. 어딘지 알지? 지금 거기 있어. 지금 바로 경찰차를 보내줘. 만약 내가 이긴다면 영구차가 필요할 거야."

수화기를 쾅 내려놓은 뒤 카운터에 있는 사람들 사이를 비집고 나갔다. 롤라가 나를 쳐다보았다. 그녀는 뭔가 일이 일어났다는 것을 들을 필요도 없었다. 그녀가 거기에 없는 듯 나는 그녀를 지나쳤다. 뒤에서 나를 부르며 그녀가 의자를 돌려 일어섰지만 그때 벌써 나는 거리로 나와 뛰고 있었다. 나는 내가 할 수 있는 한 가장 빨리 뛰었고 보도에 있던 몇 안 되는 사람들이 길을 비키고 나서 입을 쩍 벌린 채로 내 뒷모습을 바라보았다.

손에 총을 쥐고서 모퉁이를 돌았다. 내 가슴은 불덩어리가 되어 헐떡거렸고 내가 생각할 수 있는 것은 피니의 얼굴을 후려갈기는 것뿐이었다.

멀리서 사이렌 소리가 들렸다. 나는 먼저 도착하려는 마음에 속도를 더했다.

하지만 둘 다 놓쳐 버렸다. 노란색 불빛의 거리에 차 한 대가 빠져나가는 것을 보았고 내가 알비노 클럽 앞에 도착했을 때 피니라스트와 그의 친구는 떠난 뒤였다.

곧 이유를 알아냈다. 바에는 라디오가 있었는데 피니가 재미 삼아 켜 놓자고 설득해서 계속 듣고 있었던 것이다. 재미있기도 했겠지. 아마 머리가 터져라 웃고 있었을 것이다.

13장

팻은 경찰차가 온 뒤 7분 후에 도착했다. 그때쯤 롤라도 내 뒤를 쫓아와 한쪽에 서서 숨을 돌리고 있었다. 언제나 그렇듯 호기심 많은 구경꾼들이 우리 주위에 빽빽한 원을 그렸고 경찰은 그들을 해산시키기에 바빴다. 팻이 말했다.

"정말 엄청난 사건이군. 차 나가는 거 못 봤어?"

머리를 흔들었다.

"어두운 색이었다는 것밖에. 문지기도 몰랐어. 제길, 정말 미치겠군!"

한 기자가 차단선을 밀고 들어와 취재를 하려고 했다. 팻이 그에게 짧게 말했다.

"경찰에서 나중에 공식 성명을 발표할 겁니다."

기자는 그 말을 듣지 않고 경찰들에게 자세한 질문을 던졌지만 그들도 알비노 클럽을 폐쇄시켜 아무도 나가지 못하도록 하라는 지시를 받았다는 것 외에는 아는 것이 없었다.

사람들 사이로 물러나자 팻이 나를 따라왔다. 더는 운을 시험할 수 없었다. 난 아직 죽은 몸이고 한동안은 가능한 한 그 상태를 유지하는 것이 좋을 것 같았다. 내가 어떤 차의 펜더에 기대자 팻이 가까이 섰다. 롤라가 다가와 내 손을 잡았다.

"어떻게 돼 가고 있지?"

"좋지 않아. 지금 심한 질책이 쏟아지고 있다고. 그것도 사방에서 터지고 있어서 어느 쪽으로 돌아야 할지 모를 정도야. 누군가 이 지역 전체에 연줄을 가진 놈을 데리고 있나 봐. 그들이 또 떠들어 대는 바람에 신문에 그럴싸한 기사가 나고 있어. 기자들은 본부에 떼로 몰려다니면서 우두머리를 찾고 있고. 아무것도 알려 줄 수 없는데 기삿거릴 달라고 내게 덤벼든다니까. 기사가 나가는 내일이면 많은 사람들이 놀랄 거야."

단호한 태도가 그의 턱에 보였다. 팻이 정보를 줬을 가능성도 있다. 그의 시간이 다가오고 있으니까.

"어떻게 수습할 건데?"

팻이 쓴웃음을 지었다.

"오늘 밤 우리가 몇 군데 급습했어. 경찰들이 이것저것 알고 있다고……. 또 경찰이 아직 사건을 계속 지켜봐야 한다고 네가 말했던 것 기억나?"

나는 끄덕였다.

"정예 인원을 투입했는데 그들이 시내 북쪽에 있는 두 저택을 급습했어. 그리고 네 눈이 튀어나올 만한 큰 수확이 있었지. 우린 그들의 이름과 혐의 사실을 확보해 놨어. 잡힌 녀석들 중에서 내

수하에 있는 경찰에게 뇌물을 주려고 한 놈들이 있었는데 대가를 톡톡히 치를 거야."

"저런!"

"그놈들 겁먹고 있어, 마이크. 그들은 우리가 어디까지 알고 있는지 모르기 때문에 위험에 노출시킬 수가 없는 거야. 내가 틀린 추측을 하지 않았다면 지금부터 내일 사이에 뚜껑이 열릴 거야. 그들은 무서워하면서도 걱정하고 있어."

"그래야지."

팻이 혀로 입가를 핥으며 기다렸다.

"낸시가 지금 무슨 일을 하고 있어. 시시한 공갈건과 관련이 있을 것 같아서 내가 생각해 낸 계획이지. 왠지 뭔가 깊은 게 더 있는 것 같아서 말야."

"얼마나 더 깊은데 그래?"

롤라를 쳐다보았다.

"하루나 이틀 정도 후에……. 그때 알려 줄 수 있을 거야."

"아직 많이 걸어 다녀야 해요."

그녀가 말했다.

"뭘 얻게 되는데?"

팻이 물었다.

"알게 될 거야. 그나저나, 내일 밤에 대한 대비는 다 해 뒀어?"

팻이 담뱃불을 붙이고 성냥을 하수구에 던졌다.

"저기 말이지, 지금 내 부서를 운영하는 게 누군지 점점 모르겠군. 정말 모르겠어."

그래도 그는 웃고 있었다.

"그래, 준비됐어. 투입할 인원은 선정했지만 아직 임무를 주진 않았어. 더는 새 나가는 게 싫어서 말야."

"좋아. 그 녀석들, 실을 잡아당기다 안 되면 총을 뽑겠지. 그때 우리가 치고 들어가서 녀석들이 당황할 때 잡기만 하면 되는 거야. 그동안 우린 조심해야 해. 위험한 일이거든, 안 그래, 팻?"

"아주 힘들 거야. 제대로 본다면 이 도시는 아주 더러운 곳이 될 수도 있지."

팻이 뒤꿈치로 담배를 밟아 껐다.

"사람들은 쉽게 옛날 로마에 대해 얘길 하잖아. 그래도 로마인 들은 사자가 있는 구덩이에만 사람을 던져 놨지. 최소한 그 당시 에는 사자가 나가지 못하도록 주변에 벽이 있었는데 여기는 바와 길모퉁이를 어슬렁거리면서 먹이를 찾고 있다니."

구경꾼이 줄어들었고 경찰은 기자들을 뿌리치며 다시 차 속으로 들어갔다. 차창에 언론사 딱지가 붙은 또 다른 차량이 급정거 하더니 두 명이 밖으로 나왔다. 나는 그렇게 서서 기다릴 수가 없 었다. 내 얼굴을 아는 사람이 너무 많았다. 팻에게 작별 인사를 하 고 옆에서 총총걸음을 걷는 롤라와 함께 도로 위로 걸었다.

롤라를 그녀의 아파트로 데려다 주자 올라와서 아까 마시지 못 한 커피를 마시고 가라고 우겼다. 위는 조용했다. 도시가 잠자고 있고 아직 아무도 일어나지 않았을 때 오는 이른 아침의 고요함이 었다. 거리도 역시 조용했다. 그런 부자연스러운 정적 속에서 이 따금씩 울리는 경적 소리도 이상하게 들렸다.

강에서 배들이 내는 작은 소리와 깜빡이는 불빛이 도로 사이사 이까지 멀리 퍼졌다. 롤라가 라디오를 낮게 켜 놓았다. 클래식 피아노곡이 흘러나오고 있었다. 나는 앉아서 음악을 들으며 공갈꾼이 된 빨강 머리를 상상했다. 거의 잠이 든 상태로 수많은 생각을 마음속에 가지고 피아노 건반을 누르고 있는 빨강 머리를 만족스럽게 지켜봤다. 내 마음을 읽은 그녀의 얼굴이 슬퍼졌다. 그것은 내가 본 그 어떤 것보다 더 슬펐다. 그녀의 눈이 나를 돌아보았을 때 그 속의 선한 영혼을 보았다. 그녀가 공갈꾼이 아니라는 것과 내가 느낀 첫인상이 맞았다는 것을 알았다. 그녀는 정면으로 운명에 맞섰고 거기에서 패배했지만 내가 그녀의 친구였던 그때, 교회에서 기도나 결혼식을 할 때에나 어울린다고 생각한 표정이라고 생각했던 그때, 그녀의 얼굴에는 성스러운 빛이 있었기에 모든 것을 다 잃지는 않았다. 내가 그녀의 친구였고, 그녀가 내 친구였고, 우정 이상의 것이 있었다고, 그것은 믿음이었다고 말하는 노래를 연주하는 동안 그 빛은 보란 듯이 거기에 있었다. 그것을 믿었고…… 또 알았고 원했다.

그러나 그녀에게 말하기 전에 건반 옆의 안개 속에서 피니 라스트의 얼굴이 비열한 웃음과 소리 없이 더러운 말들을 내뱉으며 소용돌이처럼 나와 그 순수한 장면을 더럽히고, 짓밟고, 우리가 만나기 전부터 파고들었던 공포와 가혹함을 확인해 주는 말을 그녀에게 퍼부었다. 그러나 어떤 보이지 않는 힘에 내 팔은 옆구리에 붙어 버렸고 힘이 빠진 발은 움직일 수 없어서 아무것도 할 수 없었다. 그 보이지 않는 힘은 피니가 조종하는 것이었다. 그녀를 죽인 뒤 울려 퍼지는 웃음소리를 남기고 사라질 때까지 피니는 그 힘을 놓지 않았다. 피니의 얼굴은 아직도 쫓아와 보라는 듯한 거만한 웃음을 짓고 있었지만 나는 대답할 수가 없었다. 내가 할 수 있는 일이라곤 그냥 거기에 서서 그가 반지를 빼면서 그녀의 손에 남긴 긁힌 자국에 초점이 맞춰질 때까지 빨강 머리의 의식 없는 몸을 바라보는 것뿐이었다.

롤라가 말했다.

"커피 다 됐어요, 마이크."

새롭게 깨어났다. 내 손과 발은 다시 자유로워졌다. 구석으로 피니가 사라지고 있지 않을까 반쯤 기대했다. 구석에는 움직이지 않는 라디오가 켜져 있었고 그 안에서는 깊은 음을 내고 있는 목소리가 흘러나오고 있었다. 그 밤에 유일하게 들리는 소리였다.

"생각하고 있었어요?"

"꿈꾸고 있었어."

쟁반에서 컵을 들자 그녀가 설탕과 우유를 넣어 주었다.

"가끔씩 꿈을 꾸는 게 좋다니까."

롤라가 심술 난 입을 만들었다.

"그렇지 않을 때도 있어요."

그녀가 눈으로 내게 키스했다.

"내 꿈은 최근에 변했어요, 마이크. 예전보다 좋은 것으로요."

"그것이 당신이 되는 거야, 롤라."

"사랑해요, 마이크. 나도 어쩔 수 없기 때문에 아무렇지 않게 말할 수 있는 거예요. 처음에는 그렇지 않았어요. 냉정한 사실이죠. 내가 당신과 사랑에 빠진 걸까요, 아니면 그냥 내가 당신을 사랑하는 걸까요?"

롤라는 커피를 조금 마셨고 난 아무 대답도 하지 않았다. 그녀도 대답을 바라지 않았을 것이다.

"당신은 너무 커요, 마이크. 얼굴을 다 따로따로 본다면 못났다고 할 수도 있죠. 당신한테는 남자들이 싫어하는 야만적 기질이 있지만 여자는 야만인을 원할지도 모르죠. 아마 여자는 증오하고 살인할 수 있으면서도 친절함을 가지고 있는 남자를 원하는 건지도 몰라요. 내가 당신을 안 지 얼마나 됐죠? 며칠? 당신을 보면서 사랑한다고 할 수 있을 만큼은 됐죠. 그리고 지금과 상황이 달랐다면 당신도 날 사랑해 주길 바랐을 거예요. 하지만 그럴 수 없기 때문에 그것에 대해 난 거의 감정이 없어요. 그냥 당신이 알아주었으면 해요."

롤라는 눈을 반쯤 감고 조용히 앉아 있었다. 그런 그녀에게서 난 완전함을 보았다. 필요한 것은 오직 영혼의 자유였던 몸과 마음의 더러움이 정화되었다. 롤라가 이렇게 편안하게 행복해하는 모습을 본 적이 없다. 롤라의 얼굴은 평범하지 않은 아름다움으로 광채가 났다. 비에 젖어 촉촉이 살아 있는 롤라의 머리가 어깨에 부딪혔다. 브래지어 때문이 아닌 그녀의 젊고 탱탱하고 부드러운 양쪽 가슴은 누군가의 손길을 기다리고 있었다. 그녀의 배는 물결치며 나아가 허벅지 사이에서 사라졌다가 예술가가 그리는 윤곽을 가진 다리에서 다시 모습을 드러냈다.

머리를 돌리지 못하고 컵을 탁자에 올려놓았다. 롤라가 말했다.

"꼭 결혼한 것 같네요. 여기 앉아서 공간을 두고 서로를 바라보며 즐거워하고 있으니 말이에요."

그 공간을 가로질러 가는 것은 어려운 일이 아니었다. 내가 잡아 일으키도록 그녀는 손을 뻗었다. 그녀가 내 품안으로 포개졌다. 내 입술은 어렵지 않게 그녀의 입술을 찾아 그녀가 자유롭게 내뿜는 달콤함을 즐겼다. 그녀의 혀는 점점 더 깊이 찌르는 작고 따뜻한 단도였다.

롤라가 그렇게 빨리 내 손에서 빠져나가는 것을 원치 않았다. 그녀는 내 뺨에 가볍게 키스하고 탁자에서 담배를 하나 집어 불을 붙여 주었다. 성냥에 붙은 불은 그녀의 눈에 인 것보다 강렬하지 않았다. 그것은 내게 그리 오래 기다리지 않아도 된다고, 하지만 기다리라고 말했다. 그녀는 성냥을 불어 끄고는 내 뺨에 다시 키스한 다음 자랑스럽게, 사랑스럽게, 침실로 걸어갔다.

담배 뿌리가 다 타들어 갔을 때 롤라가 날 불렀다. 단 한마디였다.

"마이크……."

나는 담배를 떨어뜨렸다. 그것은 재떨이에서 여전히 타고 있었다.

롤라가 방 한가운데 서 있었다. 화장대의 전등이 그녀의 그림자를 던지고 있었다. 그녀는 내 쪽으로 등을 돌리고 열린 창문을 마주한 채 바깥의 밤 풍경을 보고 있었다. 그렇게 가만히 아름다운 자세로 서 있는 그녀는 위대한 조각가의 손에 의한 조각상일 뻔했다. 가벼운 바람이 불어오자 그녀가 입고 있는 얇은 실크 가운이 뒤로 젖혀지면서 몸매의 모든 굴곡을 강조했다.

그녀가 움직여 그 장면을 망칠까 봐 숨을 죽이며 가만히 문간에 서 있었다. 그녀는 거의 들리지 않는 목소리로 말했다.

"아주 오래전, 결혼식 날 밤에 입으려고 만든 가운이에요, 마이크. 아주 오래전에 가슴이 터져라 울고 나서 옷장 맨 밑에 넣어 놓고 당신을 만날 때까지 그 사실을 잊고 있었어요."

롤라는 우아하게 몸을 흔들면서 점점 내게로 다가왔다.

"난 기억하고 싶은 밤을 보낸 적이 없어요. 오늘 밤을 기억하고 싶은 밤으로 만들고 싶어요."

그녀의 눈은 열정으로 춤추는 불덩어리였다.

"이리 와요, 마이크."

그것은 필요치 않은 요구였다.

롤라의 어깨를 잡고 손가락으로 그녀의 살을 꼬집었다.

그녀가 말했다.

"당신이 날 사랑해 주길 원해요. 오늘 밤 한 번만요. 우리에게 내일은 없을지도 몰라요. 그러니까 내 것만큼 강하고 열렬한 사랑을 원해요. 만약 내일이 있다 해도 지금과 같지는 않을 거예요. 말해 봐요, 마이크, 말해 줘요."

"사랑해, 롤라. 전에 말할 수도 있었는데 당신이 하지 못하게 했어. 당신은 나에게도 사랑할 수밖에 없는 사람이야. 다시는 사랑하지 않겠다고 말했던 때가 있었지만 또 이렇게 돼 버렸어."

"오늘 밤 한 번만요."

"아니야. 오늘 밤만이 아냐. 내가 원하는 한 당신을 계속 사랑할 거야. 만약 멈춰야 할 때가 온다면 멈추겠지. 당신은 새롭게 태어난 사람이야, 롤라. 나보다 더 좋은 새로운 남자를 만나야 해. 내가 손대는 것마다 사고가 터지니까."

롤라는 손으로 내 입을 가렸다. 몸 전체가 어지럽도록 못 견디게 그녀를 원했다. 그녀는 손을 떼어 그녀의 어깨를 꽉 쥐고 있는 내 손에 올린 다음 가운의 목선으로 가져갔다.

"이 가운은 딱 한 번만 입으려고 만들었어요. 벗는 방법은 한 가지밖에 없어요."

이 당돌한 여자가 나와 사랑을 나누려 하고 있었다.

손가락으로 그녀의 실크 가운을 찢자 '쉬잇' 하고 찢어지는 소리가 났다. 그녀는 나체가 된 채 유혹적으로 내 앞에 서 있었다.

하지만 롤라의 목소리엔 천사가 있었다.

"사랑해요, 마이크."

그녀가 다시 말했다.

롤라는 내 이상형의 여자였다. 말이 별로 필요하지 않을 때 말을 하지 않아도 되는 그런 여자 말이다. 그녀는 진정으로 솔직했고 온 마음을 다해 한 남자를 사랑할 수 있었다. 그리고 지금 그녀는 온 마음을 내게 주고 있었다.

롤라의 입술은 차가웠지만 그녀의 몸은 더 타오를 수 없는 내면의 불로 뜨거웠다.

그녀가 절대 가지지 못할 것이라고 생각한 밤이었다.

내게도 절대 잊지 못할 밤이었다.

깨어났을 때 난 혼자였다. 화장대 위에서 미니 알람 시계가 계속 따르릉거리며 새 아침이 왔음을 알려 주었다. 내 옆에 있는 베개 위에 롤라가 립스틱으로 사인한 메모가 있었다. 거기엔 이렇게 씌어 있었다.

'너무 빨리 끝났어요, 마이크. 이제 당신이 준 일을 끝내야 해요. 아침 식사는 다 준비됐어요. 그냥 데우기만 하면 돼요.'

아침이라. 열두 시가 지나 있었다. 옷을 입고 일을 서둘러야 한다고 생각하며 식사를 했다. 커피가 너무 뜨거웠기 때문에 라디오를 켜고 식길 기다렸다. 난생 처음으로 뉴스 해설자가 진짜 흥분한 것 같았다. 그는 빠른 속도로 사건을 전달했는데 각 단락이 끝날 때만 숨을 쉬었다. 나와 팻이 헤어진 후로 경찰은 두 곳을 더 급습했다. 도시를 조종하는 거대한 매춘 조직과의 연관성이 의심되는 모든 수상한 인물들에게 포위망이 퍼졌다.

철권이 처음으로 광범위한 소탕을 벌였다. 생각지도 않았던 장소와 인물들이 포위됐다. 큰 웃음을 짓고는 손으로 짧게 깎은 턱수염을 만졌다. 팻을 다시 만나 그러한 조직의 존재를 알고 있다는 것에 사의를 표했지만 별달리 손을 쓸 수 없다는 것에 곧바로 동의했다. 팻이 앞서 한 말을 취소하며 좋아했다.

이런 사건을 진행하면서 한 가지 주목할 만한 것은 멈출 수가 없다는 것이다. 신문에서 십자군들을 다루면 여론이 들끓기 시작한다. 대중은 정의심에 불타 바로 전날까지도 무관심하게 걱정 없이 지지했던 것을 때려 부술 기세로 여우 사냥에 나선다. 그들에게는, 잘 알려진 이름이 진흙탕을 나뒹구는 걸 관람하는 것이 재밌는 일이고 자신들이 그 일부라는 것을 아는 것은 스릴 있는 일이다.

하지만 정말 큰 무대에 대해서는 아직 발표되지 않았다. 그들은 사건이 잠잠해질 때까지 모든 것을 동원해 시간을 끌고 나서 법정에 나타날 것이다. 그런 다음 아마 벌금이 부과되거나 징역형을 받고 나서도 증거 부족으로 기각될 것이다.

증거. 확실한 종류의 증거. 경찰이 제 할 일을 할 것이다. 하지만 증거가 확실하지 않을 경우 그 인간들은 무슨 일이 일어났는지 기억하고 다시는 그렇게 되도록 놔두지 않겠다고 다짐하면서 법정을 나갈 것이다. 그들은 물론 권력을 가진 사람들일 것이다. 돈과 권력을 즐기며 아무도 그들의 인생을 방해하도록 놔두지 않겠다고 결심한 더럽고 썩은 겁쟁이들 말이다. 그들은 판례를 결정할 것이다. 한 번에 조금씩, 마치 파도가 모래 더미를 훑어 내는 것처럼 말이다. 그런 다음에는 자신들의 방식대로 법을 만들어 나갈 수 있을 것이다. 반대쪽을 보고 자기들에게 이득이 되도록 법을 해석하는 사람들 말이다.

코트를 입고 내려가 신문을 산 다음 집에 가서 읽기 위해 아파트로 서둘러 되돌아갔다. 신문에는 사진까지 갖춘 사건의 전말이 실려 있었다. 하지만 기자들은 사실보다도 한 술 더 떴다. 그들은 한 명 이상의 저명한 인물이 수사가 이루어지기 전날 밤에 급히 이 지역 밖으로 소집됐다는 것과 이대로 계속 드러난다면 명사 인명록의 번호가 여러 장 없어질 것이라고 넌지시 알렸다. 좀 더 놀라운 기자 한 명은 경찰이 외부에서 유력한 조력을 받고 있다고 암시했다. 행동 개시에 대한 압력 없이는 경찰이 이 상황을 처리하지 못한다는 교묘한 암시였다.

경찰에서는 거의 아무것도 할 말이 없었다. 아직 상급 본부에서는 아무런 성명도 발표하지 않았지만 그보다 아래에 있는 몇몇 정치꾼들은 법이 너무 큰 책임을 맡고 있으며, 법률 집행보다 명예 훼손의 책략에 더 신경을 쓰고 있다고 격렬하게 비난하는 성명을 발표했다. 나는 그에 대해 웃을 수밖에 없었다. 그들은 경찰보다도 더 목소리를 높여 빠져나가려는 것이 틀림없다.

전화기를 들고 팻의 번호를 돌렸다. 그는 심하게 지쳐 있었지만 내 전화를 반갑게 받았다. 팻이 물었다.

"신문 봤어?"

"그래. 라디오도 들었어. 대이동이 시작됐더군."

"당연하지. 지금 빠져나가려는 놈들을 닥치는 대로 잡고 있어. 그중 어떤 녀석들이 알려 준 정보로 다른 것까지 알아보기도 했지만 우리가 잡은 녀석들은 모두 행동 대원과 고객뿐이야."

"그들이 바로 조직을 지탱하는 놈들이라고."

"그 녀석들, 예상보다 훨씬 더 큰 대가를 치를 거야. 상황이 점점 더 어려워지고 있어. 코를 닦아 버릴 누군가를 찾고 있는 놈들이 아주 많거든."

"네가 바로 그 녀석인가?"

"내가 바로 그 녀석이야, 마이크."

"누가 그 거물들의 보석 보증인이 될 거지?"

"여기저기서 다 나오고 있어. 이 도시에서 아마 내가 제일 많이 더러운 이름으로 불렸을걸."

"나를 제외하고겠지."

"그래. 너는 제외해 주지. 하지만 내 직업을 원하는 사람은 많아도 네 것을 원하는 사람은 아무도 없나 봐. 유혹에 회유에 협박에, 지금 별의별 소릴 다 듣고 있다고. 근처에 살고 있는 다른 사람들에게 미안할 정도야."

팻이 전화에 대고 하품을 하면서 중얼거렸다.

"뉴스가 있어, 친구. 머레이 캔디드가 시내 여기저기에서 목격됐어. 남부 지역구 시의원을 대동하고 있었대."

"그렇다면 머레이는 탈출을 시도하고 있는 건가?"

"분명 아니지. 그는 뭔가가 터질 때까지 계속 숨어 있다고 봐야지. 우리가 어디까지 더 갈지 보고 싶은 것 같아. 아마 꽤 놀라겠지."

"머레이 캔디드에 대한 영장은 발부됐어?"

"못 만들었어, 마이크. 그는 확실한 알리바이를 가지고 있어. 그는 이 사건에서 빠져나가고 있어. 아참, 네가 관심을 가질 다른 게 또 있는데 누설하면 안 되는 거야. 터프한 녀석들이 잇달아 들어와서 시내 주변을 돌아다니는 게 제대로 목격됐어. 한 번 보면 사랑이나 돈에 관한 얘기는 꺼내지도 못할걸."

"그래? 좋은 뉴스네!"

"아니. 그들은 대부분 전과자들이긴 하지만 지금은 깨끗해서 어떻게 손을 댈 수가 없어. 그 녀석들을 잡아 취조를 한다고 해도 안 될 거야. 녀석들은 돈도 많아서 당장 변호사를 시켜 자기네들을 빼내게 할걸. 또 어느 한 놈도 무장을 하거나 경찰한테 대들지도 않으니 꼼짝 못하게 할 거리가 아무것도 없어."

땀으로 손이 끈적끈적해졌다.

"또다시 거금이 한몫 거들고 있는 거라고, 팻. 그 연합 조직이 아직도 장사를 하고 있어. 계속 돈을 들여 발설하는 사람들을 겁주면서 말야. 그 녀석들은 또 한다면 한다고. 그냥 농담하는 게 아니라니까. 도대체 어떻게 돼 가고 있는 거지……? 다시 서부 시대로 돌아가고 있는 건가? 제길, 그들이 계속 그런 식으로 나간다면 네가 잡은 녀석들이 모두 답변을 거부하기만 한다 해도 그들을 탓할 수는 없다니까! 그걸로 돈을 받고 철저히 세뇌된 녀석과 네가 조만간 부딪칠 걸 생각하니 벌써부터 기분이 나쁘군."

"우린 손이 묶였어. 이런 일이란 원래 그렇게 되기 마련이거든.

어쩔 수 없이 상황에 묶여 버렸어. 게다가 그들은 이 상황에서 누구를 만나야 하는지도 알고 있어. 우리가 손을 뻗기 전에 확실한 사람들과 접촉을 한 것 같아."

젠장! 주먹으로 의자 뒷부분을 강하게 내리쳤다. 좋아, 어디 한 번 그렇게 세게 나와 보라지. 두려운 기색 없이 위험에 노출되는 것쯤은 신경 쓰지 않는 교활한 패거리를 끌어들여 보라고 해. 그녀석들은 혼자서는 생각도 못하는 단순한 깡패들일 뿐이야. 하지만 그들도 느낄 수 있고 감정이 있다. 그들도 다른 사람들만큼 쉽게 겁먹을 수 있다. 길가에 널린 피를 본다면 그들도 그리 으쓱대며 총을 뽑을 수는 없을 것이다. 아마 그들은 죽도록 뛸 것이다. 다리에 힘이 몽땅 빠질 때까지 계속 말이다.

"마이크, 아직 거기 있어?"

"아직 여기 있어. 생각하고 있었어."

"있잖아, 난 집에 가서 좀 자려고 해. 너 오늘 밤은 거기 있을 거지?"

"아무한테도 들키지 말아야지."

"좋아. 계속 숨어 있어. 지검장이 나에 대해 눈치를 채고 있어. 만약 네가 이 사건에 손을 담그고 있는 걸 알면 난 위로 불려 갈 거라고."

"걱정 마. 부활해야 할 때가 올 때까지 계속 죽은 채로 있을 테니까. 필요하면 네게 연락하라고 롤라에게 말해 놨어. 부탁인데 물어보지 말고 그냥 롤라가 요구하는 대로 해 줘. 중요한 거니까."

"롤라도 이 사건에 관한 일로 뭔가 하고 있나?"

"지금 이 사건에서 가장 중요한 일을 하고 있어. 내 생각엔 롤라가 찾을 수 있을 것 같은데……. 어쨌든 만약 찾으면 성공한 거나 다름없어. 반발도 없이 말야. 오늘 밤에 보자. 나도 거기 있겠지만 날 보지는 못할 거야."

작별 인사를 하고 전화를 끊었다. 끝이 가까워지고 있다. 아니면 최소한 점점 가시화되고 있다. 내가 끼어들어 일을 망칠 위험을 무릅쓰기에는 막판이 너무 가까웠다. 내가 원하는 것은 피니뿐이다. 그놈의 목을 손에 쥐어짜고 싶었다. 하지만 지금 피니는 어디에 있을까? 도시는 너무 넓다. 한 명이 수색하기에는 너무 많은 피난처와 동굴들로 가득 차 있다. 피니를 잡는 시도라도 하려면 그를 밖으로 나오게 해서 도망칠 수밖에 없도록 만들어야 한다.

문제는 도망치는 일은 밑에 있는 녀석들이 한다는 것이다. 중요한 녀석들은 귀중한 것들을 모두 감추고, 적이 사라지면 언제라도 다시 파 낼 준비를 하며 숨어 있다. 피니는 거물은 아니었지만 사태를 지켜보며 기다렸다가 튀어나와 전리품의 일부를 요구할 준비가 되어 있는 인간이다. 어쩌면 그는 주어진 몫보다 더 많이 원하고 있고 기회가 된다면 다 가져올 준비를 하는 것일 수도 있다. 머레이 캔디드는 여전히 스스로 만든 보호 수단을 믿고 기꺼이 집에서 기다릴 수 있는 또 다른 녀석이다. 코비 베넷은 죽는 날을 기다리고 있다. 얼마나 더 있을까?

다시 전화기를 들어 장거리 통화를 요청한 뒤 교환원이 번호를 받아 베린 씨의 자택으로 넣어 줄 때까지 기다렸다. 베린 씨를 바꿔 달라고 하자 그가 '써닉 하우스'에 가기 위해 바로 조금 전에 시내로 떠났다고 집사가 말했다. 또한 그는 예약이 된 상태였다. 집사는 내가 누구냐고 물었고 메시지를 받아 두려고 했지만 그에게 할 수 있는 말이 없었기 때문에 불만스럽게 작별 인사를 한 뒤 수화기를 내려놨다.

벨다는 분명 점심을 먹으러 나간 모양이었다. 5분 동안 벨이 울리도록 전화기를 들고 있었지만 받지 않았다. 제길, 밖에서 일이 벌어지고 있는 상황에서 이렇게 앉아 있을 수만은 없었다. 또 혼자서 사냥도 좀 하고 싶었다. 의자를 밀고 코트를 걸쳐 입었다. 뭔가 주머니에서 딸랑거려서 꺼내 보니 롤라가 날 위해 넣어 놓은 열쇠 복사본이었다. 열쇠의 각 손잡이에는 립스틱으로 키스가 되어 있었고 열쇠들을 묶어 놓은 고리에는 작은 하트가 매달려 있었다. 하트를 열자 롤라가 나를 보며 웃고 있었다.

나도 역시 그녀에게 웃어 주었고 간밤에 그녀가 하지 못하게 했던 말을 그녀의 사진에다 대고 말했다.

아직도 비가 더 올 것 같았다. 하늘에 회색 구름이 어지럽게 몰려 왔다. 두껍고 축축한 담요처럼 머리 위에 어지럽게 떠 있는 회색 구름이 큰 건물들의 윗부분을 가렸고 곧 작은 건물들 위에도 내려앉을 것 같았다. 강으로부터 차가운 바람이 안개를 몰고 와 모든 것을 작은 물방울로 덮었다. 접혀 있는 우산들은 금방이라도 펼쳐질 것 같았다. 버스를 기다리거나 도로변에 혼자 서 있는 사람들 중 비옷을 가지고 있지 않은 사람들은 불안한 듯 날씨 변화에 주시하고 있었다.

경찰차가 두 번이나 요란한 사이렌 소리를 내며 도로 중앙을 헤치고 남쪽으로 지나갔다. 나는 신문 가판대 앞을 지나가면서 큰 제목이 붙은 최신호와 특별호를 보았다. 일 면에 시의회 회원과 사회적으로 저명한 제조업자가 즉결 심판소에 있는 사진이 났다.

제조업자는 분개한 것처럼 보였다. 경찰이 어떤 중요한 기밀 정보를 가지고 있으나 지금은 밝힐 수 없다는 내용이 부제로 나와 있었다. 그건 머레이의 암호 책일 것이다. 팻이 그 건을 어떻게 진행시키고 있는지 궁금해졌다.

모퉁이에 있는 바에 들어가 뒤쪽에 자리를 잡고 맥주를 주문했다. 그곳의 대화 주제는 단 한 가지였다. 이 사람 저 사람 할 것 없이 의견이 분분했다. 특징 있는 코를 가진 신경질적인 한 남자가 경찰이 체계가 없다며 맘에 들지 않는다고 했다. 그러자 어떤 젊은 여자가 그에게 시끄럽다고 말했다. 15분에 한 번씩 사건에 연루된 거물들의 이름이 새롭게 거론되는 특별 속보가 나왔지만 어떤 특별한 정보를 주지는 못했다.

두 시간이 조금 넘게 앉아 계속 맥주를 마시면서 단적인 도시의 견해를 들었다. 세상에 알려진 악이 순식간에 설 자리를 잃고 있었다.

충분히 들은 다음 전화 박스로 천천히 걸어가 써닉 하우스에 전화를 걸었다. 호텔 접수원이 베린 씨가 몇 분 전에 막 도착했다고 말했다. 고맙다고 하고 전화를 끊었다. 나중에 찾아가 돈을 돌려줄 것이다. 안개가 옅게 깔린 거리로 나와 좀 더 활기찬 바에 찾아들어가 머릿속에서 퍼즐에 맞출 다른 조각을 탐색했다.

뱃속에서 부글거리는 소리가 나 시계를 확인해 보니 여섯 시 반이었다. 바텐더를 위해 카운터에 1달러를 던지고 걸어 나가 문간에 섰다.

다시 비가 내리기 시작했다.

식사를 마치고 차에 탔을 때는 거의 여덟 시였다. 저녁 그림자는 촉촉하게 밤으로 녹아들었고, 안달하는 북소리처럼 자동차 지붕을 두드리는 비는 생각을 누그러뜨렸다. 나는 뉴스를 들으려고 라디오를 켰으나 마음을 바꿔 음악을 찾았다.

45분 정도 지난 후 정처 없는 드라이브를 마치고 오래전에 가식을 버린 아파트 건물의 벗겨진 벽 사이의 길가에 차를 댔다. 코비 베넷의 방에서는 불빛이 전혀 새어 나오지 않았다. 나는 자리를 잡고 기다렸다.

끝없는 벽돌과 콘크리트 속에 나는 혼자 있었던 것 같다. 코트 깃을 세워 모자의 챙과 맞닿게 하고 거기에 웅크리고 있는 날 돌아보지도 않았다. 오래된 차 몇 대와 산 지 얼마 안 된 말끔한 차 두어 대가 띄엄띄엄 도로를 지나갔다. 한 남자가 어떤 건물에서 나와 머리 위에 신문을 받치고 모퉁이로 급하게 사라졌다.

멀리서 길을 터 주기를 요구하는 소방차 한 대와 요란한 소리를 내며 그 뒤를 따라오는 또 다른 소방차 소리가 들렸다. 사이렌 소리가 사라져 갈 때쯤 코비의 집 문이 열렸고 그 작은 포주가 걸어 나왔다. 5분 이른 시간이었다. 그는 입에 담배를 물고 있었지만 불을 붙이려는 손이 너무 심하게 떨려 불꽃이 꺼져 버리자 넌더리가 난 듯 불도 안 붙은 꽁초를 보도에 던져 버리고 계단을 내려왔다.

빗속에서도 코비는 급하게 걷지도 똑바로 걷지도 않았다. 코비는 불규칙하게 거리의 불빛을 피해 그림자 속으로 걸었다. 어느 상점 앞에 왔을 때 자신이 미행당하고 있는지 살피려고 머리를 돌려 유리를 들여다보는 것이 보였다.

코비가 모퉁이를 돌 때까지 기다렸다가 차를 출발시켰다. 거기에 경찰이 있었는지 모르겠지만 보이지는 않았다. 이 밤에 움직이는 건 아무것도 없었다. 코비의 행로를 알고 있었기 때문에 그를 따라가기보다는 먼저 가서 기다리기로 작정하고 일방통행로를 돌아 그가 걷는 방향으로 올라갔다.

여기에는 아직 문을 닫지 않은 상점들이 몇 개 있었다. 싸구려 술집 두 개가 가깝게 붙어 있었다. 고약한 김 빠진 맥주 냄새가 블록 전체에 풍겼다. 어떤 아파트 위층에서 싸움이 벌어지고 있었다. 누군가가 커피 주전자를 유리창에 던져 그 파편이 지하로 들어가는 입구까지 떨어져 쨍그랑거리게 만들었다. 그러자 코비는 가까운 계단 통로를 피난처 삼아 돌진해서 웅크리고 있다가 소동의 진원지가 어딘지 파악한 다음 계속 걷기 시작했다. 그는 담뱃불을 붙이기 위해 한 번 멈췄고 이번에는 제대로 붙였다.

차 한 대가 싸구려 술집 앞에 섰을 때 코비는 거의 내 맞은편에 있었다. 코비는 공포로 몸이 굳어져 한 손을 입 쪽으로 반쯤 가져갔다. 그가 담배를 다 피웠을 때 운전자가 차에서 나와 급하게 뛰어갔다.

눈에 띄지 않게 도로 반대편에 있는 코비 앞으로 지나가기 위해 코비처럼 그림자가 진 곳으로 달라붙어서 갔다. 미행하는 것은 아무 쓸모가 없었다. 코비의 움직임을 예측해서 그보다 앞서 있어야 했다. 비 때문에 일이 수월해졌다. 간판에 있는 천막 밑으로 걷다가 문간에서 숨을 돌리고 다시 이동했다.

경찰 한 명이 헐거운 비옷을 입고 휘파람을 불며 지나갔다. 경찰봉이 걸음에 맞춰 그의 다리에 부딪히고 있었다. 팻이나 그의 사람들은 보이지 않았다. 그저 코비와 나뿐이었다. 우리는 이제 그의 영역 내에 있었고 거리는 비와 긴장하지 않은 사람들로 움직이고 있었다. 나는 멈춰 서서 코비가 구석에서 머뭇거리다가 맞은편 거리로 무거운 발걸음을 옮기는 것을 지켜보았다.

어디서 나타날지 예측할 수가 없었다. 확실히 컴컴한 아파트 입구일 것이라고는 생각하지 못했다. 코비는 포기한 듯 그냥 터벅터벅 걷고 있었다. 짧은 긴장의 순간이 지난 후 그의 심신이 원래의 상태로 돌아갔다. 순간 갑자기 그의 등이 뻣뻣해졌고 완전히 공포에 질린 비명 소리가 들렸다. 그의 머리가 건물을 따라 돌았고 자동으로 그의 손이 올라갔다.

만약 그놈이 문간에서 쐈더라면 코비를 맞췄을 것이다. 그러나 그놈은 가까이 쏘기 위해 총을 쥐고 계단을 내려왔다. 그리고 세 번째 계단에 다다르기 전에 어쩔 수 없이 벌어질 상황을 피해 보려고 코비가 목청을 다해 소리를 질렀던 것이다. 그 총은 코비의 가슴과 같은 높이까지 왔지만 발사되지 못했다. 그놈은 그 문간에서 발사된 보이지 않는 총을 맞고 코비 바로 옆에 떨어졌기 때문이다.

나는 총을 쥐고 뛰어갔다. 무거운 주먹이 코비의 실갗을 강타했을 때 고함 소리와 힘없는 독설이 섞여서 들렸다. 그 둘이 떨어져 곧바로 한 명이 간신히 일어섰을 때 여전히 난 15미터나 떨어져 있었다. 코비가 몸을 웅크리고 쓰러지자 그놈이 총을 발사했다. 불꽃이 코비의 머리를 향해 번개처럼 질주했다.

다른 한 사람은 아예 일어나지도 않았다. 그는 총을 든 팔을 보도에 기대고 정확히 조준해서 발사했다. 그놈이 뛰는 것보다 모자가 더 빠르게 날아갔고 그가 생명 없는 살덩어리가 되었을 때까지도 여전히 모자가 공중에 있는 것으로 보아 총알이 그의 머리를 관통한 것이 틀림없었다.

　길 위쪽에서 총소리가 났다. 누군가 소리를 질렀고 다시 총을 쏘았다. 나는 총을 가진 그 남자 위에 있었고 그의 총이 내 복부를 겨누고 있는 걸 봤지만 전혀 걱정하지 않았다. 그는 경찰이 분명했고 발이 눈에 띄게 컸다.

　나도 똑같이 나의 45구경 권총과 함께 손을 들고 말했다.

　"마이크 해머, 사설 경찰입니다. 면허는 주머니에 있습니다. 보여 드릴까요?"

　그 경찰이 일어나서 머리를 흔들었다.

　"당신이 누군지 압니다."

　순찰차가 모퉁이를 돌아 나타났다. 이미 열려 있는 옆문으로 제복을 입은 순찰 경관이 총을 위로 향한 채 몸을 내밀고 있었다. 그 경찰과 나는 함께 소동이 있었던 도로를 대각선으로 건너 그 차를 쫓아갔다.

　창문을 열고 아래를 향해 무슨 일이냐고 소리치던 사람들은 나오지 말라는 이야기를 들었다. 그때 어떤 목소리가 외쳤다.

　"그가 지붕에 있어요!"

　또 한 번 총성이 울렸고 이번에는 벽에 묻혔다. 한 여자가 비명을 지르고는 문을 쾅 닫고 도망쳤다.

　거의 마술처럼 탐색 등이 나와 건물의 정면과 지붕으로 긴 팔을 뻗어서 누군가를 쫓아 지붕 위를 달리고 있는 대여섯 명의 형태를 비췄다.

　반사된 빛으로 인공적인 새벽이 연출됐다. 거리에는 경찰이 가득했고 팻이 탐색 등 중 하나를 잡고 있었다.

우리는 동시에 서로를 보았다. 팻은 그 탐색 등을 사복을 입은 어떤 남자에게 넘겼다. 내가 말했다.

"도대체 어디서 튀어나왔어? 1분 전까지만 해도 한 명도 없었는데 말야."

팻이 우거지상으로 나를 보았다.

"우린 온 게 아냐, 마이크……. 계속 거기에 있었어. 그 건달 녀석들 별로 똑똑하지 않더군. 하루 종일 뒤를 밟았는데도 전혀 눈치 채지 못했거든. 제길, 그런데 우리가 함정을 판 걸 녀석들이 눈치 채고는 서로 바짝 붙어 다니기 시작하더라고. 코비는 처음 블록에서 나오기 전에 발견됐어. 그 녀석들은 전화로 계속 연락을 주고받고 있었어. 코비가 여기로 내려오는 것을 보고는 한 놈이 급하게 건물 뒤로 와서 그 앞에 나타났고. 한 놈은 코비가 빠져나갈 경우를 대비해 블록 위에 있었고."

"철저하군. 거기에 몇 명이나 있었지?"

"지금까지 아홉 명이야. 그중 일곱 명은 손 들고 순순히 따라왔어. 우리는 그들에게 경고가 돌지 않도록 말하라고 했지. 근데 블록 아래 있던 녀석은 어떻게 됐지?"

"죽었어."

지붕에서 일제 사격이 벌어져 석재를 강타하고 하늘로 튕겨 나갔다. 몇몇은 도망가지 못했다. 날카로운 비명 소리가 그걸 증명해 주었다. 위에 있던 경찰 중 한 명이 불빛으로 나와 아래를 향해 소리쳤다.

"이 남자 죽었어요. 여기에 부상당한 경관이 있습니다. 들것을 준비해 주세요."

팻이 갑자기 소리쳤다.

"제길! 보면서 할 수 있게 현관으로 불을 비춰 줘!"

들것이 차에서 내려져 위층으로 옮겨졌다. 팻이 힘찬 팔 동작과 함께 또렷한 목소리로 지시를 내리고 있었다.

그때 내가 할 수 있는 건 아무것도 없었다. 군중을 헤치고 나가 길 위로 올라갔다. 보도에 있는 시체를 둘러싸고 있는 사람들의 무리가 있었다. 그중 애들 두 명이 부모를 뿌리치고 좀 더 가까이서 보려고 했다.

코비 베넷은 어디에도 보이지 않았다.

14장

　내가 했든 남이 했든 일이 잘 마무리된 것을 보면 의기양양한 기분이 든다. 내 고물차에 타면서 특별한 만족감 같은 자부심을 느꼈다. 놈들이 스스로 벌인 게임에서 지고 있기 때문이다. 몇 분 후에 라디오를 틀자 정규 프로그램을 중단하고 뉴스 속보가 나왔다. 채널을 여기저기 돌려 보았지만 모두 똑같은 방송이 나왔다. 사건의 행보를 일거수일투족 감시하는 눈들이 바로 거기에 있었다. 아마 저쪽 녀석들도 시내 여기저기에 흩어져 나와 똑같은 방송을 듣고 있을 것이다. 경찰이 자신들의 의지대로 밀고 나가려는 이상 이제 돈은 아무런 의미가 없다. 돈은 법을 뛰어넘을 수 있는 단 한 가지 방법이다. 하지만 법이 바로 등 뒤에서 뒤통수를 치려 한다면 가장 멍청하고 생각이 없는 킬러라도 다시 한 번 생각해야 할 것이다.
　그 녀석들, 오늘 밤에는 냉소를 짓지 못할 것이다. 이대로 계속 되면 나머지 녀석들도 하나둘 잡히겠지. 중간에 있던 녀석들도 우세한 쪽으로 점점 가세할 것이고, 부패한 정치와 배후 조작 세력이 쓴맛을 보고 있다. 난 내가 설 곳을 알고 있었고 나름대로 확신도 있었다.

업타운으로 차를 몰고 가다 보니 써닉 하우스의 몇 블록 근처까지 가게 되었다. 늦기는 했지만 잠시 들러 내 고객을 만나고 싶었다. 그 노인도 이 소식을 들으면 좋아할 것이다. 돈까지 지불했으니 말이다. 그는 최소한 돈을 들인 보람이 있었다. 그의 대리석 무덤이 오랜 시간이 흘러 사라진 후에도 곳곳에서 베린그로틴이란 이름이 기억될 것이며 누군가 그를 기억하는 것……, 그것이 바로 그가 원하는 것이었다.

그 오래된 상류층 저택 옆에 주차장으로 굽어 들어가는 진입로가 있었다. 나는 중간쯤 들어가서 차를 세우고 내 아버지 나이쯤으로 보이는 벨보이에게 차 키를 넘겨 주었다. 문으로 들어가면서 그가 차에 기어를 넣고 시야를 벗어나는 소리를 들었다. 나는 그가 뭔가에 부딪히지 않을까 하고 기다리고 있었으나 제대로 한 것 같았다.

써닉 하우스는 지난 세월을 잘 간직하고 있는 유물로, 점잖은 손님들만 이용하고 있었다. 그 조용한 분위기는 늦은 시간 때문이 아니라 원래 그런 것 같았다. 로비는 금도금과 가죽으로 호화롭게 꾸며져 있었다. 천장 위에 있던 구식 가스 설비는 전기로 바뀌었으나 노란 전구는 마호가니로 장식된 벽으로 된 영안실 같은 분위기를 그다지 밝게 해 주진 못했다. 실내에 붙어 있는 사진들은 오래전 이 도시의 평화롭던 시절을 보여 주었다. 써닉 하우스는 최고의 명예를 간직하고 있는 이름이었다.

안내원에게 베린 씨가 있는지 물어보았다.

안내원은 천천히 고개를 끄떡이더니 눈썹을 찌푸렸다.

"베린 씨가 방해받고 싶어하지 않으실 텐데요, 선생님. 여러 해 동안 줄곧 여기에 오셨기 때문에 그분이 뭘 원하시는지 잘 압니다."

"이게 아주 특별한 상황이라서요. 전화 좀 걸어 주시죠?"

"죄송하지만……. 정말 지금은, 선생님, 적당한 때가 아닌……."

"만약 지금 내가 갑자기 손가락을 물고 미친 듯이 휘바람을 분 다음 위아래로 뛰어다니면서 목청껏 소리 지른다면 어떻게 할 겁니까?"

안내원의 눈썹이 머리선이 있던 곳까지 올라갔다. 그가 목을 길게 빼고 어떤 노인이 앉아 있는 벽을 바라보자 그 노인이 의자에 앉아서 고개를 끄떡였다.

"정 그러시면 경비원을 부를 수밖에 없습니다, 선생님!"

그에게 조용히 활짝 웃어 준 다음 손가락을 입으로 가져갔다. 그러고는 다른 손으로 전화기를 가리키며 기다렸다. 그 안내원은 사태를 수습하느라 얼굴이 창백해졌고 당황하더니 다시 창백해졌다. 분명 그는 열댓 명보다는 차라리 한 명만 화나게 하는 것이 낫다고 생각하고 수화기를 들었다.

안내원은 다이얼을 돌리며 나를 초조하게 지켜보았고 응답이 없어 계속해서 돌리자 어떤 큰 목소리가 받아 그의 몸이 움찔해질 만큼 소리를 질러 댔다.

"죄송합니다, 선생님. 그런데 어떤 남자가 꼭 뵈어야 한다고 합니다. 그가 말하길…… 상당히 급한 일이라고 합니다."

전화에서 한 번 더 큰 소리가 났고 그 안내원은 침을 꿀꺽 삼켰다.

"마이크 해머라고 전해 주시오."

내가 말했다.

내 고객의 긴 열변으로 그 말을 전달하기가 그리 쉽진 않았지만 결국 그가 창백하게 말했다.

"해머 씨라는 사람입니다, 선생님……. 해머 씨라는 사람이요. 예, 마이크 해머 맞습니다. 예, 지금 바로 여기에 있습니다. 알겠습니다, 선생님. 바로 올려 보내 드리겠습니다."

안내원은 손수건으로 얼굴을 닦았고 가장 열등한 사람이 지을 법한 표정으로 날 쳐다보았다.

"406호실입니다."

그가 말했다. 나는 고맙다는 손짓을 한 다음 중앙에서 머리 위쪽 통로로 운행되고 있는 엘리베이터를 무시하고 계단을 올라갔다.

베린 씨는 문을 열어 놓고 나를 기다렸다. 다른 방이 나오리라 기대하면서 문을 닫고 들어갔지만 그건 완전히 틀린 생각이었다. 밖에서 보이는 써닉 하우스의 모습이 어떻든 간에 완전히 잘못된 것이었다. 지금 이 방은 내가 보는 한 최고의 스타일로 완성된 완벽한 스위트룸이었다.

잠시 후 내 고객이 실크로 된 스모킹 재킷을 입고 모습을 보였다. 그의 머리는 불쾌한 안내원 때문에 깊은 잠을 깬 것이 아니라 손님을 모시기로 계획이라도 하고 있었던 듯이 새하얀 갈기처럼 잘 빗질이 되어 있었다.

베린 씨는 내 손을 꽉 잡았다.

"이렇게 보니 좋습니다, 마이크, 아주 좋아요. 들어가서 얘기나 합시다."

"고맙습니다."

중앙에 그랜드 피아노가 있는 거실을 지나 도로와 마주하고 있는 작은 서재로 날 안내했다. 그 서재에는 책들이 진열되어 있었고 동물의 머리, 물고기 그리고 그의 젊었을 때 사진들이 벽 위쪽에 여러 열로 붙어 있었다.

"정말 멋진 집입니다, 베린 씨."

"맞아요, 보시다시피 여러 해 동안 쓰고 있습니다. 내가 시내에 들어오면 머무는 집으로 호텔의 편의 시설을 다 갖추고 있습니다. 여기 앉으시지요."

그가 내게 속이 꽉 찬 가죽 소파를 권했고 나는 푹 꺼져 앉았다. 그동안 이 자리에 앉았던 다른 사람의 외형이 느껴졌다.

"시가 드릴까요?"

"아닙니다, 고맙습니다."

내 담배를 꺼내 한 대를 입에 물었다.

"이렇게 잠자리를 방해해서 죄송합니다."

"천만에요, 마이크. 조금 놀랐다고나 할까요. 아마 오랫동안 몸에 밴 습관을 가지고 있어서 그런 겁니다. 당신이 나를 보고자 한 데는 중요한 이유가 있을 거라 생각했습니다."

담배 연기를 자욱하게 한 번 내뿜고 내가 말했다.

"아닙니다. 그냥 누군가와 얘기를 좀 하고 싶었습니다. 그런데 제가 아직 그 500달러를 가지고 있으니 그 핑계로 선생님을 그 누군가로 고른 겁니다."

"500달러라면……. 내가, 아, 그 경비를 충당하라고 보낸 돈 말입니까?"

"그렇습니다. 지금은 필요가 없어져서요."

"하지만 정보를 확보하는 데 필요한 돈이라고 하지 않았습니까, 마음이 변하기라도 하셨나요?"

"아닙니다, 그 여자가 죽어서 현금으로 바꾸질 못했지요, 그뿐입니다."

그의 당황한 얼굴은 곧 놀라움으로 변했다.

"제가 미행을 당했습니다. 멍청하게 전 그 생각을 못했는데 어쨌든 미행을 당했어요. 내 뒤를 쫓던 녀석이 그녀를 죽이고 자살처럼 보이게 위장했더군요. 하지만 잘 안됐습니다. 제가 밖에 있는 동안 같은 패가 제 방을 뒤져서 몇 가지 물건을 손에 넣었고요."

"혹시 누가 그랬는지……?"

그는 목이 막혀 말을 잇지 못했다.

"피니 라스트입니다. 베린 씨께서 전에 고용했던 직원 말입니다."

"그런 일이!"

"그렇습니다."

그는 손가락으로 무릎을 꽉 쥐었고 손가락 마디가 하얗게 될 때까지 점점 조여 들어갔다.

"내가 뭘 한 거지, 내가 뭘 한 거지?"

눈을 감고 그렇게 앉아 있는 그의 모습이 처음으로 늙고 힘없어 보였다.

"베린 씨께서는 아무것도 하지 않았습니다. 어쨌거나 일어날 일이었으니까요. 굳이 한 게 있다면 같은 일이 다시 일어나지 못하게 만든 것입니다."

"고맙습니다, 마이크."

일어나서 그의 어깨에 손을 올리고 말했다.

"자, 이러지 마세요. 베린 씨께서 괴로워하실 일이 전혀 없습니다. 오히려 좋아하셔야 할 겁니다. 지금 밤낮으로 시내에서 어떤 일이 벌어지고 있는지 아시지요?"

"네, 나도 들었습니다."

"베린 씨께서 돈을 지불한 결과입니다. 이곳의 품위를 되살려주는 것 말입니다. 그게 이 도시가 오랫동안 원했던 것입니다. 빨강 머리의 이름을 찾아주라고 절 고용하셨죠. 대신 우린 더러운 책 하나를 찾아냈습니다. 다 그녀가 신원 불명인 채로 보관소에 누워 있었기 때문입니다. 전 그녀가 이름 없이 묻히는 걸 원하지 않았습니다. 베린 씨도 그랬고요. 누구도 뭐가 나올지 예상치 못했고 이건 확실히 아직 끝나지 않았습니다. 언젠가 고개를 들 수 있는 도시가 될 때 다시 햇빛이 비치겠죠."

"하지만 그 빨강 머리는 아직도 이름이 없지 않습니까?"

그가 지친 눈을 하고 찡그린 얼굴로 나를 바라보았다.

"아직이요. 아마 곧 찾을 겁니다. 전화 좀 써도 될까요?"

"물론입니다. 거실에 있습니다. 그동안 마실 것을 만들지요. 아무래도 한 잔 해야 할 것 같습니다. 괴로운 소식엔 익숙하질 않아서요."

베린 씨의 동작에는 보기에도 애처로운 슬픔이 묻어 있었다. 그 노인은 술을 많이 마실 작정이었다. 나는 전화를 찾아 벨다의 집으로 걸었다. 그녀는 한참 후에야 전화를 받았고 심하게 화가 나 있었다.

"나야, 벨다. 사무실에 별일 있나?"

"세상에나, 마이크, 가장 끔찍한 시간에 전화를 하는군요. 사무실에서 저녁 내내 당신이 전화하기만 기다렸다고요. 그 여자 말예요, 롤라 맞지요? 특별 우편으로 봉투를 보냈어요. 봉투 속에는 전당표 한 장만 달랑 들어 있었고요."

"전당표라고?"

내가 소리 높여 말했다.

"그럼 그녀가 찾은 거야, 벨다! 이런, 그녀가 찾아냈다고! 그거 지금 어디에 뒀지?"

"사무실에 두고 왔어요, 내 책상 위에요."

그녀가 말했다.

"제길, 잘됐군. 이봐, 아가씨, 내가 사무실 열쇠를 집에 두고 왔거든. 한 시간 후에 거기서 만나자고……. 아니 한 시간 반으로 하지. 일단 내가 축하주를 한 잔 해야 할 것 같거든. 거기서 팻한테 전화해서 같이 가면 되겠군. 그래, 그러면 되겠어, 벨다. 잠시 후에 보자고!"

손으로 잠시 동안 통화 차단 버튼을 눌렀다가 롤라의 집으로 다이얼을 돌렸다. 전화벨이 마저 울리기도 전에 그녀의 목소리가 들렸다. 그녀는 흥분해서 숨도 제대로 쉬지 못했다.

"마이크, 내 사랑……."

"오, 마이크, 어디 있어요? 내가 보낸 봉투는 받았어요?"

"방금 벨다에게 전화했는데 사무실에 두고 왔대. 조금 있다가 가서 가져오려고 해. 그런데 어디서 찾은 거야?"

"바우어리가 근처의 작은 전당포에서요. 당신이 말한 것처럼 창문에 매달려 있었어요."

"잘했어! 카메라는 지금 어디 있지?"

"제가 가지고 있어요."

"그럼 그 전당표는 왜 보냈지?"

롤라의 말투가 바뀌었다.

"그걸 찾는 사람이 또 있었어요, 마이크. 한동안 그들이 저보다 앞질러 갔던 게 확실해요. 다섯 가게에서 내가 그런 카메라를 찾는 두 번째 사람이라고 하더군요."

그 말에 등골이 오싹해졌다.

"어떻게 된 거야?"

"그게 누구든 나와 똑같은 방법을 사용하고 있었어요……. 전화번호부에서 시작한 것 말이에요. 난 맨 끝에서부터 거꾸로 찾아다녔죠."

베린 씨가 들어와서 내게 조용히 하이볼을 권했다. 고맙다는 고갯짓을 하고 나는 쟁반에서 잔을 집어 든 다음 재빨리 마셨다.

"계속해 봐."

"그러고 나서 카메라를 찾았지만 전당표를 가지고 있기가 두려웠어요. 그래서 사람을 시켜 보낸 거예요."

"똑똑한 아가씨라니까. 정말 사랑해. 예쁜이. 얼마나 사랑하는지 당신은 정말 모를 거야."
"제발요, 마이크."
오랜만에 기쁨에 넘쳐 롤라에게 행복하게 웃었다.
"이번엔 가만 있으라고, 롤라. 이것만 끝나면 당신과 나, 우리 손에 세상을 가지고 평생 즐기게 될 테니까. 말해 봐, 롤라. 크게 계속 말해 보라고."
"마이크, 사랑해요, 당신을 사랑해요!"
그녀는 울면서 계속 말했다.
나는 목소리를 부드럽게 바꿔 말했다.
"기억해 줘, 내 사랑……. 나도 당신을 사랑해. 곧 거기로 갈게. 기다려 줄 거지?"
"물론이죠, 내 사랑. 빨리 와 줘요. 너무 보고 싶어서 괴로우니까요."
전화를 끊은 뒤 술잔을 길게 들이켜 비운 다음 서재로 들어갔다. 나의 기쁨을 베린 씨에게 조금 나누어 줄 수 있기를 바랐기 때문이다. 그에게 절실히 필요한 것이었다.
"다 끝났습니다."
내가 말했다.
베린 씨는 아무 대답도 하지 않고 천천히 고개를 돌렸다.
"살인이 더…… 일어날까요, 마이크?"
"아마도요. 아마 법대로 집행이 되겠죠."
그는 술잔을 입술로 가져갔다.
"기분이 좋아야 할 텐데, 난 정말 죽음에는 적응이 안 되는군요. 부분적으로 내게 책임이 있을 때는 특히 더 그렇지요."

그는 몸서리를 치더니 술잔을 내려놓았다.

"한 잔 더 하시겠습니까? 난 한 잔 더 하려고 합니다만."

"좋습니다. 아직 시간이 좀 있으니까요."

베린 씨는 쟁반에 내 술잔을 가져간 다음 나가는 길에 라디오 겸 축음기의 뚜껑을 열었다. 금속 그리퍼에는 이미 여러 장의 레코드가 꽂혀 있었고 그가 첫 번째 판에 바늘을 올려놓았다. 나는 뒤로 기대어 담배의 빨간 끝 부분에서 연기가 위로 말려 올라가는 것을 지켜보면서 바그너풍 오페라의 쾅쾅거리는 울림을 들었다.

베린 씨가 이번에는 아예 술병과 믹서, 얼음 한 통을 가지고 왔다. 그는 내게 술을 건넨 후 자신의 의자 모서리에 앉아 말했다.

"말해 봐요, 마이크, 자세한 것은 빼고, 그냥 요점만 말이오. 그리고 그런 일이 발생한 이유도요. 알고 나면 아마 내 마음이 편해질지도 모르겠군요."

"구체적인 내용이 중요한 것이라 빼놓고 얘기할 수가 없겠는데요. 어쩔 수 없었던 것들을 제거할 수 있게 돼 다행이라는 걸 말씀드리고 싶군요. 어떤 이름을 추적해 보니 범죄가 드러났고 그 범죄를 추적하자 더 큰 이름들이 드러났습니다. 지금 경찰 수사망은 그 누구에게도 편파적이지 않습니다. 경찰들은 되든 안 되든 위험을 감수하며 수사를 하고 있지요. 우리가 여기 앉아 있는 이 순간에도 이 도시를 장악하고 있는 사악하고 썩은 세력들에게 시련이 점점 가까워지고 있을 겁니다.

베린 씨께서는 자부심을 느끼셔야 합니다. 전 그렇거든요. 전 대단한 자부심을 느낍니다. 낸시는 잃었지만 롤라를 알게 됐고요……. 제 자신도 약간 찾게 되었습니다."

"그 여자를 위해서 우리가 뭔가 할 수만 있다면 좋을 텐데……."

"낸시 말입니까?"

"그렇습니다. 그녀는 정말 완전히 외톨이로 죽었으니까요. 그러나 모두 그녀가 자초한 일이었습니다. 당신이 말한 것처럼 그녀가 사생아를 낳고 악의 구렁텅이에 빠진 것이 사실이라면 누구를 탓하겠습니까? 분명 그녀 자신이겠지요."

그는 머리를 흔들면서 알 수 없다는 듯 눈살을 찌푸렸다.

"사람들이 자부심을 조금이라도 가졌더라면……. 다만 아주 약간의 자부심이라도 있었더라면 이런 일은 없을 텐데. 비단 낸시라는 소녀만이 아니라요……. 그녀와 같은 사람들이 얼마나 더 많습니까? 이번 조사로 그 숫자가 밝혀진대도 놀랄 일이 아니지요. 마이크, 내 강한 자부심을 유치한 허영심이라고 여겼던 때가 있었습니다. 내가 몰두할 수 있는 허영심 말입니다. 하지만 지금은 나한테 그런 자부심이 있다는 걸 다행으로 여깁니다. 그건 그 무언가를 의미하는 것입니다. 이름에 대한 자부심, 소유에 대한 자부심을 말입니다. 난 나의 훌륭한 저택을 보면서 이렇게 말할 수 있습니다. '이 집은 내가 노력해서 얻은 나의 집이야.'라고 말입니다. 난 내 이름만 남을 미래를 대비해 계획을 세울 수도 있고 그것이 기억될 거라는 자부심을 가질 수 있는 것입니다."

"글쎄요, 이건 이중 잣대의 문제입니다. 그런 실수를 그 애들 잘못이라고 할 수는 없습니다. 모든 사람들이 실수를 하지만 거미줄에 걸리는 건 고작 몇몇뿐인 것 같습니다. 그렇게 되면 힘들어지는 겁니다. 진짜로 힘들어지는 거죠."

시계를 보고 일어섰을 때는 이미 술병의 절반이 비워진 상태였다. 모자를 집었을 때 그 수표가 생각나 그에게 한 장 써 주었다.

"벌써 늦어 버렸네요. 벨다한테 한 소리 듣겠는데요."

"얘기 나누어서 즐거웠소, 마이크. 내일 다시 들러 줄 수 있겠습니까? 어떻게 돼 가는지 알고 싶어서 그럽니다. 조심하세요."

"조심하겠습니다."

내가 말했다. 우리는 문에서 악수를 나눴고 계단에 이르렀을 때 문 닫히는 소리가 들렸다. 1층에 내려왔을 때 아까 그 안내원이 나에게 조용히 하라는 듯 손가락을 입술에 대고 있었다. 제길, 정말 휘파람을 불지 않을 수 없었다. 나는 주차장에서 차를 빼서 도로로 나왔다. 나는 좀 더 길게 생각에 빠졌다.

벨다는 거의 나를 포기한 것 같았다. 그녀가 우산을 곤봉처럼 흔들며 해커드 빌딩 앞 거리를 걷는 게 보였다. 나는 차를 세우고 그녀에게 경적을 울렸다.

"한 시간 반이라면서요."

"미안, 예쁜이, 차가 막혀서 말야."

"항상 차가 막히는군요."

그녀는 화를 낼 때 더 예뻤다.

우리는 로비에 있는 야간 방명록에 이름을 적었다. 혼자 있던 경비원이 사무실이 있는 층까지 같이 왔다. 벨다는 호기심에 못 이겨 계속 곁눈질로 나를 지켜보고 있었다. 마침내 그녀는 더는 참지 못했다.

"나도 대개 일이 어떻게 돌아가고 있는지 알아야죠, 마이크."

최대한 짧게 그녀에게 말해 주었다.

"바로 빨강 머리야. 그녀는 자신의 카메라로 사진을 찍었어."

"그랬겠죠."

"그것들은 평범한 사진이 아니었어. 공갈에 사용할 수도 있을 만한 것이었지. 그녀는 그런 사진들을 아주 많이 가지고 있던 게 틀림없어……. 그래서 시끄러워진 거고. 팻은 우리의 생각이 맞다는 이론에서 사건을 진행하고 있어. 증거로 그것들이 필요할 거야."

"음."

그녀는 이해하지 못했지만 이해한 척했다. 나중에 자리를 잡고 앉아서 자세한 설명을 해야 할 것 같다. 지금 말고 나중에.

사무실에 도착하자 벨다가 열쇠로 문을 열고 들어가 불을 켰다. 사무실에 온 것이 너무 오랜만이어서인지 낯설게 느껴질 정도였다. 벨다가 거울 앞에서 머리를 펴는 동안 나는 책상으로 갔다.

"그거 어딨어, 벨다?"

"사건 일지 위에요."

"안 보이는데."

"아이 참. 여기에……."

그녀는 책상에서 내 쪽으로 천천히 커진 눈을 돌렸다.

"없어져 버렸어요, 마이크."

"없어졌다니! 이런, 말도 안 돼!"

"정말 없어졌어요. 사무실을 나가기 전에 바로 여기에 뒀다고요. 확실히 기억해요. 책상을 정리하고……."

그녀가 말을 멈췄다.

"왜 그래?"

말하기가 두려웠다.

벨다가 메모장을 붙들고 맨 위의 빈 종이를 바라보았다. 그녀의 얼굴은 점점 빛을 잃어 갔다.

"젠장, 말을 해 봐!"

"한 장이 찢겨 나갔어요……. 롤라의 전화번호와 주소가 적힌 면이요."

"세상에!"

앞문을 열어 빛에 비춰 보았다. 열쇠 구멍 주변에 열댓 개의 가벼운 긁힌 자국이 금세 드러났다. 복도를 내달리는 내 귓가에 소리가 울리는 것으로 보아 내가 고함을 내질렀나 보다. 벨다가 뒤에서 소리쳤지만 듣지 않았다. 처음으로 엘리베이터가 원하는 위치에 있었고 안내원이 우리가 내려가기를 기다리고 있었다.

안내원이 내 얼굴에서 긴급함을 알아채고는 급히 문을 닫았다.

"오늘 밤에 누가 여기에 올라왔습니까?"

내가 다급하게 물었다.

"왜 그러십니까, 제가 아는 사람 중엔 없었는데요."

"보이지 않게 계단으로 올라올 수 있습니까?"

"네, 할 수 있을 것 같은데요. 경비원이나 제가 바쁠 때 말이죠."

"오늘 밤에 바쁘셨습니까?"

"그렇습니다. 출근하자마자 계속 바닥 청소를 하고 있었습니다."

욕이 나오는 걸 참으려고 이를 악물고 있었다. 그 남자에게 빨리, 더 빨리 가라고 소리를 지르고 싶었다. 날 빨리 내려 달라고.

맨 아래층까지 도착하는 데 끝없는 시간이 걸렸다. 벨다가 버튼을 계속 누르고 있었다. 나는 문이 다 열리기도 전에 그 사이를 몸부림쳐 빠져나가 내 차 쪽으로 곧장 뛰어갔다.

"오, 하느님,"

계속 혼자 말했다.

"오, 하느님……."

가속 페달을 최대로 밟자 속도계 바늘이 최고치를 오락가락했다. 코너를 돌자 타이어에서 거부하는 듯한 날카로운 소리가 났고 다음 코너에서도 다시 같은 소리를 냈다. 차가 드문 시간대인 데다 비까지 내려 다행이었다. 앞을 막는 차량이 한 대도 없었고 횡단보도에도 보행자가 없었다. 그렇지 않았더라면 절대로 제때에 도착하지 못했을 것이다. 어차피 앞만 보며 달렸고 뭐가 앞에 나타나든 피하지 않았을 테니까.

시간을 확인하진 않았지만 아파트 밖에 주차된 차들 사이로 들어가기도 전에 몇 시간이 지난 것 같았다. 내 발은 요란한 천둥 같은 소리를 내며 어둑어둑한 계단을 올라갔다. 문을 잡자마자 확 열고 소리를 질러 보려 했지만 뭔가 딱딱한 덩어리 같은 것이 목에 걸려 말이 나오지 않았다.

롤라가 팔을 쭉 뻗은 채 바닥에 쓰러져 있었다. 그녀의 드레스 상의는 피로 흠뻑 젖어 있었다.

롤라에게 달려가 그녀 옆에 무릎을 꿇고 앉았다. 내 손은 그녀의 얼굴을 향했다. 그녀의 가슴에 난 구멍에서 피가 뿜어져 나왔고 그녀는 여전히 숨을 쉬고 있었다.

"롤라……."

롤라의 눈꺼풀이 바르르 떨리면서 열렸다. 그녀는 나를 보았다. 붉은 생명력으로 감미롭게 무르익었던 그녀의 입술은 창백한 미소를 지었다.

"세상에, 롤라……."

그녀를 도우려 했으나 그녀의 눈은 이제 늦었다고 말했다. 너무 늦었다고. 그녀는 손을 움직여 나를 만진 다음 통증을 참으며 바깥으로 호를 그렸다. 그 움직임은 너무나도 의식적인 것이었기 때문에 주시하지 않을 수 없었다. 그녀는 안간힘을 써서 집게손가락을 뻗어 전화 테이블을 가리킨 다음 손을 문 쪽으로 돌렸다.

롤라는 아무런 소리도 내지 못했지만 입술을 움직여 마지막 말을 남겼다.

"사랑해요, 마이크."

그녀가 무엇을 원하는지 나는 알고 있었다. 몸을 앞으로 숙여 그녀의 입술에 살짝 키스했다. 눈물의 짠맛이 느껴졌다.

"오 하느님! 왜 롤라에게 이런 일이 일어나야만 합니까? 왜요?"

롤라의 눈이 감겼다. 그녀는 여전히 얼굴에 미소를 짓고 있었다. 그러나 롤라는 죽었다. 항상 이것만은 알아줘, 사랑해. 언제든, 당신이 어디에 있든, 내가 당신을 항상 사랑할 거라는 것을 알게 될 거야. 당신만을.

기쁨은 사라져 버렸다. 내 속은 텅 비었다. 어떠한 느낌도, 감정도 없었다. 뭘 느낄 수 있단 말인가……. 어떻게 했어야 한단 말인가? 너무 순식간에 벌어진 일이었다. 승리의 순간에 이렇게 내 사랑을 빼앗기다니. 눈을 감은 채 입에서는 '오, 하느님……'으로 시작하는 기도가 나왔다. 눈을 떴을 때 그녀는 여전히 문을 가리키고 있었다. 죽어서까지도 내게 뭔가를 말하려 하고 있었다.

롤라를 죽인 놈이 바로 문밖에 있다고, 내가 너무 빨리 올라와 그가 빠져나가지 못했다고 말하려 했다. 그놈은 결코 빠져나갈 수 없을 것이다! 내 발이 내 마음과는 따로 문 쪽으로 달려가고 있었다. 도중에 멈춰 서서 미세한 소리에 귀를 기울였고…… 무슨 소리가 들렸다. 조용히 조심스럽게 한 걸음씩 발을 떼는 소리였다. 그것은 내가 당연히 먼저 의사를, 그 다음엔 경찰을 불러 그 살인자가 도망칠 수 있는 시간을 주길 기대하는 발소리였다.

그렇게는 안 되지!

애써 조용히 하지 않았다. 층계참마다 난간을 거세게 흔들며 계단을 두 칸씩 뛰어 내려갔다. 바로 밑에 있던 살인자는 더는 은밀하게 움직이기를 그만두고 허겁지겁 도로로 달아났다. 아파트 정문에 이르자 굉음과도 같은 엔진 소리가 들렸고, 차에 올라타 도로로 방향을 틀었을 때 차 한 대가 차선 밖으로 나가는 것이 보였다.

15장

그 차를 몰고 있는 녀석이 누군지는 몰라도 완전히 겁을 먹어 제정신이 아니었다. 그는 뭐가 앞을 가로막든 개의치 않고 미친 듯이 도로를 질주했다. 차간 거리가 점점 좁혀지면서 아마 내 웃음소리를 들었을지도 모른다. 살기에 번득이는 눈과 이를 악물며 입술에 힘을 주고 인간과는 머리가 먼 얼굴을 떠올리고 그러는 것일지도 모른다.

분노로 뭉쳐져 뭔가를 갈기갈기 찢어 버리기를 원하고 있는 내 몸은 꽉 조여진 근육 덩어리일 뿐이었다. 숨을 제대로 쉴 수가 없었다. 한 번 크게 들이켜 최대한 오래 버틴 다음 내뱉기를 반복했다. 경찰차 한 대가 우리를 따라오려고 했지만 골목길에서 놓쳐 버렸다.

매 초마다 점점 거리가 좁혀지면서 앞에 있는 차의 꼬리밖에 보이지 않도록 시야를 흐리며 내 속을 태우던 불이 점점 더 활활 타올랐다. 시내를 가로지를 무렵 우리는 거의 범퍼가 맞닿을 정도의 거리에 있었고 최대 속도를 오락가락하면서 비틀거리는 내 차는 전복될 것만 같았다. 그러나 나는 두려움 때문에 그러기를 멈추고 다시 제 위치를 찾았다. 그것은 바로 그를 놓칠지도 모른다는 두려움이었다. 타이어가 다시 도로 바닥에 세게 부딪혔고 옆으로 방향을 틀었다. 위치를 제대로 잡고 다시 똑바로 가자 내 앞에 있던 차가 바로 옆에서 반 블록 앞서 가고 있었다.

전차 선로의 충격으로 핸들이 거의 손에서 벗어나기도 했지만 잠시 후 우리는 강을 향해 서쪽으로 가고 있었고 거리는 몇십 미터에서 몇 미터로 좁혀졌다. 난 놈이 어디로 가고 있는지 알 수 있었다……. 서부 고속도로까지만 가면 속도를 내어 나를 쫓아 버리고 교통 장애 없이 도망치려 한다는 것을 알고 있었다.

그놈은 영원히 내게서 도망칠 수 없다. 지금 난 두건을 쓰고 낫을 든 저승사자니까. 나는 손에 모래시계를 들고 450마력으로 달리며 눈물이 볼을 타고 내려올 때까지 웃어 댔다. 별안간 고속도로가 앞에 나타나자 그는 그쪽으로 방향을 틀었고 급하게 밟은 브레이크 때문에 차가 미끄러졌다.

거기에 있던 큰 기둥이 아니었더라면 그놈은 무사히 고속도로로 진입했을 것이다. 금속끼리 크게 충돌하는 소리와 함께 유리가 사방으로 흩어지는 것을 보고 나는 브레이크를 밟았다. 그 차는 한 번 구르고 나서 멈췄다. 나는 차를 세웠다. 그런데 그 차의 브레이크와 타이어가 다시 굉음을 내기 시작했다.

차 안에서 누군가 발로 차서 문을 열었다. 피니 라스트가 뛰어나와 비틀거리더니 내게 총을 겨누는 것이 보였다. 난 땅으로 곤

두박질쳤다. 총이 내 머리 위로 발사됐고 피니가 주춤거리는 동안 나는 기둥 뒤로 구르면서 총을 꽉 쥐었다.

달려라, 피니, 달려. 네 심장이 찢어지고 쓰러져 움직일 수 없게 되어도 네가 어떻게 죽을지 볼 때까지 달려 봐. 네 뒤에서 너보다 조금 빨리 뛰어오는 발소리를 들어보라고. 1초만 쉬어도 넌 완전히 죽을 테니까.

피니가 뒤돌아 거세게 한 방을 쐈지만 맞받아 발사하지 않았다. 방파제의 그림자 속으로, 컴컴한 격납고 입구를 향해 달아나는 그의 발에는 공포의 기색이 역력했다. 그것은 미친 것 같은 공포였다. 그 어둠은 꽉 막힌 벽처럼 그의 시야를 가렸고 나 역시 그의 바로 뒤에 있었기 때문에 아무것도 볼 수 없었다. 장님과 다름없이 벨벳 천을 눈에 씌워 놓은 것처럼 칠흑 같은 어둠이었다.

손으로 포장 상자를 친 후 난 그대로 멈췄다. 누군가 뭔가에 걸려 넘어졌다가 한마디 욕을 내뱉은 다음 기어가는 소리가 들렸다. 어둠 속에서 번쩍거리는 내 눈을 그놈이 못 볼 리 없었기 때문에 눈을 감아야겠다고 생각했다. 천천히 사물들이 형태를 만들기 시작하자 상자들이 양옆으로 천장까지 쌓여 있는 것이 보였고 그 사이에는 깜깜한 길이 나 있었다. 나는 몸을 숙여 신발 끈을 푼 다음 신발을 벗고 소리 없이 걸었다.

건물 반대쪽에서 억지로 참는 듯한 거친 숨소리가 흘러나왔다. 푸른 도시의 밤을 등지고 문간에 서 있는 나와의 간격을 좁히려고 피니 라스트가 나를 기다리고 있는 것이었다.

서둘러야 한다. 피니가 눈치 채기 전에 서둘러야 한다고 생각했다. 그는 금세 알 것이다. 분노는 그리 오래가지 못하고 이성에 꺾

인다는 것을. 그렇게 되면 그도 알아볼 것이다. 행운이 나를 이 미로의 끝으로 데려다 줄 것이라 믿고 상자들 주위로 걸어가 그 뒤에 섰다. 문으로 곧장 통하는 좁은 길을 찾아냈다. 하지만 피니는 그곳에 없었다. 나는 발로 판자 하나를 콘크리트 바닥으로 차 버렸고 반사적으로 나무 상자 속으로 몸을 숨겼다.

그런데 운 좋게도 피니가 튀어나온 상자 밑바닥에 뻗어 버렸고 그가 어깨 너머로 쏜 총알이 내 옆으로 몇 센티미터 빗나갔다.

그 덕분에 난 그의 위치를 파악했다. 나는 구석으로 연속해서 총을 발사했다. 그 나무 상자 밑으로 점점 더 기어 들어가는 소리가 들렸다. 우리 둘 중 누구도 먼저 위험을 감수할 수 없는 상황이었기 때문에 그는 이제 안전하다고 생각한 것 같았다.

손을 더듬어 손잡이를 찾은 다음 몸을 일으켜, 천천히 조용하게 거친 나무 상자들 위로 기어올랐다. 나무 파편이 살을 쑤시고 못이 옷에 걸려 손으로 다 떼어 내야만 했다. 고양이도 그보다 조용할 순 없었을 것이다.

상자 윗면이 단을 만들자 머릿속으로 거리를 재면서 조금씩 그 위를 기어갔다. 고개를 들어 모서리를 보자 그림자에서 불거져 나온 피니의 손이 총을 들고 좁은 통로의 위아래를 훑고 있는 것이 보였다. 바짝 긴장한 그의 손가락은 금세라도 방아쇠를 당길 준비가 되어 있었다.

앞으로 몸을 기대어 피니의 손에 정통으로 총알을 박아 준 뒤 놈이 고통 때문에 경련을 일으키고 상자 아래에서 몸부림치는 동안 위에서 뛰어내렸다. 그의 어깨를 발로 차자 그가 순간적으로 비명을 멈췄다. 그 다음에 우린 하나로 뒤엉켜 먼지 속을 구르며 서로에게 발길질을 해 댔다.

　총을 쓰고 싶지는 않았다. 손으로 해결하고 싶었다. 내 주먹이 그의 창백한 타원형 얼굴을 지나 목까지 강타했다. 그가 무릎을 들어올렸고 나는 간신히 몸을 돌려 다리로 맞았다. 이제 피니는 쓸 수 있는 손이 하나밖에 없었지만 손바닥을 세워 내 목을 내리치려 했다. 그는 나를 발로 차 밀어내고 피범벅이 되어 알아볼 수 없는 손가락을 휘둘러 내 귀를 쳤다.

　피니가 '안 돼!' 라고 외치려 했지만 내 손이 그의 목을 꽉 쥐고서 완전히 사지가 축 늘어질 때까지 그의 머리를 사정없이 콘크리트 바닥에 내리쳤다. 나는 그의 위로 올라가 너덜너덜해진 누더기 같은 그의 머리를 붙잡고 수도 없이 계속 내리치고 또 쳤지만 성이 차지 않았고 넌더리 나는 뭉그러지는 소리만이 내 온몸을 물들였다.

　그때서야 손을 놓고 엉망이 된 피니를 바라보자 메스꺼움을 느꼈다.

　경찰차의 사이렌과 밖의 부서진 차 주변에서 경찰들이 고함치는 소리가 들렸다. 그 다음 아주 작게 우리가 창고 안에 있다고 이야기하는 목소리가 들렸다. 나는 바닥에 앉아 가쁜 숨을 몰아쉬며 피니의 주머니 속을 뒤졌다. 손가락에 모서리가 찢어진 길쭉한 마분지가 닿았을 때 그것이 롤라의 목숨과 맞바꾼 바로 그 전당표라는 것을 알았다.

　경찰들이 불빛이 있는 밖으로 날 데리고 나가서 내 말을 들었다. 경찰차에서 본부로 연락해 팻을 호출하여 내가 더는 미친 총잡이 살인자가 아니라 임무 수행 중인 사설탐정이라는 것이 밝혀졌다. 롤라까지 재확인했고, 결정적 증거인 피 묻은 칼이 피니의 바지 뒷주머니에서 나왔다.

조사가 이루어지는 동안 그들은 아주 친절했다. 사실, 나는 거의 영웅이 되었다. 그들은 나를 연행해 조사해 보려 하지도 않았다. 그들은 내 진술을 받아들였고 나머지는 팻이 처리했다. 경찰 한 명이 내 차를 몰고 따라오는 동안 나는 순찰차를 타고 집까지 왔다. 내일 일은 내일 처리하기로 하고 오늘 밤은 쉬기로 했다. 몇 시간 있으면 새벽이 밝아 와 지난밤의 광란을 쫓아 버리겠지. 아파트에 도착하자 전화벨이 울렸다. 멍하니 전화를 받아 지금 갈 테니 가만히 있으라는 팻의 말을 들었다. 내 눈은 술병을 찾아 헤맸으나 찾지 못했고 나는 아무 말 없이 전화를 끊었다.

팻도, 그 무엇도 안중에 없었다. 넘어질 듯 비틀거리며 다시 집을 나와 한 블록 걸어 개인용 바가 있는 매스트의 술집 뒷문으로 가서 들여보내 달라고 문을 두드렸다.

잠시 후에 불이 켜지고 조 매스트가 잠옷 차림으로 문을 열었다. 남자들은 다른 사람들을 보면서 조용히 해야 할 때를 안다. 안으로 들어가자 조가 문을 닫고 블라인드를 내렸다. 아무 말 없이 조는 작은 바 뒤로 들어가 선반에서 술병을 꺼내 내가 의자에 힘겹게 앉는 동안 큰 잔에 따라 주었다.

아무런 맛이 나지 않았다. 술이 몸속으로 들어가는 것도 느끼지 못했다.

또 한 잔을 들이켰지만 역시 아무 맛도 느끼지 못했다.

조가 말했다.

"천천히 마셔, 마이크. 마시고 싶은 만큼 다 마셔도 되지만 천천히 마셔."

어떤 목소리가 말하기 시작했을 때 그것이 내 목소리라는 것을 알았다. 무의식적으로 나온 내 목소리는 높낮이라고는 없이 껄끄럽고 낯설게 들렸다.

"그녀를 사랑했어, 조. 그녀는 정말 멋진 여자였지. 그녀도 날 사랑했고. 오늘 밤에 죽어 버렸어. 날 사랑한다는 마지막 말을 남기고 말이야. 정말 좋을 뻔했는데……. 롤라는 날 제일 많이 사랑했고 나도 이제 막 그녀를 사랑하기 시작했는데. 나도 얼마 안 가서 그만큼 그녀를 사랑하게 될 거라는 걸 알고 있었는데. 그 나쁜 놈이 그녀를 죽였어. 그놈은 롤라를 죽이고 난 그놈의 머리를 묵사발을 만들었지. 이제 저승사자라도 그를 알아보지 못할걸."

담배 한 대를 꺼내려 주머니에 손을 넣자 그 전당표가 만져졌다. 나는 그것을 술잔과 담뱃갑 옆에 놓았다. 이름은 낸시 샌포드라고 적혀 있었고 주소는 코니 아일랜드의 시사이드 호텔로 되어 있었다.

"그놈은 죽어 마땅해. 그놈이 내 친구였던 빨강 머리를 죽이려고 세웠던 계획은 정확히 성공하진 못했지만 원래 계획보다 더 잘돼 버렸어. 그는 어떤 악덕 조직에서 꽤 중요한 인물이었고 항상 치밀한 계획을 세웠는데 사람을 죽여서라도 그걸 지켜냈지. 그가 금발 머리 여잘 죽이고 롤라도 죽였어. 나를 죽이고 싶어했던 적도 있었지만 누군가가 말려서 못했지. 그땐 나를 죽이기에는 때가 너무 일렀거든. 치밀한 계획이 없는 살인은 쉽게 발각되니까."

내 마음은 다시 그 주차장으로 갔다. 그리고 그 전에 머레이 캔디드의 사무실로 들어갔을 때 문이 닫히면서 기침 소리가 났던 것이 생각났다. 그게 바로 피니였다. 그가 클럽 안에 있던 나를 발견하고 머레이에게 알렸던 것이다. 그랬으니 녀석들이 내게 경고를 하려 했던 것이고. 피니는 영리하게도 내가 죽기를 바랐다. 내가 겁먹고 물러나지 않을 것이라는 걸 그는 알고 있었다. 옆에서 그에게 날 죽이지 말라고 한 건 정말 안된 일이다. 그래, 그날 밤 피니는 그 장소에 있었다. 그가 반지를 가지고 있었을까? 제길, 왜 그 반지가 문제가 되는 거지? 도대체 뭐와 관련이 있는 걸까? 모든 게 그 반지 때문에 시작됐지······. 그 반지 없이 사건이 끝날까?

멍하니 생각에 잠겨 뒷벽의 술 선반을 응시했다. 찌그러진 붓꽃 무늬의 반지, 낸시의 반지, 지금 어디에 있는 걸까? 왜 거기에 있었던 거지? 내 심장 박동이 갈비뼈를 때릴 정도로 점점 빨라졌다. 나는 길게 정렬되어 있는 병들에 시선을 집중했다.

그래, 그래! 반지가 어딨는지 알겠어!

어떻게 그걸 놓칠 만큼 멍청했던 거지?

롤라도 내게 피니가 있다고 알려 준 다음 뭔가 또 다른 말을 하려고 했어······. 이제서야 알아내다니!

조가 말리려 했지만 그가 소리치기 전에 문을 나왔다. 차에 기어 들어가 손을 더듬어 시동을 걸었다. 아직 시간적 여유가 있었기 때문에 굳이 서두를 필요가 없었다. 그리 많지는 않지만 코니 아일랜드에 있는 시사이드 호텔로 가서 할 일을 하기에는 충분한 시간이 있었다.

그곳에 뭐가 있는지 알 것 같았다. 낸시는 그것을 가방과 함께 그곳에 두었던 것이다. 돈이 떨어진 그녀는 그 카메라를 전당포에 맡겨야 했다. 그리고 역시 돈이 없어서 짐을 맡겨 둔 채 시사이드 호텔을 나와야 했다. 하지만 그녀는 그녀의 짐이 안전하리라는 것을 알고 있었다. 비록 압수당했지만 안전했고, 돈만 생기면 되찾을 수 있다고 생각한 것이다.

시사이드 호텔을 둘러싸고 있는 도로 옆에 비어 있는 텅 빈 간이매점이 있었다. 지붕 위에서 보면 바다가 훤히 보일 것도 같았지만 내가 있는 지점에서는 전혀 보이지 않았다. 한 블록 떨어진 곳에 주차를 하고 건물로 걸어 올라갔더니 벽은 칠이 벗겨지고 창문은 모두 닫힌 채로 '절기 휴무'란 표지판이 걸려 있었다. 그 밑에 다른 표지판에는 그 호텔이 어떤 잘 알려지지 않은 경비 회사의 보호를 받고 있다는 내용이 적혀 있었다.

담배를 한 모금을 피운 다음 시궁창의 모래 더미로 날려 버렸다. 정문에 걸린 육중한 목재와 1층 창문에 붙은 철창이 절대 그쪽을 통해서는 건물 안으로 들어갈 수 없다고 말해 주었다. 나는 그 간이매점 옆에 있는 울타리를 살펴본 다음 뒤로 돌아갔다. 어두운 땅을 밟아 그 밑에 있는 백사장을 내려다보고 있는 동안 다시 비가 내렸고 나는 혼자 싱글거렸다. 너무나 반가운 비였다. 5분쯤 지나면 내가 지나간 흔적이 비와 섞여 지워져 버릴 테니까.

그 건물의 지붕은 뒤쪽으로 기울어져 있었다. 나는 쌓여 있는 빈 음료 상자를 이용하지 않고 껑충 뛰어 그 위로 올라갔다. 코트 일부가 못에 걸려 떼어 내는 데 시간이 꽤 걸렸다. 나중을 위해 조금의 흔적도 남길 수 없었기 때문이다.

그때 창문을 하나 발견해서 열려고 했지만 잠겨 있었다. 벽의 움푹 들어간 곳에 벽돌로 된 연결 계단이 있어서 그리로 손을 움직였다. 손잡이라고는 거의 찾아볼 수 없었고 지붕까지 수직으로 약 3미터 정도의 거리였다.

나는 머뭇거리지 않았다.

발끝을 벽돌의 모서리에 꽉 붙인 상태로 손으로 잡을 곳을 찾는 동작을 반복했다. 그렇게 올라가는 것은 정말 괴로운 일이었다. 나는 두 번이나 미끄러져 원래의 위치로 굴러 떨어졌다. 그렇게 하여 꼭대기에 도착한 뒤 누워서 잠시 가쁜 숨을 몰아쉰 후 다음 행동을 계속했다.

지붕 중앙에 강화 유리로 된 채광창이 있었고 그 옆에는 지붕 뚜껑 문이 튀어나와 있었다. 채광창은 열리지 않았지만 뚜껑 문은 열렸다. 손으로 그것을 확 잡아당겨 낡은 목재로부터 나사를 풀어낸 다음 시사이드 호텔 내부로 통하는 검은 구멍을 내려다보았다.

어둠 속에 매달려 뭔가 디딜 것을 찾으려 발을 흔들었지만 헛수고였고 쓰레기 더미 속으로 와르르 떨어졌다. 나는 주머니 속에 있던 연필 모양의 손전등으로 주위를 둘러보았다. 내가 있는 곳은 무슨 옷장 같았다. 한편에는 쓰다 남은 페인트 깡통과 딱딱하고 갈라진 비누들이 잔뜩 쌓여 있었다. 나 때문에 바닥에는 빗자루가 어지럽게 널려 있었다. 한쪽에 먼지와 거미줄이 수북이 쌓인 문이 하나 있었다. 손전등으로 그것들을 치우고 손잡이를 돌렸다.

아마 여기가 아닌 다른 곳에 있었더라면 시사이드 호텔은 진작에 문을 닫았을지도 모른다. 건물 주변이 모래로 둘러싸여 있고 때때로 핫도그 냄새나 체취보다 바다 냄새가 더 진하게 났기 때문에 사람들은 그곳을 여름 호텔이라고 불렀다. 좁은 복도는 뒤틀려 있었고 바닥의 카펫은 군데군데 닳아빠져 있었다. 객실의 문은 녹이 슬어 거의 떨어져 나갈 것 같은 상태였다. 손전등을 켜고 벽에 바짝 기대어 복도를 따라 내려갔다. 아래로 내려가는 나선형 계단의 수북한 먼지 위에는 쥐가 지나간 흔적이 셀 수도 없이 많았다.

1층은 다른 층보다 한 층이 더 높았고 반대편 끝의 계단을 가리키는 표시가 있었다. 각 방을 지날 때마다 방 안으로 불빛을 비춰 보았는데 빈 침대와 옷장 그리고 의자가 한 개씩 있었다.

다음 층으로 내려갔을 때 원하던 곳을 찾았다. '창고'라고 씌어 있는 그 방은 과도할 정도로 큰 맹꽁이자물쇠로 잠겨 있었다. 손전등을 입에 문 채 항상 차에 가지고 다니던 자물쇠를 여는 도구를 꺼냈다. 그 자물쇠는 크기는 컸지만 많이 낡아 있었다. 세 번째로 집어넣은 송곳에 자물쇠가 '딸깍' 하고 열렸다. 그것을 바닥에 내려놓고 문을 열었다.

그 방은 전에는 침실이었던 것 같았다. 지금은 시트를 담은 상자, 매트리스, 식기와 날붙이들로 어지럽혀 있었다. 고장 난 의자 몇 개는 수리를 하다 만 상태로 놓여 있었다. 뒤쪽 벽에는 여행 가방, 소형 사물 트렁크, 값비싼 글래드스턴 가방, 싸구려 종이 가방 등 온갖 종류의 가방이 쌓여 있었고 각 손잡이에는 붉은색으로 비싼 가격이 표시된 꼬리표가 달려 있었다.

바닥에는 고정되어 있지 않은 카펫이 길고 좁게 깔려 있었다. 그 위에 쌓인 먼지에 발자국을 내지 않으려고 카펫을 걷어냈다. 그러고는 내가 찾는 것을 발견했다. 낸시 샌포드라고 스텐실로 표시된 그 작은 트렁크는 단번에 열렸다.

경외심에 가까운 마음으로 가방을 열어 속을 들여다봤다. 이제는 낸시가 부끄럽지 않았다. 오히려 그녀가 공갈을 하려 했다고

내 총이 빠르다

생각한 내 자신이 부끄러웠다. 그 트렁크 안에 그녀가 말한 삶의 의미가 있었다. 그것은 조직 전체에 대한 폭로였고 얼핏 보면 아무것도 아닌 듯하지만 조사해 보면 중요한 사실이 드러날 사진, 문서, 메모와 같은 증거였다. 그 안에는 꽤 저명한 이름들과 낯익은 얼굴들도 있었다. 시의원들뿐만이 아니었다. 제조업자들뿐만도 아니었다. 훨씬 더 많았다. 시청에서 단속을 시작하면 맨해튼 중심부 번화가인 파크 애비뉴에도 충격이 클 것이다. 그러나 더욱 중요한 것은 경찰과 국세청이 원할 만한 장부를 확대한 사진들을 구별하여 정리해 놓은 솜씨였다. 그 사진들은 장부의 주인에 대한 확실한 증거였다. 모든 것이 완벽했다.

그때 희미하게 금속이 '딱' 하는 소리가 들렸다. 나는 뚜껑을 닫고 가방을 잠근 후 왔던 길로 되돌아갔다. 카펫도 원래대로 다시 펴 놓고 흔적을 남기지 않았나 잘 살핀 다음 문을 닫고 맹꽁이 자물쇠도 원래대로 다시 잠가 놓았다. 손으로 벽에서 먼지를 한 움큼 집어 자물쇠 위에 불어 손을 대기 전의 상태로 돌려놓았다.

노란 불빛이 복도를 가득 메우고 서성대더니 계단을 한참 비추었다. 나는 어떤 침실로 들어가서 유리가 빛을 반사하지 않도록 손목시계를 주머니 속에 집어넣었다.

동작을 멈췄을 때 그 불빛이 방들을 비춰 보고 있었다. 카펫에까지 전등을 비추며 사람의 흔적을 찾는 것으로 보아 그 불빛 뒤에 있는 사람이 누구든 아주 조심하고 있는 것만은 분명했다.

방 안에서 나는 혼자 조용히 웃었다.

그 불빛이 계단을 올라오면서 복도 전체가 깜박거렸고 '쉬쉬' 하는 소리 때문에 석유 전등이라는 것을 알 수 있었다. 불빛이 창고에 이르자 한숨 소리가 흘러나왔다. 그는 전등을 자물쇠 쪽으로 향하게 해서 바닥에 놓고 자물쇠를 열었다.

그는 나보다 오래 걸렸지만 결국은 열었다.

그가 방 안으로 들어가는 소리가 들렸을 때 나는 총을 꺼낸 뒤 손에 쥔 채로 서 있었다. 그가 그 트렁크를 불빛 쪽으로 가지고 나오면서 요란한 소리를 냈기 때문에 문 쪽으로 다가가는 내 발자국 소리가 묻혀 버렸다. 그는 흥분해서 트렁크를 제대로 열지 못하고 그 대신 자물쇠를 그냥 부숴 버렸다. 내용물을 만지는 그의 목에서 낮게 히죽거리는 소리가 흘러나왔다. 내가 말했다.

"안녕하십니까, 베린그로틴 씨."

그냥 그놈의 뒤통수에 총을 쏴 버리고 아무 말도 말았어야 했다. 그는 믿기지 않을 정도로 재빨리 뒤돌아 전등을 박살 내는 동시에 총을 발사했다. 내가 방아쇠를 당기기 전에 탄환이 내 가슴을 맞췄고 나는 문밖으로 나가 떨어졌다. 그런 다음 또 한 방이 다리를 뚫고 들어갔다.

"이런 젠장!"

그가 소리쳤다.

나는 한쪽으로 굴렀다. 총알의 충격이 온몸을 마비시켰다. 나는 얼굴을 땅에 대고 쓰러진 채 어둠 속을 향해 계속 방아쇠를 당겼다.

총 한 방이 머리를 스치고 위쪽 벽면에 맞았는데 순간적으로 불꽃 속에 죽음이 있었다. 전등이 뒤집혀 석유가 바닥으로 흘러나왔고 불길이 베린의 얼굴로 확 타올랐다. 나는 그의 눈을 보았다. 광기가 서린 정신이 나간 눈빛이었다. 순간적으로 불 때문에 시야가 가려진 그는 엎드린 채로 뒤로 물러나려고 애썼다.

나는 총을 제대로 쥐고 겨누는 데 안간힘을 써야 했다. 방아쇠를 당기자 총이 손에서 뒤틀려 바닥으로 떨어져 버렸다. 그러나 그걸로 충분했다. 내 45구경 권총이 그의 엉덩이를 맞췄고 그는 뒤로 나자빠졌다.

사방에 불이 붙었다. 침대에 붙은 불은 벽으로 천장으로 번져 올라갔다. 페인트 깡통과 병 속에 있던 뭔가가 솟아올랐다. 점점 열기조차 잘 느껴지지 않았다. 구석에서 베린이 신음 소리를 내며 어렵게 몸을 일으켜 세웠다. 그때 그가 바닥에 힘없이 쓰러진 나를 보았고 그는 총을 집으려고 손을 뻗었다.

베린이 나를 끝장내려 했다. 그때 불꽃이 소나기처럼 터져 나오면서 벽이 무너지지 않았더라면 정말 나를 죽였을지도 모른다. 버팀목 중 하나가 녹슨 못 때문에 지탱할 힘을 잃고 흔들렸고 거대한 소나무가 쓰러지듯이 방으로 떨어져 그 빌어먹을 살인자 놈을 바닥으로 깔아뭉갰다.

난 악마같이 웃어 댔다. 결국 나도 죽을 것을 알고 있었지만 그래도 웃고 또 웃었다.

"네가 졌어, 베린. 네가 진 거야! 빠져나갈 수도 있었는데 말야. 하지만 결국 네가 졌어!"

베린은 불에 닿지 않으려고 불이 붙은 목재를 손으로 밀어내면서 육중한 버팀목에서 빠져나오려고 안간힘을 썼다. 살이 타 들어가는 독한 냄새가 났다.

"이것 좀 치워 줘, 마이크! 치워 줘……. 제발. 원하는 것이 뭐든 다 줄게. 이것 좀 치워 줘!"

"난 못해. 움직일 수도 없어. 할 수 있다면 그렇게 해 줬을지도 모르지만 지금은 내 몸도 움직일 수가 없다고!"

"마이크……."

"소용없어! 쓰레기 같은 놈……. 난 너와 함께 죽을 거야. 이제 될 대로 되라지. 너도 죽고 나도 죽는 거야. 이렇게 될 줄은 꿈에도 생각 못 했겠지? 반지를 가지고 있었으니 시간이 많다고 생각했을 거야. 내가 피니를 죽이고 전당표를 뺏었는지는 몰랐겠지.

롤라가 날 기다리고 있었어. 넌 내가 전화로 그녀에게 얘기하는 걸 듣고 술을 가지러 가면서 피니에게 전화를 걸었던 거지. 소리가 들리지 않도록 축음기를 틀어 놓고 말야. 피니가 바로 롤라에게 갔고 나를 기다리고 있던 롤라는 살인자를 맞이했을 테지. 피니가 내 사무실로 침입해 들어가고 있을 때 넌 날 확실히 붙들어 놓았더군. 피니도 일 처리를 확실히 했고. 하지만 롤라가 전당표에 있는 주소를 알고 있었고 카메라가 추적됐을 가능성이 있었기 때문에 롤라를 죽여야 했지.

피니는 그녀를 칼로 찌르고 난 뒤 곧바로 네게 전화를 했지. 하지만 그녀는 죽지 않았고 그가 전화하는 걸 봤지. 넌 피니에게 다른 장소에서 널 기다리라고 했고. 당연히 넌 피니가 그 일에 관련되는 걸 원치 않았겠지. 그가 나왔어. 내가 들어가 롤라가 손가락으로 그가 있다고 가리켰던 바로 그 순간에 말야. 그녀는 손가락으로 전화를 가리키면서 피니도 가리켰어. 피니가 나올 때 내가 올라가고 있었기 때문에 그놈은 뒤로 물러나서 내가 지나가길 기다렸고 나는 그놈을 못 봤지. 그런데도 난 그 녀석을 놓치지 않았어. 그래, 넌 끝까지 신중을 기했지. 전혀 주위를 끌지 않고 조심해서 여기까지 왔지. 말해 봐, 네가 있었던 호텔에서 몰래 빠져나온 건가, 아님 평소처럼 일찍 일어난 척한 건가?"

"마이크, 내 몸이 타 들어가고 있어!"

베린의 머리에서 연기가 나면서 불이 둥글게 확 붙자 그는 다시 비명을 질렀다. 그렇게 머리가 없으니 정말 살인자 같았다. 이제 다른 쪽 벽면도 완전히 불타고 있었다.

"오늘 밤까지 무슨 관련이 있는지 알아내지 못하고 있었어. 결국 그 반지가 문제였던 거야. 그 반지가 아주 중요했던 거라고. 앉아서 위스키 병을 바라보는데 병의 라벨에 네 묘지에 있던 화려한 장식과 똑같은 세 개의 깃털 무늬가 붙어 있었지. 깃털이 펼쳐진 모습이 반지에 있던 붓꽃 모양과 똑같다는 생각이 들었고 그때 깨달았지. 알아보기 어렵게 찌그러져 있었지만 반지에 있던 모양이 바로 세 개의 깃털이었다는 걸 말야."

베린이 다시 버팀목과 싸웠고 그의 얼굴은 고통으로 일그러졌다. 다시 한 번 바라보면서 난 또 한 번 크게 웃었다.

"그 세 개의 깃털 모양이 너희 가문의 문장이지? 왕족의 문장을 본 뜬 문장. 너와 네 빌어먹을 자부심 말이야, 이 나쁜 놈. 낸시 샌포드는 바로 네 손녀였어. 임신한 그녀를 네가 내쫓았지. 그녀의 자존심은 뭐라고 생각한 거지? 그녀는 가명을 쓰면서 이 직업 저 직업을 전전했지. 그녀는 부업으로 창녀가 되었고 그러면서 러스 보웬 같은 녀석들을 만났고 그를 통해 피니에 대해서도 알게 되었지. 그런데 어느 날 너와 피니가 같이 있는 모습을 봤던 거야. 네가 그중 하나라는 걸 깨달았을 때, 네가 그 명성 뒤에 숨어서 여자들이 몸을 판 돈으로 허영에 찬 부유한 삶을 살고 있다는 걸 알아 버렸을 때 그녀가 어떤 생각을 했는지 상상이 가는군. 그녀가 나타날 때까지 모든 것을 완벽하게 만들어 놓았겠지. 그녀의 머릿속에 있던 단 한 가지 생각은 바로 그 조직 전체를 산산조각 내는 거였어.

낸시가 돈을 벌어 다시 찾을 수 있을 때까지 그 가방을 놓고 떠나야 했다는 게 문제였지. 넌 그때 기회를 얻게 된 거고. 그녀가 염탐하면서 뭔가를 발견했을 때 피니가 그녀와 우연히 마주친 거지. 그게 뭐였지? 또 다른 사진들이었나? 그가 그 반지를 보고 어떤 의미가 있는지 알았나?"

베린이 좌우로 굴렀다. 불이 꺼져 더는 목재가 타지 않았지만 연기를 내며 그의 가슴 위를 누르고 있었다. 그의 눈은 천장을 향해 있었고 석고에 금이 가 무너져 내리는 것을 지켜보고 있었다. 불이 번져서 닿는 것마다 먹어 치웠다. 그 강한 열기를 피할 수 있는 곳은 바닥뿐이었다. 그러나 그것도 오래가지 못할 것이다. 금세 불길이 바닥으로 번질 것이고 그러면 모든 것이 끝장이었다. 나는 안간힘을 써서 몸을 끌어당겨 보았지만 너무 힘이 들었다. 내가 할 수 있는 것이라곤 목재에 깔린 그 인간을 뚫어지게 보면서 나 혼자 죽지 않는다는 사실을 기뻐하는 것뿐이었다.

내가 웃자 베린이 고개를 돌렸다. 그의 볼에 뜨거운 불꽃이 튀었지만 그는 느끼지 못했다. 내가 말했다.

"낸시는 살해된 거지? 안 그래? 그렇게 완벽하게 계획을 세운 건 아니었잖아. 전문가에게 제대로 맞고 목이 부러진 다음 차에서 내던져진 그녀가 다시 일어나서 비틀거리다가 다른 차에 치일 줄 누가 알았겠어?

낸시가 죽은 그날 밤 네가 피니의 알리바이가 되어 주었지. 넌 그녀를 뒤쫓아 강제로 차에 태우고 네 할 일을 한 다음 그녀를 내버린 거야. 너의 그 판에 박힌 도덕적 설교에 딱 들어맞게 말야!

피니가 일격을 가하면 보통 빗나가는 법이 없는데 낸시는 죽이지 못했지. 나에게도 그랬고. 낸시는 그런 애가 아니라고 롤라가 말했을 때 좀 더 빨리 알아차렸어야 했는데. 역시 아니었어. 그녀는 술에 취하지 않았는데 사람들은 그녀가 진짜로 비틀거렸다고 해서 술에 취한 걸로 여겼던 거야. 그걸 보고 네가 얼마나 시원하게 웃어 댔을까 상상이 가는군.

자부심, 자부심이 그렇게 만든 거야. 처음에 플레이보이였던 넌 모든 재산을 탕진했지만 자존심 때문에 생활 보호 대상자는 되지 않았지. 조직에 있던 영리한 녀석들이 널 포섭했는데 그 다음에 넌 그들과 맞서 결국 그들을 몰아내고 조직을 혼자서 통째로 집어삼켰지. 세상에서 가장 추잡한 조직을 굴리고 있었으면서 너의 자부심은 실수를 저지른 손녀딸을 받아들일 수가 없었지. 그 다음엔 자부심을 지켜야 했기 때문에 그녀가 네 일을 방해하게 둘 수가 없었던 거고."

불길이 솟아올라 더는 말하기가 힘들어졌다. 밖에서 소방차가 요란한 소리를 내고 있었고 벽이 무너지는 소리와 함께 멀리서 사람들의 목소리가 들렸다. 불이 위에서 아래로 번졌기 때문에 우리가 이만큼이나마 살아 있을 수 있었다.

"하지만 그 네모난 가방에 모든 게 들어 있어. 넌 죽을 거야. 그리고 네 화려한 이름도 진흙탕 속으로 사라지겠지."

"아니야! 이 빌어먹을 놈 같으니라고! 그렇게는 안 될 거야!"

단말마의 고통 속에서도 그는 교활한 눈빛을 보내며 말했다.

"그 가방은 불탈 거라고. 만약 그렇게 되지 않더라도 그들은 내가 너와 함께 여기에 있었다고 생각할 거라고. 그래, 네가 내 알리바이가 되는 거지. 그러면 내 이름도 사라지지 않을 거야. 이제 아무도 낸시에 대해 알려 하지 않을 거고, 세상 사람들은 진실을 절대 알 수 없겠지!"

그 말도 맞는 말이었다. 그의 말이 너무 사실이어서 내 안에서 치민 화가 다리의 무감각도 가슴의 통증도 모두 앗아가 버렸다. 나는 방 안으로 몸을 이끌었다. 나는 그 트렁크를 잡아 천장에서 떨어진 잔화를 쓸어 내면서 밀고 또 밀었다. 베린이 내가 하는 짓을 보면서 그만두라고 소리쳤다. 나는 그에게 웃음을 지었다. 그는 대머리에 추한 모습이었다. 죽기도 전에 이미 지옥의 살인마였다.

그 가방을 간신히 모서리까지 가져와 던져 버렸다. 그 반동으로 몸이 바닥으로 떨어졌다. 그러나 그 가방은 창문을 깨고 밖으로 떨어졌다. 밖에서 흥분된 고함 소리가 들렸고 그때 어떤 목소리가 소리쳤다.

"누군가 저 위에 있어요!"

창문이 열리는 동시에 갑자기 외풍이 들어와 벽에 있던 불이 방 안으로 확 솟았고 정확히 내 얼굴 앞에서 크게 타올랐다. 머리 타는 냄새가 났고 베린의 다리에서 연기가 피어오르는 것이 보였다. 그의 총이 바로 내 손 밑에 놓여 있었다.

절대 그렇게 말하지 말았어야 했다. 그 바람에 난 창가까지 갈 수 있는 힘이 솟았으니까. 난 손을 뻗어 38구경인 그의 총을 잡아 쥐었다.

"네 고용인을 봐, 베린. 내가 뭘 하려는지 보이나? 이제 네가 살

시간이 몇 분 남지 않았으니까 내가 하는 말을 잘 듣고 생각해 보시지. 너의 그 무덤은 절대 비어 있지 않을 거야. 그래, 빨강 머리가 살 거라고. 너의 그 자부심이 쫓아내 버린 아이 말야. 그녀가 그 무덤으로 들어갈 거라고. 그러면 넌 어디로 갈지 알아? 옹기장이의 작업장에 있는 피니 라스트 옆이지. 내가 경찰한테 무슨 일이 있었는지 얘기할 거거든. 사실은 아니지만 그럴싸한 얘기로 말야. 여기에 있는 시체는 네가 날 처치하라고 보낸 녀석이라고 말할 거야. 그들이 절대 포기하지 않는다고 해도 결코 널 찾아내지 못할 거야. 그리고 네 이름이 언급될 때마다 조롱과 더러운 기억이 살아나겠지. 유일하게 깨끗한 건 빨강 머리뿐이라고. 넌 네가 가장 두려워했던 대로 죽게 될 거야. 잊혀지는 거지. 완전히 잊혀지는 거야. 짐승들이 네 무덤 위를 밟고 지나갈 거고 이름표도 없겠지."

놈은 끔찍해하며 입을 움직였다.

"쥐새끼 양반, 그래도 난 네놈을 죽이는 기쁨을 포기하지 않을 거야. 금발 머리와 롤라에 대한 복수는 되겠지. 널 죽여야 나도 다시 살아갈 수 있을 테니까. 사람들에겐 사투 끝에 내가 널 죽였다고 하면 돼. 하지만 넌 진실을 알겠지, 어때? 괴로운가?"

그의 눈에 나타난 고통은 이제 신체적인 것이 아니었다.

"이제 1분이면 사람들이 올라와. 난 기다렸다가 그들이 날 밑으로 데리고 가면 다시 여기로 올라가 봐야 소용없다고 말할 거야. 네가 알아볼 수 없을 정도로 타 버리도록 내버려 둘 거야."

벽을 때린 물줄기가 창문에 집중되자 방 안은 곧 연기 지옥으로 변했다.

"지금부터 몇 분 후면 이리로 사다리가 밀어 올려지겠지. 그러면 난 방아쇠를 당길 거야. 생각해 봐, 잘 생각해 보란 말야."

트럭이 위치를 잡고 있었고 고함 소리는 점점 더 커졌다. 나는 그를 누르고 있는 버팀목 밑으로 들어가 몸을 웅크렸다. 바깥에 있는 복도 천장이 쾅 무너지면서 앞쪽 벽이 서서히 같이 끌려 나왔다. 탁탁 소리가 들려 위를 보니 바로 머리 위에서 천장이 휘기 시작하면서 중간 부분이 늘어졌고 그 사이사이로 불길이 나왔다.

베린을 보고 크게 웃었다. 놈은 머리를 돌려 바로 자신의 총구를 직시했다. 점점 시간이 다가오고 있었다. 이제는 천장이 흔들렸다. 증오로 가득 찬 비열한 얼굴이 된 그 살인마는 천장이 무너져 우리 둘 다 덮치기만을 기도하고 있었다. 그렇게 된다면 놈이 먼저 죽을 것이다.

그때 뭔가 창 쪽에 부딪혔고 창문턱을 타고 올라왔다. 사다리였다. 누군가 그 위로 올라오면서 물줄기를 맞은 사다리가 흔들렸다.

베린이 입을 크게 벌리고 신이 그에게서 박탈해 버린 모든 분노를 비명 소리로 내질렀지만 내 웃음소리가 그보다 훨씬 더 컸다.

내가 방아쇠를 당기는 순간까지도 놈은 비명을 지르고 있었다.

 밀리언셀러 클럽을 펴내면서

지난 수백 년 동안 소설은 기묘하면서도 교양 넘치고, 자유로우면서도 현실에 뿌리 박고 있으며, 흥미진진하면서도 감동적인 이야기로 독자들의 사랑을 독차지해 왔다.

민담이나 전설 등에 비해 비교적 최근에 탄생한 이야기 형식인 소설이 순식간에 이야기 왕국의 제왕으로 올라선 것은 현대인들이 살아가면서 느끼는 희망과 절망, 불안과 평화 등 온갖 삶의 양상들을 허구 속에 온전히 녹여 내어 재창조함으로써 이야기를 읽는 기쁨과 더불어 삶을 재발견하는 즐거움을 주어 온 까닭이다.

사실 이야기를 읽음으로써 삶을 다시 생각하고, 삶을 생각함으로써 이야기를 다시 만들어 온 것은 인간이라면 피할 수 없는 숙명이다.

그런데도 최근 이야기의 제왕이라는 소설의 위기를 말하는 목소리가 점점 늘어나고 있다. 만약에 이 말이 사실이라면, 그리하여 사람들이 소설을 점차 외면하고 있다면, 핏속에 스며들어 있으며 뼛속에 틀어박힌 이야기 본능이 무언가 다른 것에 홀려 있음에 틀림없다.

사람들은 이제 이야기를 소설이 아니라 거리에서, 인터넷에서, 영화에서, 드라마에서, 광고에서, 대중가요에서 즐기고 있는 것이다.

'밀리언셀러 클럽'은 이러한 소설의 위기를 넘어서려는 마음에서 기획되었다. 국내뿐만 아니라 전 세계 각국에서 독자들의 사랑을 한껏 받은 작품들을 가려 뽑아 사람들 마음을 다시 소설로 되돌리고 이야기를 한껏 즐길 수 있도록 배려하였다.

'밀리언셀러'라는 이름을 단 것은 소설이 다시 사람들의 마음을 끌어 널리 읽히기를 바라기 때문이고, '클럽'이라는 이름을 단 것은 소설을 사랑하는 독자들이 이 작품들을 가운데 놓고 오랫동안 이야기를 나누기를 바라기 때문이다.

앞으로 '밀리언셀러 클럽'에는 예로부터 오늘날까지, 동양에서 서양까지 시대와 장소를 가리지 않고 널리 독자들의 사랑을 받아 온 작품들 중에서 이야기로서 재미에 충실할 뿐만 아니라 인간 본연의 모습을 확인시켜 줄 수 있는 소설들이 엄선되어 수록될 것이다.

이 작품들이 부디 독자들을 소설의 바다로 끌어들여 읽기의 즐거움을 극대화함으로써 이야기 본능을 되살려 주어 새로운 독서 세대를 창출하기를 바라는 마음 간절하다.

옮긴이 | 박선주

서울대 영어교육과와 한국외대 통번역대학원 한영과를 졸업했다. 현재 정부기관 통번역사 및 에디터로 근무하고 있으며, 엔터스코리아의 전속 번역가로 활동 중이다.

내 총이 빠르다 마이크 해머 시리즈 2

1판 1쇄 펴냄 2005년 12월 24일
1판 2쇄 펴냄 2024년 3월 20일

지은이 | 미키 스필레인
옮긴이 | 박선주
발행인 | 박근섭
편집인 | 김준혁
펴낸곳 | 황금가지

출판등록 | 2009. 10. 8 (제2009-000273호)
주소 | 06027 서울 강남구 도산대로 1길 62 강남출판문화센터 5층
전화 | 영업부 515-2000 편집부 3446-8774 팩시밀리 515-2007
홈페이지 | www.goldenbough.co.kr

도서 파본 등의 이유로 반송이 필요할 경우에는 구매처에서 교환하시고
출판사 교환이 필요할 경우에는 아래 주소로 반송 사유를 적어 도서와 함께 보내주세요.
06027 서울 강남구 도산대로 1길 62 강남출판문화센터 6층 민음인 마케팅부

한국어판 ⓒ 황금가지, 2005. Printed in Seoul, Korea
ISBN 978-89-8273-868-5 04840
ISBN 978-89-8273-866-1 04840 (set)

㈜민음인은 민음사 출판 그룹의 자회사입니다.
황금가지는 ㈜민음인의 픽션 전문 출간 브랜드입니다.